KB033300

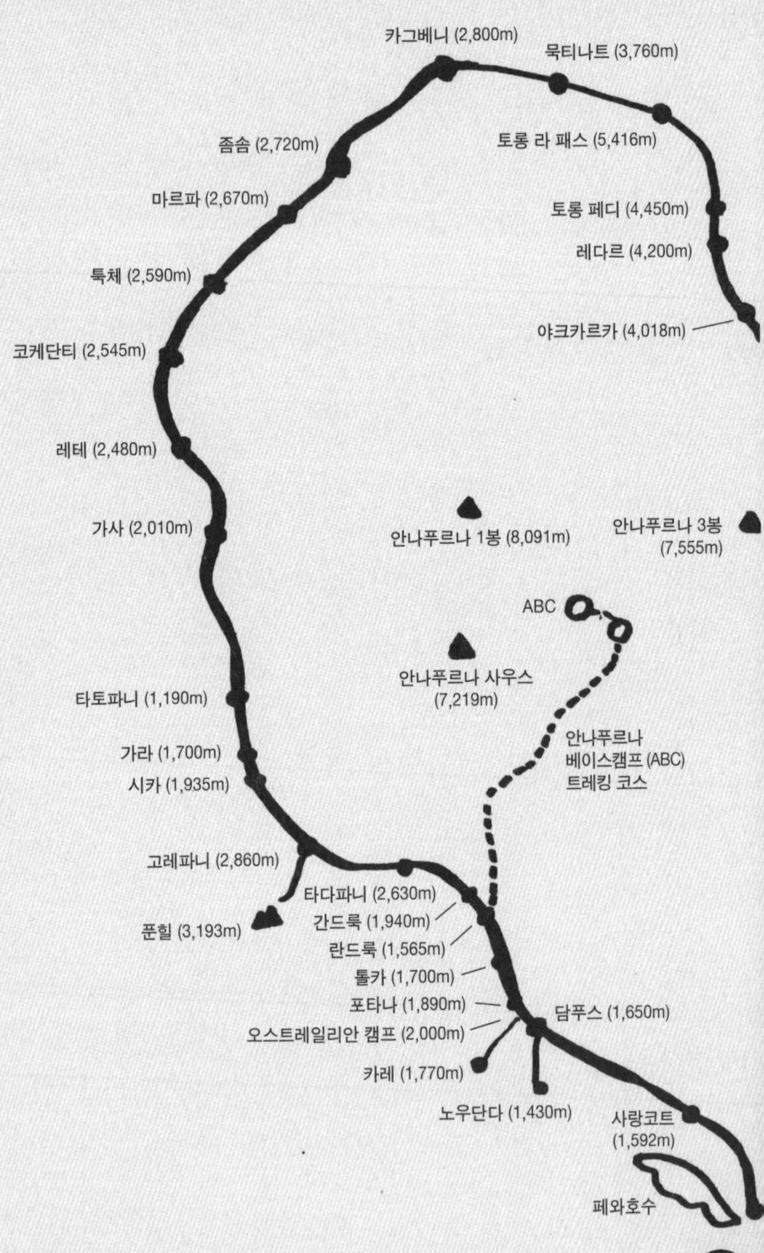

카그베니 (2,800m)
묵티나트 (3,760m)
토롱 라 패스 (5,416m)
좀솜 (2,720m)
마르파 (2,670m)
토롱 페디 (4,450m)
레다르 (4,200m)
툭체 (2,590m)
야크카르카 (4,018m)
코케단티 (2,545m)
레테 (2,480m)
가사 (2,010m)
안나푸르나 1봉 (8,091m)
안나푸르나 3봉
(7,555m)
ABC
안나푸르나 사우스
(7,219m)
타토파니 (1,190m)
안나푸르나
베이스캠프 (ABC)
트레킹 코스
가라 (1,700m)
시카 (1,935m)
고레파니 (2,860m)
타다파니 (2,630m)
간드룩 (1,940m)
푼힐 (3,193m)
란드룩 (1,565m)
톨카 (1,700m)
포타나 (1,890m)
담푸스 (1,650m)
오스트레일리안 캠프 (2,000m)
카레 (1,770m)
노우단다 (1,430m)
사랑코트
(1,592m)
페와호수
포카라 (820m)
도착

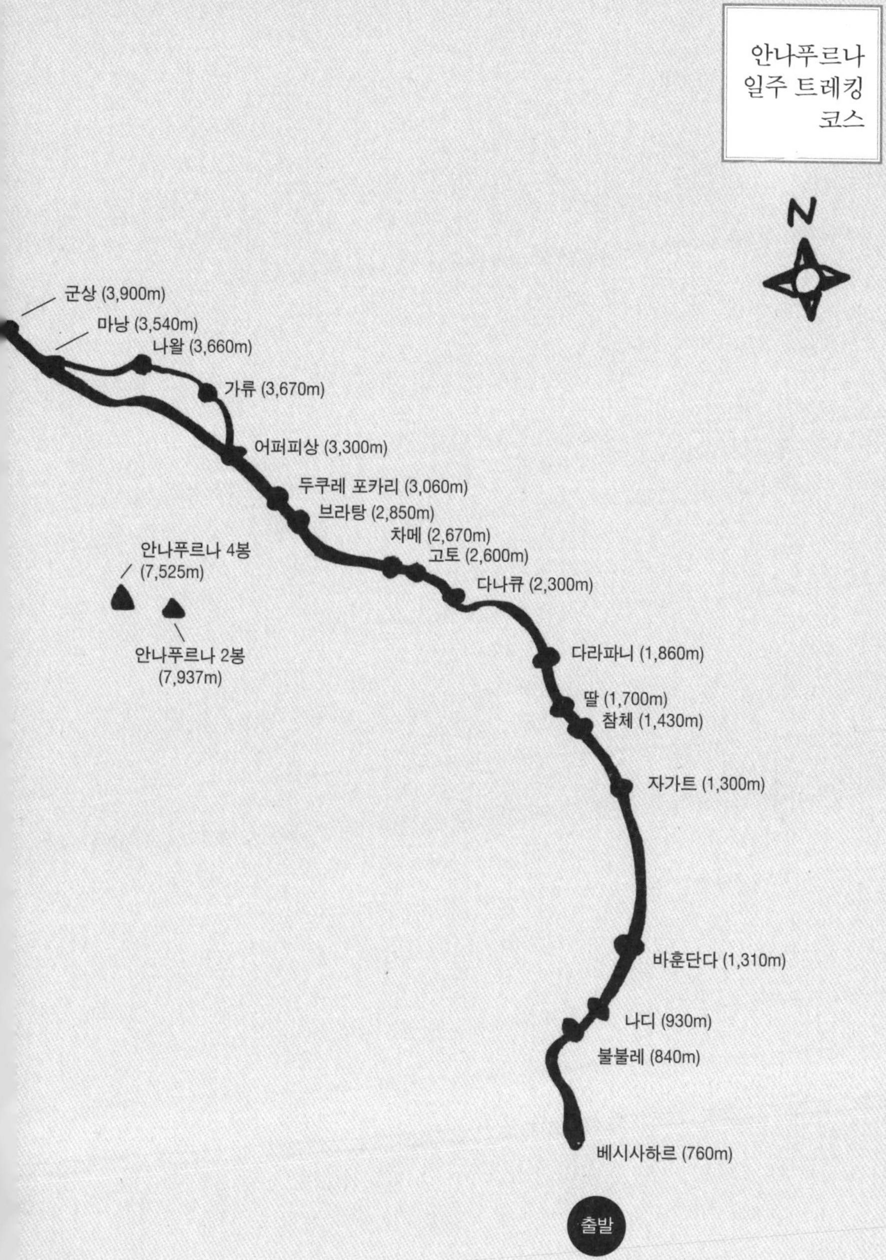

안나푸르나 일주 트레킹 코스

군상 (3,900m)
마낭 (3,540m)
나왈 (3,660m)
가류 (3,670m)
어퍼피상 (3,300m)
두쿠레 포카리 (3,060m)
브라탕 (2,850m)
차메 (2,670m)
고토 (2,600m)
안나푸르나 4봉 (7,525m)
다나큐 (2,300m)
안나푸르나 2봉 (7,937m)
다라파니 (1,860m)
딸 (1,700m)
참체 (1,430m)
자가트 (1,300m)
바훈단다 (1,310m)
나디 (930m)
불불레 (840m)
베시사하르 (760m)
출발

…

외할머니 윤애련 님과
어머니 윤혜연 님께
나의 첫 책을 바칩니다.

…

안나푸르나에서
밀크티를 마시다

안나푸르나에서 밀크티를 마시다

초판 1쇄 발행 2017년 4월 12일
초판 3쇄 발행 2017년 12월 5일

지은이 정지영
발행인 송현옥
편집인 옥기종
펴낸곳 도서출판 더블:엔
출판등록 2011년 3월 16일 제2011-000014호

주소 서울시 강서구 마곡서1로 132, 301-901
전화 070_4306_9802
팩스 0505_137_7474
이메일 double_en@naver.com

ISBN 978-89-98294-31-1 (03810)

※ 이 도서의 국립중앙도서관 출판시도서목록(CIP)은 서지정보유통지원시스템 홈페이지(http://seoji.nl.go.kr)와 국가자료공동목록시스템(http://www.nl.go.kr/kolisnet)에서 이용하실 수 있습니다. (CIP제어번호: CIP2017005771)

※ 잘못된 책은 바꾸어 드립니다.

※ 책값은 뒤표지에 있습니다.

도서출판 더블:엔은 독자 여러분의 원고 투고를 환영합니다. '열정과 즐거움이 넘치는 책' 으로 엮고자 하는 아이디어 또는 원고가 있으신 분은 이메일 double_en@naver.com으로 출간의도와 원고 일부, 연락처 등을 보내주세요. 즐거운 마음으로 기다리고 있겠습니다.

안나푸르나에서
밀크티를 마시다

Annapurna

하염없이 재밌고 쓸데없이 친절한 안나푸르나 일주 트레킹

정지영 지음

더블:엔

프롤로그

2014년 1월 1일, 사직서를 냈다. 3월 14일이면 만 2년을 근무하게 되는 터라 눈 딱 감고 그때까지만 버티자고 하루에도 수십 번, 몇 달간 수백만 번을 되뇌었지만 더 이상 견딜 수가 없었다. 퇴직 날을 받고 나니 그렇게 마음이 편할 수가 없었다.

불과 1년 전 정규직으로 전환되어 고용불안에서 벗어났고, 많지는 않으나 고정적인 수입으로 난생 처음 경제적 안정을 누리고 있었고, 믿고 의지하는 좋은 동료들이 있었으며, 일에서 보람도 느꼈지만 다 내려놓았다. 심한 스트레스로 인해 내 몸과 마음은 만신창이가 되었다. 내가 떠나야 했다. 그 수밖에 없었다.

뒤는 생각하지 않았다. 대책없이 그렇게 사직서를 내고서 네팔로 가는 비행기표를 끊고 여행을 준비했다. 두 달이나 걸릴 여행이었다. 기술도 없고 경력도 없고 싹싹하지도 않고 예쁘지도 않은 33살의 혼자 사는 여자가 앞으로 뭐해서 먹고 살아야 하나 걱정이 되긴

했지만 일단 눈앞의 불부터 끄고 싶었다.

여행에 대한 환상은 없었다. 29살, 생애 첫 배낭여행을 떠났던 때에는 그런 기대가 있었다. 여행으로 힘을 얻고, 다시 한국에 돌아오면 뭔가 새로운 돌파구가 생기지 않을까 하는 기대. 하지만 그런 건 없었다. 기나긴 취업준비 기간 동안 통장 잔고는 나날이 줄어들었고, 면접을 보러 오라는 연락조차 거의 없었다. 회신도 없는 이력서와 자기소개서를 쓰고 고치고 전송하는 날이 늘면서 우울증만 더해갔다. 1년에 한 번 돼지저금통에 모은 돈을 입금하는 통장에서 얼마 되지도 않는 잔액을 몽땅 출금한 날은 아직도 기억에 생생하다. 돈 쓰는 게 두려워 누가 만나자는 연락을 해오는 것조차 겁이 났다. 그랬기에 한두 달의 여행은 지리한 일상을 바꿔주는 마법의 묘약이 아니라는 걸 알고 있었다.

그때보다 나이만 더 먹었다. 네팔에서 돌아오면 29살 때보다 더 힘들 거라는 걸 잘 알고 있었지만, 어차피 회사를 그만두는 것은 확정된 일이고, 다시 일자리를 구하는 건 쉽지 않을 것이다. 현실적으로 정규직은 불가능하니 기대할 필요도 없다. 내 나이 또래면 이미 대리를 달았을 텐데 나를 신입으로 받아줄 회사가 있을 리 없고, 경력도 없는 내가 갈 만한 경력직도 없었다. 무엇보다도 회사생활에 신물이 나서 어딘가에 어렵게 입사한다 하더라도 잘 적응할 자신이 없었다. 자격증을 따거나 기술을 배운다고 하더라도 금세 일자리가 생기는 것도 아니요, 그동안 이런저런 돈만 지출하게 될 것이다. 지금의 내가 갈 수 있는 일자리라고는 단순노동을 하는, 최저임금으로 생색내는 아르바이트나 다름없는 계약직이리라. 그런 직장을 얻기 위해 또 다시 이력서와 자기소개서를 진이 빠지게 쓸 바에는 네팔로 가겠다.

한국에서의 두 달이나 네팔에서의 두 달이나 뭐가 다르랴. 두 달간 자리를 비운다고 극적인 기회를 놓치는 일 따위는 없으리라.

대학생때 인도여행을 다녀온 대학 동기에게서 처음으로 들었던 안나푸르나 트레킹. 잊고 있었다가 등산과 관련된 아르바이트를 하면서 다시 그 이름을 접했다. 일반인도 가능한 고산 트레킹, 그저 걸어야 한다는 것도 매력적이었다. 유럽이나 미국 같은 멋들어진 선진국보다는, 상상도 하지 못했던 전혀 다른 삶의 방식과 가치관으로 살아가는 동남아시아의 작은 나라라는 점도 구미를 당기게 했다. 안나푸르나 산군을 빙 둘러 걷는다니 이 얼마나 흥미진진한가.

처음 안나푸르나 트레킹에 대해 들은 이후로 많은 시간이 흘렀다. 이제는 가야 할 것 같았다. 지금이 아니면 영원히 가지 못할 것 같았다. 여행 경비는 퇴직금으로 충당하면 된다. 소심한 나는 작은 결정을 앞두고는 이것저것 재고 전전긍긍하면서 큰 결정 앞에서는 내일이 없는 사람처럼 단박에 결단을 내리곤 한다. 이번 역시 그랬다. 이성이 온전한 사람이라면 누가 봐도 네팔여행은 틀린 결정이라 할 것이다. 하지만 나는 틀린 방향으로 가보기로 했다. 지금껏 잘도 그래왔으니까. 그래서 딱히 손해본 것도 없었으니까.

부모님도 남자친구도 여행을 가지 말라는 태도가 역력했지만 거세게 반대하지 않았다. 그들은 이미 내 성격을 알고 있었다. 반대하면 할수록 더 하려는 나의 지랄 맞은 성격을 말이다. 고맙게도 그들은 나의 결정을 존중하고 나를 믿어주었다.

평소 인터넷 검색을 귀찮아하는 나는 인터넷 대신 가이드북에 의지해서 여행을 준비했다. 한국인도 많다던데 모르면 물어보면 되고, 관광지니 웬만한 인프라는 다 갖춰져 있을 거라 느긋하게 생각했다. 직접 경험해보니 틀린 것도 아니었다.

2G 휴대폰이라 로밍은 포기했다. 말레이시아 항공은 카트만두로 향하는 내내 흔들려서 한숨도 못 잤다. 한국에서 산 두꺼운 싸구려 점퍼를 입고 있어 너무 더웠으나 앞좌석의 덩치 큰 남자가 좌석을 뒤로 젖히고 자는 바람에 옴짝달싹 못하고 얼른 도착하기만을 기도했다. 힘든 비행 끝에 카트만두에 도착해서 짐을 찾으니 등산스틱이 사라지고 없었다. 한밤중이었지만 다행히 사전에 예약한 픽업서비스 덕분에 안전하게 숙소로 갈 수 있었다.

며칠 뒤 포카라로 간 나는 직접 사무소에 가서 입산서류를 신청했다. 한번 신청한 서류는 몇 번이고 쓸 수 있을 거라 생각했는데 아니었다. 준비 부족으로 치러야 할 대가는 시간과 돈이다. 나는 시간이 넉넉했다. 네팔에서만 두 달 동안 있을 예정이니 말이다. 트레킹만 하고 가거나, 인도여행의 부수적인 코스로 생각하는 네팔에 이렇게 오래 있다는 사실에 사람들은 놀라곤 했다. 나는 급할 게 없었다. 네팔의 물가는 싸고(물론 관광객들한테는 비싸게 받지만 과한 바가지를 쓰지 않는다면 본국과 비교해서 상대적으로 싸다) 여행 초반이라 경비는 넉넉했다. 기왕 쓰는 거 조금 더 쓰고 나중에 아끼기로 했다. 사건사고도 없었고 불미스러운 일도 없었다. 베이스캠프 트레킹은 힘들었으나 즐거웠다. 나는 이제 안나푸르나 일주 트레킹을 준비하고 있다.

한국에 있었다면 난방비 걱정에 보일러를 틀 때마다 불안감에 시달리며 하루 종일 컴퓨터 앞에 앉아 구인광고를 보고 밤이면 술이나 퍼 마시고 있었을 텐데 차라리 네팔에 있는 게 나았다. 몇 달간 혼란과 고통에 시달렸던 나는 차츰 마음의 안정을 찾고 있었다. 산을 걷고 시내를 쏘다니느라 몸도 건강해지고 있었다. 한국에 돌아간 뒤의 일은 그때 고민하기로 했다. 나는 네팔에 있는 지금 이 시간들을 만끽하기로 했다.

CONTENTS

1. 안나푸르나 산군을 한 바퀴 도는 트레킹을
'안나푸르나 일주(라운드, 서킷 circuit) 트레킹'이라고 합니다.
2. 영어 지명과 고도는 Nepal Map Publisher에서 발행한 지도를 따랐고,
지도에서 확인하지 못한 정보는《론리 플래닛 네팔》을 참고했습니다.

001

만리 길도 한 걸음으로 시작된다

2월 20일(목) 맑음 ▶ **07:30** 포카라 레이크사이드 Pokhara Lakeside (820m) 출발 ▶ **11:30** 베시사하르 Besi Shahar (760m) 도착 ▶ **13:30** 불불레 Bhulbule (840m) 도착 ▶ **14:30** 나디 Nadi (930m) 도착

2014년 2월 16일 일요일. 11일간의 안나푸르나 베이스캠프&푼힐 트레킹을 끝내고 포카라로 돌아왔다. 눈알이 뽑히고 치아가 부서질 듯 지독히도 차가웠던 물, 대변 닦는 것조차 황송할 정도로 귀했던 휴지는 이제 안녕이다. 네안데르탈인 같았던 외모는 갓 데뷔한 아이돌 가수처럼 보송해졌다.

카트만두에서 사기당해 비싸게 산 동남아풍 바지를 입은 나는 나사 풀린 히피처럼 느긋하게 레이크사이드를 쏘다녔다. 네팔을 떠나기 전까지는 한 달 가량 남았다. 며칠 동안 나무늘보처럼 늘어져 있다고 해서 크게 달라질 건 없겠지만 쉬다 보면 하루가 1주일이 되고 1주일이 한 달이 된다. 이상하게도 여행지에서는 시간이 더 빨리 흐른다. 별달리 한 것도 없는데 출국일이 부쩍 다가왔다. 트레킹의 여운이 남아 있을 때 다시 산으로 들어가야 한다. 안나푸르나 일주 트레킹이 나를 기다리고 있다.

17일부터 19일까지 3일간의 휴식 기간 동안 일주 트레킹 준비를 하고, 시내 관광을 했다. 나는 홍정에 젬병인 데다 잘 따지지도 못해서 장사꾼과 사기꾼들에게는 잠재적 VVIP 고객이다. 택시를 이용하려면 홍정을 해야 하므로 패스. 바가지 쓰면 따지지도 못하면서 하루 종일 꽁해서 저주나 퍼붓고 있을 게 뻔하다. 버스를 타면 터무니없는 외국인 특별요금을 내야 할지도 모르기에 역시나 패스. 대신 공짜면서 고장날 염려도 없고 친환경적인 내 두 다리를 부려먹기로 했다. 최소한 내 다리는 날 속이지는 않겠지.

매일 오전 싸구려 등산복을 걸친 나는 먼지가 풀풀 날리는 비포장길을 걸었다. 내 몰골이 관광객보다는 외국인 같이 생긴 현지인에 가까웠는지 성가시게 구는 사람은 없었다. 그저 나를 빤히 쳐다볼 뿐이었다. 뙤약볕 아래 한참을 걷다가 시계를 보면 겨우 오전 9시. 이른 아침에도 불구하고 쨍한 햇빛에 달궈진 공기는 피리 소리에 홀린 코브라처럼 지표면 위를 날름거렸다. 한 시간 이상 걷다 보면 몸도 마음도 지친다. 다행히 그때쯤이면 목적지가 나타났다. 가이드북의 추천대로 천천히 관광을 즐긴 나는 왔던 길을 그대로 다시 걸어서 숙소로 돌아왔다. 11일간의 트레킹은 포카라 관광을 위한 예행연습이 아니었나 싶을 정도로 도보 관광은 개고생에 가까웠다. 무식하면 용감하고, 돈도 아끼고, 고생도 양껏 할 수 있다. 고맙게도 시간은 이 생고생을 버무리고 다듬어서 아련한 추억으로 만들어준다.

물론, 즐거운 일도 있다. 해가 저물 무렵이면 가까운 마트에 가서 시원한 병맥주를 사왔다. 2010년 동남아 여행을 하며 병따개의 소중함을 알게 된 나는 이번 여행에 와인도 딸 수 있고 통조림도 열 수 있는, 맥가이버도 곁눈질할 만한 다용도 오프너를 가져왔다. 거리를 향해 나 있는 숙소 베란다에 앉아 다리를 쭉 뻗고 천천히 병뚜껑을

땄다. 맥주가 담긴 잔에는 금세 송골송골 물방울이 맺혔다. 포카라 바로 옆에 있는 페와 호수에서 불어온 미풍은 샤워 후 젖은 머리카락과 피부를 살며시 보듬고 지나갔다. 맥주 한 모금에 기분이 몽롱해지고 근육은 스르르 긴장을 토해냈다. 선거권을 행사할 수 있는 합법적인 나이가 된 이후로 '충분한 휴식 = 충분한 맥주' 라는 공식은 내 삶 속에 성스럽고 중요한 진리로 자리잡았다.

그렇게 3일 동안 오전 오후에는 관광을 하고 저녁에는 맥주를 마셨다. 더할 나위 없는 휴식이요 재충전이었다.

드디어 20일. 다시 산으로 들어간다.

새벽 5시. 휴대폰 알람이 울리기도 전에 잠에서 깼다.

"패에엥~."

길게 코를 풀었다. 코 푼 휴지가 침대 여기저기 널브러져 있다. 5일 전 눈과 비를 쫄딱 맞으며 하산하다가 감기에 걸렸다. 열심히 움직여서 땀을 흘리고 푹 자면 나을 거라 생각했지만 감기는 날로 심해졌다. 이 상태가 계속되면 고산병으로 발전할지도 모른다. 네팔의 산 속에서는 호환마마보다 고산병이 더 무섭다. 30년이 넘도록 감기로 1주일 이상 고생한 적은 거의 없으니 때가 되면 나을 것이다. 일단 짐부터 싸기로 하고 몸을 일으켰다.

먼저 볼품없고 커다란 슬리핑백을 접었다. 매일 슬리핑백 곳곳에서 삐져나온 오리털이 옷, 등산화, 가방 등에 잔뜩 들러붙었다. 오리 사육사나 오리고기 전문 요리사로 오인받을 만도 하건만 아직까지 내게 오리털에 대해 물어본 사람은 없다.

사람들은 내 침낭을 보면 흠칫흠칫 놀랬다. 자존심 상하게시리 나보다 장비가 부실한 외국인들조차 그런 반응을 보였다. 여행 기간 동안 내 슬리핑백이 다른 사람들 것에 비해 터무니없이 큰 것 같다는 의심은 하고 있었다. 나도 눈치는 있으니까. 여행을 마치고 한국으로 향하는 비행기를 기다리며 알았다. 지난 두 달 동안 내 것보다 더 큰 슬리핑백을 보지 못했다는 사실을. 꾹꾹 눌러 담아도 40리터짜리 배낭의 1/2에 맞먹는 부피. '이건 2kg이 틀림없어'라며 포터의 얼굴에 깊은 주름살을 한 개 더 심어놓았던 무게.(실제로 무게를 재보지는 않았지만 그 정도로 무겁지는 않다고 확신한다) 내 슬리핑백은 정녕 '대물'이자 '요물'이었다.

트레킹 경험도 캠핑 경험도 없고 돈도 충분하지 않은 내가 인터넷에서 고른 것 치고는 꽤 좋은 거라는 결론을 내리고 싶으나 나도 내 양심을 속일 수는 없었다. 슬리핑백은 내가 산 장비 중 최악의 물건이었다. 그래도 따뜻하기는 하니 적어도 사기당한 건 아니었다.

카트만두에 와서야 슬리핑백에 내한온도가 있다는 것을 알았다. 봄, 가을, 겨울용으로 적합하다는 사용설명에 의거했을 때 아마도 0도가 아닐까 싶다. 베이스캠프에서 견딜 만했으니 이번 일주때도 큰 무리없이 쓸 수 있을 거라고 기대했다. 변수가 있다면 일주 트레킹에서 가장 높은 곳인 하이캠프가 베이스캠프보다 약 800m 정도 더 높다는 것이다. 하이캠프에 도착할 무렵이면 3월에 접어드니 훨씬 따뜻할 거라는 과학적인 추정과 설마 얼어 죽기야 하겠냐는 긍정적인 생각으로 걱정을 멀리 치워버렸다. 나는 시방 위험하게도 단순한 인간이니까.

짐을 싸는데 오래 걸리지 않았다. 산속에서 매일 짐을 풀고 쌌더니 이제 세미프로의 경지에 오른 듯하다.

배낭을 짊어지고 게스트하우스를 나왔다. 오전 6시가 다 되어가는데도 레이크사이드(포카라 시내의 여행자들이 주로 머무는 지역으로, 페와 호수가 바로 옆에 있다)는 아직 어둠을 떨치지 못했다.

저벅저벅. 어슴푸레한 어둠이 나와 부딪쳐 산산이 부서지는 소리가 거리에 울려 퍼졌다. 이따금 택시가 내 옆에 멈춰 섰다. 택시기사의 말은 늘 똑같다.

"나마스떼! 택시?"

아침 개시 손님으로 어수룩한 외국인을 태운다면 그 날은 무조건 운수 좋은 날. 설렁탕 대신 두둑한 루피(네팔 화폐)를 주머니에 꽂은 네팔의 김첨지는 즐겁게 집에 갈 수 있을 것이다. 나는 번번이 "NO!" 라고 답하고, 포터를 만나기로 한 곳으로 부지런히 걸었다.

약속장소는 골목길 안쪽으로 쑥 들어간 곳에 있다. 골목길의 어둠은 내가 걸어온 큰 도로의 어둠보다 농도가 진해 저 멀리서 움직이는 것이 사람인지 소인지 예티(전설 속 설인)인지 분간이 되지 않았다. 한국에서는 고개만 돌리면 24시간 편의점과 커피숍과 교회가 보이는데 네팔에서는 고개만 돌리면 소가 보인다. 날이 저물면 소들은 하나둘 사라졌는데 퇴근하듯이 우사 또는 거주지로 돌아가는 것 같았다. 어둠을 뚫고 나타난 소를 보고도 놀라지 않을 만큼 네팔의 일상에 익숙해졌지만 도둑은 겁났다. 여행 초반이라 지갑이 두둑했다. 현금 박치기가 진리인 산에서는 비자고 마스터고 비씨고 간에 야크 똥보다도 쓸모가 없으니 현찰이 필요하다. 포터를 기다리는 내내 경계태세를 늦출 수 없었다. 어둠속에서 움직이는 물체가 나를 향해 올 때면 등산스틱을 쥔 손에 잔뜩 힘이 들어갔다. UFC 옥타곤이 바로 여기라는 심정으로, 여차하면 예전에 꼴랑 3개월 배운 무에타이 기술도 쓰겠다며 다리에 힘을 주었다. 론다 로우지(UFC 여성 밴텀급 전 챔피언. 2015년 11월 15일 6차 방어전 상대인 홀리 홈에게 패해 챔피언 타이틀을 내주었다)보다는 정신나간 외국인이라는 인상을 주겠지만 말이다. 잔뜩 긴장해서 경계심을 불태우고 있을 때, 내 앞에 택시가 섰다. 필요없다고 손사래를 치려고 했는데 예상이 빗나갔다.

"안녕하세요!"

네팔인 운전기사가 차에서 내리며 나보다 유창한 한국말로 인사를 했다. 나와 포터를 투어리스트 버스 스탠드까지 태워주기 위해 여행사에서 보낸 택시란다. 2분 후 다른 택시가 내 앞에 멈춰 섰다. 엉덩이 두 쪽을 다 합쳐봐야 내 엉덩이 한 쪽밖에 안 되는 빈약한 몸매의 사내가 택시에서 내렸다.

"빔?"

"예스."

드디어 왔다. 나와 안나푸르나 일주 트레킹을 함께할 포터의 이름은 빔. 반가워 어쩔 줄 몰라 악수를 청하며 내민 내 손을 그는 마지못해 시큰둥하게 잡아주었다. 순간 불가촉천민이 된 것 같은 유쾌하지 않은 기분이 들었다. 실제로 카스트제도에 따르면, 외국인은 불가촉천민과 같다. 《론리 플래닛 네팔》에도 네팔에서는 악수를 거의 하지 않는다고 나와 있었다. 그리고 빔은 힌두교인(카스트는 모르겠지만)이었다. 물론 당시에는 이런 사실을 몰랐다. 민망함에 얼굴이 달아오르기 전에 나는 잽싸게 손을 거둬들였다. 가까이서 본 그의 얼굴은 앳되었다. 키는 나보다 컸지만 덩치만 보면 내가 포터 같았다. 빔이 내 배낭을 메다가 압사하는 건 아닌지, 생명보험은 들었는지 심히 걱정이 되었다.

이전에 안나푸르나 베이스캠프&푼힐 트레킹을 함께한 포터의 이름은 '샤일라'다. 원래 직업이 농부인 그는 손자손녀도 있는 52살 할아버지. 샤일라와 나는 환상의 커플이었다. 둘 다 영어를 잘하지 못했고, 조용한 것을 좋아하고, 휴식을 자주 취했다. '트레킹' 답게 우리는 쉬엄쉬엄 걸었다. 속도를 중시하는 대다수의 한국인이라면 답답함으로 인한 속쓰림과 혈압상승으로 인한 뒷목잡기를 유발할 느린 속도였지만 우리는 둘다 만사태평이었다. 샤일라 덕분에 트레킹은 즐겁고 안전했다. 그래서 이번에도 연륜 있고 싹싹하되 힘 좋은 30~40대 아저씨 포터를 원했는데 나의 바람과 달리 20대 후반으로 보이는 포터가 왔다. 새벽 댓바람부터 호구조사를 하기는 멋쩍어서 더 이상 묻지 않았다. 어쨌든 오늘부터 빔과 함께 일주 트레킹을 시작한다.

우리는 걸어서 가도 될 만큼 가까운 투어리스트 버스 스탠드를 택시를 타고 갔다. 아까운 내 돈… 우리를 베시사하르까지 데려다줄 버스는 30분 뒤에 출발한다고 했다. 하나둘 몰려드는 트레커들과 현지인들로 정류소는 북적대기 시작했다. 덩달아 정류소 입구에 위치한 찻집(겸 구멍가게) 주인 아저씨의 장사 수완도 빛을 발하기 시작했다. 나도 손가락 두 개를 펴며 당당하게 외쳤다.

"둣찌아(밀크티)."

베이스캠프 트레킹을 하며 샤일라한테 많은 단어를 배웠는데 그 중 사용빈도가 가장 높은 단어가 '둣찌아'였다. 이 단어는 '나마스떼'보다 훨씬 유용하게 쓰였다. 달콤하고 따뜻한 둣찌아는 새벽의 쌀쌀함과 불안함을 녹여주었다. 내가 산 밀크티를 마시는 빔은 여전히 낯을 가리는지 말이 없었다.

기다리기 심심했던 나는 주위를 둘러보았다. 한국인처럼 생긴 남자가 눈에 띄었다. 망설임 없이 한국어로 물어보니 바로 한국어로 답을 했다. 한국인은 한국인을 알아본다. 그 역시 안나푸르나 일주 트레킹을 한다고 했다. 그는 포터 없이 혼자 간다고 했다. 쯧쯧. 나는 안타까운 눈빛으로 불쌍하고 가여운 동포를 쳐다보았다.

2014년 2월 5일. 대한민국 여성의 평균 체력을 능가하는 체력을 지녔다는 자신감에 차 있던 나는 포터 없이 안나푸르나 베이스캠프 트레킹을 시작했다. 지인들이 10점 만점에 8점을 외칠 만큼 내 체력은 자칭 1등급이었다. 문제가 하나 있다면 단 한 번도 13kg짜리 배낭을 메고 한 시간 이상 걸어본 적이 없다는 사실이랄까. 출국하기 전 집에 있는 체중계에 배낭을 올려놨을 때 디지털 전광판은 10kg을 찍었다. 여기에 슬리핑백과 겨울옷과 잡동사니들을 매달았으니 아마 12~13kg 정도 나갈 것이다.

트레킹 첫날은 출발부터 조짐이 좋지 않았다. 새벽같이 일어나 준비를 했지만 게스트하우스 문이 잠겨 있어 20분간 동동거리며 주인이 나오기를 기다렸고, 텅 빈 거리에 딱 한 대밖에 없는 택시는 내가 제시한 요금을 거부했다. 비싼 택시를 타고 바그룽 버스정류장에 도착하여 막 출발하는 버스에 탔을 때는 나이스 타이밍을 외치며 승자의 미소를 지었으나 버스 요금은 내 상식을 벗어날 정도로 비쌌다. 걸어서 목적지까지 갈 수는 없으니 울며 겨자 먹기로 돈을 냈다. 목적지인 나야풀에 도착했을 때 앞좌석에 있던 네팔 사람이 알려주지 않았다면 나는 네팔 북부를 향해 하염없이 갔을 것이고, 지금까지 한국에 돌아오지 못한 채 네팔 국토대장정을 하고 있을지도 모른다.

나야풀을 시나 체크포스트(체크포스트에서는 입산서류를 확인한다. 서류가 미비하면 트레킹을 할 수 없다)가 있는 비렌단티에서는 길을 잘못 들어 원래 계획했던 푼힐 방향이 아닌 간드룩 방향으로 갔고, 걷기 시작한 지 한 시간 만에 가방 무게에 눌려 가슴이 답답하다는 것을 알고 이 트레킹이 과연 가능한지 회의에 빠졌다. 점심을 먹으러 들어간 허름한 레스토랑에서는 어디선가 말쑥하게 차려입은 네팔인 남자가 홀연히 나타나서 포터나 가이드를 고용하라며 20분이 넘게 호객행위를 했다. 그는 내 앞에 닥칠 수많은 시련을 나열하며 나를 걱정해주었다. 다른 사람이 봤다면 내 수호천사인줄 알았을 것이다. 동방예의지국에서 온 처자답게, 괜찮다고 됐다고 했지만 그는 집요했다. 애초에 제시했던 가격을 깎으면서까지 나를 유혹하던 그를 겨우 쫓아내고 싱숭생숭 식사를 마쳤다. 다시 걷기 시작한 지 5분도 안 되어서 진이 빠졌다. 자기계발서에 자주 나오는 문구인 '나는 할 수 있다'를 외치며 불안한 마음을 진정시켰다. 얼마 지나지 않아 아기자기하고 정감 가는 돌계단이 내 앞에 나타났다. 나는 10분도 안 되어 이 어여쁜 돌계단이 나를 고문하기 위해 만들어진 것이 틀림없다는 확신을 갖게 되었다. 김체부터 간드룩까지 1분간 걷고 1분간 쉬기를 두 시간이 넘게 반복하며 계단과 오르막길을 오르는 동안 내 육체는 점점 과로사에 근접해갔다.

쉴 새 없이 흐르는 땀이 두텁게 바른 선크림을 붕 뜨게 만들었고, 내리쬐는 햇빛은 붕 뜬 선크림의 수분을 말려 자잘한 알갱이로 만들었다. 어느새 얼굴은 흰 가루로 뒤덮여서 가부키 화장을 한 것처럼 보였다. 속옷까지 땀으로 젖어서 피부로 오줌을 싼 것 같은 기분이었다. 한 발 내딛기 위해서는 근육을 쥐어짜야 했다. 33년간 겪어보지 못했던 고통 앞에 육체는 무력하기 짝이 없었다. 육체가 무너지자 정신력도 백기를 들었다.

'엉엉엉엉….'

한계에 다다른 나는 아무도 없는 길에 멈춰 서서 나오지도 않는 눈물을 짜냈다. 울기라도 하면 기분이 나아질까 싶어서 큰소리로 울었다. 그런데 거짓말처럼 눈물이 한 방울도 나오지 않았다. 이럴 줄 알았으면 안약이라도 챙겨왔을 텐데! 시원스레 울고 나면 좀 후련할 텐데! 젠장! 10여 분간 혼자 쇼를 하다가 이게 뭐하는 짓인가 하는 생각에 입으로만 울던 소리를 멈췄다. 진퇴양난이다. 이렇게 된 거 다시 돌아갈 순 없다. 여자가 칼을 뽑았으면 무라도 썰어야 하는 법. 오늘 목적지인 간드룩까지는 가자. 남은 힘을 불태워 장렬하게 쓰러지리라.

다리 근육은 이미 탄력을 잃은 지 오래여서 등산스틱이 없었다면 계곡을 향해 펼쳐진 계단식 논에 거꾸로 처박혀서 유튜브에 나왔을지도 모르겠다. 지금이라도 포카라로 돌아가서 포터를 구해 내일 다시 오는 게 어떨까 하는 생각이 상박관념처럼 되풀이되며 나의 이성을 마비시켰다. 당시의 나는 생물학적으로 인간보다 좀비에 가까웠다. 내 자신이 좀 더 과감했다면 이족보행을 포기하고 두 손을 적극적으로 활용했을지도 모르겠다. 호모 사피엔스의 품위를 가까스로 지키며 기계적으로 그리고 필사적으로 목적지를 향해 걸었다. 그림자는 점점 길어지고 있었다. 가방을 길가에 내던지고 홀홀단신 걷는 것과 구조 헬기를 부르는 것 중 무엇이 합리적이고 장기적으로 저렴할지 고민을 시작할 즈음 목적지인 간드룩에 도착했다. 채무자 집에 쳐들어가는 채권자처럼 거침없이 게스트하우스로 진입한 나는 처음 만난 직원을 향해 다짜고짜 외쳤다.

"I need porter."

그렇다. 트레킹계의 라인홀드 메스너가 되고자 했던 건 나의 욕심일 뿐이었다. 해가 지기 진에 도착한 것만으로도 천지신명께 감사해야 했다. 겨우 첫날, 나는 나홀로 트레킹에 이별을 고했다.

베이스캠프 트레킹을 끝내고 포카라에 돌아온 나는 다음날 아침 일찍 여행사를 찾아갔다. 인사말도 하기 전에 다짜고짜 내가 꺼낸 말은 "여기가 포터를 구해주는 곳인가요?" 였다.

나의 시행착오를 똑같이 겪을 동포를 보니 안타까움이 샘솟았다. 산속에서는 포터 구하기가 힘들 텐데… 군대 행군과는 다를 텐데… 그는 나의 오지랖 가득한 시선을 느꼈는지 바로 고개를 돌렸다. 꼰대처럼 입을 나불대고 싶어 하는 나와 말을 섞고 싶지 않은 기색이 역력했다.

드디어 운전기사가 버스 시동을 걸었다. 출발! 그런데 진짜 출발이 아니었다. 족히 한 시간은 포카라 시내를 돌면서 가고 서고 기다리기를 반복하며 사람들을 태웠다. 시외버스가 아닌 마을버스를 탄 기분이었다. 한참 지나서야 멈춰 있는 시간보다 달리는 시간이 많은 '진짜 운행' 상태를 유지할 수 있었다. 버스가 멈출 때마다 무척 짜증이 났다. 버스탈취를 하고 싶어 엉덩이가 들썩거렸다. 장롱면허만 아니었으면 정말 그랬을지도 모르겠다.

2010년 한 달 반 동안의 동남아 여행은 나를 기약 없는 기다림에 익숙해지게 만들었다. 버스가 언제 목적지에 도착할지는 전지전능하신 신조차 네이버 지식인에 물어봐야 할 정도였으니까. 베트남에서 라오스까지 20시간이 넘게 버스를 탔던 날, 나는 이성의 끈을 놓았다. 그날 이후 만사가 느긋해졌다. 그런데 여행을 마치고 한국에 돌아와 부대끼다 보니 금세 인내심도 바닥을 드러냈다. 그리고 기껏 트레킹 와서는 버스 안에서 짜증을 내고 있는 것이다. 참을 수 없는 존재의 가벼움이란.

고객님이 타고 내리기 쉽게 버스는 문을 활짝 열고 달렸다. 덕분에 아침의 신선한 먼지바람이 앞좌석에 앉은 나를 향해 사정없이 몰아쳤다. 목적지인 베시사하르가 종점인 줄 알았다면 차라리 맨 뒤에 앉을 것을. 후회해도 이미 늦었다. 베시사하르까지는 약 4시간 걸렸다.

버스에서 나와 빔은 거의 대화를 하지 않았다. 버스가 시끄럽기도 했고 딱히 할 말도 없었다. 눈이 마주치면 애매하게 웃는 것으로 대화를 대신했다. 새벽에 새초롬하게 있던 빔은 기분이 풀렸는지 아니면 내가 조금 편해졌는지 안면근육이 많이 풀렸다. 파트너의 심기를 살피던 나도 마음이 편해졌다. 소음과 불편한 좌석에 익숙해져서 슬슬 잠이 쏟아지기 시작할 때 베시사하르에 도착했다.

빔은 여기서 버스를 갈아타고 불불레로 간다고 했다. 불불레에서부터 본격적으로 걷기 시작한다고. 빨리 걷고 싶어 안달이 닌 나는 웃으면서 말했다.

"오케이, 근데!"

일단 밥부터 먹자고 했다. 오늘 일어나서 먹은 거라고는 밀크티 한 잔이 전부다. 뱃속에서는 보잉 747의 엔진소리가 났다. 빔은 굶주리고 지쳐서 반나절 만에 폭삭 삭아버린 나를 식당으로 데리고 갔다. 식당 벽면에는 한 번도 실물로 보지 못한 카트만두 맥주 광고 포스터가 걸려 있었다. 트레킹하는 동안에는 맥주를 마실 수 없겠지. 산 속에서는 맥주 대신 맑은 공기로 말초신경을 달래자며 나 자신을 위로했다. 트레킹 후기를 보니 살이 빠졌다는 사람들이 많았다. 나 역시 지금보다는 훨씬 가벼워진 몸으로 포카라에 복귀하기를 은근히 기대했다. 동남아 여행 이후 살이 10kg이나 쪘다. 5kg만 빠져도 대성공이다. 주문한 점심이 내 앞에 차려지자 맥주와 다이어트 생각은 접어두고 허겁지겁 먹었다. **금강산도 안나푸르나도 식후경.**

식사를 마치고 거리로 나오니 막 출발하려는 불불레행 버스가 보였다. 빔이 물었다.

"서서 갈래, 아니면 기다렸다가 새 버스 오면 앉아서 갈래?"

30분이면 도착한다는 말에 서서 가기로 했다. 그 정도도 못 서 있을 만큼 연약한 여자가 아니다. 우리를 마지막 손님으로 태운 버스는 바로 출발했다.

발 디딜 틈 없이 꽉 찬 버스는 세상의 시름을 다 짊어진 듯 무겁게 무겁게 움직였다. 버스가 양 옆 또는 위 아래로 흔들릴 때마다 지붕에서는 병아리들의 애처로운 비명소리가 들렸다. 한 손으로는 새끼 강아지를, 다른 한 손으로는 손잡이를 잡은 할아버지의 얼굴에도 긴장감이 서렸다. 버스 안의 모든 물건 중 가장 무서웠던 것은 가스통이었다. 버스 통로에 누워 있는 10여 개의 가스통이 출렁일 때마다 혹시나 폭발하는 건 아닌지 걱정이 되었다. 가스통 위에는 수십 개의 바구니가 있어 뒷좌석에 앉은 사람이 내리기 위해서는 복잡한 과정을 거쳐야 했다. 나는 버스 안의 유일한 외국인이었다. 한국에서는 종종 중국인 대접을 받곤 했지만 여기에서는 영락없이 피부가 뽀얀 외국인이었다. 차장 밖으로 걸어가는 트레커들이 간간이 보였다. 나도 걷고 싶다. 괜히 나만 편법으로 버스를 탄 것 같아 살짝 불편했다. 그러나 어쩌랴.

서먹서먹한 포터와의 관계를 개선하기 위해 나는 미인계를 쓰기로 했다. 눈만 마주치면 실실 웃어댔더니 나의 뜬금없는 미소에 어리둥절해하던 빔도 실실 웃기 시작했다. 트레커를 위한 실용 팁! 포터를 휘어잡아야 내가 편하다! 미인계야 말로 동서양 역사를 통틀어 가장 효과적인 남성 호르몬 조정방법이 아닌가. 네팔의 미의 기준은 한국과 조금 다르기를 기대하며 열심히 미소를 날려주었다. 내 미모를 어떻게 생각하는지는 결국 알아내지 못했지만.

버스 출발 5분 만에 등산 스틱이 생각났다. 점심 먹었던 식당에 두고 온 것이다. 이런… 스틱 없이는 인간의 품위를 유지할 수 없다는 사실은 이미 뼈저리게 겪었다. 빔한테 이야기했더니 자신이 가져오겠다고 했다. 빔이 곧 버스에서 내렸고, 나는 먼저 불불레에 도착해서 기다리기로 했다.

30분이면 충분히 도착한다더니 역시 네팔 타임이었다. 가는 도중 진흙탕에 빠진 버스를 꺼내는데 걸린 시간을 빼고라도 50분은 걸렸을 것이다. 버스가 어찌나 힘겹게 달리는지 내가 되레 미안할 정도였다. 아인슈타인조차 이 낡은 버스가 굴러가는 원리를 밝히지 못할 만큼 기적적인 운행이었다.

어느새 병아리도 내리고, 가스통도 내리고, 바구니도 내리고, 강아지를 안고 탄 할아버지도 내리고 버스에는 나만 남았다. 불불레 버스정류장에 내린 승객은 내가 유일했다. 20분 정도 기다렸을까. 빔이 쑥 나타났다. 돌아가게 해서 미안하다고 몇 번을 말했더니 그때마다 괜찮다며 씩 웃어줬다. 미안함을 보상하기 위해 그의 배낭을 내가 짊어졌다. 내 배낭을 짊어진 빔과 빔의 배낭을 짊어진 나는 나란히 오늘의 목적지인 나디를 향해 걷기 시작했다. 낡고 꾀죄죄하고 불룩한 빔의 가방은 겉보기와 달리 전혀 무겁지 않았다.

넓은 비포장도로가 시원스레 쭉 뻗어 있었다. 덤프트럭과 지프가 요란한 경적 소리를 울리며 지나갈 때면 나는 임팔라처럼 펄쩍펄쩍 뛰었다. 도로 옆을 흐르는 도랑은 온통 흙탕물이고 희뿌옇게 일어난 먼지는 공기중에 오랫동안 머물러 있었다. 저 멀리 새하얀 눈을 짊어진 산들이 보이지 않았다면 안나푸르나 일주가 아니라 공사장 시찰로 오해할 만했다. 등산복만 아니었으면 황석영의 《삼포 가는 길》의 주인공처럼 보였으리라. 내 얼굴은 먼지가 달라붙어 황달 걸린 것 마냥 누래졌다. 빔과 나는 아무런 대화 없이 길을 걸었다.

도로 왼쪽으로 신비로운 연녹색을 띈 마르상디 강이 부지런히 흘러가고, 한국의 시골과 거의 똑같은 농촌 풍경이 끝없이 펼쳐졌다. 걷기 시작한 지 한 시간 만에 나디에 도착했다. 좀 더 걷고 싶을 정도로 감질나지만 오늘은 첫날이니 원래 계획대로 나디에서 지내기로 한다.

가방에서 믹스커피를 꺼냈다. 위장을 찌르르 타고 내려가는 그 자극적인 맛을 음미하며 믹스커피야 말로 20세기 최고의 발명품이자 인류의 위대한 문화유산이라고 감탄했다. 훗날 우주여행시대가 열리면 한국인의 배낭 속에는 어김없이 믹스커피와 소주가 잔뜩 실려 있을 것 같다. E.T.가 믹스커피에 맛 들일 날이 멀지 않았다.

바람이 세차게 불었지만 따스하게 내리쬐는 햇빛이 좋았다. 네팔 산속의 맑은 공기를 뚫고 내려온 자외선이 피부 노화를 촉진시킨다는 과학적인 사실은 잠시 제쳐두었다. 퍼질러 앉아 비타민 D가 생성되는 것을 즐겼다.

베이스캠프 트레킹 구역은 태양열로 전기를 생산하기 때문에 날씨가 화창해야 뜨거운 물로 샤워를 할 수 있다. 일주 트레킹 구역은 주로 가스를 사용하기 때문에 언제든지 핫 샤워가 가능하다고 했다. 샤워실의 문을 열어보았다. 시멘트벽에 샤워기만 달랑 달려 있어 무척 춥고 불편해 보였다. 빔은 샤워를 할거냐고 물어보았다. 나는 감기가 심해질까봐 샤워를 하지 않겠다고 말했다. 가이드북에는 고도 3,000m가 넘으면 고산병 때문에 샤워를 하지 말라고 적혀 있었다. 3,000m가 될 때까지 아직 며칠 남았으니 샤워를 미뤄도 될 것 같다. 다행히 오늘은 얼마 걷지 않아 땀이 거의 나지 않았다.

산뜻한 녹색 점퍼를 입은 동양인 여자 트레커가 게스트하우스로 들어왔다. 우리는 같은 버스를 타고 베시사하르까지 왔다. 빔은 서슴없이 그녀에게 다가가 살갑게 말을 건넸다. 그녀도 스스럼없이 웃으며 말을 받아주었다. 나한테는 맹숭맹숭 대하던 빔이 다른 여인네에게 반가움을 표시하자 묘한 기분이 들었다. 설마 외모차별 당하는 건가. 이 더러운 놈의 세상 같으니라고. 다행히 오늘 꼭 해야 할 일이 생각났다. 지난번 트레킹을 하면서 배낭 손잡이와 왼쪽 어깨끈 부분이 터졌다. 이대로 두었다가 더 크게 터지면 낭패라는 생각에 반짇고리를 꺼냈다. 정성들여 꼼꼼하게 가방 수리를 끝냈다.

해는 아직 중천에 떠있고 할 일은 없다. 책은 읽기 싫었다. 이럴 때는 역시 동네 탐방이 최고다. 내가 나갈 차비를 하자 빔이 따라왔다. 동네 끝까지 슬슬 걸어갔다.

마을 끝에 와서야 도로를 전세 냈던 덤프트럭에 대한 의문이 풀렸다. 대규모 공사현장이 나타났다. 중국 자본으로 건설하는지 중국어로 된 커다란 공사안내판이 요란스럽게 자리를 차지하고 있었다. 빔이 설명했다.

"수력발전소를 만들고 있는 거야."

네팔여행 중 가장 불편한 점이 바로 전기다. 24시간 공급이 되지 않기 때문이다. 네팔의 전력 부족은 고질적인 문제다. 네팔 전력의 약 90%가 수력발전을 통해 생산된다. 그러나 생산된 전기의 상당량이 대도시 같은 인구 밀집 지역에서 사용되거나 인도나 중국으로 수출되기 때문에 자국 내에서는 전기가 부족한 상황이다. 대도시에서도 전력을 분배하여 사용하기 때문에 전기가 들어오는 시간이 정해져 있고, 전압이 일정하지 않아 많은 관광객들이 불편을 호소한다. 네팔에는 유량이 풍부한 하천이 많다. 그러나 자본 부족과 기술력 부족 그리고 정치적 상황으로 인해 발전소를 세울 여력이 없다. 내전이 끝난 후 네팔정부는 경제성장을 목표로 댐과 발전소 건설 계획을 줄줄이 발표했다. 하지만 환경에 미칠 영향(환경 파괴, 홍수, 토질 변경 등) 때문에 많은 이들이 우려를 표하고 있는 것도 사실이다. 분명한 것은 세계에서 가장 가난한 국가 중 하나라는 네팔이 발전하기 위해서는 에너지 시설이 필요하다는 사실이다. 숱한 시행착오를 겪은 선진국과 달리 안전하고 친환경적으로 에너지 부족을 해결하고, 그 혜택을 네팔 사람들이 누리면 좋을 텐데 이것만큼 현실적으로 어려운 일이 어디 있으랴. 강바닥이 헤쳐진 공사현장을 보니 한숨이 나왔지만 아무 말도 하지 않았다. 이방인인 내 입장에서 섣불리 판단할 문제가 아니다. 나는 재빨리 등을 돌려 다시 숙소로 향했다.

하루 종일 말이 없던 빔은 나와 동네 탐방에 나서자마자 말을 쏟아내기 시작했다. 그는 절대로 과묵하고 차가운 도시 남자가 아니었다. 숙소로 돌아와서도 빔과 나는 의자에 나란히 앉아 이런저런 이야기를 나누었다. 한층 친근하게 느껴졌다. 대화 도중 가이드북에 쓰인 대로 차메가 창으로 유명하다는 게 사실이냐고 물어보자 빔의 눈빛이 반짝였다. 그는 오늘 저녁에 창을 마실 수 있는지 알아보겠다며 부엌으로 달려갔다. 말릴 틈도 없었다. 지나가듯이 물어본 것뿐인데 그는 내가 술을 원한다고 확신한 것 같았다. 무척 당황스러웠다. 늘 그렇듯이 설마는 사람을 잡았다.

같이 마주앉아 저녁을 먹는데 게스트하우스 주인 딸이 우유같이 흰 음료가 든 플라스틱 주전자를 갖다 주었다. 반질반질 때가 앉은 주전자에 가득 담겨 넘칠 듯 찰랑거리는 것이 바로 창이라고 했다. 다시 한번 밝히지만 나는 창을 주문하지 않았다. 일부러 다른 집에 가서 받아왔다는데 안 먹는다고 할 수도 없고… 내 의지와 상관없이 벌어진 상황에 살짝 짜증이 났다. 이건 뭐 강매나 다름없지 않은가. 술값도 내 계산서에 오를 것이 확실하고. 그렇지만 트레킹 첫날부터 화를 내거나 따지고 싶지 않았다. 간단히 마시고 얼른 자리에서 일어나는 게 상책이었다. 나디는 해발 930m(네팔의 수도 카트만두는 해발 1,337m). 술을 마셔도 위험하지 않은 고도다. 감기도 낫지 않은 상태에서 빔과 함께 창을 마시기 시작했다.

처음으로 마셔본 창은 다행히 알콜 도수가 낮았다. 술이 한잔 두 잔 들어가자 빔은 더욱 말이 많아졌다. 마치 다른 사람이 빔의 탈을 쓴 것 같았다.

빔은 자신의 본업이 여행가이드라고 했다. 가이드를 하면 포터에 비해 일은 훨씬 편하면서 돈은 더 많이 번다고 했다. 그래서인지 빔은 영어가 유창했다. 그는 나와 트레킹하기 직전에 가이드를 했던 오스트리아 사람들에 대한 이야기를 해주었다. 그들은 술을 좋아해서 매일 술을 진탕 마시고 빔에게도 술과 음료수를 많이 사줬단다. 그들은 굉장히 유쾌하고 느긋한 사람들이라 같이 있는 내내 즐거웠다고. 빔이 그들을 예찬할수록 내 처지가 더 궁하게 느껴졌지만 기분 탓이겠지 하며 잠자코 들어주었다.

화제는 종교 이야기로 넘어갔다. 자기는 힌두교도라고 했다. 나는 종교가 불교라고 했다. 빔은 종교에 대해 관심이 많다고 했다. 한국에서 온 여성 불자를 처음 만나보는지 나와 트레킹을 하며 불교와 불자에 대해 알고 싶다고 했다. 이렇게 부담스러울 줄이야. 그래서 한 가지 중요한 사실을 말해주었다. 나는 고기를 매우 좋아한다고. 술도 즐긴다는 말은 전략상 하지 않았다.

종교 이야기는 이제 각자의 가치관에 대한 이야기로 이어졌다. 빔의 인생 모토는 삶을 즐기는 것이란다. 그의 입에서는 enjoy 라는 단어가 자주 튀어나왔다. 이 단어가 한국의 젊은이들 사이에서, 특히 남녀관계를 이야기할 때 어떤 의미로 쓰이는지 전혀 몰랐겠지만 놀랍게도 빔이 사용하는 enjoy 역시 그 의미가 담겨 있었다. 깊어가는 술기운과 함께 대화가 무르익다 보니 결국 프리섹스라는 단어가 튀어나왔다. 자유로운 삶과 프리섹스에 대한 빔의 열렬한 옹호는 나에게 경고신호를 보내기 시작했다. 이거 슬슬 위험하다. 내 생각을 자세히 설명하기에는 영어 실력이 형편없었다. 그러니 오해를 사기 전에 대화를 마무리지어야 했다. 동아시아 여인들에 대한 외국인들의 이상한 고정관념(성희롱을 당해도 크게 항의하지 않고, 오히려 쉬쉬하며, 그래서 다루기 쉽고, 모든 여자들이 남자 손길을 바란다고 생각하는)에 대해서는 익히 들어서 알고 있었다. 한편으로는 이 상황이 웃겼다. 내가 왜 안나푸르나에 와서 성가치관에 대해 토론을 해야 하는가. 그건 이미 대학생때 실컷 했는데 말이다.

주전자가 바닥을 드러냈다. 빔이 눈웃음을 치며 내게 말했다.

"한 통 더 시키자."

한국인들은 술을 좋아하지 않냐며 실실 웃는 그를 보니 기분이 확 상했다. 브레이크를 걸기로 했다.

"난 니가 말하는 술 좋아하는 전형적인 한국인이 아니라서 말야. 그리고 더 마셨다가는 감기도 심해질 것 같으니 이제 그만 먹자."

빔은 단칼에 거절하는 내게 유치원생처럼 계속 졸라댔다. 그렇게 10여 분간 실랑이를 벌였다. 하지만 돈 줄을 쥐고 있는 건 나. 물주가 싫다는데 어쩔 것인가. 마지막 방법으로 그는 취했다며 창이 가득 찬 자신의 잔을 내게 밀어줬다. 마지막으로 대신 마시라고 했다.

버리면 아깝지 않냐면서. 취기가 오르지도 않은 상태여서 대신 마셔도 되었지만 그러면 2차로 이어질까봐 기어코, 한사코 거절했다. 그는 이미 술이 잔뜩 오른 것 같았다. 술도 약한 녀석이 어디서 감히 저 알콜 주당인 나에게 들이대는 거냐. 평소 술을 즐긴다는 정보를 주지 않은 게 다행이었다. 지금껏 외국인들한테 술을 얻어먹었던 모양인데 이번에는 대상을 잘못 골랐다는 사실을 깨닫게 해주리라. 경상도 여자가 성질나면 어떻게 되는지 보여주겠어.

겨우 술자리가 끝났다. 찝찝하게 시작한 술자리는 마무리도 개운치 않았다. 우리는 예의바르게 굿나잇 인사를 하고 헤어졌다. 빔은 살짝 비틀거리며 자기 방으로 갔다. 이 약아빠진 포터를 어떻게 구슬려야 하나 새삼 걱정이 되었다. 포카라에 돌아갈 때까지 술을 마시지 않기로 결심했다. 문제의 싹을 잘라버려야 한다. 어쩌면 처음부터 화를 내지 않은 내 모호한 태도가 문제였나 보다.

빔을 보니 1990년대 한국 젊은이들의 모습이 떠올랐다. 무거운 사회적 의무와 격식에서 벗어나 자유와 개성의 맛을 보기 시작한 젊은이들이 겪었던 정체성 혼란을 지금 네팔의 젊은이들도 겪는 것 같았다. 90년대 내내 울려 퍼진 세계화 찬양, 물밀듯이 쏟아져 들어온 미국 문화, 그리고 너무나 쉽게 구했던 해적판 일본 만화와 비디오는 90년대 초·중·고등학교를 다닌 나같은 세대들에게 자유에 대한 거대한 환상을 심어주었다. 그리고 그 환상은 20대를 거치며 하나씩 하나씩 깨졌다.

이날 대화를 하면서 느낀 건 빔이 말하는 즐거움이 돈과 섹스 위주라는 것이다. 돈과 섹스는 인생을 풍요롭게 해주는 삶의 필수요소임이 틀림없다. 하지만 그것이 삶의 목표가 되는 순간, 오히려 자신이 노예가 될 위험이 크다. 빔은 현재의 젊음을 과신하며 이런 양면성과 부작용은 생각조차 하지 않을 것이다. 빔이 어떻게 살든 내 알 바가 아니지만 한국인에 대한 고정관념만큼은 산산이 때려 부셔버리고 싶었다. 그러니 조심스럽게 행동해야 한다. 졸지에 애국자가 되었다. 내가 이러려고 트레킹을 한 게 아닌데 이것 참, 잔뜩 흥분해서 방을 서성거리다 보니 슬슬 술기운이 올라오기 시작했다.

이를 닦고 슬리핑백에 들어갔다. 술 냄새가 방안에 가득 찼다. 밤이 되어 온도가 내려가자 콧물이 줄줄 흘러나왔다. 포카라에서 두루마리 휴지 세 통을 챙겨왔는데 하루 만에 한 통을 거의 다 썼다. 산에서는 휴지 한 통도 기가 막힐 정도로 비싸다. 빔의 방자함과 휴지 부족이 시급한 문제로 떠올랐다. 과연 일주 트레킹을 무사히 끝낼 수 있을까. 내가 너무 쓸데없이 문제를 확대해서 생각하는 걸까. 갖가지 생각이 요동치느라 쉽게 잠들지 못했다.

GUIDE 1

내가 마신 네팔의 술

네팔에서 접할 수 있는 전통주는 주로 락시, 창, 퉁바 세 가지다. (네팔의 술에 대해 생생한 자료를 원하는 이는 탁재형의 《스피릿 로드》 중 〈히말라야의 고단함을 치유하는 묘약〉을 읽도록 하사)

락시(raksi)는 쌀이나 수수 또는 다른 곡물을 증류시켜 만든 술로, 색깔은 투명하다. 나는 힐레(Hile 1,430m)에서 베이스캠프 트레킹의 마지막 밤을 기념하며 포터 샤일라와 함께 락시를 마셨다. 게스트하우스 주인이 직접 만들었다는 락시에서는 희미한 약초 냄새가 났다. 샤일라는 한 모금 마시더니 매우 질 좋은 락시이며, 대도시에서 파는 락시는 설탕을 많이 타서 단맛이 난다고 했다. (《스피릿 로드》에는 카트만두 락시에는 화학약품이 많이 들어가 있어 잘못 마시면 장님이 된다는 현지인의 설명이 실려 있다) 락시를 들이키니 목구멍이 활활 타올랐다. 보드카에 버금할 정도로 독했다. 내가 만난 몇몇 한국 사람들은 소주보다 도수가 낮다고 했지만 락시의 정확한 도수에 대한 자료는 찾을 수가 없었다. 2011년 12월 CNN 기사에 따르면, 세계에서 가장 맛있는 음료 중 41위를(1위는 물) 차지했다고 한다. 소주도 싫어하는 나는 그 날 이후 다시는 락시를 마시지 않았다.

셰르파가 좋아하는 술로도 유명한 창(chang)은 우리나라 막걸리와 비슷하다. 우윳빛을 띠고 도수도 세지 않다. 발효시킨 쌀 또는 다른 곡물로 만들며, 차게 마시거나 데워 마신다. 《론리 플래닛 네팔》에 따르면, 뜨겁게 데워 날계란을 넣어 먹는 이들도 있다고 한다. 나는 포카라에 머물 때 두

세 번 창을 마셨는데, 다음날이면 엄청난 설사에 시달리곤 했다. 내 이야기를 들은 요리사 김중배 씨는 좋지 않은 물이 원인일 가능성이 크다고 했다. 창은 가볍게 마시기 좋은 술이다.

처음 보면 신기해서 자꾸만 먹고 싶어지는 퉁바(tongba)는 나무용기(주로 대나무)에 발효시킨 기장을 채워 뜨거운 물을 부어 마시는 술이다. 빨대를 꽂아 마시기 때문에 2004년에 방송된 KBS드라마 〈미안하다, 사랑한다〉에서 소주에 빨대를 꽂아 마셨던 임수정의 네팔 버전이 된 듯한 기분을 느낄 수 있다. 맛은 사케와 비슷하다. 나는 카트만두의 허름한 가게에서 퉁바를 처음 마셨는데 마시자마자 반하고 말았다. 처음에는 멋모르고 빨대를 휘저어서 마셨다. 두 번째로 마셨을 때는 같이 간 지인의 지시에 따라 충분히 알코올이 우러나도록 기다렸다가 마셨는데 훨씬 맛이 좋았다. 퉁바는 적어도 네 번까지 물을 부어서 마실 수 있어서 돈 없는 이들이 부담없이 즐길 수 있는 경제적인 술이다. 네팔에 가면 꼭 마셔야 할 술로 추천한다.

네팔에서 생산하는 맥주로는 에베레스트, 네팔 아이스, 고르카, 카트만두 비어가 있다. 에베레스트가 가장 비싸고 네팔 아이스가 가장 싸다. 카트만두 비어는 파는 곳을 못 찾아서 나도 마셔보지 못했다. 라벨에 스트롱(Strong)이라고 써있는 맥주가 같은 종류라도 도수가 강하다. 네팔 맥주는 맛이 꽤 괜찮다. 네팔 맥주 외에도 투보르그 같은 외국 맥주도 쉽게 접할 수 있다. 포카라의 많은 레스토랑이 10%의 세금을 청구하기 때문에 덮어놓고 마시다 보면 거지꼴을 못 면하게 된다. 대신 해피아워(happy hour)라는 제한된 시간 동안 할인하거나 1+1 서비스를 제공하는 레스토랑도 많으니 잘 찾아보자. 특히 밤늦게 마시고 시내를 돌아다니지 않도록 하자. 새벽까지 휘황찬란한 한국과 달리 네팔에서는 밤 11시면 이미 가게도 다 문을 닫고 거리는 어두컴컴해진다.

〈참고자료〉 조 빈들로스 등, 《네팔 - 론리플래닛 트래블 가이드》, 안그라픽스

사람을 알자면 하루 길을 같이 가보라

002

2월 21일(금) 맑음 ▶ **08:00** 나디 Nadi (930m) 출발 ▶ **10:00** 바훈단다 Bahundanda (1,310m) 도착 / 10:20 출발 ▶ **12:10** 게르무 Ghermu (1,130m) 도착 & 점심식사 / 13:50 출발 ▶ **16:40** 자가트 Jagat (1,300m) 도착

고요한 밤, 거룩한 밤은 없었다. 오직 어둠에 묻힌 밤만 있었을 뿐. 나디의 밤은 한시도 조용하지 않았다. 지축을 울리며 내달리는 덤프트럭의 거친 진동은 1934년에 네팔을 초토화시켰다던 대지진이 다시 일어나는 것은 아닌지 의심하게 만들었다. 트럭의 경적소리는 아닌 밤중의 홍두깨처럼 느닷없이 귀를 공격하고 심장박동수를 교란시켰다. 마르상디 강의 우렁찬 물소리는 헤비메탈 실황 연주에 버금갈 정도로 시끄러웠다. 덕분에 밤새도록 자다 깨다를 반복했다. 이곳이 평화로운 안나푸르나 산속 마을이라는 것을 느끼게 해주는 건 아무것도 없었다. 간밤에 창을 한 통 더 마시고 아예 뻗어버릴 걸 그랬나 하는 지극히 술꾼스럽고 한국인스러우며 결론적으로 나다운 생각이 들었다.

지구는 오늘도 자전을 한다. 동쪽 하늘이 점차 밝아졌고, 일어날 시간이 되었다. 한시라도 빨리 이곳을 떠나고 싶었다. 가이드북에

따르면, 오늘의 목적지인 자가트는 '요정 마을'이 연상된다고 했다. 오늘 밤에는 요정처럼 우아하게 잠들 수 있기를 바라며 짐을 쌌다.

오전 8시, 나디 출발.

등에는 내 가방을, 가슴엔 본인 가방을 맨 빔은 앞뒤로 불룩해졌다. 빔은 게스트하우스를 나오자마자 이어폰을 귀에 꽂더니 음악에 푹 빠졌다. 어제의 음주대화 이후 빔은 '가까이 하기엔 너무 먼 당신'이 되었다. 말없이 각자 걷는 게 훨씬 마음 편하다. 빔과 친해지고 싶은 생각이 1%도 없어서 이런 어색함이 오히려 반가웠다.

나디를 벗어나기 위해서는 어제 보았던 공사현장을 가로질러 가야 했다. 덤프트럭이 오가는 곳이라 사방을 살피며 조심히 걸었다. 공사장 관계자의 안내에 따라 가다 보니 막다른 곳에 다다랐다. 인도(人道)는 공사장 가장자리에 흙을 쌓아 길고 높게 다독여놓은 비탈 위에 있었다. 빔은 지금까지 걸어온 길을 돌아서 가느니 비탈을 기어 올라가겠다고 했다. 나도 어쩔 수 없이 빔을 따라 올라갔다. 비탈은 흙더미여서 올라서기가 쉽지 않았다. 내가 계속 미끄러지자 빔은 내 엉덩이를 힘껏 밀어올려 주었다. 덕분에 인도에 올라설 수 있었지만 얼굴이 화끈거렸다. 안나푸르나에서는 몸매 때문에 민망해할 일이 없을 줄 알았다. 외간남자에게 펑퍼짐한 엉덩이를 들킨 내 심정을 아는지 모르는지 빔은 뒤돌아보지도 않고 휘적휘적 앞을 향해 나아갔다. 내 엉덩이 따위는 생각조차 하지 않은 것이다. 한마디로 나만의 착각, 나만의 생쑈.

말없이 걷다 보니 얼마 안 있어 걷기 삼매경에 빠져들었다. 잡념으로 가득 차 있던 뇌가 텅 비어버렸다. 그렇다고 걷기명상처럼 감각에 집중하는 것도 아니었다. 그냥 걸을 뿐이었다.

다리 근육에 힘을 실을 때마다 아직 잠에서 깨어나지 못한 몸의 한쪽 구석에서 기분 좋게 피가 돌아가는 것을 느낀다. 중학교 1학년 때부터 꼬박 4년 동안 자전거로 통학해서 조금 과장하자면 사람과 자전거가 하나가 된 듯한 경지에 이르렀다. (중략) 온몸의 근육이 만들어내는 귀중한 에너지를 손톱만큼도 낭비하지 않고 추진력으로 바꿔야 한다는 것이 그의 신념이었다. 길가의 가로수들이 보이지 않을 정도로 쌩쌩 달리는데도 심장의 박동수는 그렇게 빨라지지 않았다. 대퇴부의 강력한 4두근이 수축을 반복하면서 마치 펌프처럼 온몸으로 혈액을 보내기 때문이다. 이것을 보면 다리가 제2의 심장이라는 말은 거짓이 아닌 것 같다. 혹시 계속해서 자전거를 타다보면 심장이 멎는다고 해도 목숨을 유지할 수는 있지 않을까…?

- 기시 유스케, 《푸른 불꽃》, 창해(새우와 고래)

자전거뿐만 아니라 트레킹 역시 살면서 미처 몰랐던 다리의 힘과 가치를 깨닫게 해준다. 도시에서 태어나고 자란 도시촌놈이 다리를 쓸 일이 얼마나 있겠는가. 몇 시간 동안 걷다 보면 다리가 나라는 존재의 부속품이 아니라, 내가 다리의 부속품이 아닌가 하는 착각에 빠지게 된다. 다리는 먼저 뇌를 지배하고, 나의 육체를 잠식하여 이윽고 나의 존재를 집어삼킨 채 무의식적으로 목적지를 향해 나아가게 만든다. 말 그대로 무아지경에 빠져버리고 마는 것이다. 의식도 감각도 잊은 채 걷다 보면 불현듯 이 광활한 시공간에 나홀로 존재하는 것 같은 신기한 기분이 든다. 끝없이 걷다 보면 해탈할 수 있지 않을까. 심장과 뇌가 멈추어도 계속 걸을 수 있지 않을까. 다리가 이끄는 대로 나는 그저 따라갈 뿐. 그렇게 걷기에 빠져들었다.

람파티에 도착해서 20분간 휴식을 취하고 다시 걸어 오전 10시에 바훈단다에 도착했다.

안나푸르나 베이스캠프&푼힐 트레킹이 헛되지 않았나 보다. 오르막길이 힘들지 않았다. 베이스캠프 트레킹의 몇몇 구간은 흔히 롤러코스터 구간이라고 불린다. 급경사의 오르막과 내리막이 연달아 이어지기 때문이다. 바훈단다로 향하는 길은 급경사는 아니었지만 오르막길이었다. 그 길을 평지 걷듯 걷고 있는 내 모습에 스스로 놀랐다. 지난번 트레킹 첫날 엉엉 울었던 게 생각났다. 어느 날 아침, 자신에게 거미줄을 내뿜는 능력이 생겼다는 것을 알게 된 피터 파커(영화 〈스파이더맨 Spider-Man〉의 남자 주인공)가 이런 심정일까. 1주일 사이에 슈퍼히어로가 된 것 같다. 이 상태라면 에베레스트까지 단숨에 올라갈 수 있을 것 같다.

바훈단다에 도착하자 빔은 제일 먼저 내 트레킹 서류를 챙겨 체크포스트로 향했다. 빔이 공무를 보는 사이 나는 맞은편에 있는 레스토랑에 앉아 밀크티를 주문했다.

다른 트레커들과 마찬가지로 나 역시 이번 여행을 통해 밀크티교의 독실한 신자가 되었다. 달짝지근한 밀크티는 트레킹의 필수 음료다. 혈관을 쫙쫙 뚫어주는 밀크티 한잔이면 피로가 술술 풀렸다. 자양강장제, 에너지 드링크 부럽지 않았다. 트레커 치고 밀크티에 중독되지 않은 사람이 있을까. 단 음식을 싫어하는 나도 밀크티를 마실 때는 설탕을 최소 두 숟가락을 퍼 넣을 정도가 되었다. 누군가 밀크티 없이는 안나푸르나 트레킹을 할 수 없다는 주장을 한다면 나는 아주 진지하게 맞장구를 칠 것이다. **밀크티를 찬양하라!**

바훈단다를 벗어나자 커다란 나무가 버티고 선 고갯마루에 다다랐다. 갑자기 시야가 탁 트였다. 나는 천천히 180도 회전하며 내 앞에 갑자기 모습을 드러낸 풍경을 눈에 담았다. 마르상디 강은 단단하게 뿌리박고 서 있는 산들의 아랫도리 사이를 느릿느릿 지나갔다. 강은 지난 몇천 년간 그래왔듯이 조바심내지 않고 기품 있게 흘러갔다. 싱그러운 초록빛을 머금은 다랑이 논은 물결처럼 계곡 아래로 굽이치며 펼쳐져 있었다. 실크처럼 얇고 보드라운 구름은 기하학적인 무늬를 선보이며 파란 하늘을 부유하고 있었다. 자연의 신비를 보여주는 웅장하고 멋있는 경치는 아니었지만 평화롭고 소박한 풍경에 절로 기분이 좋아졌다. 넋을 잃고 풍경을 바라보며 사진을 찍어대는 나를 빔은 무심하게 쳐다보았다.

비수기임에도 불구하고 북적였던 안나푸르나 베이스캠프 트레킹과 달리 어제도 오늘도 트레커가 많지 않아 조용하게 걸을 수 있었다. 일주 트레킹을 독점한 기분이었다.

두 시간 여를 걸어 점심 먹을 장소인 게르무에 도착. 마을 초입이라는 위치 때문인지 아니면 내가 개시(開市)를 해서 그런지 트레커들이 몰려들었다. 프랑스인 커플이 먼저 나타났고, 이어서 네팔리 가이드와 함께 온 프랑스 여인까지 가세해서 손님은 총 6명이 되었다. 나는 유일하게 포터를 데리고 온 사람이자 유일한 동양인이었다. 어제 같은 숙소에서 묵었던 녹색 점퍼를 입은 동양인 여자 트레커도 커다란 가방을 직접 짊어졌다. 나만 유별난 것 같아서 괜히 신경이 쓰였다. 언어의 장벽과 자신감 부족으로 의기소침해진 나는 자리에서 일어나 괜히 근처를 어슬렁거렸다. 그때, 녹색 점퍼를 입은 트레커가 숙소를 향해 걸어왔다. 나보다 먼저 그녀를 발견한 빔은 이산가족 상봉하듯이 반가워했다. 그 모습이 하도 어이가 없어서 나도 모르게 혀를 찼다. 점심 먹고 가라는 빔의 제안에 그녀는 배가 고프지 않다고 말했다. 강한 체력과 발랄함을 동시에 갖춘 그녀는 서글서글한 미소를 보여주며 쏜살같이 다음 목적지를 향해 나아갔다.

축지법이라도 쓰는 듯 그녀의 모습은 곧 시야에서 사라졌다.

주문한 지 한 시간이 넘도록 음식은 나오지 않았다. 늘어지는 식사준비에 익숙해져 있지만 오늘은 더 많이 걸리는 듯했다. 조바심을 낼 필요도 없고, 내봤자 바뀌는 것도 없다는 사실은 이미 경험으로 알고 있다. 심혈관 건강을 위해서 느긋하게 기다리는 것만이 상책이다. 수돗가를 점령한 등산화와 양말이 태양의 열기로 자연건조되었다. 나 빼고 프랑스어가 가능한 다른 트레커들은 살갑게 대화를 나누었다. 나는 자연스레 왕따.

고등학생때 제2외국어로 프랑스어를 배웠다. 지금 기억나는 건 봉주르밖에 없다. 고등학교 졸업 후 10년이 넘는 동안 수차례 이사를 다니면서도 불어 교과서를 꼭 챙겼는데 단 한 번도 펼쳐보지 않았다. 나는 외국어를 좋아해 한때 일본어와 라틴어도 배웠다. 러시아에 갈 때는 러시아어 초급 책도 샀다. 하지만 고질적인 용두사미 기질로 인해 기본적인 글자만 달달 외우다 끝났다. 마치 수학의 정석을 1장만 보다 때려치우는 것처럼. 오랫동안 공을 들였던 영어도 2년 가까이 손을 놓으니 기억의 저편으로 사라진 지 오래. 수다를 떠는 트레커를 보니 30대에는 외국어 하나를 '마스터' 해야겠다는 생각이 들었다.

트레커들이 다 먹어야 포터와 가이드의 식사가 준비된다. 빔이 달밧을 먹는 동안 게스트하우스 주변을 둘러보았다. 학교수업이 끝났는지 푸른색 교복을 입은 아이들이 줄지어 논두렁 위를 뛰어가고 있었다. 산중턱에서는 염소들이 열심히 풀을 뜯고 있었다. 도시 촌년은 연신 카메라 셔터를 눌러댔지만 사진기는 그 아름다움을 다 잡아내지 못했다. 사진기에 갇힌 풍경은 평범하다는 단어조차 더무니없을 정도로 아무 특색이 없는 죽은 풍경이었다. 연장이 아닌 내 실력이 문제겠지. 아니면 내 눈이 이상한 걸까.

게르무에 도착한 지 한 시간 반 만에 드디어 출발했다.

나디에서 게르무를 지나 시앙제까지는 마르상디 강 오른쪽으로 난 길을 걸었다. 시앙제에 도착하자 빔은 출렁다리를 건너야 한다고 했다. 다리 난간에는 오색 깃발이 나부끼고, 다리는 출렁거리고, 다리 밑으로 기세 좋은 강물이 내달렸다. 나는 출렁다리를 건널 때마다 몹시 즐거웠다. 어릴 때 즐겨탔던 퐁퐁(트램플린, 내가 자란 지역에서는 퐁퐁이라고 했다)을 타는 기분이었다. 짐을 잔뜩 실은 동물과 마주치면 오줌을 지릴 정도로 무섭다던데 아직까지는 그런 경험을 하지 못했다.

마르상디 강 왼쪽에 있는 길은 차도 역할도 겸하고 있다. 마낭까지 뻗은 이 도로 위로 지프가 다니며, 트레커들 역시 기존의 전통적인 루트 대신 이 신작로를 사용하는 경우가 많아졌다. 하지만 이 길은 비포장도로인 데다가 폭도 좁고 큰 돌도 이따금 흩어져 있어 지프라고 해도 빨리 달릴 수는 없다. 산사태나 낙석을 막을 수 있는 시설이 없어서 갑자기 굴러떨어진 돌에 깔린다고 해도 전혀 이상하지 않았다. 그래서 사고도 종종 생기고 사망자도 생긴다고 했다. 카트만두에서 포카라로 오면서 무신론자도 신을 찾게 만드는 곡예운전을 체험한 나는 설령 공짜라도 지프는 타고 싶지 않았다. 딱 봐도 러시안 룰렛만큼 위험해 보였다. 사지멀쩡하게 한국으로 돌아가고 싶다.

트레킹 2일째. **빔은 안 친한 포터에서 밉상 포터로 업그레이드되었다.** 베이스캠프 트레킹을 할 당시에는 비탈의 경사가 심해 샤일라와 나는 자주 쉬면서 환담을 나누곤 했다. 빔은 내 상태는 아랑곳없이 혼자 음악을 들으며 걷다가, 전화 통화를 할 때면 멈춰 섰다. 무슨 놈의 전화가 그리 자주 울리는지 누가 보면 연예인인줄 알겠다. 거기다 왜 그리 자주 쉬는지 원. 걷는 속도를 맞추기 위해서는 빔이 멈추면 나도 멈추어야 했기 때문에 속에서는 울화통이 터졌다. 이깟 평지가 뭐가 힘들다고! 50대인 샤일라도 평지에서는 쉼 없이 걸었는데 20대인 빔은 힘에 부치는 것 같았다. 아니면 어제 마신 술이 아직 덜 깼을까. 네팔 사람들은 모두 산을 잘 탄다는 내 생각이 잘못된 일반화의 오류인지, 빔의 체력이 다른 사람들에 비해 약한 특별 케이스인지 나도 판단이 서지 않았다.

오후가 되자 짜증지수가 더 올라갔다. 출렁다리를 건너고 얼마 지나지 않아 갈짓자로 굽어진 오르막길이 나타났다. 빔은 층층이 쌓인 석축에 내 배낭을 벗어놓고 퍼질러 앉았다. 그는 맞은편에 있는, 폭포를 이용한 발전시설을 하염없이 쳐다보았다. 갑자기 과학자가 되어 중력의 비밀에 도전하는 건지, 공학자가 되어 전기를 만드는데 드는 원가를 계산하는 건지 종잡을 수가 없다. 빔의 시간은 이미 멈춰버렸다. 나는 기다리다 지쳐 먼저 출발했다. 천천히 오르막길을 걸어 올라갔다. 꼭대기에 이르렀더니 내 앞에서 걸어가고 있는 그의 모습이 눈에 띄었다. 내가 지금껏 올라온, 경사가 완만한 길 대신 높고 가파른 석축을 배낭을 멘 채 기어 올라온 것이다. 미끄러지거나 어디 걸려서 사고라도 나면 어쩌려고 저렇게 무모한 짓을 했는지 기도 차지 않았다. 처음으로 차라리 빔이 없는 게 낫겠다는 생각이 들었다. 그는 자신의 일을 즐기지 못하고 자신의 안전에도 관심이 없으며, 무엇보다 나와 함께 트레킹을 한다는 개념 자체가 없는 듯했다. 빔이 꼴보기 싫어서 눈길을 돌려버렸다.

도로 옆으로 작은 건물들이 늘어선 마을을 통과했다. 범우사에서

펴낸 서정주 시집에는 시인 박재삼이 쓴 서정주론이 실려 있다. 서정주론에 따르면, 두 사람이 선술집에 갔는데 그 집에서 이불을 꾸미고 있었다고. 그러자 서정주 선생이 대뜸 “아주머니 가을 이불 꾸미는 걸 보니까 내 마음이 찬란해지는구먼” 이라고 말했다고 한다. 집집마다 그득하게 쌓아놓은 장작과 담벼락에 걸려 있는 이불과 빨래를 보니 내 마음도 찬란해졌다. 다시 한번 시인의 표현에 탄복했다. 찬란하다는 것은 이런 느낌이구나.

오늘의 목적지, 자가트가 눈앞에 나타났다. 요정이 살기에는 너무 허름하고 칙칙해서 마녀에게 더 어울릴 법했다. 마르상디 강의 거친 물소리가 메아리치며 마을을 울리고 계곡의 습한 기운이 묵직하게 내려앉아 음습했다. 갑갑한 우울함이 마을 전체를 휘감고 있었다.

빔의 안내로 게스트하우스에 들어섰다. 방은 2층에 있었다. 내 방에 가방을 내려놓은 빔은 그대로 침대에 걸터앉았다.

“나 너무 피곤해.”

나보고 어쩌라는 걸까. 마사지라도 해달라는 건가. 순진한 경상도 아가씨는 예상치 못한 상황을 맞아 대혼란에 빠졌다. 마음 같아서는 니킥을 날려서 계곡으로 떨어뜨리고 싶다.

“오늘 하루 고생했어.”

일단 환한 웃음으로 황당함을 감추고서 노고를 치하했다. 내 말이 끝나자 그는 자기 배낭을 내 침대에 던져놓고 1층 다이닝홀로 내려갔다. 왜 내 방에 자기 배낭을 그대로 둔 것인가. 혹시나 오늘 밤 내 방에서 같이 머물렀으면 좋겠다는 의사 표시일까 봐(어젯밤에 나눈 대화, 특히 프리섹스에 대한 대화가 떠올랐다) 걱정된 나는 재빨리 그의 가방을 가지고 다이닝홀에 내려갔다.

“네 가방을 내 방에 두고 갔더라고.”

빔은 자기 가방을 건네주는 나를 이상하게 쳐다보았다. 고맙다는 말은 없었다. 돌아서는 내 입에서는 절로 한숨이 나왔다. 왜 내가 이런 뒤치다꺼리까지 해야 하는 걸까. 내가 포터님을 모시고 산에 들어왔구나. 이틀 만에 포터한테 지쳤다. 몸이 지치기도 전에 마음이 먼저 지쳐버렸다. 큰 혹을 매달고 산에 들어왔다는 것을 이제야 확실히 알 수 있었다. 그 혹은 나날이 악화되어 악성종양이 될 것이 확실했다. 기구한 내 팔자야, 어이구.

기분전환도 할 겸 짐을 풀고 동네 탐방에 나섰다. 낮게 내려앉은 구름이 산과 하늘을 점령해서 대낮같지 않게 어두웠다. 땅은 습기 때문에 질퍽거렸다. 으슬으슬했다. 지긋지긋한 관절염이 도지기 딱 좋은 날씨였다. 예상대로 마을은 볼 만한 게 없었다. 건물도 사람도 생기가 없었다. 여기저기서 마을 사람들이 옹기종기 모여 멍하게 앉아 있거나 알 수 없는 게임을 하고 있었다. 한쪽에서는 아이들이 축구를 하고 있었다. 참 희한하게도 온 마을이 북적대기는 하나 활력이 없었다. 사람들의 얼굴에도 즐거움보다는 무심함이 가득했다. 소란스러움과 무료함이 묘하게 어우러져서 오히려 을씨년스러웠다. 흡혈귀가 번식하기에 적당한 환경이라는 느낌이 들었다. 오늘 밤은 필히 목을 칭칭 감싸고 자야겠다.

소득 없이 탐방을 마치고 숙소로 돌아오는 길에 슬레이트 지붕위에 다소곳이 자리잡은 노란 호박을 발견했다. 예쁘장한 늙은 호박의 요염한 자태란! 호박에서 아우라를 느낄 정도로 상큼했다. 나에게 도벽이 없다는 사실을 감사하게 여겼다. 네팔에서는 저 사랑스러운 호박으로 어떤 요리를 해먹을지 궁금해졌다. 한국에서라면 따뜻하고 달달한 호박죽을 만들 수 있을 텐데. 이런 날씨에 맛있는 호박죽

한 그릇을 먹으면 난치병도 고칠 수 있을 것 같다. 하지만 입맛만 다시는 수밖에 없다. 난생 처음 늙은 호박이 얼마나 아름다울 수 있는지 알았다. 일본영화 〈츠루기다케: 점의 기록(2009)〉에서 산에 오른 주인공은 "처음으로 자연의 아름다움은 험준함 속에 있다는 것을 깨닫게 되었다"고 말한다. 그렇다면 일상의 아름다움은 낯선 생경함 속에 있는 것일까.

감기 때문에 콧물이 찔찔 흘러나왔다. 어제도 샤워를 하지 않았다. 오늘 평탄한 길을 걸으며 땀을 거의 흘리지 않은 데다가 이 쌀쌀하고 습한 날씨에 샤워를 했다가는 감기가 도질까봐 엄두가 나지 않았다. 게르무에서 점심 먹을 때 만난 프랑스인 여자 트레커가 내 옆방을 쓰게 되었다. 빔은 그녀의 네팔리 가이드를 부러운 듯이 쳐다보았다. 자기의 원래 직업은 포터가 아닌 가이드라는 사실이 그의 자존심을 긁고 있는 것 같았다.

다른 사람들의 만류를 뿌리치고 기어이 찬물에 샤워를 하고 나온 프랑스 여인의 입술은 보라색이 되었다. 말이 찬물(cold shower)이지 액체질소만큼이나 차가울 것을 익히 알고 있었다. 베이스캠프 트레킹을 하면서 물이 너무 차가워 양치질조차 못했던 날이 며칠이었던가. 저러다 저체온증에 걸리는 건 아닐까 싶을 정도로 머리카락에서 물이 뚝뚝 떨어지는 그녀의 모습은 일본영화 〈링(1998)〉에 나오는 귀신보다 더 공포스러웠다. 빔이 내게 물었다.

"너는 왜 샤워를 하지 않니?"

"날이 추워서 샤워하면 감기가 심해질 것 같아."

"넌 게으른 것 같아."

순간 욱했지만 마음을 가라앉혔다. 이놈이랑 싸워서 뭐하리.

"뜨거운 물로 샤워하면 100루피 내야 해. 그 돈이 아까워."

"어휴. 그럼 내가 대신 내줄 테니 샤워해."

그는 왜 겨우 100루피를 아까워하는지 모르겠다고 했다. 그래서 나는 돈이 많지 않아 아껴야 한다고, 회사를 때려치우고 왔기 때문에 한국에 돌아가도 직장이 없다고 했건만 그는 내 말을 믿지 않았다. 비행기 탈 돈은 있으면서 뜨거운 물로 샤워할 돈은 없다는 내 말을 이해할 수 없다고 했다. 포카라에서 공짜로 할 수 있는 핫 샤워를 돈 내고 하는 게 아깝다는, 물가의 상대성을 설명하기에는 역시 내 영어 실력이 부족했다. 그러니 포기할 수밖에 없다.

빔에게 관광객은 곧 부자였다. 부자인 외국인들이 돈을 아낄 이유가 없다. 게다가 외국인이 흥청망청 써야 본인에게도 이득이 아닌가. 빔에게 나는 다른 외국인들처럼 캐시카우였다. 힌두교에서는 소를 숭상하고 힌두교도인 빔은 캐시카우인 외국인을 우려먹는다.

여행사에서는 매일 100~200루피 정도의 용돈을 포터에게 챙겨주라고 했다. 그러면 요구사항을 더 잘 들어준다고 했다. 용돈은 일종의 관례가 되었다. 나 역시 트레킹을 시작할 때는 용돈을 챙겨줘야겠다는 생각을 했으나 일찌감치 정나미가 떨어져버려 그런 마음이 쏙 들어갔다. 어설픈 용돈은 역효과를 불러일으킬 것이다. 빔은 씀씀이가 큰 외국인들을 많이 봤기 때문에 200루피는 푼돈이라고 여길 가능성이 컸다. 오히려 나를 갑부라고 여겨서 더 뜯어낼 생각을 할지도 모른다. 베이스캠프 트레킹을 하면서는 육체적으로 힘든 것 외에는 아무런 문제가 없었다. 그런데 일주 트레킹을 시작하자마자 여러 가지 문제가 불거져 나왔다. 현실을 외면하고 싶은 나는 짐을 풀고 일거리를 찾았다.

찬물에 세수를 했다. 역시 몸서리치게 차갑다. 그래도 견딜 수 있을 만큼 차갑다. 어제 마무리하지 못한 가방 수선도 끝냈다. 짐 정리도 끝내고 책과 엽서를 들고 다이닝홀로 내려갔다. 이번 트레킹을 하는 동안 남자친구에게 매일 엽서를 한 장씩 쓰기로 했다. 그래서 출발 전날 15장의 엽서를 샀다. 부모님이 알면 '딸년 키워봤자 소용없다' 며 서운해하시겠지만 남자친구에게 특별한 선물을 하고 싶었다. 2년 가까이 만나면서 제대로 선물을 챙겨준 적이 없었다. 생일 선물도 무려 6개월이 지나서 해주었다. 매일매일 정성으로 쓴 엽서라면 만회가 될 것 같았다. 네팔에서 온 두툼한 봉투에 깜짝 놀랄 남자친구의 표정을 생각하니 기분이 좋아졌다. 어제 못쓴 엽서와 오늘의 엽서까지 두 장을 연달아 썼다. 엽서를 다 쓰자 저녁으로 주문한 커리가 나왔다. 트레킹을 하며 두세 번 커리를 먹었는데 늘 밥은 많고 커리는 적었다. 그리고 묽었다. 나는 감자와 양파가 듬뿍 들어간 한국식(일본식) 카레가 먹고 싶었는데 커리는 늘 내 식욕을 만족시켜주지 못했다. 매번 이번에는 다르지 않을까 하며 시키는데 오늘도 역시나였다. 배고픈 나는 카레를 그리워하며 커리를 싹싹 비웠다.

베이스캠프 트레킹을 할 때는 식욕이 없어서 거의 라면과 갈릭수프를 먹었다. 그래도 배가 고프지 않았다. 그런데 지금은 먹고 돌아서면 바로 배가 꺼졌다. 돌도 씹어 먹는다는 사춘기 소녀로 회춘한 것 같았다. 놀랍게도 뭘 시키든지 맛은 없었다. 그래도 밥알 하나 남기지 않고 싹싹 비웠다. 한국에서나 네팔에서나 나는 음식물 쓰레기를 적게 배출하는 착한 지구인이다. 베이스캠프 트레킹을 할 때는 감자탕이 먹고 싶어 미칠 것 같았는데 지금은 한국음식이라면 뭐든지 먹고 싶다. 2010년 동남아 여행에서는 뭐든 입에 잘 맞아서 한국음식은 거의 생각나지 않았는데 말이다. 입맛도 나이가 드나 보다.

내 앞에서 달 밧을 먹던 빔은 자기 그릇에 있던 계란 프라이를 내게 건네줬다.

"난 배부르니까 네가 먹어."

도대체 빔의 머릿속에는 무슨 생각이 있는 걸까. 거절하기 귀찮아서(거절해봤자 다시 권할 게 뻔하니까) 일단 받아서 먹었다. 내가 계속 코를 풀자 빔의 눈빛이 반짝거린다.

"락시를 마시면 감기가 바로 나을 거야."

나는 활짝 웃으며 고개를 저었다. 빔은 그 뒤로도 여러 번 술을 권했지만 나는 거절했다. 그리고 속으로 내뱉었다. 꺼져버려, 이 친구야. 감기 나으라고 술 권하는 게 아니라는 건 지나가는 개도 알겠다.

산 속이라 해가 빨리 진다. 어둠이 몰려들기 시작하자 책읽기도 힘들어졌다. 전구의 불빛은 너무 흐려서 눈이 침침했다. 나를 제외한 게스트하우스 직원들과 가이드와 포터는 TV를 보느라 정신이 쑥 빠져 있었다. 굿나잇 인사를 하고 방으로 올라왔다. 커튼을 활짝 걷었다. 아무것도 보이지 않았다. 유리창에 비친 내 모습만 보였다. 계곡을 흐르는 강물 소리는 낮보다 더 크게 들렸다. 한국에서 챙겨온 분말 감기약을 먹을까 말까 고민하다가 좀 더 아껴두기로 했다. 언제 위급상황이 닥칠지 모르니까. 슬리핑백으로 들어가니 내 몸에서 얼큰한 땀냄새가 확 풍겼다. 그래도 따뜻해서 좋다. 오늘도 사건 사고 없이 잘 마무리되었다. 빔은… 알아서 날뛰게 놔두자. 나한테 피해만 안 주면 되니까 신경 쓰지 말자. **나는 요정처럼 스르르 잠들었다.**

GUIDE 2

밀 크 티
(찌 아)

밀크티는 우리나라 커피숍에서도 쉽게 마실 수 있는 음료로, 홍차에 우유와 설탕을 넣어 만든다. 네팔에서는 찌아, 인도에서는 짜이라고 한다. 영국식 밀크티와 아시아식 밀크티는 제조방법이 약간 다르다. 2003년 6월에 발표된 영국 왕립화학협회의 '한 잔의 완벽한 홍차를 만드는 방법'에 따르면, 저온살균 우유를 먼저 컵에 넣은 후 우린 홍차를 붓는 것이 클래식한 영국식 밀크티를 만드는 방법이다. 인도, 네팔, 스리랑카 등지에서 접할 수 있는 아시아식 밀크티는 찻잎과 우유를 함께 넣어 팔팔 끓인 후 설탕을 넣는다. 또는 우린 홍차에 끓인 우유를 넣기도 한다. 스리랑카에서는 거품이 많이 나오라고 완성된 밀크티를 다른 컵에 다시 붓기도 하고, 인도에서는 마살라를 넣어 풍미를 강화시키기도 한다.

현재 세계적인 차 생산국인 인도나 스리랑카에서는 원래 차를 재배하지 않았다. 중국에서 홍차를 수입해 마시던 영국은 넘치는 수요를 감당할 수 없어 19세기 중반부터 식민지에서 차를 재배하는 방법을 모색하기 시작했다. 1823년 동인도회사의 로버트 브루스 소령이 인도 아쌈 지역에서 야생 차나무를 발견하였고 20년간의 시행착오 끝에 비로소 대량생산이 가능해졌다. 그 결과 인도 아쌈, 다즐링, 닐기리와 실론(현재 스리랑카)에 대규모 다원이 생겨났고 생산된 차의 대부분은 영국으로 수출되었다. 식민지에서는 고급 홍차를 만들고 남은 차를 활용했는데 그러다 보니 정통 영국식과는 다른 방법을 고안하게 되었고 지역별로 특색 있는 밀크티가 탄생했다.

1908년 티백, 1930년대 CTC가공법이 발명됨에 따라 현재 전 세계 홍차의 90%는 티백 속에 넣은 CTC 홍차로 유통되고 있다. 이에 밀크티를 만들 때도 티백 홍차를 활용하는 곳이 많아졌다. 네팔에서 트레킹을 하다가 찌아를 주문하면 우유를 담은 컵에 티백 홍차를 넣어 건네주기도 한다.

포카라나 카트만두에서도 찌아를 자주 마셨고, 한국에 돌아와서도 밀크티를 마셨지만 안나푸르나 산맥을 바라보며 마시는 찌아만큼 맛있지 않았다. 네팔 트레킹은 밀크티를 재발견하는, 미각의 모험을 제공할 것이다.

안나푸르나에서 밀크티를 마시지 않는 자, 유죄.

〈참고자료〉

1. 문기영, 《홍차수업》, 글항아리
2. 이진수, 《홍차 강의》, 이른아침
3. 정은희, 오사다 사치코, 《차 한잔으로 떠나는 세계여행》, 이른아침
4. 이소부치 다케시, 《홍차의 세계사, 그림으로 읽다》, 글항아리

003

산 설고
물 설다

2월 22일(토) ▶ **08:15** 자가트 Jagat (1,300m) 출발 ▶ **09:15** 참체 Chyamche (1,430m) 도착 ▶ **11:30** 딸 Tal (1,700m) 도착 & 점심 / 12:30 출발 ▶ **14:35** 다라파니 Dharapani (1,860m) 도착

새벽에 비가 내렸다. 잠결에 들은 강한 빗소리가 꿈속의 일 같아서 일어나자마자 밖을 내다보았다. 비는 그쳤지만 우기의 정글처럼 습하다. 허공을 쿡 찌르면 물기를 잔뜩 머금은 무거운 공기가 산소와 수소로 분리되어 왈칵 쏟아질 것 같다.

또다시 콧물과의 전쟁이 시작됐다. 몸살기운과 두통은 사라졌는데 콧물이 계속 흘러나온다. 입산 이틀 만에 휴지 한 통을 다 써버렸다. 아직 가야 할 길이 먼데 필수품인 휴지가 떨어지니 불안하다. 오늘부터 미션 추가! 필사적으로 휴지를 확보한다. 롸저(roger)!

밀크티로 몸을 데운 후 아침을 먹었다. 어제 저녁에 주문한 대로 볶음밥이 나왔다. 요청한 시간에 딱 맞춰 나온 걸 보니 오늘 하루가 잘 풀릴 것 같다.

출발 준비를 끝내고 마당에 앉았다. 이제 포터 '님'께서 준비되기를 기다리기만 하면 된다. 고용주인 내가 고용인인 포터를 기다려야

하니 복장이 터질 지경이다. 자본주의적이고 위계질서적인 생각에 한없이 쪼잔해지지만 어쩔 수가 없다. 며느리가 미우면 발뒤축이 달걀 같다고 나무란다더니 엊그제부터 시작된 짜증이 점점 강도가 높아진다. 시위하듯이 일부러 찬바람을 맞으며 마당에서 서성거렸다. 한참 후에야 준비를 마치고 내 앞에 선 빔은 늦어서 미안하다고 말을 건넸다. 얼굴을 보니 화를 내기도, 무엇이 불만인지 조근조근 말하기도 싫어졌다. 빨리 출발하고 싶고 말도 섞고 싶지 않다. 나는 입꼬리를 씰룩대며 괜찮다고 말했다. 이 말을 하는 내 표정이 어떤지는 나도 모르겠다. 문득, 트레킹이 끝나면 팁을 주지 말아야겠다는 생각이 머리를 스치고 지나갔다. 밴댕이 소갈딱지 외국인의 역습. 결국 칼자루를 쥔 건 나였다. 그런데 왜 내가 휘둘리는 것 같을까.

8시가 넘어 출발했다. 10분 정도 갔을까, 우리보다 훨씬 먼저 출발했던 프랑스인 트레커(어제 찬물에 샤워했던 보랏빛 입술의 그녀)와 가이드가 보였다. 그들뿐만 아니라 낡은 버스와 20여 명의 현지인들도 있었다. 사람들과 개 한 마리까지 모든 살아있는 생명체들의 시선이 한곳을 향해 있었다. 도대체 무슨 일이 벌어지고 있는 건가.

가까이 가서 보니 산 위에서 커다란 돌들이 데굴데굴 떨어지고 있었다. 이것이 바로 산사태? 내 예상과 달리 사람들은 느긋했다. 알고 보니 도로공사를 하는 중이었다. 산중턱에 자리잡은 포크레인 한 대가 바위덩어리를 도로 위로 떨어뜨리고 있었고, 굉음을 내며 구르는 돌의 크기는 경차만 했다. 공사가 끝날 때까지 한두 시간 이상 죽치고 있어야 하는 건 아닌지 조바심이 들 즈음에 호각소리가 났다. 잠시 공사를 멈출 테니 지나갈 사람은 지나가라고 했다. 인생이란 1분 뒤의 일도 모르는 법. 혹시라도 낙석에 깔릴까봐 위를 흘끔거리며 커다란 돌 사이를 요리저리 뛰어갔다. 공포에 전염된 몸 안의 장기들은 잔뜩 쪼그라들었고, 발밑의 작은 돌멩이마저 연쇄살인범처럼 위험하게 보였다. 안전한 곳에 들어섰는데도 심장이 쉬이 진정되지 않았다. 공사지역을 지나온 트레커들과 달리 대다수의 현지인들은 버스가 움직이기만을 기다리고 있었다. 도로를 가득 메운 돌을 치우기 전까지 버스는 운행을 못할 것이다. 이미 버스비를 낸 현지인들은 어쩌면 저녁까지 기다려야 할지도 모르겠다. 역시 오늘은 아침에 예상한 대로 운수 좋은 하루가 될 것 같다. 나에게는.

참체로 가는 길에는 작은 폭포가 많았다. 밋밋한 돌산 여기저기서 맑은 물이 솟구쳐 나오는 걸 보니 도대체 어디에 물이 저장되어 있는지 궁금해졌다. 인간의 몸 80%가 수분이라고 하더니 여기 돌산도 그런가 보다. 돌을 걷어내면 바다처럼 거대한 물 화수분이 존재할 것 같다. 돌을 뚫고 뛰쳐나온 물줄기는 제임스 딘처럼 반항적이었다. 튀어나온 바위에 부딪치면 자신의 일부를 물거품과 물보라로 변화시키고서 조각조각 부서졌다. 낙차에너지는 강력한 소리에너지로 형태를 바꾸어 공기를 두드려댔다. 난데없이 옛날 영화의 한 장면이 생각났다. 1986년도 영화 〈변강쇠〉에서 가장 유명한 오줌 장면이 떠오른 것이다. 변강쇠의 비현실적인 정력을 현실적으로 보여준 굵고 억센 오줌 줄기. 폭포를 보니 오줌 - 폭포 - 정력의 연결고리가 더 이상 어색하지 않았다. 언젠가 읽었던 영화 〈변강쇠〉 관련 자료에는 오줌 누는 장면에 소방호수를 이용했다고 나와 있었다. 오줌발 세다고 정력이 세다는 과학적인 근거는 없지만 변강쇠 오줌으로는 그럴 듯했다. 2008년도에 개봉한 〈가루지기〉에서는 오줌이 산불도 끄고, 바위도 떨어뜨리고, 다른 폭포의 물길도 바꿔놓고 아예 불타는 행성으로 뻗어가기까지 한다. 대단한 오줌인 것이다. 그런데 영화 속 오줌이 왜 노란색이 아닌지는 나만 궁금한 걸까.

폭포는 수량이 많지 않았음에도 불구하고 넘치는 힘을 느끼게 해주었다. 이런 느낌과 생각이 엉켜버린 결과, 폭포가 외설적인 오브제가 되고 말았다. 나는 일렬로 쭉 늘어선 변강쇠들의 호위를 받으며 정력적인 트레킹을 하고 있었다. 폭포의 물 에너지와 내 몸 안의 물 에너지가 공명을 일으키는 건지 한참을 걸어도 피곤하지 않았다. 정녕 나는 옹녀?

한 시간 가량 평탄한 길을 걸어 참체에 도착했다. 참체에서 반가운 사람을 만났다. 같은 날 출발해서 나디에서 같은 숙소에 머물렀던 녹색 점퍼의 트레커를 만난 것이다.

"내 이름은 트레이시야."

그녀는 자기 이름을 알려주면서 중국에서 왔다고 했다. 트레이시는 지도에 빨간색으로 표시된 '메인 루트' 대로 걸으니 힘들다며 질문을 쏟아냈다. 빔은 아주 살갑고 친절하게 그녀의 질문에 답해주었다. 어느새 나는 꿔다놓은 보릿자루처럼 뒷전으로 물러나 있고 트레이시와 빔은 10년지기 친구마냥 즐겁게 이야기를 나누고 있었다. 의문을 해결한 트레이시는 환하게 웃으면서 작별인사를 하고 씩씩하게 나아갔다. 그녀는 에너자이너. 지치지 않는 강철 체력의 보유자. 나는 멀어져가는 그녀의 뒷모습을 향해 엄지손가락을 치켜 들었다.

"트레이시 체력은 진짜 최고야."

빔은 진지하게 고개를 끄덕였다. 우리는 3일 만에 처음으로 의견 일치를 보았다.

오늘의 중간 기점이자 점심 먹을 마을은 '딸.' 네팔어로 딸은 호수라는 뜻이다. 지도에 참체와 딸 사이에 'steep stone trail'이라고 표시되어 있는데, 매우 정확한 표현이었다. 풍화가 덜된 커다란 돌들이 마구 흩어져 있는 데다가 경사가 가파른 오르막길이다. 오늘도 변함없이 이어폰을 끼고서 앞서 걷던 빔조차 숨소리가 거칠어졌다.

오르막길을 잘 걷기 위해서는 노하우가 필요하다. 나는 베이스캠프 트레킹을 하며 아래의 요령을 익혔다.

♥ **노하우 1.** 최대한 천천히 올라갈 것. 스틱을 활용하여 다리에 쏠리는 힘을 두 팔로 분산시키고, 지그재그로 올라가면 확실히 수월하다. 심장 뛰는 소리가 들린다거나 숨 쉬느라 헐떡댄다면 몸에 무리가 간다는 신호다. 자기 자신이 한심스러울 정도로 아주 천천히 올라가야 한다.

♥ **노하우 2.** 이 오르막이 언제 끝날 것인가 생각하지 말고 위를 쳐다보지도 말 것. 지금 눈앞에 보이는 이 언덕이 끝이겠지 하는 생각을 하면 빨리 끝장을 내고 싶다는 생각에 나도 모르게 걸음이 빨라지고 숨이 가빠진다. 게다가 다 올랐다고 생각해서 허리를 펴는 순간 가려져 있던 언덕이 나타날 확률은 100%다. 당연히 슬슬 화가 치밀어 오르고 그 과정을 두 번 되풀이하게 되면 심신상실의 상태로 접어든다. 그러니 때 되면 도착하겠지, 라는 믿음을 갖고 묻지도 따지지도 말고 걸어야 지치지 않는다.

그렇게 두 시간을 걸었다. 도중에 염소 치는 아저씨를 봤을 때는 여유롭게 사진도 찍었다. 이 정도는 베이스캠프 트레킹에 비하면 '하' 수준이라며 전문가처럼 진단을 내려보았다. 물론 힘들지 않은 건 아니었다. 다만 좀 더 익숙해졌고 그렇기에 조금 더 여유로울 뿐.

동행이 생겼다. 트레이시 그리고 프랑스인 트레커와 그녀의 가이드. 프랑스인 트레커에게는 내 마음대로 별명을 붙였다. 보랏빛 입술이 하도 강렬해서 강수지 씨. 그새 정이 든 우리들은 길을 걷다 마주칠 때마다 인사를 건네곤 했다. 2일간 얼굴을 익힌 사람들과 앞서거니 뒤서거니 하면서 딸을 향해 걸어갔다. 아직은 고도가 높지 않아 즐길 수 있을 정도로 적당히 힘들다. 확실히 내 몸이 트레킹에 적응하고 있었다.

얼마나 걸었을까, 눈앞에 흰색 콘크리트로 만든 낡은 문이 나타났다. 그 문에 들어서자 드디어 '딸'이 모습을 드러냈다. 전설의 샹그릴라(shangrila, 1933년 제임스 힐튼 James Hilton의 소설《잃어버린 지평선 Lost Horizon》에 등장하는 가상 도시로, 이상향을 가리킨다)가 나타난 것 같았다.

용트림하듯이 뒤틀린 채 조용히 흘러가는 마르상디 강의 계곡 한쪽에 다소곳이 자리잡은 딸 마을은 몽환적이고 청순했다. 자가트를 떠난 요정들이 이곳에 정착한 것 같았다. 오르막길을 오르느라 온몸에 흐른 땀과 열기가 상쾌한 바람 덕분에 서서히 식어갔다. 마을을 내려다보니 몽롱해졌다. 딴 차원의 세계로 진입하는 것처럼 실감나지 않았다.

무겁게 내려앉은 구름의 틈을 비집고 나온 햇빛이 숨바꼭질하듯 나타나고 사라지기를 반복했다. 일부는 강가의 수많은 자갈 위로 뛰어다니며 반짝반짝 빛을 냈다. 가이드북에서는 하루를 묵고 갈 만하다고 했기에 고민을 했다. 아직 12시도 안 되었는데 오늘 일정을 접기에는 너무 아쉬웠다. 더 갈까 말까. 이런 내 고민에 빔은 알아서 결정하라고 하고선 입을 닫았다. 도움이 안 되는 놈. 그래서 점심을 먹고 결정하기로 했다.

딸에는 safe drinking water station이 있어서 정수한 물을 살 수

있다. 공장에서 대량 생산된 미네랄 워터는 비싸다. 포카라 레이크사이드의 마트에서 20루피 내고 사먹던 생수가 고도가 높아질수록 점점 비싸진다. 석회질 물이라서 꼭 정수해서 마셔야 하는데 정수제 알약을 넣어도 뭔가 찝찝한 기분이 들었다. 그런데 safe drinking water station에서는 정수한 물을 저렴하게 판매하기 때문에 이런 걱정이 훨씬 줄었다. 의심 많은 사람이야 제대로 정수를 했는지 안달복달하겠지만 나처럼 무신경한 사람은 그냥 그러려니 한다. 어차피 둘 중 하나다. 먹을 것이냐 말 것이냐.

지도에 safe drinking water station의 위치가 표시되어 있었다. 겨울이라 운영을 안 하는 곳도 꽤 있지만 위치를 알 수 있으니 싸게 물을 구할 가능성이 더 커졌다. ACAP 비용으로 낸 2,000루피가 유용하게 쓰이는 것처럼 느껴진다. (트레킹을 하려면 사전에 트레킹 관련 서류를 발급받아야 한다. 트레킹이 시작되는 곳에 위치한 체크포스트에서 서류를 확인하는데, 그곳에서는 서류를 발급받을 수 없기에 서류가 없으면 무조건 하산해야 한다. 안나푸르나 지역을 트레킹하기 위해서는 트레커 정보 관리 시스템 TIMS과 안나푸르나 보존 구역 프로젝트 ACAP 퍼밋, 두 개의 서류가 필요하다. 여행사를 통해서 발급받을 수도 있고, 직접 카트만두나 포카라의 사무소에 방문해 발급받을 수도 있다. 비용이 꽤 비싸니 돈을 충분히 준비해야 한다)

점심을 먹고 레스토랑을 나왔다. 오전에 맑았던 하늘이 점점 흐려지고 있어 딸에서 머문다고 해도 강가에서 여유롭게 시간을 보낼 수 있을 것 같지 않았다. 장관이라고 하는 폭포도 생각보다 멋있지 않았다. 그래서 바로 다음 마을로 가기로 했다.

어제 오늘 이틀 연속 날씨가 좋지 않다. 12시를 기점으로 급격하게 날씨가 나빠지는 것도 비슷하다. 딸을 출발해서 다라파니에 거의 도착했을 무렵에는 비가 내리기 시작했다. 자연스레 오늘의 도착지는 다라파니가 되었다. 포카라에서 400루피를 주고 산 우비는 가방 제일 밑에 있었다. 빔을 불러 세우고 가방에 든 걸 다 꺼내느니 비를 맞고 그냥 가는 편이 나았다. 10분 정도 걸었을 때 빔이 게스트하우스 한 곳을 가리키며 그곳으로 가자고 했다. 널찍하고 예쁜 마당이 있는 게스트하우스였다. 보자마자 친근한 느낌이 들었다. 그리고 〈미녀 삼총사〉에 나오는 미국 여배우 '루시 루'를 닮은 주인 아주머니도 마음에 들었다.

얼마 지나지 않아 트레이시와 강수지 씨 일행도 게스트하우스로 들어왔고, 건장한 체격의 서양인 남자 트레커도 지친 표정으로 빈방이 있냐고 물었다.

나디, 자가트에서 샤워를 하지 않았다. 만약 내일 차메에서도 샤워를 하지 못하면 앞으로 열흘 가까이 샤워를 못할 수도 있다. 그러므로 오늘 무조건 샤워를 해야 한다. 하필 이렇게 비가 추적추적 내리는 날에 샤워를 해야 하다니. 어차피 해야 한다면 빨리 해치우는 게 최선이다. 방에 가방을 던져놓고 나와 '루시 루' 아주머니에게 핫 샤워를 하겠다고 말하니 언제든지 가능하단다. 지금 당장 하겠다고 말했다.

게스트 방은 2층에 있었고 공동 화장실과 샤워실은 2층 중앙에 있었다. 샤워용품과 속옷과 갈아입을 옷을 챙겨서 샤워실로 들어갔다. 샤워실의 인테리어는 상상 이상이었다. 계곡을 향해 난 유리창에는 커튼이 없었다. 유리창은 자그만치 벽의 4/5를 차지하고 있었다. 창문 앞에 야트막한 언덕과 커다란 물탱크가 있었지만 그것은 내 시야를 가려줄 뿐, 혹시나 창문 앞을 오가는 사람들이 내 알몸을 보지 못하게 막아주진 못했다. 비도 내리고, 목적 없이 건물 뒤를 배회할 사람도 없을 터지만 인생이라는 게 어디 내 생각대로 움직이던가. 샤워를 해야 하나 말아야 하나는 중요한 문제가 아니었다. 누군가 홀딱 벗은 내 모습을 보게 되었을 때 내가 어떤 반응을 보여야 하는가가 문제였다. 결정을 내렸다. 불결의 위험 보다는 순간의 쪽팔림이 더 현명하다고 판단했다.

옷을 벗고 물을 틀었다. 지금 당장 샤워하겠다는 말에 주인 아주머니가 고개를 끄덕였으니 바로 뜨거운 물이 나올 거라고 생각했다. 한참을 기다려도 뜨거운 물은 나오지 않았다. 홀딱 벗은 채 벌벌 떨고 있으니 거친 단어가 입에서 술술 흘러나왔다. 온수가 나오는지 확인하고 옷을 벗을 걸. 머리가 나쁘면 몸이 고생한다. 온수가 나오기만을 더 이상 기다릴 수가 없어서 주섬주섬 옷을 입고 주인 아주머니를 찾았다. 그런데 샤워실이 거기가 아니란다. 주인 아주머니는 나를 데리고 건물 옆 잔디밭을 지나 창고 같은 곳으로 갔다. 다이닝 홀에 모여 있던 사람들이 창문으로 고개를 쭉 빼고서는 나를 쳐다보고 있었다. 실험용 쥐가 된 듯한 기분이었다. 내가 하도 핫 샤워 노래를 불러서 그들은 내가 샤워를 할 것이라는 사실을 알고 있었다. 이놈의 좁은 동네는 사생활보장이 되지 않았다.

주인 아주머니는 환하게 웃으며 창고 문을 열었다. 거기가 샤워실이란다. 처음에는 아무것도 보이지 않았다. 어둠에 조금 익숙해져서 자세히 살펴보니 벽은 시멘트로 마감을 했고, 문 옆에 가스통이 놓여 있고 벽에 작은 보일러와 샤워기와 수도꼭지가 달려 있었다. 그 외에는 아무것도 없었다. 계곡을 향해 뻥 나있는 구멍은 창문 같았다. 역시나 커튼도 유리창도 없었다. 아주머니는 입을 쫙 벌린 창문에 대해서는 아무 말도 하지 않았다. 나의 당혹감을 눈치채지 못한 것 같았다. 창이 150cm 정도 되는 지점에 나 있으니 설령 누군가 지나가다 본다고 해도 내 알몸은 보지 못할 것이다. 더 이상 무엇을 바라겠는가.

보일러는 힘에 겨운 듯 요란한 기계소리를 냈지만 성능은 우수했다. 뜨거운 물로 머리도 감고 몸도 씻었다. 전구가 없어서 내부는 매우 컴컴했다. 내가 집어든 물건이 샴푸가 맞는지 확인하려면 통을 창문 가까이 가져가 빛에 비춰보는 수밖에 없었다. 구름이 잔뜩 끼긴 했지만 해가 지지 않았기 때문에 글자를 읽을 정도의 빛은 충분했다. 역시 빨리 샤워를 하겠다는 나의 판단은 탁월했다. 그러고 보니 창문의 크기도 적당한 게 꽤 합리적인 것 같았다. 창문이 계곡 쪽을 향해 나 있으니 게스트하우스나 거리 쪽에서 보일 리도 없다.

소소한 불편함에도 전체적인 만족감은 컸다. 천원으로 시원함과 개운함을 얻었으니 아깝다는 생각은 들지 않았다.

2층 샤워실은 성수기에만 가동하고, 비수기에는 자물쇠로 관리할 수 있는 창고형 샤워실을 운영한다는 데 생각이 미쳤다. 하긴 베이스캠프 트레킹에서 겪은 일인데, 몇몇 트레커들이 주인에게 말도 안 하고 보일러를 틀어서 뜨거운 물을 마음껏 쓰기도 했다. 나도 살짝 무임승차를 했음을 고백해야겠다. 게스트하우스 주인들은 트레커들에게서 한 푼이라도 더 받아내기 위해 혈안이 되었고, 트레커들은 한 푼이라도 덜 내기 위해 온갖 방법을 동원했다. 이 끝나지 않는 싸움은 아마도 계속되리라.

샤워는 했어도 빨래를 할 엄두는 나지 않았다. 마당에 수도꼭지가 여러 개 달린 세면대가 있었지만 물을 틀어보지 않아도 알 수 있었다. 물에 손가락이 닿는 순간 동상의 두려움이 엄습할 것이고 새빨갛게 부어터진 손을 녹이는 것도 쉽지 않을 것이다. 게다가 추적추적 비도 내리는데 무슨 영화를 보겠다고 청승맞게 빨래나 하고 앉아 있을 것인가.

트레킹하는 동안에는 빨래하기가 쉽지 않았다. 맨바닥에서 주물럭대며 빨래를 해봤자 만족스러울 정도로 깨끗하지도 않고, 설령 빨래를 했다고 해도 잘 마르지도 않았다. 덜 마른 빨래에서는 지독한 쉰내가 났다. 그리고 무거웠다. 냄새 난다고 강제추방 당할 것도 아니니 포기하기로 한다.

나는 베이스캠프 트레킹에서 써먹은 전략을 또 써먹기로 한다. 최대한 안 씻고, 최대한 안 빤다. 포카라에서 해결해도 된다. 길어야 2주다. 내게 결벽증이 없다는 사실이 이렇게 유용할 줄이야. 기특하다. 지구가 멸망하면 끝까지 살아남는 최후의 1인은 안 되더라도 최후의 1,000명 안에는 들 수 있지 않을까 싶다.

짐을 정리하고 다이닝홀로 내려갔다. 트레이시는 동네 탐방에 나섰고, 강수지 씨 일행은 어디론가 사라졌다. 다이닝홀에는 나 혼자였다. 조용해서 좋다.

남자친구에게 엽서를 쓰고 나서 가져온 책을 읽으며 시간을 보냈다. 책이 눈에 안 들어왔지만 빔과 이야기를 하지 않으려면 독서 삼매경에 빠진 척을 하는 수밖에 없다. 하필 내가 가져온 건 논어와 불경. 미쳤지, 내가. 오늘 내게 간택된 책은 논어. 고개 한번 들지 않고 사법시험 공부하듯 열심히 책을 읽었다. 빔은 심심한지 주위를 알짱거리며 내 눈치를 보다가 마침 게스트하우스로 들어온 트레이시와 수다를 떨기 시작했다. 어찌나 고마운지 트레이시에게 전 재산이라도 주고 싶은 심정이었다. 네게 노벨평화상을 주고 싶구나, 트레이시! 앞으로도 쭉 빔의 베스트프렌드 역할을 해주렴.

저녁시간이 되자 다이닝홀에 모두 모였다. 이미 게르무에서 안면을 익힌 강수지 씨가 빔에게 이것저것 물어본다. 프리섹스를 옹호하던 빔이 유부남에 애 아빠인 것이 드러났다. 첫날 그 사실을 알았다면 와이프도 같은 의견이냐고 물어봤을 텐데 당연히 총각인줄 알았네. 담담하게 반전을 받아들였다. 빔이 무슨 생각을 하든 신경쓰고 싶지 않았다. 빔은 슬쩍 내 눈치를 살폈다. 어휴, 니킥 날리고 싶은 충동이 든다.

어둠이 게스트하우스를 뒤덮었다. 전구 불빛은 책 읽기가 힘들 정도로 약했다. 뜨거운 물 한잔을 시켜 그간 아껴두었던 감기 약을 먹었다. 오늘 샤워 때문에 감기가 도지지 않으려면 최대한 따뜻하게 자야 한다. 옷을 잔뜩 껴입었더니 미쉐린 타이어의 마스코트인 비벤덤(Bibendum)처럼 풍채가 좋아졌다. 오늘은 아침, 점심, 저녁을 먹을 때마다 다이닝홀에 있는 냅킨을 몰래 챙겨온 덕분에 휴지를 아낄 수 있었다. 콧물 때문에 휴지 도둑이 된 신세가 서글프다. 휴지 한 통이라 해봐야 천원인데 사람이 비루해지는 건 금방이다.

오늘도 똑같은 소원을 빌며 잠자리에 들었다. 내일은 감기가 뚝 떨어지게 하소서.

GUIDE 3

네 팔 의 물

학창시절 과학시간에 배운 내용. 물은 칼슘과 마그네슘 함량에 따라 크게 연수(단물)와 경수(센물)로 구분한다. 함유량이 적은 증류수, 빗물, 수돗물이 연수에 해당되며 세탁과 염색을 하기에 적당하다. 또한 음식 맛에 영향을 주지 않아 요리하기에도 적합하다. 반면에 함유량이 높은 경수는 세탁이나 목욕을 하면 거품이 일지 않고, 보일러수로 쓸 경우 관에 스케일이 쌓인다. 지하수, 우물, 강물, 온천 등이 경수에 해당된다.

물은 각 지역의 문화에도 큰 영향을 미쳤다. 유럽은 석회암지대가 많아 경수가 대부분이다 보니 맥주가 발달했다. 중국에서 차문화가 발전한 이유도 좋지 않은 물을 원인으로 꼽고 있다. 차 전문가들은 영국의 경우 런던의 물이 경도가 높아 녹차 대신 발효차를 선호하게 되었다고 말한다.

네팔의 물은 석회성분이 많아서 식수로 부적합하다. 그래서 네팔 사람들은 물 대신 차(특히 찌아)를 수시로 마셔 수분을 보충한다. 외국인들은 대부분 생수(미네랄 워터)를 사서 마신다. 카트만두와 포카라 같은 대도시에서는 마트에서 1리터 생수를 20루피 전후의 싼 값에 살 수 있다.(2014년 3월 기준) 하지만 산으로 들어오면 사정이 달라진다. 고도가 높아질수록 생수 값도 천정부지로 올라간다. 고산지역으로 올라갈수록 수분 손실이 많기 때문에 매일 4리터 이상의 물을 섭취해야 한다. 물 1리터에 100루피 이상 지불해야 하는 경우도 있으므로 물값이 밥값보다 많이 든다고 불평하는 트레커들도 많다. 그러니 이를 고려해서 예산을 짜야 한다.

일주 트레킹 코스에서는 비싸기는 하지만 쉽게 생수를 구할 수 있고, safe drinking water station도 곳곳에서 만날 수 있다. 이곳에서는 정수한 물을 생수보다 싸게 구할 수 있다. 그러나 겨울철에는 거의 운영하지 않으니 참고할 것.

반면에 안나푸르나 베이스캠프 트레킹 지역에서는 환경을 오염시키는 플라스틱 병 사용을 막기 위해 생수를 팔지 않는다. 따라서 트레커들은 정수제를 가지고 다니거나 필터를 통과시킨 물 또는 끓인 물을 사서 마셔야 한다. 1리터짜리 물통은 필수. 알약 형태의 정수제나 요오드 용액은 대도시에서 쉽게 구할 수 있으니 트레킹을 시작하기 전에 꼭 챙기도록 하자. 깨끗해 보인다고 해서 포터나 가이드를 따라 계곡물, 수돗물을 그냥 마셨다가는 배탈이 나거나 몸속에 석회질 성분이 쌓여서 결석이 생길 수도 있다. 그러니 명심하자. 자나 깨나 물 조심.

004

고양이가 알 낳을 노릇이다

2월 23일(일) ▶ **08:20** 다라파니 Dharapani (1,860m) 출발 ▶ **09:30** 다나큐 Danakyu (2,300m) 도착 ▶ **11:00** 티망 Timang (2,270m) 도착 & 점심 / 12:30 출발 ▶ **14:15** 고토 Koto (2,600m) 도착 ▶ **14:45** 차메 Chame (2,670m) 도착

혹자는 말했다. 인생에 있어서 먹고 싸는 것보다 중요한 일은 없다고. 도덕적으로는 모르겠지만 생리적으로는 반론의 여지가 없는 말이다.

트레킹 첫날, 포카라 숙소를 떠나기 전에 마지막으로 변을 보았다. 당분간 양변기 구경은 하지 못할 터, 엉덩이가 누릴 수 있는 마지막 호강이었다. 위생을 이유 삼아 쪼그려 앉는 변기를 선호하는 사람들도 많지만 나는 일편단심 양변기만을 사랑한다. 변비 때문에 오래 앉아 있는 습관이 들어서 쪼그려 앉아 변을 보는 건 무척 힘든 일이다. 트레킹이 시작된 이래 삼시 세끼 꼬박 먹어댔으나 변을 보지 못했다. 투입만 되고 배출이 안 되니 당연히 뱃속에 고스란히 남아 있을 것이다. 날이 갈수록 몸이 무거워졌다. 그간 열심히 먹어댄 볶음밥과 볶음면을 생각하면 코끼리똥 만한 똥이 나올 것이 틀림없었다. 출산을 앞둔 임산부처럼 초조해졌다. 외부적으로는 포터 때문에, 내

부적으로는 감기와 변비 때문에 나는 다소 우울한 상황에 처해 있었다. 그렇다고 아침을 굶을 수는 없다. 밥알 한 톨 남기지 않고 볶음밥을 다 먹고, 몰래 냅킨도 왕창 챙겼다.

구름이 잔뜩 끼어 있지만 간간히 맑은 하늘이 보였다. 날이 개고 있었다. 오늘도 늑장부리는 빔을 기다리며 예쁜 정원을 서성거렸다. 빔은 트레이시한테 Good Morning 겸 See you soon 인사를 하느라 몹시 바쁘셨다. 우리는 루시 루 아주머니의 배웅을 받으며 게스트하우스를 나섰다. 정산이 끝난 후 지갑이 두둑해진 루시 루 아주머니는 더 예쁜 미소로 트레커들을 배웅했다.

한 시간 정도 걸어서 다나큐에 도착했다. 안나푸르나 일주 트레킹은 베이스캠프 트레킹에 비해 훨씬 수월하다. 평지와 같은 완만한 길이 많아서 다리에 부담이 적다. 나처럼 외할머니, 어머니에 이어 3대째 류머티즘으로 고생하는 사람에게는 단연코 최고의 코스다. 게다가 지루해할까봐 가끔 오르막길도 나오니 심심할 틈이 없다. 트레킹 4일째. 나도 모르는 사이에 고도가 2,000m에 가까워졌다.

다나큐에 도착하자 말로만 듣던 마니차를 볼 수 있었다. 본격적인 티벳 문화권에 들어선 기분이다. 안전하고 행복한 트레킹이 되기를 기원하며 원통을 돌렸다.

설산도 코 닿을 곳에 있었다. 짝사랑하던 상대가 불쑥 모습을 나타낸 것처럼 가슴이 찡하다. 온몸에 새하얀 눈을 두르고 도도하게 서 있는 설산의 모습에 탄성이 절로 나왔다. 구름 한 점 없이 맑은 하늘 아래서 설산은 눈부시도록 당당했다.

설산에 마니차. 나는 이제 본격적인 산의 영역에 들어섰다. 인간의 알음알이를 벗어야 할 때가 된 것이다. 안나푸르나의 발치에서 만큼은

33년간 켜켜이 쌓인 속세의 때를 드러내지 않기를 다짐한다. 다른 나, 아니 진짜 나를 만날 수 있을지도 모르겠다.

다나큐를 지나자 어느새 산 속으로 성큼 들어왔다. 티망이라고 새겨진 돌이 표지판을 대신하여 길을 알려주었다. 이제부터 산을 타야 한다. 혹독한 고난의 시간이 다가왔다. 지프가 다니는, 완만하게 경사진 길이 바로 옆에 있었다. 무척 유혹적이었다. 빔에게 물어보니 산을 타든 차도로 가든 도착하는 곳은 같다고 했다. 그러면서 나보고 어떤 길로 갈 것인지 선택하라고 했다. 고민하다가 그러면 산을 타자고 했다. 빔은 내가 지프가 가는 길로 가자고 했으면 같이 안 가려고 했다는 황당한 말을 했다. 순간 내 영어실력을 의심했으나 아무리 생각해도 내가 헛것을 들은 건 아닌 것 같았다. 이럴 때는 무시하고 걷는 게 답이다. 이유는 알고 싶지도 않다.

어제 걸었던 참체 - 딸 구간보다 더 힘들었다. 힘들다는 생각이 들 때마다 나만의 노하우를 써먹었고 역시나 효과가 있었다. 그래도 돌길보다는 숲길이 훨씬 좋다. 내 등산화도 같은 생각인 듯 발로 느껴지는 감촉이 훨씬 부드럽다. 겨우내 쌓인 낙엽들이 바스러지며 한국에서는 이미 지나가버린 가을의 낭만을 선사해주었다.

가까운 곳은 검정에 가까울 정도로 짙은 녹음의 숲. 보디가드처럼 늘어서서 나를 내려다보고 있는 산들은 눈이 아릴 정도로 환한 하얀색. 거기다 하늘은 찢어질까 겁날 정도로 팽팽한 파란색. 색 자체만으로 이렇게 웅혼할 수 있다는 걸 평생 몰랐다. 표현주의 화가들이 왜 색에 파고 들었는지 알 것 같다. **색의 장벽을 따라 나는 걷는다.**

빔은 산을 타는 순간만큼은 우사인 볼트가 되는지 뒤도 돌아보지 않고 빠르게 걸어갔다. 나 역시 덩달아 속도가 높아지고 숨이 찼다. 어제의 샤워가 헛되게 땀이 줄줄 흘러내렸다. 점퍼를 여니 열기가 훅훅 올라온다. 아까운 샤워. 아까운 내 100루피.

모골이 송연한 구간이 있었다. 산사태가 휩쓸고 간 길을 건너는데 폭이 15cm도 되지 않았다. 발볼이 넓거나 발이 큰 사람은 걸을 수 없을 정도로 좁았다. 삐끗하면 500m 정도 굴러서 계곡 바닥에 도착하게 될 것이다. 내가 멘 작은 크로스백이 쌀 두 가마니를 진 것처럼 무겁게 느껴졌다. 균형을 잘 잡아야 했다. 두 발을 옆으로 나란히 디딜 수 없다. 오로지 앞뒤로만 디딜 수 있다. 서커스단에 갓 취직한 아마추어 곡예사처럼 휘청휘청 걷고 있는 나. 빔은 위태로운 나를 방치한 채 자기 갈 길을 갔다. 한번도 뒤를 돌아보지 않았다. 빔의 싸가지 없게시리 쿨한 뒷모습을 보니 치가 떨렸다. 내가 굴러 떨어지기라도 하면 아마 모르는 척 포카라로 돌아가겠지. 한국에 실종신고가 될 무렵에는 짐승들이 내 시체를 뜯어먹어서 아무것도 남아 있지 않겠지. 귀신이 되어서라도 저 녀석을 괴롭혀야겠다는 생각이 들었다. 다행히 내가 저주를 퍼붓는 동안 좁은 길이 끝났다. 이제 안전하다.

슬슬 다리가 후들거릴 무렵, 점심을 먹기로 한 티망에 도착했다. 나에게는 휴식이 필요하다. 그리고 연료도. 연료공급은 달 밧으로 하기로 한다. 저 멀리 마나슬루가 멋진 자태를 드러내고 있었다. 달 밧을 기다리며 마나슬루를 하염없이 쳐다보았다. 8,000m가 넘는 산은 사람의 넋을 빼놓는 요괴나 다름없다. 그렇지 않고서야 산에 미친 사람들을 어떻게 설명할 것인가. 마나슬루는 이제 순진무구한 나를 꾀고 있었다. 멀리 있어서인지 그렇게 높게 느껴지지도 않는다.

지구상에 8,000m가 넘는 봉우리는 총 14개 있다. 1950년대 초등(初登) 경쟁이 붙었을 때 대부분의 산이 초등되었다. 14개 산 중 아시아인이 초등한 산은 딱 2개다. 마나슬루와 시사팡마. 시사팡마는 중국에 위치해 있기 때문에 가장 늦게(1964년), 그리고 중국의 일방적인 통제하에 중국인이 등정하였다. 8,163m로 세계에서 8번째로 높은 마나슬루는 1956년에 일본인이 초등하였다. 일본은 아시아권에서는 가장 일찍 근대 등산이 시작된 나라다. 제2차 세계대전에서 패전한 일본은 무너진 자존심을 등산에서 찾으려고 했는지 마나슬루 등정에 국력을 집중한다.(산악인 이용대는 《알피니즘, 도전의 역사》에서 마나슬루 초등에 대해 자세히 설명하고 있다)

힘들지 않았던 초등이 있겠냐만은 마나슬루 초등에 있어 가장 힘들었던 점은 원주민과의 대립이었다. 1953년 일본의 제1차 원정대가 등정에 도전했지만 실패했다. 정상까지 고작 375m를 남겨둔 지점에서 그들은 돌아섰다. 너무 지쳐서 하산하지 못할까봐 안전을 택한 것이다. 이듬해인 1954년 제2차 원정대가 마나슬루로 출발했다. 그러나 사마 마을에 도착했을 때 원주민이 몰려와 이들을 방해했다. 원주민들은 1차 원정대가 마나슬루의 성역을 침범했기 때문에 천연두가 유행하고 흉년이 들었으며, 오래된 승원이 눈사태로 휩쓸려 승려 3명이 사망했다고 주장했다. 원정대를 도와주는 포터를 처벌하겠다고 원주민들이 으름장을 놓자 포터들은 동요하기 시작했다. 사마 마을 앞에 있는 로우 마을에서는 마을 사람들이 낫과 곡괭이를 들고 나와 위협했으며 심지어 돌팔매질까지 했다. 일본 원정대는 주민들을 회유하지 못하고 결국 본격적인 등반도 하지 못한 채 철수했다. 1956년 제3차 원정대 역시 같은 문제에 부딪쳤다. 사마 마을에 도착하자 주민들이 몰려나와 이들을 저지한 것이다. 포터들은 겁을 먹고 짐을 버린 채 도망쳤다. 원정대는 눈사태로 파괴된 사찰 재건비 4,000루피를 기부함으로써 분쟁을 수습하고 카라반을 이어갔다.

결국 5월 9일, 이마니시 긴지와 셰르파 걀첸이 마나슬루 초등에 성공한다. 이들은 정상에서 한 시간 동안 머물면서 16mm 무비 카메라로 주변 풍경을 촬영하여 영상 기록을 남긴다. 이마니시가 역층의 바위에 박아놓은 아이스피톤은 1972년 라인홀드 메스너가 단독 등정한 증거물로 회수되었다.

초등 소식이 전해지자 일본 열도는 축제 분위기에 휩싸였다. 그렇게 일본은 8,000m봉 정복의 역사에 이름을 남겼다. 한국인이 처음으로 정상을 밟은 8,000m봉은 세계에서 가장 높은 에베레스트다. 1977년 9월 15일, 고상돈 대원이 등정에 성공했다.

마나슬루를 보며 도끼자루 썩는 줄 모르고 있을 때 점심 먹으라는 기별이 왔다. 카트만두에 도착한 다음날, 숙소 근처 달 밧 전문 레스토랑에서 스페셜 달 밧을 먹은 이후로 두 번째로 먹는 달 밧이다. 네팔 음식은 대체로 맛이 없었다. 해외여행을 할 때는 현지음식을 주로 먹고 한국음식을 먹지 않는다는 게 나의 신념이건만 트레킹을 제외한 나머지 네팔여행 기간 동안 가장 많이 먹은 음식은 돈부리였다. 아이러니하게도 네팔에 와서 가장 자주 갔던 곳은 일식당이다.

맛있는 음식을 좋아하는 친구에게 미개인 취급을 받을 정도로 나는 음식맛에 까다롭지 않은 여자다. 맛있게 먹기보다 배부르게 먹는 것을 중시하는 집안에서 자란 탓이다. 어릴 때부터 음식투정은 엄격히 금지되었다. 그러나 미각이 뒤떨어진 나에게도 허용범위는 있다. 향신료를 좋아하는 특이 취향 덕분에 못 먹는 음식은 없었지만 네팔 음식 대부분이 맛이 없었다. 그리고 메뉴도 다양하지 않아서 선택의 여지가 많지 않았다.

게다가 대다수의 네팔 음식이 식욕을 자극하는 색깔이 아니었다. 무엇을 시키든지 누런빛이었고(향신료 때문인지 다른 무엇 때문인지는 모르겠다) 식재료 본연의 색감이나 식감이 죽어버려 이도저도 아닌 경우가 많았다. 감자는 본연의 은은한 버터 빛깔과 단단한 육질이 사라진 채 입안에서 질척거렸다. 뽀얀 하얀색과 아릿한 달달함이 사라진 양파는 혀가 아닌 눈으로만 겨우 정체를 파악할 수 있었다. 어느 요리에나 들어가는 푸른잎 채소는 이름을 모르겠지만 씁쓸해서 다 먹고 나면 입안이 한동안 얼얼했다. 양배추는 아삭함을 잃고 입안에서 힘없이 녹아내렸다. 음식이라기 보다 식재료들의 비참한 최후로밖에 보이지 않았다. 문화적 상대성을 수시로 떠올렸지만 미각은 내 생각에 이의를 제기했다. 아닌 건 아니라고 해야지 거짓말을 할 수는 없으니까.

무엇보다 가장 힘들었던 것은 간이었다. 짰다. 짜도 너무 짰다. 음식을 남기지 않기 위해 일단 다 먹고 나서 물을 한 사발 들이켜야 했다. 권장량 이상의 석회와 나트륨이 몸 안에 쌓이고 있었지만 막을 도리가 없었다.

주문한 달 밧을 다 먹었다. 나도 빔도 둘 다 달 밧을 주문했는데 빔의 달 밧에만 계란프라이가 얹혀 있었다. 내가 돈도 3배나 더 내는데 이런 일이! 빈정 상했으나 말은 하지 않았다. 계란 때문에 항의하는 대신 리필해서 실컷 먹었다. 다 먹어버릴 테다. 든든하다. 똥배에 밥배까지 찼으니 몸이 더 무거워져야 하지만 땀을 많이 흘려서 그런지 총 무게는 늘지 않은 것 같다.

계란프라이를 주지 않았으니 복수할 테다! 냅킨을 몽땅 쓸어왔다. 아무도 안 볼 때. 소심하지만 복수는 확실히 한다. 복수는 나의 것.

리필해서 먹은 보람이 있었다. 둘 다 힘이 넘쳤다. 달 밧이 보약이구나. 앞으로 달 밧을 자주 시켜 먹어야겠다는 생각이 들었다. 원기

회복하여 쭉쭉 나가기 시작한다. 쉬지도 않고 피치(pitch)를 올리며 걸으니 금세 더워졌다. 점퍼가 거추장스럽지만 둘 곳이 없어 허리에 둘러맸다. 한국에서 사온 싸구려 점퍼는 두껍고 무거웠다. 고어텍스를 살 수 없는 나의 가난이여! 일주 트레킹을 시작한 이래 처음으로 힘에 부친다는 생각이 들었다. 몸 안의 모든 근육들이 작작 부려먹으라며 항의를 해왔다. 오늘은 다른 트레커들도 거의 못 만났다. 우주를 방랑하는 히치하이커처럼 외로이, 하지만 힘차게 나아간다.

티망을 벗어나고 광활한 평원이 펼쳐졌다. 확 달라진 풍경은 나를 압도했다. 바짝 다가왔던 설산들이 멀찍이 물러나 넓은 공간을 마련해주었다. 하늘의 밝음과 땅의 어둠이 강렬하게 맞서서 눈에 보이는 모든 것이 현실 같지 않았다. 원시의 세계로 들어선 기분이다. 황량하고 적막한 풍경 속에 발을 디디는 것이 신성모독 같다. 안나푸르나의 여신이 나를 놀래키고 한편으로는 감동시키고자 장난을 거는 걸까. 이런 생소한 풍경에 중독되어 버리면 누구라도 모험에 나서지 않을 수 없을 것이다. 너무 열심히 걷느라 사진도 찍지 못했다. 접신이라도 한 듯 미친 듯이 걸었다. 뭔가가 날 홀리고 있는 게 분명하다.

탄촉에 다다르자 빔은 탄촉 마을을 통과하는 길이 아닌 옆으로 돌아가는 길로 가자고 제안한다. 마을을 통과하지 못하는 아쉬움이 있지만 앞으로 빔을 잘 구슬리고 싶어 그러자고 한다. 일단 당근을 주고 나중에 채찍을 거세게 휘둘러야지. 그러나 걷는 내내 아쉽다. 내가 너무 많은 것을 양보하는 건 아닌가 하는 생각도 들었다. 조련사는 오히려 빔이 아닌가 하는 의심도 살짝 들었다.

고토에 있는 체크포인트에서 서류를 확인하고 3시 즈음, 드디어 오늘의 목적지인 차메에 도착했다. 빔은 인터넷과 국제전화를 홍보

하는 최첨단 게스트하우스 앞에 있는 작은 게스트하우스로 나를 안내했다. 방은 깔끔하고 예뻐서 마음에 들었다. 열심히 먹고 걸었던 나는 자연의 순리대로 변을 볼 수 있었다. 그간 먹었던 음식물의 양에 비해 터무니없이 크기가 작았다. 단단히 사기를 당한 기분이다. 그간 먹었던 게 마술처럼 사라졌던가 아니면 내 뱃속에 그대로 남아 있을 것이다. 쾌변의 즐거움을 누리지는 못했지만 근심 하나는 덜었다. 드디어 쌌다는 크나큰 안도. 그것만으로도 행복하다. 자랑스럽게 일기장에 변을 누었다는 표시를 했다.

오늘 코스는 거의 진흙길인 데다 스패츠를 착용하지 않아 종아리 부분까지 먼지와 흙이 묻어서 지저분했다. 흐르는 물에 바지를 대충 씻어서 널었다. 빨래하기 싫다. 덥다고 옷을 훌훌 벗어던졌는데 바지를 널고 오니 추워졌다. 걸으면 덥고 멈추면 춥다. 다시 점퍼를 껴입었다. 산의 정기를 받아서인지 감기는 거의 사라졌다. 이럴 때일수록 보온에 신경써야 한다. 앓으나서나 고산병 생각.

차메를 벗어나면 고도 3,000m에 접어들기 때문에 샤워를 할 수 없다. 오늘이 샤워 마지노선이다. 바람은 차가우나 햇볕은 뜨겁다. 샤워를 해도 될 것 같았다. 24시간 핫 샤워가 가능하다는 문구가 게스트하우스 벽에 커다랗게 써 있었다. 물어보니 핫(hot) 샤워 대신 웜(warm) 샤워는 가능하단다. 다라파니에서와 마찬가지로 샤워실에는 벽의 1/3을 차지하는 창이 뚫려 있었다. 흠. 산속에서는 유리창과 커튼이 필수가 아닌 선택인가 보다. 건축주의 마인드가 손님의 마인드와 이렇게 다르다니. 창 안으로 마구 들어오는 바람을 내 몸이 견딜 것 같지 않았다. 단박에 샤워를 포기했다. 거의 다 나은 감기가 여기서 다시 도지면 정말 하산해야 할지도 모른다. 건강도 지키고 기록도 세우는 일석이조에 도전한다! 묵티나트까지 8일만 참으면 된다. 어제 무리해서 샤워한 보람이 있었다. 선견지명이라고 해두자.

다이닝홀에서 손바닥을 비비고 있으니 숯불을 내주었다. 숯불 옆에 앉아 불을 쬐었다. 아주 따뜻하지는 않지만 빨갛게 익은 숯불을 보는 것만으로도 마음이 훈훈해졌다. 갈비가 먹고 싶었다. 숯불에 구운 갈비. 하늘이시여! 제 눈에 돼지가 눈에 띄지 않게 해주소서. 이성의 끈이 끊어지지 않도록 저를 수호하소서. 가련한 이 여인, 이렇게 먹고 싶은 것이 많은 줄 미처 몰랐나이다.

오늘 빔은 불성실함의 극치를 보여주었다. 전화하느라 자주 멈춰섰고 쉰다고 또 멈췄다. 한마디해야 하나 싶을 정도로 정신이 나가 있다가 또 오후에는 막 달리듯이 걸었다. 종잡을 수가 없었다. 숯불을 쬐고 있는데 빔이 조심스럽게 말을 건넸다.

"아내가 아파서 병원에 입원할지도 모르겠어. 그러면 포카라로 가야 할 것 같아."

이건 또 무슨 소리인가. 그는 늘 이맘때면 아내가 갑자기 심각할 정도로 아프다고 했다. 하도 어이가 없어서 대꾸도 할 수가 없다. 그러면 왜 포터로 따라온 것인가. 지금까지 아내에 대해서는 한마디도 없더니 갑자기 병원에 입원할 정도로 아프다고? 무슨 병인지 알려주지도 않으면서?

"내가 아침마다 통화하는 거 몰랐어?"

어안이 벙벙한 내게 빔은 되레 따지듯이 묻는다. 아내의 안부를 물어보느라 계속 전화했던 거란다. 이봐요 아저씨, 그걸 내가 어떻게 알겠소. 떨떠름하게 앉아 별 대꾸가 없자 빔은 자리에서 일어섰다. 순간 빔 때문에 트레킹 망치겠구나 하는 생각이 들었다.

안나푸르나 베이스캠프에서 만난 한국인 남자가 겪은 일이 생각났다. 포터와 즐겁게 MBC(마차푸차레 베이스캠프)까지 올라왔는데 갑자기 포터가 내려가겠다고 폭탄선언을 했단다. 포터는 아버지가 아파서 가야 한다고, 첫날 받았던 선금도 다 돌려주겠다고 했다. 안나푸르나 베이스캠프가 코앞인데 포터가 가겠다고 하니 미치고 팔짝 뛸 노릇이었다. 짐은 많고, 어디 맡길 곳도 없고, 혈기왕성한 경상도 남자는 뚜껑이 반쯤 열릴 것 같았지만 화를 내봤자 자신만 손해라는 현명한 판단하에 그러면 베이스캠프에 갔다가 예정보다 훨씬 일찍 하산하겠다고 약속을 했다. 망설임 끝에 포터는 그의 제안을 받아들였다. 문제는 해결됐으나 이미 상해버린 그의 마음과, 망쳐버린 그의 트레킹은 돌이킬 수 없었다. 그의 일그러진 얼굴이 생각났다. 지금 내 얼굴이 그렇겠지.

내 트레킹은 이제 어떻게 되는 것인가. 빔은 전화기를 들고 나에게로 왔다. 여행사 사장님이 바꿔달라고 했단다.

"빔의 아내가 여행사에 찾아왔어요. 딸아이가 아파서 병원에 입원했다네요. 빔이 꼭 있어야 한대요."

"저한테는 아내가 아프다고 하던데요?"

"아니예요. 딸이 아프대요."

"…."

아내는 왜 갑자기 여행사를 찾아갔을까. 남편과 전화 통화도 되는데 말이다. 거기다 아내가 아니라 딸아이가 아프다고? 사장님은 빔 대신 새 포터를 보내주겠다고 했다. 포터 때문에 이미 질려버린 상태라 혼자 가겠다고 하니 위험하다고 기다려달라고 했다. 내일이면 새 포터가 도착하니 딱 하루만 더 있으면 된다고 했다. 환전해온 돈도 간당간당하다고 했더니 돈도 빌려주겠다고 하셔서 더 이상 거절할 수가 없었다. 알았다고 답했다.

기분이 확 상했다. 내 육감은 빔이 거짓말을 한다고 확신했다. 눈치가 아주 없는 사람이 아니기에 뭔가 묘한 이상함을 느끼고 있었다. 상황도 전혀 아귀가 안 맞고, 무엇보다 빔의 표정이 너무 느긋했다. 오히려 안도하는 것 같았다. 그래서 확인할 겸 은근슬쩍 찔러 보았다.

"네 아내가 빨리 나았으면 좋겠어."

"고마워."

걸렸다. 엄마와 딸, 둘 중 진짜 아픈 사람은 누구인가.

포카라에서 출발할 때 선금으로 4일치에 해당하는 돈을 주었는데

오늘이 마침 4일째인 것도 의심에 불을 지폈다. 빔도 선금에 생각이 미쳤는지 돈을 돌려주겠다고 했다. 웃으면서 됐다고 했다.

꺼져버려, 이 친구야. 그깟 돈 너한테 주고 만다. 나는 너한테 빚진 게 없으니 앞으로 양심의 가책 없이 두고두고 저주를 퍼붓겠다. 밤길 조심하라고.

어쩔 도리가 없다. 일은 벌어졌고 해결책도 이미 마련되었다. 딱 하루만 기다리면 된다. 게다가 다른 포터가 오면 더 즐겁게 트레킹을 할 수도 있다. 차라리 잘 됐다는 생각으로 마음을 달래보았지만 번번이 실패했다. 내가 어찌할 수 없는 이 상황, 그러니 화낼 필요도 없고 받아들여야 한다는 결론을 내렸지만 마음의 평온은 5분을 넘기지 못했다. 분노의 덫은 내가 버둥댈수록 더 강력하게 나를 옥죄었다. 빔을 상징하는 인형을 만들어 바늘을 억만 개 꽂아버리고 싶었다. 불성실한 초보 포터를 붙여준 여행사에다가는 폭탄이라도 던지

고 싶은 심정이었다. 내 마음속에서는 분노의 다이너마이트가 쉬지 않고 폭발하고 있었다.

내가 망부석처럼 말도 없이 앉아 있자 빔은 밖으로 나가서 게스트하우스 식구들과 웃고 떠들었다. 가족이 입원한 사람치고는 천하태평이었다. 그래, 첫날 술 마실 때도 트레이시와 떠들 때도 넌 즐거웠지. 가족에 대한 걱정으로 수심에 찬 네 모습은 단 한 번도 보지 못했어. 이 나쁜놈!

이윽고 밤이 되었다. 빔은 내일 아침 일찍 마을을 지나는 첫 버스를 타고 포카라로 간다고 했다. 알았다고 했다. 예의상 그를 위로하는 말도 몇 마디 해주었다. 그의 대답이 걸작이었다.

"오늘이 우리가 함께하는 마지막 날인데 술이라도 한잔 하자."

내 귀과 내 뇌를 의심했다. 아, 이 녀석이 나한테 거짓말을 하는구나. 확신이 들었다. 돈돈돈 하더니 돈 되는 일거리를 덥석 문 게 틀림없다는 생각이 들었다. 웃지도 않은 채 "No"라고 말했다. 그는 몇 번이나 졸라댔고, 나는 싫다고 했다. 이유 따위 설명할 필요도 없었다. 오늘 술을 마셨다가는 술병으로 내리칠지도 모르겠다. 네팔 신문에 내 이름이 대문짝만하게 실리고 국제뉴스에 나오는 걸 막기 위해서는 조용히 이별하는 것만이 최선이었다. 끝까지 깐죽대는 이 녀석을 두고 참을 인자를 새겼다. 忍 니킥 忍 니킥 忍….

다이닝홀에서 한참 저녁을 먹는데 정전이 되었다. 오히려 다행이다. 재빨리 밥을 먹고 방으로 올라왔다. 잠이 오지 않았다. 무척 속상했다. 왜 나한테 이런 일이 생겼을까. 그의 무책임함이 내 트레킹을 망쳐도 되는 건가. 아무리 생각해도 빔이 진실을 말하고 있다는 생각이 들지 않았다. 꼬리를 물고 이어지는 온갖 잡생각에 30분이 금방 지나가버렸다. 부질없다는 생각이 들어서 머릿속을 깨끗이 비워보려 했지만 5분도 채 지나지 않아 오늘의 상황을 또 되새기고 있었다. 시원하게 맞장 뜨지도 않을 거면서, 그리고 맞장 뜬다고 해도 내 기분이 풀리지 않을 거라는 걸 알면서도 어두컴컴하고 좁은 방구석에서 나는 망상에 시달렸다.

내일 하루만 새 포터를 기다렸다가 모레부터 다시 트레킹을 하면 된다. 내게 시간은 충분하지 않은가. 별 문제 없다. 다만 빔이 의도적으로 나를 속인 건 괘씸했다. 그의 거짓말이 내 즐거움을 짓밟아서 화가 났다. 정말 그깟 돈 때문에 이 사달이 벌어졌을까.

만약 그의 말이 사실이면, 사실을 사실로 받아들이지 않는 내가 불쌍하고

만약 그의 말이 거짓이면, 의심의 늪에서 벗어나지 못하는 내가 불쌍했다.

이래저래 나만 손해였다. 트레킹 끝나면 여행사에 가서 따져야겠다고 다짐했다.

밤이 깊도록 사건 정리 - 정황 검토 - 진실 재구성 - 불만사항 항목별 정리 - 분노 - 마음 진정 - 원망의 사이클이 나를 놓아주지 않았다. 생각의 무간지옥에 갇힌 나는 괴로움에 오랫동안 뒤척였다.

GUIDE 4

트레킹하면서 먹은 네팔의 음식

인도와 마찬가지로 네팔에서도 음식을 만들 때 향신료가 빠지지 않는다. 이 혼합향신료를 '마살라(masala)' 라고 한다. 자극적이고 독특한 향과 맛 때문에 네팔에 와서 곡기를 끊고 탄산이나 알콜 같은 자본주의적 음료로만 연명하는 외국인들을 많이 보게 된다. 한국인 또한 예외는 아니다. 해외여행 경험이 적거나 동남아음식을 자주 접하지 않았던 사람이라면 한국에서 김, 참치, 고추장을 미리 챙겨오는 게 도움이 될 것이다. 그리고 무엇을 주문하든지 한 시간 뒤에 음식이 나오니 느긋하게 기다릴 것. 네팔 주방에서는 유독 물이 늦게 끓던가, 양파 껍질이 안 벗겨지는 등의 지구와는 다른 물리법칙이 적용된다고 생각하자. 재촉해봤자 빨리 나오지도 않을 뿐더러 음식에 침 같은 이물질이 들어갈 가능성만 높아진다. 그리고 우리의 예상과는 다른 모양이나 맛을 가진 음식이 나올 가능성도 크다. 그럴 때는 이게 뭐냐고 항의하기보다는 큰맘 먹고 도전해보자. 의외로 맛있어서 예상치 못했던 색다른 체험에 환호하게 될지도 모른다. 물론 아닐 가능성이 더 크지만.

달 밧 따르까리 (Dal Bhat Tarkari) : 네팔의 주식. 달은 콩(렌즈콩, 녹두 등)으로 만든 수프이고, 밧은 밥이다. 따르까리는 감자나 야채로 만든 반찬을 말한다. 여기에 빠빠드(렌즈콩가루로 만든 칩. 뻥튀기 같이 생겼다)를 함께 준다. 달 밧은 리필이 가능해서 배터지게 먹을 수 있다(빠빠드는 리필 안

됨). 포터와 가이드는 주로 달 밧을 먹는데 젊은 사람들은 스푼을 이용해 먹고 나이가 든 사람은 손으로 비벼서 맨손으로 먹는다. 김치찌개 맛이 집집마다 다르듯이 달 밧 역시 집집마다 맛이 다르다. 스페셜 달 밧은 커리가 포함되어 있다. 카트만두와 포카라의 달 밧 전문점에 가면 다양한 반찬과 고기에 튀김까지 곁들인 특별한 달 밧을 먹을 수 있다. 네팔에 왔다면 달 밧은 무조건 한번 먹어봐야 한다. 관광지에서는 'Dal Bhat Power 24 Hours'가 새겨진 티셔츠도 자주 볼 수 있다. 경험상 24시간 동안 지속되지는 않지만 다른 음식에 비해 지속력이 강하다고 단언할 수 있다.

마늘 수프 (Garlic Soup) : 고산병에 좋다고 해서 트레커들이 자주 마시는 수프. 마늘로 만들었지만 먹기 힘들 정도로 자극적이지 않다. 1980년대 경양식당에서 돈까스를 시키면 먼저 주던 수프에 비하면 많이 묽기 때문에 마늘 수프만 먹었다가는 허기에 시달리게 된다. 이슬만 먹고 사는 사람이 아닌 이상, 이건 식사가 아닌 간식으로 인식하도록 하자. 필히 다른 음식과 함께 먹어야 트레킹하는데 지장이 없다. 마늘 수프가 고산병을 예방하거나 치료하는 만병통치약이 아님을 기억하자.

차우멘 (Chowmein) : 야채나 고기를 넣고 볶은 면이다. 싼값에 만만하게 든든하게 먹기 좋은 음식이다. 어느 집이나 맛은 비슷비슷하다. 이도저도 땡기는 게 없을 때는 차우멘을 시키자. 후회하지 않을 것이다. 참고로 태국식 팟타이와 매우 다르니 기대는 금물.

볶음밥 (Fried Rice) : 달 밧은 싫지만 밥이 먹고 싶을 때는 볶음밥을 시키면 된다. 차우멘과 함께 싸고 든든하게 배를 채울 수 있는 메뉴다. 레스토랑에는 케찹이 구비되어 있으므로 케찹을 듬뿍 뿌려서 먹으면 한국에서 먹는 듯한 익숙한 맛을 느낄 수 있다. 다만 케찹병의 위생상태는 그다지 좋은 편이 아니라는 것을 알아둘 것.

스파게티 (Spagetti) : 치즈 스파게티나 토마토 소스 스파게티를 주로 판다. 대체로 무난한 수준이나 간혹 어떤 게스트하우스에서는 아무리 봐도 스파게티라고 생각할 수 없는 비주얼과 맛을 가진 생전 처음 보는 놀라운 음식이 나오기도 한다. 남이 주문한 스파게티를 확인하고 시키자. 게다가 스파게티는 다른 음식에 비해 비싼 편이어서 예상과 다를 경우, 입도 마음도 지갑도 아프다.

피자 (Pizza) : 피자도 대체로 무난한 수준이다. 나는 힐레에서 처음이자 마지막으로 피자를 시켜 먹었는데 피자라기보다는 우리나라의 전과 비슷하게 생겼다. 그래서인지 만드는 데도 무척 오래 걸려서 기다리는 동안 배고파 죽을 것 같았다. 오븐도 없는데 어떻게 피자를 만들어냈는지 모르겠다. 피자는 가격이 비싸다. 여럿이 다양한 음식을 시킬 때 주문하면 좋다.

누들 수프 (Noodle Soup) : 라면. 양이 한국식 라면의 1/2~2/3 정도 밖에 안 되어서 모르고 시켰다가는 배신감에 치를 떨게 된다. 밥(Plain rice)을 주문해서 말아 먹으면 좀 든든하나 밥알이 흩어지는 동남아식 밥이어서 그런지 포만감은 덜하다. 입맛은 없고 향수병을 달래줄 적당한 짭짤함이 생각난다면 누들 수프를 권하고 싶다. 베이스캠프 트레킹 코스에서는 대부분 신라면을 판다. 다만 누들 수프보다 훨씬 비싸다는 것을 염두에 두자. 한국인이 운영하는 가게나 한국에서 일한 경험이 있는 네팔인이 운영하는 식당에서도 한국 라면을 접할 수 있다.

모모 (Momo) : 만두. 만두피가 한국보다 훨씬 두꺼워서 밀가루 맛이 더 많이 나므로 개인적으로는 좋아하지 않는다. 하지만 많은 한국 사람들이 모모를 좋아한다. 딱히 먹고 싶은 게 없을 때 주문하기 좋은 무난한 메뉴. 밥심으로 사는 사람이라면 간식으로 먹으라고 권하고 싶다. 모모는 요기하기에 좋으나 든든하지는 않다. 대도시의 티벳 음식점에서는 만둣국과 같은 모모 수프를 팔기도 한다.

덴뚝 (Thentuk), 뚝바 (Thukpa) : 덴뚝은 티벳식 수제비, 뚝바는 티벳식 국수라고 생각하면 된다. 트레킹 코스에서는 잘 팔지 않으나 카트만두 타멜 거리에서 쉽게 접할 수 있다. 한국인들이 네팔에서 즐겨먹는 음식 TOP 5 안에 든다. 대체로 짜게 나오고 양이 적다.

샤파 (Shakpa) : 티벳식 국밥. 카트만두의 타멜거리에 있는 길링체 티베탄 레스토랑에서 먹을 수 있다. 한 끼 식사로 든든하며 해장하기에도 더할 나위 없이 좋다. 개인적으로 네팔에서 먹은 음식 중 만족도 1위. 매운 것을 좋아하는 사람은 식당에 비치된 삭은 고추를 잔뜩 집어넣어 먹으면 다데기처럼 매콤한 맛을 즐길 수 있다. 강력 추천.

수쿠티 (Sukuti), 세쿠와 (Sekuwa) : 수쿠티는 육포, 세쿠와는 꼬치구이라고 생각하면 된다. 수쿠티는 촉촉한 한국식 육포나 두툼한 미국식 육포와 달리 매우 질기고 딱딱하니 치아가 부실한 사람은 거들떠보지 말자. 세쿠와는 혀가 진저리칠 만큼 매우 짜다. 포카라 댐 사이드에 세쿠와 센터가 있으며, 레이크사이드 할란 촉 부근의 현지식당에서는 이 요리들 외에 네팔식 생선요리를 저렴하게 먹을 수 있다. 둘 다 술안주로는 괜찮다.

굿에 간 어미 기다리듯

005

2월 24일(월) ▶ 차메 Chame (2,670m)

잠의 신은 내가 밤새 어리석은 생각에 빠져 있지 않도록 은총을 베풀었다. 새벽 늦게 잠이 들었다. 평소대로 6시 반 즈음 눈을 떴다. 빔이 이미 떠나고 없기를 간절히 바라며 침대에서 일어났다. 출입문 옆에 있는 창문의 커튼을 걷으니 내 방을 향해 올라오고 있는 빔이 보였다. 그러니 어쩔 수 없이 작별의 인사를 해야 한다. 문 앞에서 빔은 쭈뼛쭈뼛 작별의 인사를 건넸다. 나도 조심히 가라고, 와이프가 건강하길 바란다고 말했다. 이 말만큼은 진심이었다. 다시는 보지 않을 사람을 미워해서 뭐하랴.

"트레킹이 끝나고 포카리에 오면 연락해."

그는 자신의 휴대폰 번호를 내게 알려주었다. 인사의 시간이 끝나자 나는 단호하게 방문을 닫았다. 창문으로 그가 탄 차가 먼지를 일으키며 떠나는 것을 보았다. 빔과 나의 인연이 여기까지라는 사실에 감사했다. 일말의 아쉬움도 없었다. 어제의 복잡하고 엉망이었던 마음은 오늘 아침에 드디어 평화를 찾았다. 오늘 내가 할 일은 단 하나, 새 포터를 기다리는 일이다. 그 포터가 어떤 사람인지 알 수 없다. 나와 잘 맞을지도 알 수 없다. 나는 한국에서 챙겨온 염주를 들고 마을길 한가운데에 있는 마니차로 갔다. 좋은 포터를 만나게 해 달라고, 즐겁고 안전한 트레킹이 되게 도와달라고 부처님께 기도했다.

"튀긴 모모 주세요."

아침식사 주문을 받은 주인 아주머니의 딸은 눈을 동그랗게 뜨고 다시 한번 물었다.

"정말요?"

제비집 수프라도 주문받은 양 거듭 확인하는 그녀를 보고 나 역시 당황했다. 하지만 다른 음식으로 바꾸고 싶지 않았다.

"네!"

그녀는 총총걸음으로 주방을 향해 사라졌다. 먹고 싶은걸 어쩌랴. 튀긴 모모가 아침식사로 부자연스러운 메뉴라는 생각은 들지 않았다. 다시 신중히 생각해봐도 마찬가지.

일어나자마자 삼겹살을 구워 먹은 날도 많았고, 밤새도록 술을 마신 다음날 아침이면 라면으로 해장하곤 했다. 전날 먹다 남긴 치킨, 족발과 김빠진 맥주로 아침을 때운 적도 있었다. 한동안 헬스에 빠져 있을 때는 닭가슴살 두 개를 쪄 먹고 출근하는 생활을 6개월 넘게 했었다. 그 당시에는 닭가슴살, 단백질 파우더, 찐계란 흰자가 주식이었다. 내 몸에서 고기 냄새가 나는 것 같았고(실제로 났을지도 모르겠다) 과도한 단백질 섭취 때문인지 방귀 냄새는 오존층을 파괴할 정도로 지독했다. 당시에는 닭가슴살을 찾는 사람이 거의 없었다. 1주일에 두세 번씩 닭가슴살을 찾으니 마트 내 정육점 아저씨의 호기심도 점점 커졌나 보다. 어느 날 아저씨는 도저히 참을 수 없다는 듯이 물어보았다. 도대체 닭가슴살로 뭐하냐고. 내 대답은 간단했다.

"먹지요."

하지만 튀긴 만두로 아침을 먹은 적은 없었다.

어제 저녁에는 스팀 모모를 시켰는데 무척 매웠다. 튀기면 좀 덜 매울까 싶었지만 아니나 다를까 매웠다. 뱀처럼 혀를 날름날름 거리면서 접시를 싹싹 비웠다. 매운 열기가 식도에 가득 퍼지더니 정수리까지 화끈거렸다. 매운맛 덕분일까, 어제에 이어 오늘도 변의가 느껴졌다. 즐겁게 화장실에 가서 내질렀다. 어제보다 더 시원하다. 하루의 시작이 좋다. 기도한 효과가 있나 보다.

할 일이 없다. 나의 여가시간을 꽉 채워주었던 인터넷, 휴대폰, 책은 여기에 없다. 한국에서 가져온 책은 여러 번 읽은 터라 보기 싫었고 포카라에서 산 책은 이미 다 읽었다. 나는 자극을 원했다. 심심해서 지도를 펼쳤다. 포카라 서점에서 300루피를 주고 산 지도는 자주 펼치고 접어서 접히는 부분에 구멍이 났다. 쫙 펼친 지도를 훑다가 좋은 아이디어가 떠올랐다. 담푸스와 오스트레일리안 캠프도 가자. 네팔에 또 언제 올지 모르는데 이 기회에 유명한 곳은 다 가 보는 것이 좋지 않을까. 지난번에는 날씨 때문에 푼힐 일출을 못 보았다. 다시 한번 가서 그 전설적인 일출을 직접 보고 싶었다. 열심히 일정과 비용을 계산했다. 비용은 내가 환전한 돈을 탈탈 긁으면 가능했다. 만약 돈이 모자라면 타토파니에서 포터를 보내고 나 혼자 푼힐에 갔다가 오스트레일리안 캠프를 거쳐 포카라로 가도 될 것 같았다. 그 때쯤이면 핫 팩을 다 써서 가방도 가벼울 것이다. 도저히 포터 없이 불가능하다고 판단이 되면 어차피 포카라로 돌아가니까 도착하자마자 환전해서 돈을 지불해도 된다. 그래서 결단을 내렸다. 코스 변경. 3~4일 가량 일정이 추가되었다. 이렇게 새로 계획을 짜고 나니 비로소 즐거워졌다.

밖에는 햇살이 따사로운데 다이닝홀은 한기가 들 정도로 썰렁했다. 손님이 달랑 나 혼자라 어제와 같은 숯불은 꿈도 꿀 수가 없다. 무심코 창밖을 내다보았다. 나만 추운 게 아니었는지 동네 주민들이 양지바른 곳에 옹기종기 모여 앉아 햇빛을 쬐고 있었다. 나도 광합성도 하고 동네 탐방도 다녀야겠다는 생각이 들었다. 소지품을 방안에 들여놓고 게스트하우스 밖으로 나왔다.

내가 살금살금 다가가자 모두가 고개를 돌려 나를 뚫어지게 쳐다봤다. 밀렵꾼을 바라보는 야생동물의 시선처럼 날카로워서 무척 부담스러웠다. 은근히, 힐끔힐끔도 아니고 대놓고 내 움직임을 주시하니 긴장되었다. 내외국민이 같이 볕을 쬐면 안 된다는 관습이 있는지 기억을 더듬어 보았다. 분명《론리 플래닛 네팔》과 가이드북에 그런 문구는 없었다. 네팔은 내 상상을 벗어나는 사실이 상식이라고 해도 전혀 이상하지 않은 나라다. 인도를 다녀온 사람들은 인도에 비하면 네팔은 근대적 이성이 충만한 나라라고 했지만 어쨌든, 그네들이 모여 앉아 있는 합판 끝에 엉덩이를 걸치고 열심히 손을 비벼댔다. '나는 춥고 무력하고 불쌍한 외국인입니다' 라는 뜻의 바디랭귀지였다. 친근한 미소를 보여주어 해칠 의도가 없다는 점을 분명히 했다. 내가 온 이유가 확실해지자 그들의 의문과 경계가 풀렸다. 잠시 동안의 침묵은 깨지고 다시 활활발발한 수다가 시작되었다. 네팔어로 이뤄지는 수다에 낄 수 없으니 가만히 앉아서 몸을 데웠다. 1년치에 해당하는 비타민 D와 피부 노화가 순식간에 나를 덮쳤다. 선크림의 힘을 믿고 버티기로 했다. 게스트하우스 안은 너무 춥다.

이상했다. 분명 그들도 나처럼 추운 것이 확실했다. 남녀 구분 없이 두꺼운 노스페이스 점퍼에 수면바지를 입은 동네 주민들은 잔뜩 몸을 움츠리고 발을 동동거렸다. 그런데 단 한명의 예외도 없이 죄다 맨발에 슬리퍼다. 나만 야크털로 짠 도톰한 덧신을 신었다. 발이 따뜻하면 온몸이 따뜻하다는 한국의 속담이 여기서는 유효하지 않은 걸까. 맨발에 슬리퍼가 패션인지 관습인지는 판단하기 어려웠다.

그렇게 망중한의 즐거움을 만끽하고 있는데 하나둘씩 자리를 뜨기 시작했다. 그리고 컴컴한 집안으로 들어가더니 나오질 않았다. 왕따처럼 나만 혼자 남았다. 쓸쓸했다. 무료하고. 새 포터는 언제 올려나. 목이 빠지게 마을 입구 쪽을 쳐다봐도 기운 넘치는 닭들만 이리저리 뛰어다닐 뿐 인기척이 없다.

지금은 트레킹 비수기. 지나가는 사람이 거의 없다. 손님이 없으니 주민들도 할 일이 없다. 동네가 조용하다. 차메가 큰 마을이라고 해서 잔뜩 기대하고 탐방에 나섰지만 생각보다 마을은 작았다. 금세 마을 끝에 다다랐다. 차메를 끼고 흐르는 마르상디 강을 넘어 반대편으로 가 보았다. 운치 있는 돌계단이 나타났다. 천천히 올라가보니 바람만 쓸쓸하게 오가는 밭과 공터가 넓게 펼쳐져 있었다. 다시 마을로 이어지는 길이 나타날까 싶어 길이 나 있는 대로 걸어갔다. 돌담 여기저기가 부서진 채 방치되어 있었다. 원숭이가 내 앞에 나타났다. 재빨리 나무로 올라가서 나를 쳐다보던 원숭이는 내가 사진기를 꺼내자 이디론가 사라져버렸다. 걸어갈 수 있는 데까지 갔지만 잡목이 우거진 벼랑이 나와 더 이상 갈 수가 없었다. 온 길을 되돌아 마을로 돌아왔다.

문을 활짝 연 가게도, 예쁘게 늘어선 게스트하우스들도 궁상맞다. 주민들의 모습도 눈에 띄지 않았다. 다들 어디로 갔을까. 온 마을이 너무 조용하다.

다시 돌아온 게스트하우스. 심심해서 죽을 것 같다. 포터고 나발이고 그냥 떠나버릴까 하는 마음이 수시로 들었다. 시간은 점점 흘러가고 배가 고팠다. 그런데 게스트하우스에는 아무도 없다. 양반처럼 기침과 발소리로 인기척을 내보아도, 상놈처럼 대놓고 알짱거려도 누구 하나 나오지 않았다. 3시가 넘자 외출 나갔던 주인 아주머니가 돌아왔다. 나를 안쓰럽게 쳐다보시던 아주머니는 점심은 먹었냐, 포터는 왔냐 하면서 말을 건네주었다. 불쌍한 처자는 예의바르게 답을 했다. 그리고 밥 대신 차를 한 잔 시켰다. 이미 늦어버린 점심은 그냥 건너뛰기로 한다. 돈도 아끼고 살도 빼고 1타2피.

주인 아주머니는 포카라에서 차메까지는 하루 만에 오기에는 먼 거리라고 했다. 그래서 오늘 도착 못할 수도 있다고 했다. 가슴이 철렁 내려앉았다. 장난스럽게 우는 시늉을 했더니 오늘 도착할 수도 있다며 나를 위로해주었다. 좋은 분이다.

다이닝홀에 앉아 있으니 역시나 춥다. 그래서 다시 밖으로 나가서 길가에 퍼질러 앉아 해바라기처럼 마을 입구를 계속 쳐다봤다. 아주 간간이 서양인 트레커들이 오고갈 뿐, 내가 기다리는 포터는 보이지 않았다. 분명 내가 머무는 게스트하우스를 안다고 그랬는데 설마 못 찾는 건 아니겠지 싶어 계속 앉아 있었다. 그림자는 점점 길어지고 날은 더 쌀쌀해졌다. 목이 아프기 시작했다. 닭의 모가지를 비틀어도 새벽은 온다더니 시간이 가긴 가나 보다.

나는 기다리는 것을 싫어한다. 친한 친구들은 이 점을 확실히 알고 있다. 약속시간에 늦었다는 이유로 나한테 핀잔을 안 받은 친구가 없었다. 오죽하면 친구의 잦은 지각(그래봤자 5~10분)에 열 받은 내가 다시는 너랑 외출하지 않겠다고 선언한 적도 있었으니 말이다.

가족과 지인들을 제외한 타인에게는 잘 참고 잘 기다려주는 모습을 보여주는 나는 이중인격자인지도 모르겠다. 나는 모든 것이 예상 가능한 범위 안에 있는 것을 좋아한다. 하지만 어디 인생이 그런가. 내 인생조차도 내 마음대로 컨트롤할 수 없는 것을.

꽃다운 20살 때 허리를 다쳤다. 물렁뼈도 터지고 허리뼈도 부러진 대형사고였다. 의사 선생님은 하반신 마비가 안 된 게 다행이라고 했다. 그 즈음 가수 강원래가 교통사고로 하반신 마비가 되었기에 의사 선생님의 말은 매우 생생하게 다가왔다. 부모님이 대학 입학금으로 모아둔 돈은 치료비로 다 날렸고, 개강하자마자 휴학을 했다. 아버지가 운전하는 차의 뒷좌석에 누워 고향으로 온 나는 허리전문 병원에 입원해서 수술을 받고 한 달이 넘게 병원생활을 했다.

지루했다. 가족들은 바빴다. 부모님은 맞벌이를 하셨고 동생은 고등학교 2학년이었다. 재수생이 된 친구들은 고3때보다 더 큰 열정으로 다시 수능 공부에 돌입했다. 대학 새내기가 된 친구들은 환영회다 뭐다 해서 여기저기 놀러 다니느라 나에게 신경쓸 겨를이 없었다. 같은 병실을 쓰는 환자 대부분은 고관절 때문에 수술을 받은 50대 이상의 어르신들이었다. 대화를 할 사람이 없었다. 하루 종일 켜놓은 TV 그 자체도 고역인데 아침저녁으로 봐야 하는 막장 드라마와 아주머니 취향의 예능 프로그램은 나를 미치게 만들었다. 야행성 인간인 내게 6시 기상, 9시 취침이라는 병실 생활은 '이반 데니소비치의 하루' (러시아 작가 솔제니친이 1962년도에 발표한 작품. 강제노동수용소로 보내진 이반 데니소비치의 하루를 그린 소설이다. 실제 솔제니친은 1945년 스탈린을 비방했다는 이유로 체포되어 8년 동안 강제노동수용소에 수감되었고, 자신의 경험을 작품에 반영하였다) 보다 괴롭고 길었다. 밥 먹을 때와 치료 받을 때 그리고 운동할 때를 빼고는 하루 종일 누워 있었다. 책 읽는 것조차 힘들었고 나날이 살만 뒤룩뒤룩 쪘다. 퇴원을 향한 기약 없는 기다림에 지쳐 신경조직이 하루하루 닳아버렸다. 쉽게 짜증을 내고 우는 등 우울증 증상마저 생기기 시작했다. 이렇게 사느니 차라리 죽는 것이 낫겠다는 생각이 하루에도 수십 번 들었다. 그렇게 근 한 달 동안 시간의 감옥 속에서 시달린 나는 퇴원 후 달라졌다. 어쨌든 '시간은 가며' 그래서 뭐든지 '끝이 있다' 라는 사실을 깨달은 것이다. 이 또한 지나가리라. 이 말이 정답이다.

어느덧 해가 져서 사방이 깜깜해졌지만 새 포터는 오지 않았다. 딜레마에 빠졌다. 내일 나 혼자 출발해야 할까 아니면 더 기다려야 할까. 어떻게 해야 하나.

괴로움도 달래고 배고픔도 달래기 위해 저녁으로 달 밧을 시켰다. 점심도 걸러서 굉장히 배가 고팠다. 예상대로 달 밧은 매콤했다. 잔뜩 주린 데다가 맛도 좋아서 훌륭한 저녁식사가 되었다. 정신없이 먹고 있는데 갑자기 정전이 되었다. **아직 리필도 안 해먹었는데 벌써 정전이라니!** 헤드랜턴을 끼고 있었기에 큰 불편함은 없었다. 정전임에도 불구하고 부엌에서는 달그락 거리는 소리가 났다. 정전에 익숙한지 온 마을이 조용했다. 이 와중에 나는 손님의 권리를 행사하여 리필까지 했다. 부엌에 옹기종기 모여 있던 식구들은 유일한 손님인 내가 빈 접시를 들고 오자 웃으면서 쳐다보았다. 배부르다는 뜻의 네팔어를 모르기 때문에 배를 쓰다듬으며 오른손 엄지를 치켜들었다. 맛있다는 내 말뜻을 알아들었을까. 배부르게 먹은 나는 정전된 다이닝홀에 더 있을 필요가 없어서 방으로 올라왔다. 내가 자리를 뜨자 다이닝홀에 재빨리 자물쇠가 채워졌다. 사방이 칠흑같이 어두운 가운데 나는 다시 혼자가 되었다. 외로워도 슬퍼도 안 우는 캔디처럼 울진 않겠지만 외로운 건 어쩔 수가 없다.

정전과 상관없이 게스트하우스 옆길에서는 밤늦도록 지프가 달렸다. 그때마다 창밖을 내다봤지만 나를 찾는 사람은 없었다. 결국 포터는 오지 않았다. 확 그냥 내일 혼자 가버릴까. 쉽사리 답을 내릴 수 없는 질문이 이리도 고통스러운 줄 미처 몰랐다. 밤과 함께 나의 고뇌도 깊어졌다.

After all, tomorrow is another day.[1)]

(결국, 내일은 내일의 태양이 뜬다)

스칼렛 오하라가 아닌 나는 쉽게 잠을 이루지 못했다. 영화 〈올드보이(2003)〉의 오대수처럼 나만 울어야 하는 걸까.[2)]

1) 영화 〈바람과 함께 사라지다 Gone with the wind(1939)〉에서 여주인공 스칼렛 오하라 (비비안 리 연기)의 대사.

2) 어느 날 갑자기 이유도 모른 채 납치되어 독방에 감금된 오대수. 그의 방에는 벨기에의 화가 제임스 앙소르의 '슬퍼하는 남자'의 그림이 걸려 있고 그 밑에는 미국의 시인 엘라 윌콕스의 시 '고독'의 한 구절인 '웃어라, 모두 함께 웃을 것이다. 울어라, 너만 울 것이다'라는 글귀가 쓰여 있다.

GUIDE 5

티벳 불교의 상징물

많은 사람들이 인도가 힌두교의 나라라고 생각한다. 맞다. 그런데 네팔 인구의 80%가 힌두교도이고 힌두 문화가 강한 나라라는 사실을 아는 사람은 많지 않다. 오래 전부터 인도 문화는 네팔의 종교를 비롯한 사회 각 부분에 많은 영향을 미쳤다. 그렇다고 네팔에 힌두 문화만 있는 것은 아니다. 티베트와 국경을 접하고 있기에 히말라야 고원 지대는 불교 문화가 강하며, 네팔로 이주한 티베트인들이 정착하기 시작하면서 사회 곳곳에 티벳 불교 문화가 퍼지기 시작했다.[1] 한 예로 히말라야 등반 역사에 없어서는 안 될 셰르파족은 티벳 혈통으로 대다수가 불교도다. 에베레스트가 있는 쿰부 히말라야 트레킹에 나서면 셰르파족의 불교 문화를 확실히 볼 수 있다. 안나푸르나 일주 트레킹을 하면 마낭 지역에 들어서면서부터 다양한 티벳 불교의 상징물들을 만나게 된다.

룽다, 타르초 : 경전을 적은 다섯 가지 색깔의 기도 깃발. 룽다는 손수건만한 크기의 천을 연달아 매어놓은 것으로 바람이라는 뜻의 '룽'과 말이라는 뜻의 '다'가 합쳐져서 룽다라고 한다. 한자로 풍마(風馬), 영어로는 wind horse라고 한다. 출렁다리에 매달려 있는 것이 룽다다. 타르쵸는 긴 장대에 매달아놓은 긴 깃발이다. 천의 다섯 가지 색깔은 우주의 5원소를 상징한다. 땅을 상징하는 노란색, 하늘을 상징하는 파란색, 바다를 상징하는 초록색, 구름을 상징하는 흰색, 불을 상징하는 빨간색이 그것이다. 바람에 나부끼는 룽다와 타르쵸는 불법이 멀리 멀리 퍼져나가서 모든 중생이 행복하고 안락하기를 바라는 티벳 불교도들의 염원을 상징한다. 자료에 따라 룽다와 타르쵸를 반대로 설명하기도 한다.

곰파 (Gompa) : 티벳 절

초르텐 (Chorten) : 티벳 불탑

마니차 : 경전 문구를 새겨 넣은 원통으로, 주로 '옴마니반메훔'[2]이 새겨져 있으며 돌리면 뱅글뱅글 돌아간다. 티벳 사람들은 마니차를 돌리면 경전 하나를 다 읽은 것과 같다고 생각한다. 마니차가 나타나면 오른쪽 어깨가 마니차를 향하도록 선 후 염불을 하면서 하나씩 천천히 돌리면서 지나가면 된다. 마을을 지나다 보면 시냇물이나 강물 위에 마니차를 설치한 것을 볼 수 있는데 이는 물의 힘으로 마니차가 돌아가게 만들어놓은 시설이다. 한 손에 휴대용 마니차를, 다른 손에는 염주를 든 현지인도 가끔 볼 수 있다.

마니석 : 경전 문구나 부처님, 또는 '옴마니반메훔'을 새긴 얇고 편평한 돌

마니월 : 마니석을 쌓아 만든 돌담

〈참고자료〉 법보신문, 위키피디아 (한국어 철자는 법보신문을, 영어 스펠링은 위키피디아를 따랐음)

1) '지금도 티벳어는 인도, 네팔 북부지역, 부탄, 파키스탄 북부 지역 등의 남아시아 일부 지역과 중국에 의해 부족 중심으로 분할 귀속된 5개 성 등지에서 사용하고 있다.' - 출처: 최로덴, 《역경학 개론, 불전의 성립과 전승》, 운주사
티베트에 불교가 전해진 이후 경전 번역과 수행을 위해 많은 승려들이 인도로 향했다. 인도로 가기 위해서는 네팔을 거쳐야 했다. 티벳 역경사를 살펴보면 네팔과 네팔 출신의 승려가 많이 언급된다.

2) 관세음보살의 자비를 나타내는 주문. 이 주문을 외우면 관세음보살의 자비에 의해 번뇌와 죄악이 소멸되고, 온갖 지혜와 공덕을 갖추게 된다고 한다. - 출처: 시공 불교사전

화 가 복 이 된 다

009

2월 25일(화) ▶ **10:00** 차메 Chame (2,670m) 출발 ▶ **12:00** 브라탕 Bhratang (2,850m) 도착 / 12:20 출발 ▶ **13:45** 두쿠레 포카리 Dhikur Pokhari (3,060m) 도착 / 14:00 출발 ▶ **14:45** 어퍼피상 Upper Pisang (3,300m) 도착

오늘의 태양이 떴다.

눈을 뜨니 어제와 다른 나를 느낄 수 있었다. 분노와 초조함이라는 회오리에 휩쓸려 불안의 나라로 유배당했던 내 정신이 드디어 돌아온 것이다. 그렇다. 지구가 멸망하는 것도 아닌데 너무 심각하게 비탄에 빠져 있었다. 어른들 말씀이 맞다. 잠은 가장 효과 좋은 우울증 약이다. 마음을 가다듬고 지난날을 떠올려 보았다. 마음먹은 대로 일이 안 풀렸던 날이면 절망과 후회를 곱씹으며 집으로 돌아와 무기력하게 침대에 쓰러졌다. 그 날의 일을 생각하다가 눈물도 찔끔 흘려보는 등 한참을 뒤척이다가 스르르 잠이 든다. 그리고 다음날 아침에 눈을 뜨면 간밤의 근심걱정이 쭈그러진 풍선처럼 줄어들어 있음을 알게 된다. 심기일전하고 엎어졌던 그 지점에서 다시 시작한다. 그러면 일이 풀리기 시작했다. 이번에도 마찬가지였다.

나를 찾는 사람이 없는 걸 봐서는 반가운 손님은 오지 않았나 보

다. 여행사에서 새 포터를 보낸다고 했으니 오늘까지 기다려보고, 안 오면 내일 아침 일찍 혼자 길을 떠나기로 마음을 정했다. 길이 평탄해서 혼자서 걸을 수 있을 것 같았다. 게다가 나에게는 다른 트레커들과 달리 시간이 넉넉하다는 장점이 있다. 한 달이 걸려도 상관없다. 여기에서 만큼은 시간 부자다. 하는 데까지 해보고 안 되면 하산하면 된다. 주사위는 던져졌다. 그러니 오늘 하루를 즐기자.

옷을 차려입고 숙소 앞에 있는 마니차로 갔다. 빔과는 전혀 다른, 아주아주 괜찮은 포터가 오늘 꼭 도착하게 해달라고 원통을 돌렸다.

오늘 아침도 달 밧을 시켰다. 어제 저녁과 반찬이 조금 다르고 맛도 살짝 달랐지만 맛있었다. 내가 보통 식성을 가진 여자가 아니라는 것을 눈치챘는지 밥도 반찬도 푸짐하게 주어서 배터지게 먹었다. 어느 날 갑자기 벌레로 변한 그레고리 잠자(프란츠 카프카의 소설《변신》의 주인공. 어느 날 아침, 잠에서 깨어난 그레고리 잠자는 자기가 끔찍한 모습의 벌레가 된 것을 알게 된다. 벌레가 된 그레고리는 흉측한 모습의 자신을 혐오하는 가족들과 극심한 갈등을 겪다가 아버지가 던진 사과에 맞아 죽는다. 그의 죽음으로 가족들은 평화를 찾게 된다)처럼 나도 사막의 낙타나 초원의 사자로 변할지도 모르겠다. 웬 낙타, 사자냐고? 우리는 한 번에 왕창 (고기를) 먹고 (물을) 마신다. 먹을 수 있을 때 실컷 먹는다. 밥투정을 하지 않는다. 밥심으로 삶의 고단함과 절망을 이겨낸다. 달 밧으로 배가 든든해지니 긍정의 힘도 샘솟는다.

몸에서는 쉰내가 나기 시작했다. 날이 추워서인지 벌레가 많지 않아 다행이다. 큰 벌레는 무섭기는 하지만 떼거리로 달려들어 귀찮게 하지 않았다. 그러나 작은 벌레는 반대다. 샤넬 No.5 보다 내 땀 냄새가 더 매력적이라는 듯이 무리지어 달려들었다. 요 녀석들은 파파라치처럼 쉬지 않고 나를 스토킹했다. 그러니 샤워를 못할 바에는 날이 추운 게 나았다. 추우면 냄새 분자와 벌레의 활동력이 같이 줄어든다. 삼단 같은 머리카락에서도 고약한 냄새가 풍기기 시작했다. 정확하게 기억나지 않지만 지금까지 머리 안 감고 버틴 최장 기록은 4~5일 정도. 이번에 그 기록을 경신하게 될 것이다. 공식 기네스북에는 오르지 못하지만 나만의 기네스북에는 영원히 기록되리라.

핫 스프링(hot spring, 온천)에 가보기로 했다. 지도에는 차메에 핫 스프링이 있다고 표시되어 있다. 가이드북에는 언급이 안 되어 있지만 어제 동네 탐방을 다니다가 핫 스프링 표지판을 보았다. 주인 아주머니에게 확인차 물어보니 있다고 했다. 잘하면 머리도 감을 수 있을 것 같았다. 밥을 다 먹은 후 빨래거리와 세제, 세면도구를 챙겨서 숙소를 나섰다.

마을 끝에 있는 다리를 건너자 핫 스프링 표지판이 보였다. 화살표 방향을 따라 강둑을 걷는데 길이 없어졌다. 아래를 내려다보았다. 강둑이 무너질까봐 석축을 쌓아놓은 곳에서 빨래하는 사람들이 보였다. 기다란 석축이 끝나는 지점에 수컷 아프리카 코끼리만한 크기의 바위 두 개가 시옷자 형태로 서 있었는데, 그 바위틈 사이에서도 여인들이 빨래를 하고 있었다. 나는 소리를 질렀다.

"핫 스프링?"

그들도 소리를 질렀다.

"예스."

눈에 보이는 건 오직 거세게 흘러가는 하늘색 강물. 비밀을 풀어야 했다. 빨래를 끝낸 여인들이 바위틈에서 나왔다. 이제 내 차례다. 바위틈으로 가기 위해 물살이 센 강을 5m 정도 거슬러 올라갔다. 수

영을 못하기에 물에 휩쓸려 죽지 않으려면 정신을 바짝 차리고 발가락에 힘을 주어야 했다. 천천히 걸어서 바위틈에 도착했다. 틈 사이에 평평한 돌이 놓여 있어서 빨래하기에 안성맞춤이었다. 여기저기 흩어져 있는 세제 가루와 세제 봉지가 이곳이 동네 빨래터임을 인증해주었다. 바위 사이로 깨끗하고 따뜻한 물이 흐르고 있었다. 온천이 맞다. 내 예상과는 많이 다르지만 말이다. 가져간 비닐봉지에 물과 세제를 넣고 낙지 주무르듯이 주물렀다. 빨래를 하다 보니 신이 났다. 낯선 곳에 버려진 이방인의 서러움이 사라지고 익숙함과 편안함이 내 안에 가득 차올랐다. 차메에서 대대손손 살아온 토박이 주민인 양 거리낌 없이 빨래를 했다. 속옷과 수건 등등 밀린 빨래가 많았다. 오늘내로 말라야 쉰 냄새가 안 날 텐데, 이럴 줄 알았으면 흙투성이였던 등산복도 빠는 건데 등등 생활밀착형 걱정과 탄식이 머릿속에서 생기고 사라지기를 반복했다. 지루하기 짝이 없던 차메가 좋아지기 시작했다.

빨래를 끝내고 기분 좋게 숙소로 돌아가는 길.

"나마스떼."

'내 안의 신이 당신 안의 신에게 인사를 드립니다'라는 뜻을 가진 이 멋진 말이 카트만두나 포카라 같은 도시에서는 '내 호주머니 안의 지갑이 당신 지갑 안의 루피에게 인사드립니다' 라는 뜻의 호객멘트로 쓰인다. 나이트클럽 호객꾼들이 날리는 '예쁜 언니'라는 말만큼 의미가 없다. 조금 과장해서 하루에 50번 가까이 듣다 보면 자연스레 대꾸도 안 하게 된다. 그러나 오늘은 기분이 좋고, 인사를 건네는 이가 호객꾼처럼 보이지 않아서 평소와 달리 "나마스떼" 라고 답을 해주었다. 그랬더니 내 귀에 익숙한 단어가 들렸다. 내가 계약한 여행사 이름이 튀어나온 것이다. 아! 그는 내가 그토록 기다리던

새 포터였다. 목이 부러질 정도로 애타게 기다리던 어제 저녁에 만났다면 너무 좋아서 껴안았을지도 모르겠다. 하지만 절망의 시기를 무사히 넘기고 변화무쌍한 운명에 몸을 맡긴 지금은 반갑기는 했으나 놀랍지는 않았다. 하루 사이에 의젓해졌다.

까맣고 무뚝뚝해 보이는 얼굴. 그는 오늘 도착한 사연을 짧고 간결하게 이야기했다. 어제 저녁에 차메에 도착할 수 있었는데 다나큐 근방의 공사 때문에 도로가 막혀 발이 묶였다고 했다. 그래서 새벽 일찍 일어나서 차메까지 걸어왔다고 했다. 숙소에 도착하니 주인 아주머니는 내가 동네 구경하러 갔다고 했단다. 유일한 아시아인 여자 트레커이니 찾기 쉬웠을 것이다. 그는 나에게 컨디션이 괜찮냐고 묻고는 출발하자고 했다. 당신이야 말로 아침 내내 걸어서 힘들지 않냐고 물었더니 괜찮다고 했다. 그럼,

"Let's go."

방에 들어와서 신나게 짐을 쌌다. 묵직한 배낭을 메니 다시 트레킹이 시작된다는 실감이 난다. 나는 활짝 웃으면서 주인 아주머니를 찾았다. 이중인격자처럼 어제와는 딴판인 모습을 보여주었지만 아주머니는 놀라지 않았다. 오히려 마음을 놓은 눈치였다. 이틀간의 비용을 정산하고 숙소를 떠났다. 오늘은 지쳐 쓰러질 때까지 걷고 싶었다. 어제의 마음 고생을 죄다 사뿐히 즈려밟고 가고 싶었다.

"비자야 림부."

그의 이름이다. 한국 사람들은 '림부'라고 꼭 성으로 부르고, 이스라엘 사람은 '비자야'라는 이름을 '비주'라고 부른다고 했다. 내 국적에 따라 그를 림부라고 부르기로 한다. 나는 '찌아'라고 불러달라고 했다. '지영'이라는 내 이름이 외국인도 발음하기 쉬울 거라 생각

했지만 그건 나만의 기대였다. 미국에서도 태국에서도 캄보디아에서도 내 이름을 제대로 부르는 사람을 한 명도 만나지 못했다. 게다가 아직까지도 마음에 쏙 드는 영어이름을 찾지 못했다. 한때 린지라는 이름을 애용했지만 그 이름을 가진 유명 연예인처럼 망가져버릴까봐 폐기했다. 즐겨보는 미드가 바뀔 때마다 내가 선호하는 영어이름도 바뀌었다. 지금은 좋아하는 영어 이름도 없고 해서 네팔어로 '차(밀크티)'를 뜻하는 '찌아'라고 불러달라고 했다. 그는 일급비밀을 들은 CIA 요원처럼 진중하게 고개를 끄덕이며 내 이름을 불러주었다.

"찌아, OK."

약간 마른 체격인 림부는 40대로 보였다. 조용하고 다부진 모습에 가무잡잡한 그는 영화 〈반지의 제왕 The Load of the Rings〉에 나오는 간달프의 지팡이를 연상시켰다. 군더더기 없이 잘 정제되어 엑기스만 남아 있는 것처럼 보였다. 이런저런 이야기를 하다 보니 잘 맞겠다는 감이 왔다. 역시 나는 아저씨 포터와 합이 잘 맞는 듯. 그는 내 영어를 잘 못 알아들었다. 문법은 엉망진창이어도 발음이 영 이상하다든가 기본 어휘를 잘못 사용하는 것도 아닌데 그는 내 말이 끝날 때마다 무슨 말이냐고 되물었다. 당황스러웠다. 이래서 영어울렁증이 생기는구나 싶었다. 둘 다 귀를 쫑긋 세우고 천천히 이야기를 나누었다. 마음을 나누기 앞서 서로의 발음에 익숙해져야 했다. 차근차근 우리 둘의 바벨탑을 세워야 할 것 같다.

빔은 차메에서 어퍼피상까지 하루, 어퍼피상에서 가류까지 하루, 가류에서 마낭까지 하루 해서 3일이 걸린다고 했다. 그런데 림부는 차메에서 어퍼피상까지 하루, 어퍼피상에서 마낭까지 하루 해서 2일

만에 가도 크게 문제가 없다고 했다. 대신 내가 힘들어하지 않는다는 조건 하에. 덧붙여서 다른 트레커들도 주로 2일 일정으로 간다고 했다. 나야 차메에서 머무르는 바람에 예정에 없이 하루를 낭비했으니 림부의 계획이 좋다. 그래서 그렇게 하기로 했다.

알아서 해라 해놓고는 자기 원하는 대로 움직이기를 바랐던 빔과 달리 림부는 결정에 도움이 되는 답을 딱 부러지게 내놓아서 좋았다. 마음이 든든하다. 상황에 따라 얼마든지 변동가능하다는 지극히 당연한 말조차 마음에 들었다. 역시 내 기도가 헛되지 않았다. 나는 성급하게 좋은 포터를 만났다는 결론을 내리고 싶어 안달이 난 마음을 꾹 눌렀다. 워워, 기다려.

걸핏하면 쉬었던 빔과 달리 그는 힘차게 걸었다. 림부는 과묵하지 않았다. 그는 하이톤의 목소리로 차근차근 이야기를 풀었고, 감칠맛 나게 중간중간 침묵을 지켰다. 그는 지금껏 겪은 한국인에 대해 이야기해주었다. 특히 한국 여자들의 이해할 수 없는 특징이 있다 했다. 왜 화가 나면 말을 안 하고 아는 척도 안 하냐고 묻는데 대답이 궁했다. 나도 그러니까. 문득 네팔 여자들은 어떤지 궁금해졌다. 그가 풀어놓는 트레킹 경험담도 흥미진진했다.

"한번은 이스라엘 남자랑 트레킹을 했지. 이스라엘 사람들은 의무적으로 군복무를 하니까 체력이 강한 줄 알았는데 아니더라고. 그 남자는 평지를 걷다가 돌부리에 걸려 넘어졌는데 내가 일으켜 세워주기 전까지 10분 동안이나 계속 누워서 신만 찾더라고."

이렇게 조잘조잘 이야기를 늘어놓는 그를 보며 누군가가 떠올랐다. 마이클 케인이 분했던 〈배트맨〉의 집사 알프레드 패니워스! 아하, 브루스 웨인이 이런 기분이겠구나. 브루스 웨인이 마음 놓고 배트맨 업무를 볼 수 있는 건 뭐니뭐니 해도 알프레드 덕분이 아니겠는

가. 비꼬는 투로 툭툭 내지르면서 있는 말 없는 말 다 하고, 가소롭다는 듯이 웃으면서도 결국은 가장 든든한 후원자요 방패막이 되어주는 알프레드. 알프레드의 경박함과 주도면밀함을 계승한 비자야 림부가 내 옆에서 내 배낭을 메고 걷고 있다. 고담시의 평화는 못 지켜도 림부와 함께라면 일주 트레킹은 완주할 수 있을 것 같다는 확신이 생겼다.

우리는 쉬지 않고 쭉 걸어서 브라탕에 도착했다. 그는 차메의 인도 식당에서 샀다며 사모사(야채와 감자를 넣고 삼각형으로 빚어 기름에 튀긴 인도식 만두)를 꺼냈다. 처음 먹어보는 음식이었다. 감자가 잔뜩 들어간 사모사는 맛있었다. 둘 다 배가 고프지 않아 요기만 하기로 했다. 사모사에 밀크티로 점심을 때웠다. 그리고 다시 출발.

병풍처럼 늘어선 눈 쌓인 순백의 산과 평지를 점령한 짙은 초록의 숲이 원색의 아름다움을 드러냈다. 눈이 시원했다. 보색도 아닌 흰색과 초록색의 어울림이 날선 칼처럼 짜릿했다. 가이드북에 따르면, 빽빽이 들어선 이 나무들이 전나무라고 했다. 나무에 대해서는 문외한인 내 눈에는 죄다 소나무처럼 보였다. 다음번 트레킹에는 식물에 대해 전문가 수준으로 박식한 사람과 동행하면 좋겠다는 바람이 생겼다. 라틴어로 된 학명을 말하는 대신 식물에 얽힌 기묘하고 흥미로운 이야기를 해줄 수 있는 재치가 넘치는 사람이라면 좋을 듯. 게다가 젊고 멋진 남자라면 금상첨화겠지.

림부에게 이 나무들이 전나무냐고 물어보고 싶었지만 포기했다. 전나무에 해당하는 영어단어를 모른다. 소나무pine tree가 맞냐고 물어봐도 되지만 그의 대답을 내가 못 알아들을까봐 묻지 않았다. 언제가 될지 모르겠으나 다음 트레킹때는 확실히 공부하고 와야지.

지도에서 브라탕은 2,850m, 그 다음 목적지인 두쿠레 포카리는 3,060m. 드디어 3,000m를 넘어선다. 한국의 3월은 냉기 머금은 찬바람에 허파가 시리기도 하지만 봄이 가까이 왔음을 확실히 느낄 수 있는 시기다. 하지만 고도 3,000m 이상의 지역에서는 여전히 한겨울이었다. 봄을 기대하는 게 되레 비정상처럼 느껴질 만하다. 지금껏 힘차게 흐르던 마르상디 강도 얼어붙어 유속이 느려졌다. 포장 안 된 길은 녹은 눈으로 인해 질척거리고, 그늘에는 녹지 않은 눈이 쌓여 있다. 슬슬 아이젠이 필요하다는 생각이 들었다. 겨우내 쌓인 눈이 모든 것을 뒤덮어버려 조심히 발을 디뎠다. 특히 개울을 지날 때는 더 조심해야 했다. 근방에 심장 제세동기 따위는 없을 테니까. 앞서 가던 림부가 팔을 올렸다. 림부의 손가락이 가리키는 곳에는 눈으로 뒤덮인 하얀 산이 있었다.

"스와르가 다와르."

맹숭맹숭해 보이는 거대한 산이 동네 뒷산처럼 푸근하게 서 있다. 보기와 달리 이 산의 높이는 5,000m에 육박한다. 보디빌더 같은 산이다. 탱탱하고 우람하다. 아놀드 슈왈츠제네거처럼 비현실적이지 않고 마동석처럼 친근하다. 산이 이렇게 다양한 모습을 가졌다는 걸 왜 30여 년간 몰랐을까. 산이 많은 대한민국에서 나는 무엇을 보고 있었던 걸까. 하긴 트레킹 전에는 등산도 몇 번 하지 않았다. 그런 내가 지금 안나푸르나에 와 있으니 이것 참 웃기는 일이 아닐 수 없다.

나와 림부는 어느새 두쿠레 포카리 마을로 들어섰다. 새로 지은 크고 멋진 게스트하우스들이 도로 양 옆으로 쭉 늘어선 마을은 모델하우스 촌 같았다. 아직 더께가 앉지 않아 뽀송뽀송하고 미끈한 건물들은 진한 합판 냄새를 뿜어냈다. 다이닝홀에서 점심을 먹는 서양인 트레커들의 수다와 접시에 포크 부딪치는 소리가 거리에서도 생생하게 들렸다. 죄다 방음 따위는 고려하지 않고 지었나 보다. 어린 시절 책을 보면서 상상했던 낭만적인 산장이 바로 여기 있었다. 마을을 통과하는 길에 멋들어진 보도블럭이 깔려 있었다면 테마파크라고 착각했을 정도로 모든 게 왠지 가식적이었는데 싫지는 않았다.

벌써 2시가 다 되어간다. 24시간은 거뜬하다는 달 밧 파워 덕분인지 배가 고프지 않다. 림부한테 물어보니 그도 배가 고프지 않다고 했다.

"그럼 점심은 건너뛰자."

그는 망설임없이 OK했다. 역시 우리는 배트맨과 알프레드의 네팔 버전. 두쿠레 포카리에서 10여 분간 쉬었다.

"아이젠."

오늘의 목적지를 향해 야생마처럼 뛰쳐나가려는 내게 림부는 조용히 말했다.

마을을 벗어나니 풍경이 완전히 달라졌다. 가냘픈 몸매로 서서 우주를 찌를 듯이 솟아올랐던 나무들이 사라졌다. 숲은 황야로 바뀌어 있었다. 황량한 고원은 헐벗은 쓸쓸함이 아닌 고독한 아름다움으로 빛나고 있었다. 드문드문 솟아있는 나무들은 바람 못이 박혀 단단했고, 검정색 덤불은 포크댄스 추듯 굴러다니며 자신만의 자취를 남겨 놓았다. 인상적인 것은 바람소리였다. 바람은 무리지어 돌아다녔다. 멀리서 숨차게 달려왔다가 숨어버리고, 다시 힘을 축적해서 달려나가는 소리가 5.1채널 돌비 사운드보다 더 생생하게 내 존재를 흔들고 지나갔다. 원근감과 질량이 살아 있는 바람소리는 너무나 매혹적이고 입체적이어서 사이렌의 유혹을 이겨낸 오디세우스라도 무릎을 꿇을 것 같았다. 그물에 걸리지 않는 바람소리란 이런 것일까. 셜록

홈즈마저 공포에 떨게 했던 바스커빌가의 사냥개 울음소리가 이런 소리일까. 야성적인 바람소리에 심장박동이 빨라졌다.

작은 호수가 나타났다. 림부는 이곳 두쿠레 포카리의 지명에 대해 설명해주었다. Dhikur는 비둘기, Pokhari는 연못. 비둘기 연못이라는 뜻이란다. 호수 표면에서는 빛이 탁구공처럼 튀어올랐다. 눈이 부셔서 계속 바라볼 수가 없었다. 야생 비둘기 네 마리가 물 위에 떠 있었다. 어두운 갈색 깃털의 비둘기들이 품고 있는 옹골찬 생명력이 멀리서도 느껴졌다. 반짝반짝 빛나는 호수는 소박한 고원의 아름다움을 그대로 보여주었다. 주위의 황량함과 더불어 정적이면서도 동적인 분위기를 자아내어 묘하게 감동적이었다.

멋진 풍경에 넋이 나간 나를 림부는 재촉하지 않았다. 그저 가만히 기다려주었다. 영화 〈반지의 제왕〉에 나오는 원정대 같은 심정으로 한 발 한발 전진했다. 난쟁이와 오우거가 어디선가 나를 지켜볼지도 모를 일이다. 무심하게 자리잡은 돌멩이조차 나를 훔쳐보고 있는 것 같은 느낌이 들었다.

온 땅에 내려앉은 눈은 길을 지워버렸다. 표지판도 없고 그저 허허벌판. 질퍽질퍽한 땅은 늪지같이 변해 혼자 들어섰다가는 곧장 하데스의 땅으로 들어가도 전혀 이상하지 않아 보인다. 포터 없이 혼자 왔으면 명부첩에 이름이 오를 뻔했다. 트레킹을 하다 보면 실종자를 찾는 전단지를 종종 본다. 그들은 혼자 트레킹하다가 어느 날 갑자기 지구상에서 사라졌다. 다행히 살아 돌아온 사람들은 신나게 모험담을 펼쳐놓겠지만 그렇지 못한 사람들은 누군가 발견해주기만을 기다리다가 백골이 될 것이다. 나는 겁이 났다. 차메에서 포터를 기다리지 않고 무턱대고 혼자 왔다면 지금쯤 내 얼굴이 그려진 'missing' 전단지가 트레커들을 맞이할지도 모를 일이었다. 대부분의 나홀로 트레커들이 안전하게 트레킹을 끝내지만 사람의 운이라는 것은 어떻게 될지 모른다. 림부의 안내로 안전하게 늪지대를 벗어났다.

우리는 오늘의 목적지인 어퍼피상으로 향했다. 피상은 아랫마을(로워피상)과 윗마을(어퍼피상)로 나뉜다. 로워피상에서 훔데를 거쳐 마낭으로 가는 길은 평탄하다. 반면 어퍼피상에서 가류, 나왈을 거쳐 마낭으로 향하는 길은 힘들지만 멋진 설산을 볼 수 있다. 기왕 여기까지 왔으니 설산을 봐야지. 망설일 이유가 없다.

갑자기 눈이 사라지고 메마르고 푸석푸석한 길이 나타났다. 아이젠을 벗었다. 눈길보다 훨씬 걷기 편했다. 어퍼피상은 두쿠레 포카리보다 300m가 높다. 경사가 심하지 않은 오르막길이 쭉 이어졌다. 힘들지는 않지만 그렇다고 무리해서도 안 된다. 자만심은 심장을 바로 공격한다. 이럴 때는 마법의 주문을 외쳐야 한다.

"비스따리 비스따리(천천히 천천히)."

메아리처럼 울려퍼지는 내 말을 들은 림부가 싱긋 웃으며 외쳤다.

"빨리 빨리."

드디어 2시 45분 어퍼피상에 도착. 산중턱에 아슬아슬하게 자리잡은 어퍼피상은 성벽만 있으면 유럽의 중세 마을이라고 우겨도 믿을 정도로 고풍스럽다. 흙으로 지어서 앞집 옆집 뒷집 모두가 갈색인 집들이 사이좋게 옹기종기 모여 있는 마을은 사람보다는 동물에게 어울리는 모습이었다. 그러나 마을에 들어서자 집집마다 풍기는 온기와 굴뚝에서 올라오는 회색 연기, 사람 손으로 다져진 아기자기한 골목길이 이곳의 오랜 역사와 전통을 말해주었다. 꼬불꼬불 이어진 골목길을 걷다 보니 척박한 이곳에 오랜 세월 터를 잡고 살아온 주민들의 삶이 느껴졌다. 존경스러웠다. 사람이란 동물은 대단하다.

림부는 게스트하우스로 안내했다. 전망이 죽여주는 곳이었지만 덕분에 세차게 부는 바람소리가 생생하게 들렸다. 그도 그럴 것이 바람에 날아가지 않는 게 용할 만큼 대충 지은 듯 보였기 때문이다. 부실시공이라는 단어조차 사치스러웠다. 시공, 그러니까 공사를 했다기보다 나무를 쌓아올리기만 한 것 같았다. 나는 망설이다가 림부에게 아주 조심스럽게 물어보았다.

"이렇게 바람이 강한데 집이 무너지지 않겠지?"

림부는 그럴 일은 없다고 했지만 마음을 놓을 수가 없다. 오늘은 여러 번 명부첩에 오르는구나. 걸을 때마다 마루바닥에서 삐걱삐걱 소리가 났다. 림부의 말이 거짓말이 아니기만을 바랄 뿐이었다.

림부 말로는 게스트하우스에서 조금만 더 올라가면 유명한 곰파(절)가 있다고 했다. 그래서 같이 곰파로 갔다. 앞서가는 림부를 따라가고자 조금 뛰었더니 금세 숨이 찬다. 30초 정도 뛰었는데 1,000m를 전력질주한 것처럼 혀를 내밀어 산소를 핥아댔다. 역시 고도 3,000m가 넘는 곳은 만만하지 않다.

곰파는 명성에 비해 아담했다. 들어가서 삼배도 하고 기부 박스에 100루피도 넣었다. 태국이나 라오스에서 본 부처님과는 다른 모습의 부처님이 곰파를 지키고 있었다. 말이 없는 부처님께 내 트레킹의 성공과 티벳의 평화를 기도했다. 곰파 입구에서는 매캐한 연기가 났다. 다가가 보니 소각로같이 생긴 제단이 있었고 나뭇가지가 타고 있었다. 향나무 같은데 확신할 수는 없다. 사진만 찍고 숙소로 내려왔다.

바람 때문인지 더 춥게 느껴졌다. 세수는 엄두도 내지 못하고 물티슈로 얼굴을 닦아냈다. 추워서 꼼짝하기도 싫다. 바람의 신이 빨리감기와 되감기 버튼을 연속으로 누르는데 재미를 붙였는지 해가 져도 바람이 멈추지 않았다.

오후 내내 다이닝홀에 앉아 안나푸르나 2봉을 바라보았다. 봐도봐도 질리지 않았다. 햇살의 위치가 조금만 달라져도 구름이 살짝만 비껴나도 전혀 다른 모습이 되었다. 산의 매력에 사로잡혀 인생을 송두리째 바친 사람들의 운명이 단박에 이해되었다.

안나푸르나 2봉의 높이는 7,937m다. 내가 서 있는 이곳 어퍼피상은 3,300m. 내 눈 앞에 선 저 산이 거의 8,000m에 가깝다는 사실이 실감이 안 난다. 빈나절이면 아이젠만 차고서 성큼 올라갈 수 있을 것처럼 보였다. 물론 말도 안 된다는 걸 안다. 산소통 백만 개가 있어도, 셰르파 백 명이 있어도 내 눈 앞에 살갑게 서 있는 저 산의 정상에 올라갈 수 없을 것이다. 가질 수는 없어도 즐기는 데는 문제없다. 산의 영혼을 훔칠 기세로 한참을 바라보았다. 멋지다는 말 외에 어떤 표현을 할 수 있을까. 빈곤한 언어 실력이 아쉽다. 아니면 나의 정서와 감흥이 모자란 탓일까. 몇십 분을 산만 쳐다보며 망부석처럼 꼼짝 않고 있었다. 춥고 불안하고 불편한 이 게스트하우스가 존재하는 이유는 바로 이 풍경 때문이다.

엽서와 일기를 쓰고 나서 림부의 끝나지 않는 트레킹 연대기를 들으며 이런저런 이야기를 나누다 보니 어느새 해가 졌다. 손님은 나와 림부 뿐. 또 전세냈다. 손님인 내가 비수기 걱정을 하는 반면 주인 아주머니는 느긋해보였다.

불교도인 주인 아주머니는 내가 가지고 있는 염주에 큰 관심을 보였다. 아주머니 염주는 알도 크고, 알마다 세밀하게 조각이 새겨져 있어서 근사했다. 게다가 적당히 손때가 묻어 멋있었다. 내 염주는 그리 좋은 물건은 아니지만 108배를 하며 한 알씩 직접 끼워 만든 것이어서 의미 있는 물건이다. 이 염주가 부적처럼 나를 지켜줄 것이라는 생각에 챙겨왔다. 무엇보다도 서울의 내 집으로 돌아갈 때까지 안전하기를 바라니까.

저녁으로 야채볶음면을 시켰다. 놀라웠다. 이렇게 맛이 없으면서 짠 음식을 만들 수 있다는 사실을 처음 알았다. 점심도 안 먹었고, 음식 남기기도 싫어 꾸역꾸역 다 먹었지만 고역이었다. 아주머니는 요리에 관심이 없거나 요리를 좋아하지 않는 게 틀림없었다. 그렇지 않고서야 이런 맛이 나올 수 없다. 걱정이 되었다. 내일 아침에는 무엇을 시켜야 할까. 메뉴선정이 최고의 화두가 되었다.

림부와 수다 삼매경에 빠져 침이 마를 정도로 입을 놀리는데 또 정전이 되었다. 약하게 빛을 발하는 림부의 2G 휴대폰 불빛에 의지해서 조금 더 떠들다가 결국 작별인사를 했다. 전기가 떠났으니 이제는 우리가 헤어져야 할 시간이다. 방 안은 오줌줄기마저 언다는 아오지 탄광처럼 추웠다. 아귀가 맞지 않는 창문 틀 사이로 날선 바람이 숭숭 들어왔다. 번데기처럼 슬리핑백 속에 웅크리고 있었지만 방 안을 둘러보며 왠지 모르게 뿌듯했다. 오늘 아침에 열심히 빤 빨래들이 빨랫줄에 주렁주렁 매달려 있고, 나는 건강하다. 차메 체류에 대해 하나하나 따져보니 실보다는 득이 많았다. 싫어했던 포터와 별 문제없이 헤어졌고, 변도 이틀 연속 쌌다. 밥도 맛있었다. 3,000m를 앞두고 충분히 고도 적응을 했다. 그리고 감기도 싹 나았다. 완벽한 전화위복.

김제동의 말이 맞다. 행복하지 않을 이유가 하나도 없다.

GUIDE 6

소 나 무, 전 나 무, 향 나 무

도시 촌년인 나는 나무에 대해 전혀 모른다고 해도 과언이 아니다. 이런 내가 유일하게 구별할 수 있는 나무는 은행나무. 약 1억 5천년 전에 나타나 '살아 있는 화석'이라 불리는 은행나무는 1속 1종 밖에 없어서 헷갈릴 만큼 비슷한 나무가 없기 때문이다. 잎이 떨어지면 다른 나무와 구별을 못 한다는 문제가 있지만 이건 우리만의 비밀로 묻어두자.

애국가에도 등장하는 소나무는 명실공히 한국인이 가장 사랑하는 나무다.[1] 하지만 전나무와 소나무를 나란히 세워 놓았을 때 둘을 확실히 구별할 수 있는 사람이 얼마나 될까? 학창시절 과학시간에 졸지 않은 학생이라면 생물을 분류할 때 기준으로 삼는 '계문강목과속종[2]'을 기억할 것이다. 소나무, 전나무, 향나무는 겉씨식물(혹은 나자식물)로, 식물계(Plantae) - 구과식물문(Pinophyta) - 구과식물강(Pinopsida) - 구과식물목(Pinales)[3]을 공유하다가 과에서 갈라진다. 소나무는 소나무과(Pinaceae) - 소나무속(Pinus), 전나무는 소나무과 - 전나무속(Abies), 향나무는 측백나무과(Cupressaceae) - 향나무속(Juniperus)에 속한다.

전나무, 소나무를 구별하는 가장 쉬운 방법은 잎을 보는 것이다. 전나무는 1개의 잎이 줄기를 빙 둘러 나며 잎 끝이 뾰족하고 소나무에 비해 길이가 짧다. 소나무는 2~3개의 날씬하고 길쭉한 잎이 모여서 난다. 잎이 2장인 소나무는 방크스소나무, 구주소나무, 풍겐스소나무, 곰솔, 소나무, 중곰솔(춘양목)이며, 잎이 3장인 소나무는 리기다소나무, 테에다소나무, 왕솔이 있다.[4] 잣나무는 5개의 잎이 모여서 난다.

향나무는 침엽(바늘잎)과 인엽(비늘잎)이 함께 발달한다. 어린 가지에는 날카로운 잎이 달려 있지만 점차 부드러운 잎이 달린다. 2개씩 마주나거나 3개씩 돌려나며 가지가 보이지 않을 정도로 밀생하다. 침엽은 뾰족하고 인엽은 매듭처럼 생겨서 소나무과 나무들과 구별하기 쉽다.

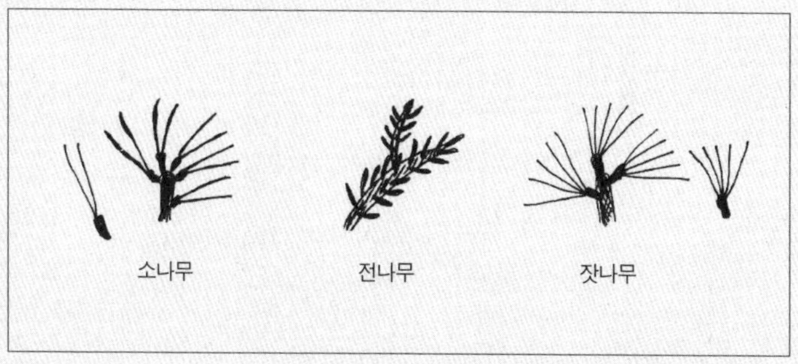

자, 이제 전나무 - 소나무 - 잣나무 - 향나무는 구별할 수 있다. 문제는 각 속에 속하는 나무를 구분하기 어렵다는 것이다. 예를 들어 전나무속에는 구상나무, 전나무, 분비난무, 일본전나무가 있는데 이들을 구분하기가 쉽지 않다. 이때는 남효창이 지은《나무와 숲》(한길사)을 참고하자. 이 책은 검색표를 통해 나무를 쉽게 구분할 수 있도록 했다. 사실 초보자에게는 검색표를 봐도 알쏭달쏭한 경우가 대부분일 것이다. 세상에 공짜는 없으니 관심을 갖고 꾸준히 보고 익히는 수밖에 없다.

기억하면 좋을, 특히 유식한 척 하기에 좋은 몇 가지 사항만 언급하고 가자. 전나무속에 속하는 구상나무(Abies Koreana WILS.)는 우리나라에서만 자생하는 나무로, 유럽에서는 한국전나무로 알려져 있고 크리스마스트리로 애용되고 있다.[5] 우리가 잘 아는 잣나무는 소나무속에 속하며 속이 붉어 홍송이라고 부른다. 2017년 2월 현재 천연기념물로 지정된 소나무(흑송, 반송, 처진소나무 포함) 및 소나무 숲은 총 40개다.[6]

1) 2015년 산림청이 전국 만 19세 이상 성인 남녀 1,200명(일반국민 1,000명, 전문가 200명)을 대상으로 실시한 '산림에 대한 국민의식 조사' 결과 일반국민 62.3%, 전문가 49.5%가 가장 좋아하는 나무로 소나무를 꼽았다. 가장 좋아하는 꽃나무는 벚나무, 가장 좋아하는 가로수는 벚나무(전문가는 느티나무)로 조사되었다. - 출처: 〈산림에 대한 국민의식 조사 결과 보고서〉, 산림청, 2015

2) 스웨덴의 과학자 린네(C. Linnaeus)가 제안한 식물 분류법 및 2명법은 1867년 국제식물명명규약(International Code of Botanical Nomenclature)으로 표준화되었다. 하지만 과학기술의 발전에 따라 계통에 관한 새로운 사실이 밝혀지고, 몰랐던 종들을 발견하면서 분류법은 현재도 계속 변하고 있다. 특히 종을 분류하는 방식은 적어도 22가지가 있다고 할 만큼 과학자들 사이에서도 의견이 분분하다.

3) 자료에 따라서 나자식물문 또는 겉씨식물문(Gymnosperms 혹은 Pinophyta) - 구과식물강(Coniferopsida) - 구과목(Coniferales)으로 분류하기도 한다. 경희대 지리학과 공우석 교수는 침엽문(Pinophytina) - 침엽강(Pinopsida) - 소나무아강(Pinidae) - 소나무목(Pinales)으로 분류하였다. - 출처: 공우석, 《대한지리학회지》 제41권 제1호 〈한반도에 자생하는 소나무과 나무의 생물지리〉, 2006.3

4) 남효창, 《나무와 숲》, 한길사

5) 한국민족문화대백과(encykorea.aks.ac.kr) - 구상나무

6) 서울 재동 백송, 서울 조계사 백송, 고양 송포 백송, 보은 속리 정리품송, 예산 용궁리 백송, 제주 산천단 곰솔 군, 청도 운문사 처진소나무, 이천 신대리 백송, 부산 좌수영성지 곰솔, 합천 화양리 소나무, 무주 삼공리 반송, 문경 화산리 반송, 상주 상현리 반송, 예천 천향리 석송령, 청도 동산리 처진소나무, 영월 청령포 관음송, 속초 설악동 소나무, 보은 서원리 소나무, 고창 선운사 도솔암 장사송, 전주 삼천동 곰솔, 장흥 옥당리 효자송, 구미 독동리 반송, 함양 목현리 구송, 의령 성황리 소나무, 이천 도립리 반룡송, 괴산 적석리 소나무, 장수 장수리 의암송, 영양 답곡리 만지송, 울진 행곡리 처진소나무, 거창 당산리 당송, 지리산 천년송, 문경 대하리 소나무, 해남 성내리 수성송, 제주 수산리 곰솔, 하동송림, 포천 직두리 부부송, 포항 북송리 북천수, 예천 금당실 송림, 안동 하회마을 만송정 숲, 하동 축지리 문암송

태산을 넘으면 평지가 보인다

007

2월 26일(수) ▶ **08:00** 어퍼피상 Upper pisang (3,300m) 출발 ▶ **09:50** 가류 Ghyaru (3,670m) 도착 ▶ **12:00** 나왈 Nawal (3,660m) 도착 & 점심 ▶ **14:45** 무제 Mugie (3,330m) 도착 ▶ **15:15** 마낭 Manang (3,540m) 도착

차메에서부터 물티슈로 세수를 하고 있다. 매일 선크림을 듬뿍 바르고 있어서 물티슈로만 닦아내는 게 영 꺼림칙하다. 화장은 (선크림도 화장품이라고 봤을 때) 하는 것보다 지우는 것이 더 중요하다고 하지 않던가. 하지만 골수도 얼 것 같은 이 차가운 물로 씻을 엄두가 나지 않았다. 수도꼭지만 봐도 손가락에 경련이 일고 두개골이 지끈거릴 정도다. 어느새 손톱에는 때가 시커멓게 끼었고, 쉰내는 날이 갈수록 깊고 진해졌다. 말이 좋아 트레커지 몰골이 점점 노숙자처럼 변해간다. 빨래는 아예 포기했다. 길어봤자 2주. 2주간의 불결함으로 각종 질병에 노출되지는 않을 것이다. 이렇게 추운 날씨에는 병균조차 나를 감염시키느니 어디 따뜻한 곳으로 휴가를 가고 싶어할 터. 무엇보다도 나에게 청결 강박증이 없어서 다행이다. 포카라에서 뜨거운 물로 빡빡 씻을 수 있는 그 날이 오기 전까지 더러움을 감수하는 수밖에 없다. 단지 씻고 싶다고 하산할 수는 없으니까.

손님이 나와 림부 뿐이라 부엌에 오밀조밀 모여 앉아 아침을 먹었다. 따뜻한 온기 덕에 추위도 사라졌다. 아주머니는 회색빛 묽은 반죽을 얇게 펴발라 팬케이크 굽듯이 익혔다. 분명 차파티(chapatti, 밀가루를 화덕에 구워 만든 빵. 난 naan은 밀가루를 이스트 등으로 발효시킨 후 구워서 만든다)는 아니었다.

"이게 도대체 뭐야?"

"파파르(phapar Ko Roti)."

메밀(buckwheat)로 만들었다고 한다. 어쩐지 색깔이 이상하다 했다. 림부는 파파르에 꿀을 발라 먹으며, 맛을 궁금해하는 나에게도 한 조각 건네주었다. 꿀 때문인지 파파르 때문인지 모르겠으나 맛있었다. 달콤함과 담백함이 절묘한 비율을 이루었다. 트레킹하면서 먹은 것 중 가장 맛있었다.

나는 달 밧을 주문했다. 어제 야채볶음면에 식겁한 나는 설마 달 밧 조차 맛이 없겠냐는 생각에 주문을 했다. 이것은 잘못된 판단이자 재앙이었다. 음식의 탈을 썼지만 음식이라고 할 수 없는, 네팔 내에서도 도저히 용납할 수 없을 것 같은 맛이었다(여행이 끝나고 돌이켜보니 네팔여행을 통틀어 가장 맛없는 달 밧이었다). 오죽하면 리필도 안 했다. 아침이라 밥이 안 넘어가서가 아니다. 일주 트레킹 내내 입맛이 없었던 적은 단 한 번도 없었다. 지독한 설사에 시달렸을 때조차 배가 고팠으니까. 한국 엄마라고 다 된장찌개를 잘 끓이는 게 아니듯이 모든 네팔 여인들이 달 밧을 잘 만드는 건 아닌가 보다. 음식을 남기면 안 된다는, 어린 시절부터 단단히 주입된 관습의 힘으로 그릇을 비웠다. 내가 음식투정을 하는 지금 이 순간 지구촌 어딘가에서는 굶어 죽어가는 사람이 있을 것이다. 내가 극단적인 상황에 처해 있지 않음을 감사히 여기자.

1846년 4월의 어느 날 미국. 도너(Donner)와 리드(Reed) 가족은 더 나은 삶을 위해 골드러시가 한창인 서부를 향해 출발했다. 같은 이상을 품고 합류한 사람들로 인해 일행은 어느덧 87명이 되었다. 그러나 그해 11월, 그들은 눈보라 휘몰아치는 시에라네바다 산맥에서 고립되었다. 차츰 먹을 것이 동나기 시작했다. 가죽으로 만든 제품까지 삶아 먹었지만 그들은 끝없이 파고드는 굶주림을 이길 수 없었고 일부는 살기 위해 죽은 사람들의 살과 내장을 먹었다. 결국 48명만이 살아남아 최종목적지인 캘리포니아에 도착했다. (마이클 라고, 《파이널 엑시트》, 북로드 / 위키피디아 en.wikipedia.org/wiki/Donner_Party : 살아남은 사람의 숫자에 대해서 《파이널 엑시트》는 47명으로, 위키피디아는 48명으로 표기하고 있다)

1845년, 감자가 주식이었던 아일랜드에 감자마름병이 퍼졌다. 병에 감염된 감자는 하루 사이에 줄기가 말라비틀어지고 뿌리까지 썩어 들어갔다. 영국은 합병법(Act of Union)이라는 허울과 달리 실질적으로 아일랜드를 지배하고 있었고, 아일랜드 토지의 상당수가 영국인 지주의 소유였다. 지주들은 아일랜드인들이 굶어 죽어가는 것에 아랑곳 않고 아일랜드 땅에서 나는 밀과 옥수수 등의 곡물과 가축생산물을 영국으로 실어 날랐다. 그리고 아일랜드인에게는 평소와 다름없이 높은 소작료를 요구하였다. 소작료를 내지 못한 농민이나 농업 노동자는 집을 빼앗기고 쫓겨나 사지로 몰렸다. 아일랜드인 부농들도 가혹한 세금이 버거워 동포들을 핍박하였다. 감자 역병이 발생한 5년간 아일랜드에서는 약 100만 명의 사람이 굶어죽거나 발진티푸스, 재귀열, 이질, 콜레라 같은 질병으로 죽었다. 기아로 죽은 이보다 병으로 죽은 이가 열 배나 더 많다. 배 삯을 구한 200만 명의 운 좋은 사람들은 영국, 호주, 캐나다, 미국 등지로 향하는 배에 몸을 실었으나 불결하고 먹을 것이 부족한 배 안에서 죽어갔다. 캐나다행 배는 아예 주검의 배(coffin ships)라고 불릴 정도였다. 대기근 전 800만 명에 달했던 아일랜드의 인구는 1871년 인구 통계청의 발표에 따르면, 441만을 약간 웃돌 정도로 절반으로 줄어들었다. (수전 캠벨 바톨레티, 《검은 감자: 아일랜드 대기근 이야기》, 돌베개)

제2차 세계대전 중이던 1941년 9월 8일부터 1944년 1월 27일까지 러시아 레닌그라드(현재의 상트페테르부르크)는 독일군에 포위되었다. 독일군은 시가지 침공 대신 보급로 차단에 힘을 쏟았다. 히틀러는 승리를 의심치 않았다. 약 900일을 버틴 결과 레닌그라드는 함락되지 않았고, 1945년 스탈린으로부터 '영웅도시'의 칭호를 부여받았다. 하지만 그 대가는 무시무시했다. 봉쇄기간 동안 사람들은 독일군이 아닌 굶주림과 싸워야 했다. 애완동물은 식량이 되었고, 심지어 아교와 가죽으로 수프를 만들어 먹었지만 배고픔을 이길 수는 없었다. 누군가는 죽은 사람을 먹었다는 이야기가 온 도시에 파다했다. 허약해진 시민들의 몸을 각종 질병이 파고들었다. 봉쇄가 시작된 41년 10월 초에 300만 명이 넘는 인구로 가득 찼던 레닌그라드에는 봉쇄가 풀린 뒤 64만 9,000명만 남아 있었다. (라도가 호수를 통해 레닌그라드 시민 50만 명이 피신했고, 일부는 독일군의 포로가 되었다) 얼마나 많은 사람이 죽었는지는 아직까지도 정확하게 알 수 없다. 봉쇄가 풀린 레닌그라드에 들어선 러시아군은 송장 같은 주민들의 모습에 충격을 받았다고 한다. (도시사학회 기획, 이영석 · 민유기 외 지음, 《도시는 역사다》, 서해문집)

1972년 10월 13일, 45명의 승객을 태운 우루과이 비행기가 목적지인 칠레로 향하던 중 안데스 산맥에서 추락했다. 추락하며 승객 중 일부가 죽고, 몇 명은 심각한 부상을 입었다. 살아남은 이들은 구조대가 올 것이라고 철석같이 믿었다. 그러나 며칠이 지나도 구조대는 오지 않았고, 오히려 수색을 포기한다는 청천벽력같은 소식을 라디오를 통해 듣게 된다. 3,600m의 추운 산 속에서 그들은 고립되었다. 그리고 거의 두 달이 지난 12월 23일, 그때까지 살아남은 16명의 승객이 극적으로 구조되었다. 먹을 것이 떨어지자 그들은 죽은 사람들의(친구 또는 친척이 대부분인) 얼어붙은 살점을 먹으며 살아남은 것이다. (1974년 피어스 폴 리드 Piers Paul Read는 이 실화를 다룬 《Alive: The Story of the Andes》를 출간하였고, 이 책을 원작으로 프랭크 마셜 감독, 에단 호크 주연의 영화 〈얼라이브 Alive: The Miracle of the Andes(1993)〉가 제작되었다)

그러니 음식과 쉼터를 두고 투정부리지 말지어다.

오전 8시에 림부와 나는 어퍼피상을 떠났다. 하루 종일 마을 전체를 찢어발기듯 포효하던 바람이 잠잠하다. 골짜기에 자리잡은 로워피상도 내가 떠나온 어퍼피상도 더없이 평화로운 모습으로 아침을 맞이하고 있었다. 길에는 차가운 냉기만 서려 있을 뿐, 아무도 없었다. 폭풍전야처럼 조용했다. 이따금 이름모를 새 울음소리만 들려오고 아침의 적막이 무겁게 사방을 둘러싸고 있었다. 이 스산한 고요함을 헤치며 우리는 걸음을 옮겼다.

다음 목적지는 가류. 가류는 산중턱에 있었다. 마을까지 구불구불 이어진 비탈의 경사는 그리 심해 보이지 않았다. 설렁설렁 10여 분만 가면 도착할 듯 보였다. 달 밧에 이어 오늘의 두 번째 오판이었다. 오르막길에 들어섰다. 아무리 걸어도 끝이 보이지 않았다. 얼핏 보이던 마을도 어느새 사라지고 위를 향해 지그재그로 뻗은 길만 한없이 이어졌다. 20kg짜리 모래주머니를 매단 듯 다리는 천근만근이고, 몸 속 수분이 땀으로 변해 피부 위로 흘러넘치고, 극심한 피로가 쌓여갔다. 이해할 수가 없었다. 이 길이 왜 이렇게 힘든 것이지? 림부는 포커페이스를 유지하며 가류를 향해 올라갔다. 얼굴만 봐서는 그도 힘에 부친지 아닌지 알 수가 없다. 때와 장소를 가리지 않던 림부의 수다가 멈춘 걸 봐서는 그 역시 힘든 것 같았다. 건장한 체격의 유럽인 3명은 나보다 훨씬 늦게 온 주제에 나를 가볍게 제치고 성큼성큼 올라갔다. 이건 뭐, 게임이 안 되니 허탈할 이유도 없다. 그들을 부러워하는 것조차 시간낭비다. 얼마나 걸었을까. 조그마한 쉼터 및 수도시설이 나타나자 잠시 쉬기로 했다. 일주 트레킹 최초의 위기. 앉아서 땀도 닦고, 나무에 걸린 소인지 야크인지 모를 뼈도 자세히 살펴보고 맞은편 설산도 보면서 재충전을 했다. 이제 30분 정도는 거뜬하게 걸을 수 있을 것 같다. 얼른 가야지 싶어서 다시 가방을 멨다. 아, 겨우 1분도 안 되었는데 주저 앉아버리고 싶어지니 나 자신도 미칠 노릇이다. 가류가 아니라 지옥으로 가고 있는 것은 아닐까. 저 앞에 가는 이는 림부가 아니라 저승사자가 아닐런지. 그래도 가야 한다. 나는 걸어야 한다. 광견병 걸린 개처럼 침을 질질 흘리기 일보 직전에서야 가류 마을에 들어섰다. 어찌나 기쁜지 방방 뛰고 싶었으나 다리를 10cm도 들 수 없었다. 풍경이고 나발이고 눈에 들어오지 않았다. 드디어 도착했다는 안도감에 마을 입구에 주저앉아 한동안 일어서지 못했다. 이 동네는 초장부터 마음에 안 든다.

공격적인 호객행위로 트레커를 유인하는 가류 마을 첫 번째 레스토랑에서 따끈하고 달콤한 밀크티를 마시고, 근처 뷰포인트에서 사진을 찍었다. 전경이 워낙 멋있어서 3년치 적금을 탄 것처럼 기뻤다. 이 정도면 고생해서 올라올 가치가 있다고 생각하려다가 황급히 고개를 저었다. 아니다. 올라오는 길이 해도해도 너무 했다. 하지만 최후의 승자인 나는 안나푸르나와 마주선 채 뿌듯함을 만끽했다. 여신과 대등해진, 불경한 쾌감이 온몸을 휘감았다. 미친년 널뛰듯 격하게 펌프질을 하던 심장도 안정을 되찾고, 등산복에 쉰내를 더해주며 펑펑 솟아오르던 땀도 멈추었다. 고산지대의 서늘한 바람에 곧 한기가 들었다. 춥다가 금세 더워지니 어느 장단에 춤을 춰야 할지 모르겠다. 평온함을 되찾은 내 곁으로 림부가 다가왔다. 불과 20분 전만 해도 당장 죽을 것처럼 헥헥대던 내 추한 모습을 본 그는 신사답게 모른 척 해주었다. 림부의 말로는 일주 트레킹 코스 중 두 구간이 가장 힘들다고 했다. 첫 번째가 가류로 향하는 구간, 두 번째가 토롱 페디에서 하이캠프 가는 구간. 나머지는 그렇게 힘들지 않다고 했다.

"넌 강하잖아! 그러니까 남은 구간도 괜찮을 거야."

마지막에 지나가듯 건넨 이 말이 큰 위로가 되었다. 그래, 나는 강한 여자다. 그런 척이라도 하고 싶다. 그렇게 믿어야 남은 길을 갈 수 있을 테니까.

다음 목적지인 나왈로 향했다. 나왈에는 한국스님이 산다고 했다. 마을에서 조금 떨어진 산 속 작은 오두막에 사는 스님은 오전 11시면 마을로 내려와 식사를 하고 12시면 다시 떠난다고 하셨다. 우리가 점심을 먹기로 한 게스트하우스가 스님께서 늘 식사하는 곳이라고 했다. 나는 게스트하우스에 도착하자마자 스님을 찾았다.

"이미 식사를 마치고 떠나서서 지금은 오두막에 도착하셨을 것 같은데요. 혹시나 길에서 마주치지는 않았나요?"

고개를 젓는 내게 주인은 어깨를 으쓱거렸다. 간만에 한국어로 떠들 기회를 놓쳤다. 지금은 맛있는 한국음식을 먹는 것보다 한국어로 떠들고 싶은 욕망이 더 크다. 영어는 남의 속옷을 입은 것처럼 불편하다. 주인장은 스님이 가져온 수많은 한국 의약품을 보여주었다. 익숙한 약이 많았다. 정기적으로 약품을 갖다놓고 무료로 쓰게 하셔서 게스트하우스는 마을 약국을 겸하고 있다고 했다. 여행 막바지였으면 가지고 있는 아스피린이라도 기증했을 텐데 아직 여정이 많이 남아 그럴 수가 없었다.

스님께서 그 식당을 애용하는 이유가 있었다. 식당은 매우 깨끗했다. 대부분의 게스트하우스에서 볼 수 있는 먼지와 기름이 눌어붙은 끈적거리는 메뉴판 대신 새것처럼 빳빳한 메뉴판과 방석이 깔린 푹신한 플라스틱 의자와 깔끔한 식탁이 인상적이었다. 이렇게 관리가 잘된 식당을 보는 게 오랜만이다. 아침부터 이어진 강행군에 노곤해진 나는 기분 좋게 늘어졌다. 늘 그렇듯 간단히 만들 수 있는 볶음밥도 주문한 지 30분이 훨씬 지나서야 내 앞에 나타났다. 이 간단한 음식을 만드는데 이토록 오랜 시간이 걸린다는 사실이 페르마의 마지막 정리보다 더 미스터리하다. 세계 7대 불가사의 따위는 이에 비할 바가 아니다. 든든히 배를 채운 나와 림부는 기분 좋게 길을 나섰다.

나왈에서 무제까지는 황무지같은 길이 이어졌다. 두쿠레 포카리의 황량한 아름다움과는 또 다른 매력이 깃든 곳이었다. 보자마자 에밀리 브론테의《폭풍의 언덕》이 떠올랐다. 소설의 실제 배경인 영국 요크셔 지방의 하워스(Haworth) 마을을 가보지 않은 나로서는 상상을 할 수밖에 없다. 아마도 바로 여기처럼 황량하지 않을까. 장난꾸러기 정령이 숨어 있는 듯 암팡진 덤불과 한평생 바람에 맞서 싸우며 자라느라 억세고 메마른 나무들이 고집스럽게 자기 영역을 고수하고 있었다. 모든 것이 무채색에 갇혀버려 지독히도 쓸쓸해 보였다. 자연의 메마른 난폭함에 가슴이 싸하다.

림부와 나는 거의 경보하다시피 걸었다. 대화도 나누지 않고 죽기 살기로 걸었다. 도망자처럼 필사적으로 걸었다. 우리가 왜 그랬는지는 지금도 모르겠다. 히스클리프와 캐서린의 유령에게 잡힐까봐 겁이 났나. 우리는 무아지경으로 걸어서 그곳을 벗어났다. 이상한 곳이다. 잡히면 벗어나지 못할 것 같은, 뒤돌아보면 안 될 것 같은 묘한 기운이 서린 곳이다. 걷는 내내 아무도 보지도 만나지도 못해서 불안함이 더 증폭되지 않았나 싶다.

한국에 와서 안드리아 아놀드 감독의 영화 〈폭풍의 언덕(2011)〉을 보았다. 하워스는 내가 상상했던 것과 전혀 달라 오히려 더 푸르고 따스하며 몽환적으로 느껴졌다. 실제로 어떤 느낌일까 궁금하다.

3시 조금 넘어 오늘의 최종 목적지인 마낭에 도착했다. 우리가 머물기로 한 게스트하우스의 다이닝홀은 세계 각국에서 온 트레커들로 복작거렸다. 길에서는 트레커를 거의 보지 못했는데 여기 다 모여 있을 줄이야. 너무나 반갑게도 트레이시를 다시 만났다. 그리고 포카라의 버스정류장에서 만났던 한국인 남자 트레커도 만났다. 거의 1주일만에 한국어를 쓸 수 있게 되었다. **오늘은 입술이 부르트도록 한국어를 말할 테다.**

내일도 고소 적응을 위해 마낭에서 하루 더 머물며 관광을 하기로 했다. 림부는 강가푸르나 호수가 가깝다고 했다. 해가 지려면 아직 시간이 남아서 짐을 내려놓고 바로 강가푸르나 호수로 향했다. 마낭에 도착하니 추위가 더 심하게 느껴졌나. 내가 느끼는 추위를 눈으로 확인할 수 있었다. 빠짝 얼어붙은 채 눈에 뒤덮인 호수는 빙하라 해도 믿을 정도였다. 거대한 호수가 꽝꽝 얼었을 정도니 보잘것없는 내 몸이 어찌 견딜까. 림부 말로는 호수의 면적이 해마다 작아지고 있다고 했다. 이런 추세라면 50년 뒤에 호수가 없어질지도 모른다나. 강에서 올라오는 칼바람에 얼굴이 얼얼해졌다. 호수를 한 바퀴 돌고 다시 마을로 돌아왔다. 호수를 지나갈 수 있다는 뷰포인트는 망설임 없이 포기했다. 이런 추위에 뷰포인트는 안 봐도 된다. 머릿속에는 그저 '춥다'라는 단어만 맴돈다.

마낭은 개척시대 미국 서부를 연상시켰다. 클린트 이스트우드가 시가를 질겅거리며 활보하기에 알맞은 마을이었다. 갑자기 총질을 해대도 그런가 보다 싶을 정도다. 마을 중심을 관통하는 길은 진창이었고, 일렬로 쭉 늘어서서 무심하게 똥을 흩뿌리고 있는 당나귀들까지 있으니 한층 더 리얼리티가 느껴졌다. 모든 것이 잿빛이었다. 알록달록한 등산복을 입은 트레커들이 아니었다면 마을은 지구가 멸망하는 날처럼 어두침침했을 것이다. 마을 사람들은 동물처럼 웅크리고서 종종걸음으로 나타났다가 사라졌다. 야크 스테이크를 판다는 이국적인 메뉴판으로도 마을을 덮친 비수기의 우울함을 극복할 수 없었다. 남자 주민들은 떼를 지어 벽에 줄줄이 기대 서 있었다. 총잡이 같이 늘어선 그들은 지나가는 외국인들을 구경하며 무료한 시간을 때우고 있었다. 이들의 평소 일과가 무엇인지, 성수기에는 도대체 무엇을 하는지 새삼 궁금해졌다. 나는 이 갑갑함이 싫어 림부와 함께 재빨리 게스트하우스로 들어갔다.

온몸이 으슬으슬했다. 손 하나 까딱하기 싫지만 딴 건 몰라도 빨래를 말려야 한다. 차메의 핫 스프링에서 빤 속옷과 수건이 아직도 덜 말랐다. 방안에 걸어두고 다이닝홀로 내려왔다.

다이닝홀에 들어서자 머리가 띵하다. 두통이 반갑다며 내 머리를 강타했다. 겁이 났다. 겨우 마낭에서 고산병이 온 것일까. 챙겨온 고산병 약 다이아목스를 먹지 않은 상태였다. 베이스캠프 트레킹 도중 만났던 베테랑 아저씨가 다이아목스는 예방약이지 치료약이 아니기 때문에 일단 증세가 나타나면 약을 먹어도 전혀 도움이 되지 않는다고 했다. 불안감이 밀려오기 시작했다. 림부에게 이야기하지 않고 일단 버텨보기로 한다. 아끼다 똥 된 내 다이아목스.

5시가 가까워지자 드디어 관계자가 다이닝홀의 난로를 켜주었다. 이제나 저제나 기다리던 트레커들이 서로 눈빛을 주고받았다. 마른 나무와 마른 야크똥에 붙은 불이 힘차게 타오르자 여기저기 흩어져 있던 트레커들이 난로 주위에 몰려들면서 소리없는 자리 쟁탈전을 벌였다. 창문 밖을 내다보니 눈이 펄펄 날리고 있었다. 금방이라도 녹을 듯 연약해 보이는 눈은 존재감을 과시하듯 쌓여가기 시작했다.

나는 한국인 트레커와 이런저런 이야기를 나누었다. 대부분 트레킹에 관련된 이야기였다. 점잖은 우리들은 호구조사는 하지 않았다. 간혹 트레이시와도 대화를 했다. 트레이시는 여전히 힘차고 밝은 모습이었다. 약간 굵은 목소리로 느릿느릿 말하면서 중간중간 웃음을 터트리는 트레이스의 독특한 발화법은 듣는 사람을 기분 좋게 만들었다. 다이닝홀의 유쾌한 분위기에 전염되어서 내 걱정도 많이 사그러들었다. 편안하게 즐겁다.

마낭에 오면 꼭 무스탕커피(커피에 위스키나 락시 같은 술을 탄 음료. 꿀을 첨가하기도 한다)를 먹어봐야지 했다. 그래서 큰맘 먹고 주문했더니 주문받는 직원이 나를 뚫어지게 쳐다보고서 물었다.

"무스탕커피가 뭔지 아나요? 무스탕커피는 커피가 아니예요."

"그럼요, 알죠. 술이잖아요."

"정말 무스탕커피를 마시고 싶어요? 진짜로요?"

흠, 이 말에 나의 견고했던 결심이 흔들렸다. 한심한 놈팽이를 보는 듯한 직원의 심각한 표정에 나의 용기는 쪼그라들었다.

"그럼… 다른 걸로 주문할게요. 잠시만요."

바로 취소하고 다시 메뉴판을 보았다. 마낭은 고도 3,540m다. 이미 3,000m를 넘어선 지 오래다. 무조건 조심해야 한다. 토롱 라를 넘고 나면 하산길에 마실 기회가 있을 것이다. 설령 못 마시면 어떤가. 이깟 무스탕커피로 지금 트레킹을 포기하고 돌아갈 수는 없다. 그러니 어리석은 짓을 하지 말자.

"볶음면과 애플 티 주세요."

직원은 피식 웃고는 주방에 큰 소리로 주문을 넣었다. 창피하다.

저녁을 먹고 난로 주위에 앉아 있는데 정전이 되었다. 트레커들의 탄식이 돌림노래처럼 다이닝홀에 메아리쳤지만 정작 다들 익숙한지 그뿐이었다. 소란은 없었다. 내 헤드랜턴은 방안에 있다. 다시 들고 내려오기가 귀찮다. 그래서 림부에게 작별인사를 하고 방으로 들어왔다. 비수기라고 2층에 있는 화장실 딸린 큰 방을 싸게 주었다. 커다란 침대 위에서 대자로 누워 잘 수 있다. 이불도 두툼하고. 화장실이 있어 용변을 보기에는 편했으나 그뿐이었다. 물이 안 나와서 수도꼭지는 있으나 마나. 1층의 공동 세면대로 내려가 직접 양동이에 물을 받아와야 했다. 림부가 고맙게도 나를 위해 물이 가득 든 양동이를 날라주었다. 용변을 씻어내리는 물로 얼굴을 씻을 수는 없다. 자연스레 오늘도 세수 및 양치는 생략.

오지게 춥다. 점퍼를 입고 슬리핑백 안에 들어가 이불을 덮었는데도 30분이 넘게 달달 떨렸다. 핫팩도 추위가 버거운지 열기가 시원찮다. 아르마딜로처럼 한참을 웅크리고 있었더니 온기가 돌았다. 나는 등반가 체질은 아닌가 보다. 온수 매트가 있는 내 방을 떠올려보았다. 상상만으로는 따뜻해지지 않지만 돌아갈 곳이 있다는 것, 그리고 그곳에서는 몸도 마음도 훈훈하다는 사실이 눈물나게 고맙다.

하루하루가 단순해졌다. 아침 6시에서 7시 사이, 절로 눈이 떠진다. 가방을 싸고 아침을 먹는다. 불끈 힘이 나고, 열심히 걷는다. 걷다 보면 배가 고프다. 그러면 점심을 먹는다. 힘을 내서 목적지까지 열심히 걷는다. 목적지에 도착한 나는 저녁을 먹고, 엽서와 일기를 쓰고 저녁 7시가 되면 슬리핑백 속으로 기어들어간다. 눈이 절로 감기고 곯아떨어진다. 시시때때로 머릿속을 비집고 들어왔던 망상과 잡념이 많이 사라졌다. 집중하려는 일련의 의식적인 노력 없이 나는 먹고 자고 걷는 그 순간에 몰입했다. 어제도 내일도 사라졌다. 말 그대로 나는 현재를, 그 순간을 살고 있었다. 그래서일까, 저녁에 목적지에 도착하면 오늘 걸어온 길이 생각나지 않았다. 억지로 기억을 짜내야 겨우 지나온 길이 그려졌다. 마치 지금, 여기만 존재하는 것처럼 느껴졌다. 지나간 것과 다가올 것이 죄다 사라져버린 느낌이랄까. 내 평생 이런 삶의 충만함을, 현재를 오롯이 느껴본 적이 있었던가. 트레킹의 묘미는, 멋진 풍경을 보고 평소에 안 쓰던 다리를 호되게 쓰며 모험담을 구축하는 것이 아니라 바로 이런 것인지도 모르겠다. 늘 시간에 쫓겨 살던 내가 더 이상 시간을 의식하지 않게 되는, 새로운 관계설정 말이다. 시간이 멈추니, 나라는 존재가 더 명확하게 다가온다.

·

밤이 깊어지자 잠의 신이 두통, 추위, 걱정을 몰아내고 나를 차지했다. 잠이 참으로 달다.

GUIDE 7

안 나 푸 르 나 초 등

지도를 보던 나는 내 눈을 의심했다. 아니, 14개의 8,000m봉에 속하는 안나푸르나가 왜 7,525m 밖에 안 되는 거지? 더 경악했던 건 안나푸르나라는 이름의 산이 4개나 있는 것이다! 처음에는 지도가 잘못 만들어진 줄 알았지만 후에 '안나푸르나'라는 이름을 쓰는 봉우리가 총 5개 있다는 걸 알게 되었다. 1봉은 8,091m, 2봉은 7,937m, 3봉은 7,555m, 4봉은 7,525m이며, 1봉 남쪽에 위치한 안나푸르나 사우스는 7,219m다. 세계에서 10번째로 높은 안나푸르나 1봉은 1950년 처음으로 등정에 성공한 8,000m급 산이다.

등정에 성공한 이들은 프랑스 원정대였다. 원정대장은 모리스 에르조그(Maurice Herzog). 대원으로 장 쿠지(Jean Couzy), 루이 라슈날(Louis Lachenal), 리오넬 테레이(Lionel Terray), 가스통 레뷔파(Gaston Rebuffat), 마르셀 이삭(Marcel Ichac) 등 프랑스를 대표하는 최고의 산악인이 합류했다. 그들은 별다른 자료도 없는 상태에서 다울라기리와 안나푸르나를 정찰했다. 애초 그들의 목표는 다울라기리였지만 좀 더 수월해 보이는 안나푸르나에 오르기로 했다. 최고의 기량을 가진 대원들, 끈끈한 팀워크, 6톤에 이르는 최신 장비까지 갖추었으니 혹자는 등정 성공이 당연한 결과라고 할지도 모르겠지만 다른 나라에 비해 히말라야 고산에 대한 경험이 많지 않았던 프랑스팀이 단 18일 만에 8,000m 봉우리에 오른 대가는 참혹했다. 1950년 6월 3일, 에르조그와 라슈날은 안나푸르나 정상에 섰다. 하산은 그들에게 지옥과도 같은 고통을 안겨주었다. 에르조그는 장갑을 잃고 하산하다가 양손이 동상에 걸렸고, 라슈날은 5캠프 근처에서 100m 가량 추락하면서 피켈, 방한모, 장갑 등 중요한 장비를 잃어버렸다. 5캠프에 있던 테레이와 레뷔파의 도움으로 하산했지만 그들은 길을 잃었고 결국 4캠프에서 200m 떨어진 크레바스에서 비박을 했다. 테레이와 레뷔파는 설맹으로 아무것도 보지 못하는 지경에 이르렀고, 에르조그와 라슈날은 심각한 동상에 걸렸다. 다음날 마르셀 샤츠가 그들을 찾지 못했으면 전원 죽었을지도 모른다. 그들은 기적적으로 살아 돌아왔지만 에르조그는 손가락과 발가락 전부를 잃었고, 라슈날은 발가락 전부를 절단했다.

고국으로 돌아온 에르조그는 등정기《안나푸르나》[1]의 1/3을 고통스러운 하산과 동상의 통증에 할애했다. 주사의 고통과 절단 수술, 기차역 플랫폼 위를 나뒹구는 버려진 발가락 등에 대한 묘사는 등정 과정이나 성공의 위대함보다 더 인상적이다. 게다가 부상자들을 업고 험한 산길을 걸었던 포터들의 개고생을 떠올리면 이놈의 산 등정이 무슨 의미가 있나 싶은 생각도 든다.

미국 하버드대학 산악부 출신 작가 데이비드 로버츠(David Roberts)는 에르조그와 등정대원들의 친구, 미망인들을 찾아다니며 수년간 취재한 내용을 2000년《True Summit: What Really Happened on the Legendary Ascent of Annapurna》이라는 책으로 발간했다. 이 책은 안나푸르나 등정 의혹에 대해 다루고 있으며 안나푸르나 초등이 허구일 가능성이 있다는 결론을 내렸다.[2] 이런 논란에도 불구하고 아직까지는 에르조그와 라슈날이 안나푸르나를 초등한 것이 사실로 인정받고 있다. 한국인 최초의 안나푸르나 등정자는 1994년 대한산악연맹 원정대의 박정헌이다.

안나푸르나 2봉은 1960년, 안나푸르나 3봉은 1961년, 안나푸르나 4봉은 1955년, 안나푸르나 사우스는 1964년에 초등되었다.

1) 《안나푸르나》는 1951년 프랑스에서 첫 출판되었으며 세계적인 베스트셀러가 되었다. 한국에서는 1997년 수문출판사에서 《최초의 8000미터 안나푸르나》라는 제목으로 초판이 발행되었으나 현재 절판된 상태다.
2) 이창기, 조선일보 〈해외 산 서적 리뷰〉 Annapurna, 2012.6.5.

한 자 땅 밑이 저승이다

008

2월 27일(목) ▶ 마낭 Manang (3,540m)

춥다. 오직 춥다. 내 오감이 외친다. 추워 죽겠다. 5분 뒤에 일어나자는 말을 30분째 반복하고 있다. 지금 이 순간, 싸구려 슬리핑백이 침대는 과학이라던 에이스 침대보다 더 아늑하다. 하루 종일 슬리핑백에 처박혀 있어도 나를 비난할 사람은 아무도 없다. 림부도 그럴 권한은 없다. 하지만 미라처럼 누워 하루를 보냈다가는 100% 후회할 게 자명하다. 이곳은 코코넛과 칵테일과 비키니가 넘쳐나는 바닷가 휴양지가 아니다. 추위로 온몸이 달달달 떨리는 네팔의 안나푸르나다. 내가 선택한 고생, 오늘을 즐기기 위해 일어나자.

비장하게 슬리핑백 지퍼를 내렸다. **지퍼를 1m 내리는데 이렇게 많은 노력이 필요하다니!** 일단 슬리핑백에서 벗어나면 나머지는 일사천리다. 추워서 뭐든지 빨리 해치워야 한다. 다행히 마당에 있는 수도꼭지는 간밤에 꽝꽝 얼어붙어서 찬물에 세수와 양치를 해야 하나 라는 딜레마에 빠지지 않아도 되었다.

두통은 자는 동안 자연치유되었다. 가슴을 쓸어내렸다. 다시 한 번 건강한 신체를 물려주신 부모님께 감사한 마음이 들었다. 그러나 두통 대신 가스가 나를 괴롭히기 시작했다. 마낭에 도착한 이후부터 쉬지 않고 가스를 배출했다. 뱃속 깊은 곳에서 변이 기화하고 있었다. 계속 이러면 로켓처럼 하이캠프까지 날아가는 것도 가능할 것 같다. 지사제는 잔뜩 챙겨왔지만 변비약은 챙겨오지 않았다. 며칠 더 두고 보기로 했다. 트레킹하다가 변비로 죽었다는 사람은 보지도 듣지도 못했다. 적어도 내가 아는 선에서는.

아침으로 오믈렛에 밀크티에 커피까지 마셨다. 평소라면 절대 시도하지 않았을 서양식 아침. 컵이 에스프레소 잔만큼 작아서 밀크티에 커피까지 마셨건만 입술 언저리도 젖지 않았다. 오믈렛은 몇 번 포크로 찍으니 금세 사라졌다. 돈 잡아먹는 귀신들. 다데기 잔뜩 집어 넣은 따끈한 돼지국밥에 밥 한 공기 비벼 먹을 수 있다면 내 당장 결혼이라도 해줄 테다. 다행히 돼지국밥도, 나와 결혼을 바라는 이도 없었다. 여기는 네팔.

대부분의 트레커들은 고도 적응과 체력 안배를 위해 고도 3,540m인 마낭에서 하루나 이틀 정도 쉬었다 간다. 몸이 아픈 사람은 숙소에서 쉬면서 힘을 비축하고, 컨디션이 괜찮은 사람은 고도 적응을 위해 인근의 브라킨 곰파(Praken Gompa)나 근처에 있는 키초 레이크(Kicho Lake)로 간다. 아이스 레이크(Ice Lake)라고도 하는 키초 레이크는 겨울이면 길이 막혀 갈 수 없나고 했다. 어제 다이닝홀에서 수집한 정보에 따르면, 몇몇 호기심 강한 트레커들이 도전했다가 눈 때문에 너무 위험해서 죄다 실패했다고 한다. 트레이시도 사람들의 말을 무시하고 갔다가 겁이 나서 되돌아왔다고 했다.

"찌아, 절대 안 돼. 꿈도 꾸지마. 무조건 안 돼."

림부는 키초 레이크 운운하는 내게 절대 갈 수 없다고 강조했다. 다들 실패했다는데 내가 어찌 가겠는가. 결국 밀레르파 동굴과 브라킨 곰파에만 가보기로 했다.

어제 저녁부터 내리기 시작한 눈은 그치지 않았다. 오늘 가기로 한 곳에 갈 수 있을까? 걱정으로 미간이 잔뜩 좁아진 나와 달리 림부는 덤덤하게 내리는 눈을 보았다.

"Don' t worry."

일단 가보고, 눈이 너무 많이 쌓였으면 돌아오자고 합의를 보았다. 둘 다 아이젠을 챙겼다. 나는 우비를 입었다. 드디어 400루피를 주고 산 우비를 입게 되었다. 미끈하고 번쩍이는 나일론 천은 슈퍼맨의 망토보다, 진품 고어텍스보다 더 아름답고 폼이 났다. 늘 메던 크로스백을 메고 스틱은 방구석에 던져놓고서 길을 떠났다.

"Be happy!"

오늘 관광의 첫 코스인 밀레르파 동굴은 티벳의 유명한 고승 밀레르파(Milaraspahi, 밀라레파, 밀라레빠로 표기하기도 한다)가 수행했다는 동굴이다. 그의 영적인 발자취를 직접 느끼고 싶어 동굴로 향했다.

눈이 사박사박 내려 소복소복 쌓였다. 오가는 이 하나 없는 쓸쓸한 길, 어제 내가 걸어왔던 길을 되돌아 걸어간다. 길은 딱딱하게 얼었거나 눈이 녹아 진흙탕이 되었다. 이따금 심술 난 바람이 우리에게 잽을 날리고 갈 때를 제외하고는 천지가 침묵속에 잠겨 있다. 눈과 바람과 얼음만이 동굴로 향하는 우리의 행로를 지켜보았다. 두터운 구름 장막에 가로막힌 해는 하루종일 모습을 드러내지 못했다.

마낭을 떠나 브라가에 도착했다. 브라가는 말로 유명한 곳이다.

어제는 수십 마리의 말을 보았다. 넓은 초지에 흩어져서 각자 풀 뜯기에 열중하던 말들은 요란한 유명세와 달리 무척 평범했다. 내심 페가수스나 유니콘이라도 기대했나 보다. 촌스러운 여행객은 자신의 어이없는 상상에 실소한다. 말을 탄 현지인 몇 명이 느닷없이 나타났다가 금세 사라졌다. 고대 유목민의 화석이 살아 움직이는 것처럼 그들의 모습은 비현실적이고 낭만적이었다. 지프의 시대에 말이라니. 1950년대 이곳을 방문한 서양인들은 얼마나 놀라고 감탄했을까. 그런데 오늘은 말이 한 마리도 안 보인다. 말들은 어디로 갔을까. 추위와 눈을 피해 어디에서 웅앙웅앙 울고 있을까.

밤새 내린 눈에 오늘 내리는 눈까지 합쳐져 세상은 무섭도록 하얗고 무겁게 변하고 있었다. 구름은 남색, 땅은 검은색. 덤불은 회색. 안나푸르나는 색채를 싫어하나 보다.

밀레르파 동굴이 있다는 산은 더 이상 산이 아니었다. 거대한 눈덩어리, 빙산이었다. 등산이 아니라 등설을 해야 할 판이다. 차라리 얼어서 굳어버렸다면 아이젠으로 탁탁 찍으며 올라가면 되지만 새로 쌓인 신설이라 푹푹 빠졌다. 보기에 아름다운 만큼 올라가기도 쉬웠다면 얼마나 좋았을까. 동굴로 향하는 길은 흔적 없이 사라졌다. 동굴은 예상보다 훨씬 높은 곳에 있었다. 림부와 나는 일단 올라갈 수 있는 데까지 가보기로 했다.

눈이 허리까지 쌓여 발을 들어올리는 것조차 쉽지 않았다. 10분도 안 돼서 온몸에 땀이 흐르고 숨이 찼다. 균형을 잡을 사이도 없이 이쪽으로 픽, 저쪽으로 픽 쓰러졌다. 내 다리는 전혀 유용하지 않았다. 한 발 들어올리면 다른 발은 더 깊이 빠지거나 옆으로 꺾였다. 문제는 몸 개그를 하는 사람은 나 하나라는 것. 림부는 프로답게 거의 넘어지지 않고 쑥쑥 올라가는데 그 뒤를 졸졸 따라가는 나는 서 있는 시간보다 고꾸라져 있는 시간이 더 많았다. 너무나 힘들게 올라갔다. 올라가면서도 내가 왜 이 고생을 하고 있는지 회의가 들었다. 한편으로는 골짜기로 굴러 떨어질까봐 신경이 곤두섰다. 잔뜩 쌓인 눈 덕분에 크게 다치지는 않겠지만 구덩이에 빠진다든가, 바위에 얼굴을 박든가, 나무 사이에 끼일 수도 있다. 눈 아래 무엇이 있는지 알 수 없었다. 사고라도 난다면 큰일이다. '무모함'과 '어리석음'이라는 단어가 고개를 쳐들고 내 이성을 유혹하기 시작했다.

"조금만 더 올라가보고 어떻게 할 건지 결정하자."

트레킹 경험이 풍부한 림부의 말에 고개만 끄덕였다. 이제 그만 내려가고 싶다는 말이 계속 맴돌았지만 지금까지 한 고생이 아까웠다. 림부와의 거리는 자꾸만 멀어져갔다. 그는 수시로 뒤를 돌아보며 나를 챙겼지만 멈추지는 않았다. **나는 죽지 않기 위해, 죽을힘을 다해 쫓아 올라갔다.**

말없이 앞장서서 가던 림부가 드디어 걸음을 멈추었다. 시계를 보니 약 두 시간 가량 올라왔다.

"저기가 밀레르파 동굴인데 아직 반도 못 왔어."

림부의 손가락이 가리키는 곳을 보았지만 아무것도 보이지 않았다. 눈은 그칠 듯하다가도 다시 펑펑 내렸다. 온몸이 땀으로 젖어서 덥고 무거웠다. 한숨만 나왔다.

"찌아, 더 가기를 원해? 아니면 돌아갈까?"

림부는 고용주의 의견을 물어보았다. 덧붙여서 동굴까지 가는 건 쉽지 않으나 꼭 가야겠다면 갈 수는 있다고 했다. 그러나 내 체력은 이미 바닥을 드러냈고, 겁까지 먹었다. 이러다가 저체온증이라도 온다면 비록 림부가 옆에 있어도 어떻게 될지 모른다. 그리고 고산병이 걸릴 상태가 되도록 놔두는 것은 어리석은 짓이다.

"림부, 안 되겠어. 우리 돌아가자."

"OK."

림부의 얼굴에 안도감이 스쳐 지나갔다. 트레킹을 하면서 숱하게 들은 말. 안전이 최우선이다. 이 말의 위력을 이제야 알 것 같다. 내 목표는 토롱 라를 넘는 거지 밀레르파 동굴에 가는 것이 아니다. 물론 내려가기는 싫었다. 모든 한국인의 무의식에 새겨진 '하면 된다'라는 명령을 이기기가 쉽지 않다. 게다가 언제 여기 올지 모르는데 인생의 마지막 기회를 놓치는 것 같아 아쉽다. 하지만 목숨을 걸 수는 없다. 내려가야지. 두 시간이 넘게 고생하며 올라간 길을 30분도 채 안 걸려서 내려왔다. 이렇게 허탈할 줄이야. 평지에 도착해서 산을 올려다 보았다. 마지막 발자국이 찍힌 곳은 저체온증, 조난, 죽음, 사고 등의 비극적인 단어와는 어울리지 않게 너무나 가까이 있었다. 그 높이가 바로 내 체력과 용기의 한계선이었다.

저체온증은 별것 아닌 것처럼 느껴지는 어감과 달리 냉혹한 죽음의 사자다. 방심의 틈을 타서 슬그머니 다가온 후 일격에 목숨을 뺏는다. 빌 브라이슨은《나를 부르는 숲》에서 "저체온증에 의한 사망치고 불가사의하지 않은 게 없다"고 말했다. 그가 인용한 사례들을 살펴보면 그 황당함에 당혹스러울 정도다. 마이클 라고가 쓴《파이널 엑시트》에 소개된 예로 저체온증의 위험에 대해 알아보자.

89세의 조셉 헤르는 백만장자였지만 지독한 구두쇠였다. 집안의 난방장치마다 타이머를 설치해 사용을 엄격히 통제하고, 계량기를 통해 사용량을 수시로 확인했다. 그런 노력을 비웃기라도 하듯이 전기요금이 지난달보다 3달러 많이 나오자 그는 극단적인 조치를 내렸다. 아예 전기를 끊어버린 것이다. 결국 1986년 1월. 그는 여러 벌의 옷을 껴입은 채 자기 집 침대에서 사망했다. 침대 매트리스 안에는 현금 20만 달러가 숨겨져 있었다.

1994년 1월 미국의 뉴멕시코. 34세의 남자가 화장실에서 죽은 채 발견되었다. 변기에 앉아 있는 남자의 몸은 얇은 얼음막으로 둘러싸여 있었고, 남자의 귓불에서는 고드름이 자라고 있었다. 여자친구의 말로는 그가 술에 취했을 때 화장실에서 잠드는 버릇이 있다고 했다. 문제는 그가 변기에 앉아 잠이 든 그날, 위층의 화장실에 물이 넘쳐 밤새도록 잠든 그에게 물이 떨어진 것이다. 그의 직접적인 사인은 저체온증이었다.

평상시 인간의 기본 체온은 36.5도다. 체온이 1도 낮아지면 면역력이 30% 떨어지며, 체온이 35도 이하로 떨어지면 저체온증에 걸리게 된다. 저체온증에 걸리면 먼저 오한으로 몸을 덜덜 떨고, 얼굴은 창백해지며 입술은 보라색으로 변한다. 만약 추위로 인한 일시적인 증상으로 치부해버린다면 이후 급작스레 진행되는 증상에 대처할 수 없다. 증상이 심해지면 발음이 부정확해지고, 손놀림도 어눌해지며 급기야 제대로 서 있지도 못할 정도로 중심을 잡지 못한다. 여기서 더 심해지면 의식과 기억력이 흐려져서 헛소리를 하거나 외부 자극에 반응하지 않게 된다. 환각에 빠져 덥다는 착각에 옷을 훌렁 벗어버리기도 한다. 저체온증으로 죽은 많은 사람들이 옷과 장갑을 벗은 채 발견된다. 이어서 끝없이 쏟아지는 잠에 굴복하게 되고 자기도 모르는 사이에 죽음의 문턱을 넘게 되는 것이다.

저체온증의 최고 조력자는 성급함이다. 저체온증이 기이한 사례를 많이 남기는 이유도 바로 이 때문이다. 갑작스런 환경 변화에 당황한 피해자는 패닉에 빠져 어떻게든 상황을 벗어나고자 몸부림치게 된다. 그래서 평소라면 절대로 하지 않을 극단적인 선택을 한다. 지름길을 찾아 헤매거나, 불어난 강을 건넌다거나, 위험한 공간 속으로 더 깊이 들어가는 등의 행동으로 더 큰 위험에 스스로를 몰아넣는다. 마비된 이성이 해결책을 내놓기보다 황천길로 더 빨리 안내하는 독촉자의 역할을 하게 되는 것이다. 그렇기 때문에 저체온증 증세가 나타나면 빠르게 조치를 취해야 하고, 침착하게 상황을 판단하는 것이 가장 중요하다. 물론 쉽지는 않지만 말이다.

당시 나는 습식 사우나에서 막 나온 것처럼 온몸이 땀에 흠뻑 젖었다. 게다가 옷 사이 사이에 갇힌 열기 때문에 오븐 속에 들어앉은 것처럼 더웠다. 점퍼를 벗고 싶다는 생각이 굴뚝같았지만 다행히 실행에 옮기지는 않았다. 그리고 엄청나게 피곤했다. 딱 10분만 눈 위에 쓰러져 쉬고 싶었다. 숨소리는 갈수록 거칠어졌다. 뒤처지면 안 된다는 생각에 겨우 걸음을 옮겼다. '잠시 쉴까'와 '계속 가야 한다' 사이에서 나는 푸코의 진자처럼 왔다갔다 했다. 산에서 내려왔을 때 내 다리는 바들바들 떨렸다. 꽤 오랫동안 떨림은 가라앉지 않았다. 만약 혼자였다면 필시 무슨 일이 생겼을 것이다. 중도포기가 현명한 선택이었다. 오늘의 첫 관광코스 밀레르파 동굴, 최종 실패.

브라킨 곰파는 점심을 먹고 가보기로 했다. 게스트하우스로 돌아가는 길에 반가운 사람을 만났다. 강수지 씨 일행을 만난 것이다. 자가트의 게스트하우스에서 찬물로 목욕을 할 만큼 용감했던 그녀는 결국 고산병에 굴복했다. 그녀의 입술은 전보다 더 심한 보라색으로 변해 있었다. 본인의 표현대로 몰골이 형편없었다. 그새 10년은 너

늙어버린 듯했다. 엊그제 마낭에 도착했지만 더 이상 견딜 수 없어서 다시 포카라로 돌아간다고 했다. 고산병의 위험이 현실로 느껴지는 순간이었다. 나도 저이처럼 고산병에 걸리면 안 되는데… (2015년 4월 히말라야의 메라피크를 등반하던 한국인 여성이 해발 4,800m 지점에서 고산병 증세를 보여 의료용 헬기로 병원에 옮겨졌으나 숨졌다) 이기적이게도 그녀에 대한 걱정보다는 나에 대한 걱정이 앞섰다. 그녀의 얼굴에 미련은 보이지 않았다. 불안함만 가득했다. 그들은 천천히 시야에서 멀어져갔다.

게스트하우스로 돌아와 점심을 주문했다. 오늘의 선택은 커리. 그간 단 한 번도 성공하지 못했지만 미련을 버리지 못했다. 판도라의 상자가 열린 이후 인간은 희망을 놓지 못하니까. 예상과 달리 이곳의 커리는 맛있었다. 한국스타일에 근접한 매콤하고 건더기 많은 카레같은 커리였다. 리필이 가능했다면 세 번은 더 시켜 먹을 수 있었을 텐데. 아쉬움에 여러 번 빈 숟가락을 핥았다. 맛있는 데다가 오전에 에너지 소모가 많아서 그런지 밥알 한 톨 안 남겼건만 여전히 배가 고팠다.

베이스캠프 트레킹때와 달리 일주 트레킹을 하면서 생긴 새로운 고민은 식욕이 너무 당긴다는 것이었다. 삼시세끼 꼬박 챙겨먹는데도 이렇게 배가 고프다니! 고기를 못 먹어서 더 그럴지도 모르겠다. 음식값은 비싸고 예산은 한정되어 있다. 덕분에 다이어트를 하지 않았는데도 나날이 살이 빠지고 있었다. 허리도 잘록해지고 있으니 이 상태라면 서시 아니면 양귀비처럼 낭창낭창한 모습으로 한국으로 돌아갈 수 있을지도 모르겠다. 이참에 미스코리아에 도전해봐?

점심을 먹고 장비를 살펴보았다. 눈에 젖은 장갑은 축축해서 도저히 낄 수가 없었다. 짜면 물이 뚝뚝 떨어지는 양말은 새것으로 갈아 신었다. 그런데 등산화의 상태가 예상보다 더 심각했다. 고어텍스는 아니지만 지금까지 잘 버텨온 등산화가 흠뻑 젖은 것이다.

2009년 대형 할인판매점에서 구매한 이후 별 탈 없이 내 발을 지켜준 등산화의 첫 번째 패배. 나는 심란해졌다. 네팔에 오기 전, 사놓고 몇 번 신지 않아 등산화는 새것이나 마찬가지였다. 새 신발을 신고 트레킹에 나서는 것보다 어리석은 짓이 없다는 여러 전문가들의 조언에 따라 비행기 타기 1주일 전부터 외출할 때면 등산화를 신었다. 동네 마트에 대파를 사러 갈 때도, 애인과 데이트를 할 때도, 업무 미팅을 할 때도 등산화를 신었다. 그러나 이런 나의 노력을 비웃듯 출국 전날까지도 등산화는 한 치의 여유없이 너무 딱 맞았다. 고민이 되었지만 새로 살 여윳돈이 없었다. 어쩔 수 없이 등산화를 신고 비행기를 탔다. 등산화는 네팔의 공기가 마음에 들었는지 점점 늘어나서 베이스캠프 트레킹을 할 때는 완벽한 상태를 자랑했다. 베이스캠프의 다이닝홀에서 유명 메이커의 고어텍스 신발을 신은 사람들은 양말까지 젖었다며 투덜거릴 때 나는 뽀송한 양말을 자랑스레 내보일 수 있었다. 브랜드 제품 대신 저렴한 제품을 선호하는 나의 싸구려 사랑이 빛을 발하는 순간이었다. 내 등산화는 최고의 등산화였다. 그런데 마낭에서 첫 실패를 기록하다니! 오늘 관광이 끝나는 대로 다이닝홀에서 열심히 말리는 수밖에 없다. 새 양말은 등산화의 물기 때문에 금세 축축해졌다.

림부와 함께 두 번째 관광 목적지인 브라킨 곰파를 향해 출발했다. 이번에는 오전의 실패를 교훈삼아 가방도 메지 않고 최대한 가볍게 떠났다. 막상 가려니 귀찮았지만 내색하지 않았다. 지금 할 수 있는 건 다 하자. 숙소에 있어봤자 할 것도 없다. 컴퓨터나 재미있는 책이 있었다면 몰라도 시간 때울 수 있는 게 하나도 없다.

브라킨 곰파에는 헌드레드 라마가 산다. 방문객들에게 100루피를 받아서 헌드레드 라마라 불리는 라마승은 림부 말에 따르면, 겨울에는 가족들과 함께 카트만두에서 지낸다고 했다. 곰파는 지금 비어있는 상태지만 올라가보기로 했다.

림부는 마을 바로 옆에 있는 거대한 돌산 밑으로 나를 안내했다. 까마득한 절벽 중간에 곰파가 있다는데 아무리 살펴봐도 보이지 않았다. 브라킨 곰파의 높이는 3,945m. 거의 4,000m에 육박한다. 지그재그로 난 길이 가류로 향하는 길을 연상시켜 오르기도 전에 겁이 난다. 신기하게도 눈 폭탄을 맞은 맞은편과 달리 브라킨 곰파가 있는 산은 사막 같이 메말랐다. 군데군데 얼음덩어리만 있을 뿐 모든 것이 건조했다. 덕분에 아이젠이 필요 없었다. 그저 내 힘으로, 내 다리의 힘만으로 올라가면 된다.

보폭을 줄이고 세월아 네월아 천천히 걸었다. 가도 가도 끝없는 삼만리. 언제쯤 도착하냐는 질문은 의미가 없다. 때 되면 도착한다. 걷다 보면 시간 감각이 없어진다. 10분 걸은 것 같은데 30분 걸었고, 1시간을 걸었다고 생각했는데 2시간이 쑥 지나가 있기도 하다. 숨이 차지 않을 정도로, 이래도 되나 싶을 정도로 천천히 걸었다. 어느새 공간 감각도 없어졌다. 발은 내가 딛고 선 그 공간만, 눈은 내가 볼 수 있는 그 공간만 인지했다. 오감이 각기 인지하는 공간은 합쳐지지 않고 제각기 존재하며 뇌 속을 부유했다.

가끔 멈춰 서서 고개를 돌리면 까맣게 잊고 있었던 시공간이 갑자기 나타났다. 독수리가 머리 위를 뱅뱅 돌고, 카랑한 공기가 코를 뚫고 머리카락 끝까지 쭉 들어왔다. 맞은편 산을 꽁꽁 휘감은 구름떼는 느릿느릿 형태를 바꾸며 천상의 유희를 즐기고 있었다.

어느새 1시간 30분이 흘러 곰파에 도착했다. 느낌상으로 고작 30분을 걸은 것 같다. 둘리처럼 외계인에게 납치되었다 풀려난 기분이다. 주인 없는 곰파는 을씨년스러웠다. 좀스러운 살림살이가 여기저기 숨겨져 있었다. 그 잔망스러움에 부스스한 새색시를 눈앞에 둔 것처럼 민망했다. 그러나 곰파에서 내려다보는 경치 하나만큼은 멋졌다. 바람에 몸을 맡긴 채 한참을 앉아 있었다. 땀을 흘리지 않아 한기가 느껴지지 않았다. 올라오길 잘했다. 고소증세도 없고 자신감도 한껏 붙는다. 림부와 나는 도둑처럼 곰파를 구석구석 살펴보았지만 별다른 것은 없었다. 다음에는 유명한 헌드레드 라마를 만날 수 있었으면 좋겠다. 그땐 돈을 챙겨와야지.

힘겹게 천천히 올라왔는데 내려가는 길은 구르듯 쉬웠다. 금방 산 아래에 도착했다. 날카로운 바람 덕에 두 볼은 불타듯 빨갛고 온몸에 닭살이 돋았다. 춥다. 이놈의 마낭, 추워.

비상식량을 준비해야겠다는 생각에 잡화가게에서 초콜릿 쿠키를 샀다. 내 돈 내고 사먹지 않는 세 종류의 음식이 있다면 바로 과자, 탄산음료, 분식이다. 올해 첫 과자를 네팔에 와서 샀다. 제발 나의 지치지 않는 허기를 잠재워주렴. **허름한 가게에 진열된 꼬질꼬질한 과자들이 죄다 맛있어 보인다.**

오늘의 일정을 끝내고 게스트하우스로 복귀했다. 마음먹고 세수를 하기로 했다. 땀을 너무 많이 흘렸기 때문이다. 요청하면 따뜻한 물이 가득 든 양동이를 공짜로 준다고 하는데 귀찮기도 하고 양동이의 위생 상태는 안 봐도 알기 때문에 그냥 수돗가로 향했다. 쫄쫄쫄 흘러나오는 물에 재빨리 세수를 했다. 5초 만에 손가락이 얼었다. 감각이 없다. 동상을 막기 위해 열심히 두 손을 문질렀다. 고추장처럼 달아오른 내 얼굴을 보고 림부는 낄낄댔다. 다음 타자는 림부. 세수를 하고난 림부의 얼굴도 술주정뱅이처럼 벌겋다. 이게 뭐하는 짓인가 싶었지만 둘 다 유쾌하게 웃고 말았다.

다이닝홀로 들어온 나는 저녁으로 스페셜 달 밧을 시켰다. 다이닝홀에 있는 30여 명의 트레커 중 일등으로 저녁 주문. 아직 해도 지지 않았지만 배가 고파서 견딜 수가 없다. 혼자 달그락대며 식사를 하려니 민망했다. 달 밧과 함께 점심때 먹었던 커리도 나왔다. 리필에 리필을 해서 세 번을 먹었다. 주방에 있던 사람들의 눈이 더 커지기 전에 배가 불러서 다행이다. 빈 그릇을 한 번 더 채워달라고 했다가는 밥주걱으로 뺨맞은 흥부 꼴이 될 것 같았다. 게스트하우스의 직원들이 나를 뚫어지게 쳐다보았다. 한국에서 온 희귀한 거지 구경을 하는가 보다. 밥 많이 먹는 것은 죄가 아니며, 심지어 나는 잔반도 남기지 않는 지구를 사랑하는 트레커라고 항변하고 싶었지만 네팔어를 못할 뿐더러 설령 말을 할 줄 알아도 꼴만 우스워질 뿐이다. 과대망상도 고산병 증세 중 하나라던데 나날이 이상해지고 있다.

잽싸게 난로 앞에 자리잡고 앉아서 덜 마른 수건도 말리고, 등산화도 말렸다. 어제 나와 무한 수다를 떨었던 한국인 트레커는 오늘 아침 레다르로 갔다. 나는 심심했다. 제인 오스틴 소설에 나오는 주인공처럼 무료하게 앉아 시간을 때우는데 갑자기 파란색 점퍼를 입은 트레커가 다이닝홀로 들어오더니 한국말을 쏟아냈다. 내 두 눈이 타짜보다 더 날카롭게 반짝거렸다는 사실은 말 안 해도 알 것이다. 휴가철이 아닌 시기에 여행하는 30대는 백수일 가능성이 크다던데 벌써 3명째라니. 호구조사는 안 했으나 백수임이 틀림없다고 판정했다. **한국인 백수의 인구밀도가 갑자기 늘어났다.** 백수면 어떠리, 서로

입이 근질거리던 차에 의기투합한 우리는 있는 이야기 없는 이야기 다 꺼내며 경쟁하듯 떠들었다. 난로가에는 영어, 한국어 등등 최소 5개 국어가 오고가며 국제화 시대를 실감하게 했다.

얼마 지나지 않아 또 정전이 되었다. 일찌감치 저녁도 먹고 엽서와 일기도 썼고 실컷 떠들고 등산화도 말린 나는 더 이상 다이닝홀에 머무를 필요가 없어서 방으로 돌아왔다. 방에 들어서니 배가 아팠다. 대변신이 강림하신 것이다. 헤드랜턴을 낀 채 쪼그려 앉은 나는(양변기가 아닌 쪼그려 앉는 재래식 변기였다) 하체에 온힘을 집중했다. 대변신은 쾌변을 허락하지 않았다. 정전 때문에 사방이 어둡다. 화장실에 커튼은 없기에 혹시나 헤드랜턴으로 밝게 빛나는 내 벌거벗은 모습이 밖에서 보일까봐 랜턴도 껐다. 어둠속에서 나는 끙끙대며 힘을 주었다. 너무 힘을 줬는지 피가 머리까지 쏠려서 지끈거렸다. 다리도 저려서 이 상태로 몇 분만 더 버티다가는 그대로 변기에 주저앉을까봐 겁이 났다. 아픈 다리를 달래며 사투를 벌인 끝에 자철석같이 까맣고 단단한 놈이 나왔다. 괄약근이 너무 아파서 눈물이 찔끔 났다. 시원하지도 않다. 다리도 허리도 아프다. 대변 한 번 누었다가 만신창이가 되었다.

내 방은 시베리아. 나를 둘러싼 건 차디찬 고산의 숨결. 나는 추위 많이 타는 토종 코리안. 따뜻한 물로 샤워를 하는 상상을 하며 잠자리에 들었다. 붕붕붕. 꼬마 자동차처럼 가스를 배출한 나는 잦은 방귀도 고산병의 일종인가 궁금해졌나. 내일 책을 뒤져보자. 가제트보다 더 만능인 림부에게 물어보는 것이 나으려나. 오늘도 추위에 떨면서 잠이 들었다.

GUIDE 8

밀 레 르 파

티벳에 처음 불교가 전해진 것은 약 5세기경으로 알려져 있다. 최갤 왕조의 28대 왕 하토 토리녠짼은 불교에 관심이 많았고, 불교 경전과 여러 가지 종교적 성물을 들여왔는데 몇몇 책은 하늘에서 내려왔다고 한다. 하지만 실제 불교가 전파된 것은 33대왕인 쏭짼깜뽀의 치세기간으로 인정받고 있다. 왕의 아들과 결혼했지만 남편이 병사하자 시아버지인 노왕과 재혼한 당나라의 문성 공주는 티벳에 당나라의 불교를 전했고 사원을 건립했다. 왕은 여러 경전을 번역하기 위해 신하 퇸미삼보타를 인도로 보내 티벳 글자를 만들게 하였고, 라싸 퉐낭에 조캉 사원을 건립하였다. 그 뒤로도 왕실에서는 불교를 숭상하며 불교 전파에 힘썼는데 901년에 왕위에 오른 랑달마는 불교를 박해하다가 5년 뒤 살해당했다. 그가 죽은 이후 3세기 반 가량 티벳은 지방 영주들에 의해 다스려지면서 강력한 중앙집권국가를 이루지 못했고, 불교는 쇠퇴했다.

11세기 들어 불교는 다시 부흥하게 되는데 이때 위대한 역경사가 대거 등장하게 된다. 그 중 한 명이 밀레르파의 스승 마르빠 최끼 로되다. 마르빠는 인도에 세 번이나 가서 불법을 구했고, 경전을 번역하고 직접 수행하였으며, 제자들을 가르쳤다.[1)]

밀레르파는 부유한 집안에서 태어났지만 아버지가 죽고 큰아버지한테 재산을 빼앗겨 비참한 생활을 했다. 흑마술을 배워 큰아버지의 가족과 친척들을 죽이고, 마을에 큰 피해를 입힌 그는 자신의 잘못을 참회하며 마르빠를 찾아간다. 마르빠는 밀레르파의 죄를 없애기 위해 혹독한 일을 시켰고, 스승께 복종하며 모든 것을 참아낸 밀레르파는 그의 제자가 되었다.

마르빠는 각 제자들에게 맞는 특별한 법을 전해주었는데 밀레르파에게는 생열에 관한 특별한 가르침을 주었다. 그 가르침은 호흡을 다스리는 특수한 요가행법으로 생명열을 발생시켜 한기와 열기를 견디게 한다. 밀레르파는 히말라야 설산에서 옷도 거의 걸치지 못하고 쐐기풀과 같은 거친 음식으로 연명하며 수행한 끝에 깨달음을 얻었다.[2] 마르빠가 승려가 아닌 재가자로서 결혼생활을 하고 농사를 지으며 때때로 술도 마신데 비해 밀레르파는 평생 독신으로 수행에만 몰두하고 제자를 가르치며 승려와 같은 삶을 살았다. 밀레르파의 생애를 다룬《밀라레파》에서는 그가 수행한 동굴 28곳의 이름이 언급되어 있다.[3] 하지만 마낭에 있는 밀레르파 동굴과 연관 있는 곳이 어디인지는 알 수 없다. 책을 보면 그가 때로는 네팔까지 내려와 수행을 한 것 같으나 이 역시 정확하게 어느 지역인지 알기가 쉽지 않다. 마낭의 밀레르파 동굴이 진짜인지 아닌지 알아보기 위해 자료를 찾아보았으나 결국 실패했다. 아무래도 이 작업은 전문가에게 맡겨야 할 듯.

티벳 불교에는 닝마파, 까규파, 싸까파, 겔룩파 이상 4대 주요종파가 있다.

마르빠와 밀레르파는 까규파에 속해 있는데 종파를 떠나서 위대한 스승으로 티벳인들의 존경과 사랑을 받고 있다. 까규파의 스승들이 깨달음을 노래한 시, 전기 등은 티벳 문학에도 큰 영향을 미쳤다.

〈참고자료〉

1. 최종남 외,《역경학 개론》, 운주사
2. 대한불교조계종 교육원 불학연구소 편찬,《한권으로 보는 세계불교사》, 불광출판사
3. 라마 카지 다와삼둡 영역, 에반스 웬츠 편집, 유기천 옮김,《밀라레파》, 정신세계사
4. 짱 옌 헤루까 지음, 날란다 역경위원회 영역, 양미성 · 양승규 옮김,《밀라레빠의 스승, 마르빠》, 탐구사

1) 탐구사에서 출간한 《밀라레빠의 스승, 마르빠》는 마르빠의 일생을 소개한 유일한 한국어 책이다.
2) 정신세계사에서 출간한《밀라레파》는 밀라레파의 일생을 소개한 유일한 한국어 책이다.
3) 라마 카지 다와삼둡 영역, 에반스 웬츠 편집, 유기천 옮김 《밀라레파》, 정신세계사

2월에 김치독 터진다

009

2월 28일(금) ▶ **07:30** 마낭 Manang (3,540m) 출발 ▶ **09:10** 군상 Gunsang (3,900m) 도착 ▶ **11:24** 야크카르카 Yak Kharka (4,018m) 도착 / 11:45 출발 ▶ **12:45** 레다르 Ledar (4,200m) 도착

야호! 마낭을 떠난다.

점점 토롱 라에 근접하고 있다. 추위와 더러움에 시달릴 날도 이제 얼마 남지 않았다. 트레킹을 충분히 즐기고 있으면서도 한편으로는 빨리 포카라로 돌아가서 늘어지게 놀고 싶다는 생각이 간절하다. 맛 볼 수 없는 즐거움은 항상 더 강하게 느껴지는 법. 아! 맥주! 아! 뜨거운 샤워! 아! 뽀송한 옷! 포카라가 샹그릴라다.

컨디션은 완벽하다. 나도 림부도 고산병 증세가 하나도 없다. 잘 먹고, 소화도 잘 되고, 아픈 데도 없다. 불면증과 잦은 방귀가 불편하지만 견딜 만하다. 나디에서부터 잘 못 잤으나 이상하게 피곤하지는 않다. 나는 고소적응에 성공했다. 베이스캠프 트레킹을 하며 고산에 적응한 효과가 있다. 샤일라에게 고마웠다. 예정대로라면 모레 토롱 라를 넘게 될 것이다.

가방을 둘러메고 다이닝홀로 갔다. 아침으로 스파게티를 시켰다.

오믈렛은 너무 양이 적고, 삶은 계란은 평소에도 안 먹는 음식이니 만만한 스파게티를 주문했다. 음식은 맛있지만 양이 만족스럽지 않다. 어제 세 번이나 리필해 먹은 달 밧은 어디로 사라졌는지 모르겠다. 삼겹살 5인분도 혼자 먹어치울 수 있을 것처럼 배가 고프다.

파란색 점퍼를 입은 한국인 트레커와 같이 길을 나섰다. 그는 감기에 걸렸다고 하는데 증상을 들어보니 고산병이 확실하다. 많이 힘들어 보여 걱정이 되었다. 나는 차메에서 감기가 나았으니 얼마나 다행인가. 네팔에 오기 전 무려 세 번이나 감기에 걸려 골골댄 걸 떠올리면 있는 수 없는 일처럼 여겨진다.

가이드북의 권고대로 천천히 걸었다. 야크처럼 천천히 걷는 데도 금세 더워서 땀이 샘솟는다. 멈추면 땀이 바로 식어버려서 오한이 들었다. 체온유지를 위해 절대로 옷을 벗지 않았다. 아주 사소한 것에도 신경을 써야 토롱 라를 넘을 수 있다. 이 시즌에는 토롱 라를 넘을 수 없다는 여행사 관계자의 말을 이 곳에 와서야 이해했다. 그래도 일단은 가봐야지.

구름이 강하게 끼었지만 사방을 뒤덮은 눈에서 반사된 빛에 설맹이 될 수 있어 선글라스를 꼈다. 작년에 구입한 싸구려 스포츠 선글라스다. 각진 내 얼굴에는 어울리지 않아(얼굴형 때문에 어울리는 액세서리 찾기가 힘들다) 촌스러움을 극대화시켜 주는 신통방통 선글라스. 자전거 탈 때 쓰려고 샀는데 대낮에 써도 너무 어두워서 사용할 수가 없었다. 떡 사먹었다 치고 구석에 던져 놓았다가 혹시나 하는 생각에 이번 여행에 챙겨왔다. 네팔에서는 자외선이 강렬해서 그런지 밝기가 적당했다. 이제야 돈 값을 하나 보다. 개똥도 약에 쓰이는 때가 있다더니 정말이다.

림부와 나는 한번 걷기 시작하면 거의 쉬지 않고 걷는다. 그간 이런저런 이야기를 많이 했다. 개인적인 이야기는 빼고 비즈니스, 민족성, 그간 만났던 사람들에 대한 이야기 등을 나누었다. 림부는 나보다 영어를 잘하고 잰 체하지 않아 대화상대로 편했다. 화제는 다양하고 대화는 즐겁다. 평지인데도 불구하고 5분마다 통증 스프레이를 뿌리며 여자친구에게 앙탈을 부렸다는 연약한 일본 남자, 한시도 쉬지 않고 싸워댔다는 한국인 신혼부부 등등 림부가 들려주는 이야기에 나는 깔깔 넘어갔다. 침묵의 시간에는 산이 내 동무가 되어주니 고독하지 않았다. 트레킹을 하는 자는 고독을 즐겨야 한다고 했건만 나처럼 즐거워도 되는 걸까. 나는 내가 행복하다는 사실을 잘 알고 있었다.

군상에 도착해서 잠깐 쉬었다. 밀크티와 림부가 마낭에서 산 과자를 먹으며 몸을 따뜻하게 데웠다. 군상에서 야크카르카까지는 경사가 심하지 않아 숨도 차지 않고 걷기도 수월하다고 한다. 밤새 얼어붙었던 눈이 슬슬 녹기 시작했다. 아이젠도 스패츠도 더럽기 짝이 없다. 군상에서 만난 현지인은 무엇을 배달하는지 기다란 장대를 가방에 매달고 있었다. 낡은 가방 안에는 아무것도 들어있지 않은 듯이 가벼워 보였다. 무엇에 쓰는 물건인고.

일본을 대표하는 산악인 우에무라 나오미가 1970년 매킨리 산을 등정할 때의 일이다. 그는 특이하게도 장대를 챙겨왔다. 1964년 몽블랑 등정에 나섰다가 크레바스에 빠져 죽을 뻔했던 나오미는 1968년 선포드 산을 단독 등반하다가 장대를 허리에 차야겠다는 생각을 하게 된다. 그러면 크레바스에 빠져도 장대가 몸을 떠받쳐줄 것이고, 장대를 짚으며 걸어가면 미리 위험한 함정도 파악할 수 있을 게 아닌가! 아이디어를 실행에 옮기고자 그는 매킨리 등반에 장대를 챙겨온 것이다. 그는 장대를 허리에 차거나, 땅을 짚으며 정상을 향해 올라갔다. 눈보라 때문에 휘어지기는 했지만 장대는 무척 유용했다. 그는 8월 26일 등정에 성공했다. 장대도 한 역할 하지 않았을까. (우에무라 나오미, 《청춘을 산에 걸고》, 마운틴북스)

《희박한 공기속으로 Into thin air》로 유명한 작가 존 크라카우어(Jon Krakauer)는 《그들은 왜 오늘도 산과 싸우는가 Eiger dreams》에 알래스카의 데블스 썸을 등정한 이야기를 실었다. 그는 시애틀에서 미리 3m 길이의 알루미늄 장대를 두 개 구입했다. 데블스 썸을 오르기 위해 베이드 빙하에 도착한 그는 준비해온 장대 두 개를 교차시켜 묶은 다음 허리 벨트에 매달았다. 장대는 보기 흉하고 무거웠지만 유용했다. 그가 히든 크레바스를 밟고 허리까지 푹 빠졌을 때 장대가 그의 추락을 막은 것이다. 장대가 없었으면 그의 시체는 백년쯤 뒤에 발견되었을지도 모른다. 겨우 크레바스에서 빠져나온 그는 마른 욕지기가 심하게 올라 한참 동안 숨을 돌려야 했다. 장대를 가져온 그의 판단은 현명했다. 포기를 종용하는 갖은 고생 끝에 그는 데블스 썸에 올랐다.

군상에서 만난 현지인의 장대가 무슨 용도인지는 알 수 없었다. 그는 줄기차게 줄담배를 피웠다. 나비와 장자는 저리 가라는 듯이 혼연일체였다. 갈수록 심해지는 두통에 고통을 호소하던 한국인 트레커는 그를 경이롭게 쳐다보다가 존경을 담아 엄지손가락을 치켜세웠다. 그는 영어 알파벳의 첫 번째와 세 번째 단어를 연달아 발음한 후 사자후를 토했다.

"나도 한 대 피고 싶다."

현지인은 우렁찬 한국어가 무슨 뜻인지 알고 싶지도 않다는 듯 시

크한 모델처럼 제 갈 길을 갔다. 순식간에 멀어지는 그의 뒷모습을 본 한국인 트레커가 질투어린 목소리로 말했다.

"부럽다."

그의 목소리가 메아리가 되어 골짜기에 퍼져나갔다. 나도 부럽소.

나는 야크를 보지 못했다. 내가 야크를 한 마리도 못 봤다며 징징대자 림부는 야크카르카부터는 무조건 볼 수 있다고 장담했다. 그 말이 끝나기 무섭게 림부는 손가락을 왼쪽으로 뻗었다. 야크떼가 있다는데 내 눈에는 보이지 않았다. 림부는 이해할 수 없다는 듯 나를 쳐다보았다. 내가 장님행세를 한다고 생각한 모양이다. 날이 흐리거나 영화 볼 때나 멀리 있는 걸 보려면 안경을 껴야 한다는 사실을 그는 모르고 있었다. 변명처럼 말했다.

"난 시력이 안 좋아."

길을 가다가 검정색을 띈 덤불을 지나치는데 림부가 나를 쿡쿡 찔렀다. 덤불이 움직이고 있었다. 이놈들이 바로 야크였다. 진짜 덤불과 야크를 구별하기 쉽지 않았다. 내 눈에는 그냥 검정소로 보였으나 야크라고 하니 야크인가 싶었다. 동물학자같은 진지함으로 야크를 구석구석 뜯어보았다. 길게 축 늘어진 털이 야크임을 입증해주었다. 드디어 나는 야크를 보았다. 한국에 돌아가면 야크를 봤다고 당당히 말할 수 있다. 흡족스러웠다.

야크에게 작별 인사를 한 후 우리는 다시 길을 재촉했다. 얼마 안가 이번에는 림부가 오른쪽으로 손가락을 뻗었다. 처음에는 무엇을 가리키는지 알 수 없었다. 림부는 검지손가락을 입술에 댔다. 살금살금 걸어가니 사슴같이 생긴 동물 10여 마리가 무리를 이루고 있는 모습이 보였다.

"Blue Sheep."

갈색의 풀과 거의 구분이 안 가는, 내 눈에는 사슴으로 보이는 동물이 블루쉽이란다. 녀석들은 오가는 트레커들을 많이 봐서 그런지 도망가지 않고 언덕 중간에 모여서 풀을 뜯고 있었다. 나는 왜 이름이 블루쉽이냐고 물어보았다.

"Blue hair?"

"No."

"Blue eyes?"

"No."

"Blue bood?"

"No."

"Blue toe?"

"No."

림부는 자기도 모르겠다며 겸손하게 논쟁을 마무리하였다. 미스터리 해결 불가. 멀더와 스컬리는 어디 있나요.

블루쉽의 사진을 찍고서 다시 길을 나섰다. 야크와 블루쉽은 트레커들에게 관심이 없었다. 우리도 그들을 방해하고 싶은 생각이 없었다. 각자 할 일에 충실하면 그만이다.

야크카르카에 도착한 우리는 따끈한 차를 마시며 휴식을 취했다. 쉬지 않고 올라왔으니 잠시라도 쉬어야 한다. 무리는 금물. 오늘의 목적지인 레다르까지 멀지 않다고 하니 점심은 레다르에서 먹기로 한다. 내가 만난 서양인들은 대부분이 마낭에서 야크카르카까지 하루, 야크카르카에서 토롱 페디까지 하루, 그리고 토롱 페디에서 묵티나트까지 하루를 코스로 잡았다. 반면 한국 사람들은 마낭에서 레다르까지 하루, 레다르에서 하이캠프까지 하루, 그리고 하이캠프에서 묵티나트까지 하루를 코스로 잡는다. 서로 참고하는 가이드북에 따라 일정이 달라지는데 서양인들은 주로《론리 플래닛 네팔》을 참고하고 있었다. 그들에게 코스에 대해 물어보면 대다수가 하루에 고도를 600m 이상 올리면 위험하다는 대답을 하곤 했다. 3,540m인 마낭과 4,018m인 야크카르카의 고도차이는 478m. 마낭과 4,200m인 레다르의 고도 차이는 660m. 즉 레다르로 바로 가는 것은 위험하다는 것이다. 림부와 나는 레다르까지 가기로 이미 합의를 했고 림부도 반대하지 않았다.

야크카르카에 도착함으로써 이제 고도 4,000m를 넘어섰다. 아직까지는 고도로 인한 불편함이나 어려움은 별로 없다. 림부나 나나 펭귄 걷듯이 천천히 가고 있다. 날씨가 좋다면 토롱 라를 넘는데 지장이 없을 것이다.

한국인 트레커는 결국 야크카르카에서 하루 머물기로 했다. 도저히 갈 수가 없다고 했다. 머리가 깨질 듯 아프다고 했다. 몸 조심하라는 말을 건네고 림부와 나는 야크카르카를 떠났다.

높은 곳으로 올라가면 기압이 낮아지고 산소가 부족해져서 신체는 다양한 반응을 보이는데 이를 고산병이라고 한다. 주로 해발 2,000~3,000m 이상의 높은 산이나 고지대에서 나타난다. 고산병의 증세로는 두통, 식욕 부진, 구토, 현기증, 무기력감, 불면증 등이 있는데 감기나 몸살의 증상과 비슷하다. 여기서 더 심해지면 폐수종이나 뇌수종으로 발전한다. 산악영화를 보면 등반가들이 갑자기 기침을 하며 피를 토하는 장면이 자주 나오는데 이것이 바로 폐수종의 대표적인 증상이다. 심해지면 숨을 쉴 때마다 소리가 나기도 하며, 서서히 의식저하가 발생하여 사망하게 된다. 뇌수종은 뇌척수액이라 불리는 맑은 체액이 빠져나와 두개강이나 척추강에 쌓이면서 뇌가 부어오르는 병이다. 뇌수종이 생기면 움직임이 둔해지고 의식이 저하되는데 12시간 내에 치료하지 않으면 혼수상태에 빠진다.

대규모 트레킹 그룹은 가모 백(시체담는 비닐백처럼 생긴 튜브로 기압을 높여준다)과 산소호흡기를 구비하지만 개별로 움직이는 트레커들은 주로 다이아목스(또는 비아그라)라는 약을 준비한다. 다이아목스는 이뇨 작용을 하기 때문에 약을 복용하면 자주 화장실을 찾게 된다. 내가 만난 어느 트레커는 밤새 오줌싸느라 잠을 제대로 못 잤다고 불평했다. 사람에 따라 손발이 저리는 등의 부작용이 발생하기도 한다. 다이아목스는 고산병 예방과 완화에 도움을 주지만 고산병을 완벽하게 치료하지 못하기 때문에 맹신해서는 안 된다. 그런데 많은 사람들이 다이아목스가 만병통치약이라고 생각한다. 내가 의사는 아니지만 이건 절대 아니라고 단언할 수 있다.

고산병 증세가 의심되면 지체 없이 하산해야 한다. 그것만이 가장 확실한 치료방법이다. 높은 산에서는 누구나 힘들며 포터나 가이드라고 고산병이 나타나지 않는 것은 아니다. 단지 말을 안 할 뿐이다. 그러니 자기 몸은 자기가 돌보는 것이 가장 효율적이고 효과적이다. 남에게 기대봤자 서로 감정 상하고 싸움만 난다.

고산병을 예방하기 위해서는 고산에 천천히 적응해야 한다. 고산 적응에 걸리는 시간은 사람마다 다르다. 누군가는 카트만두 공항에 내리자마자(시청을 기준으로 해발 45m인 서울과 달리 카트만두는 해발 1,337m다) 고산병 증세를 보이기도 하고, 누군가는 도시에서는 멀쩡하다가 입산하자마자 고산병 증세를 보이기도 한다. 그러니 자신이 건강하다고, 히말라야 트레킹 경험이 있다고 자만하지 말고 조심히 산에 올라야 한다. 많은 경험자들의 말에 따르면, 자만할수록 100% 고산병에 걸린다고 한다.

고산병을 예방하기 위해서는 천천히 걷고, 자주 물을 마시며, 고도를 급격하게 높이지 않아야 한다. 하루에 600m 이상 높이지 않는 게 좋지만 이 역시 컨디션에 따라 달라질 수 있다. 많은 한국인들이 얼마나 빨리 목표점을 찍는지를 최우선으로 여긴다. 포터들에게 물어보면 예외 없이 "빨리 빨리"가 무슨 뜻인지 알고 있다. 트레킹을 하다 보면 고산병 증세를 호소하는 한국인들을 자주 그리고 유독 많이 만나게 된다. 트레킹은 정상을 찍기 위한 경주가 아니다. 4~5일만에 베이스캠프 트레킹을 완주한 것을 자랑으로 여기고, 고산병 증세를 훈장이나 모험담처럼 여기는 사람은 고산병이 얼마나 위험한지 모르는 사람이다.

또한 체온유지를 위해서 3,000m 이상의 높이에서는 머리를 감거나 샤워를 하지 않는 것이 좋다. 며칠을 못 참고 목욕을 했다가 감기에 걸려버리면 고산병으로 발전할지도 모른다. 몸에서 냄새 난다고 죽지 않지만 고산병에 걸려서 피를 토하기 시작하면 죽을 위험이 커진다. 산에서는 무조건 천천히! 그래야 안전하고 즐겁게 트레킹을 끝낼 수 있다. 참는다고 해서 병이 낫지 않는다는 것도 기억하자. 야크카르카에서 쉬기로 결정한 트레커처럼 몸 상태가 안 좋으면 원래의 목표는 과감히 내던지고 가까운 곳에서 몸을 추슬러야 한다. 그것이 산에서 꼭 필요한 진짜 용기다. 그리고 팁 하나. 고산병을 영어로 뭐라고 할까. AMS(Acute Mountain Sickness, 급성고산병), High Altitude Sickness(Illness) 등의 단어를 사용하기도 하지만 포터나 외국인과 대화할 때는 altitude sickness 라고 하면 알아듣는다. 단어가 기억이 안 날 때 mountain sick이라고 해도 의미는 통한다. 증상을 영어로 알아두면 도움이 될 것이니 몇 개는 외워서 가자. 나는 다음 트레킹 때는 필히 변비가 영어로 무엇인지 외워서 가야겠다.

구름이 변화무쌍한 초식(招式)을 선보이고, 그 아래서 지구 생태계의 일원인 우리는 침묵을 밟으며 묵묵히 걸어간다. 오후가 되니 날씨가 갑자기 변했다. 눈보라가 한바탕 분탕칠 것처럼 보였다. 고산지대에서는 12시를 기점으로 날씨가 갑자기 변하곤 한다. 오전에는 날이 너무나 맑아 닥쳐올 전조를 알 수 없다. 인간들이 방심하는 사이 산은 자신이 덮었던 눈 외투에서 실을 자아내 구름을 만들어버린다. 하나둘 생겨난 구름이 하늘을 덮기 시작하면 지상에서도 옷깃을 단단히 여미며 만반의 준비를 해야 한다.

1시가 되기 전에 레다르에 도착했다. 레다르에는 3개의 게스트하우스가 있다. 림부는 가장 허름해 보이는 마지막 게스트하우스로 안내했다. 벽에 걸린 야크 머리가 제일 먼저 우리를 반겼다. 약간 얼이 빠진 듯한 표정의 야크 머리는 로뎅의 생각하는 사람만큼 심각하게 자신의 존재를 고민하고 있었다. 게스트 숙소는 2층에 있었다. 장판이 깔린 방은 오래된 민박집처럼 허름하고, 모텔처럼 커다란 침대가 놓여 있어서 음란해 보였다. 짐을 풀고 옷도 갈아입고 1층 다이닝홀로 내려갔다. 컴컴한 내부를 지나니 가건물처럼 덧댄 곳이 나왔다. 커다란 창이 삼면으로 둘러싸여 있어 채광이 좋았다. 엽서와 일기를 쓰고 창밖을 내다보았다. 딱히 할 일이 없다. 슬레이트 지붕에서는 흰가루가 계속 떨어졌다. 절대로 그럴 리 없다는 걸 알면서도 화산재인가 싶어 살펴보니 눈이다. 눈은 아주 천천히 낙하해서 슬로우모드로 녹았다. 허공에 날리는 눈 때문에 4월 벚꽃나무 아래에 있는 듯한 착각이 든다. 내 고장 3월은 딸기가 익어가고 있을까.

다라파니에서 만났던 미국인 뮤지션이 게스트하우스로 들어왔다. 감기에 걸렸다는 그는 주인이 난로를 틀어주기만을 오매불망 기다리며 장화신은 고양이보다 더 애절한 눈빛을 보냈다. 사람이라도 많으면 머리수로 밀고나가겠는데 손님이라고는 딸랑 나와 그 남자 둘밖에 없으니 쪽수에서 밀린다. 닥치고 추위를 참아야지 어쩌겠는가. 이들도 먹고 살아야지. 4시가 되자 주인이 난로에 불을 넣어주었다. 야크똥과 나무를 맨손으로 넣고는 저녁 주문을 받았다. 모모를 주문하자 그는 바로 주방으로 향했다. 설마 야크똥을 만진 손을 씻지도 않고 모모를 만들지는 않겠지. 이런 상황에서 인간의 상상력은 저주 그 자체다. 알다시피 생각을 안 하려고 하면 더 생각이 난다. 코끼리를 생각하지 말라는 말을 들으면 코끼리만 생각나듯이. 한국에 도착하면 바로 기생충 약을 먹으리라. 그때까지 살아있기를 기도하자.

야크 배설물이 활활 타고 있는 난로와 주위를 둘러싼 몇몇 사람들. 다들 말없이 난로만 쳐다보았다. 전구의 빛이 너무 약해 책을 읽을 수 없었다. 무료한 표정들로 누구 하나 입을 열지 않았다. 우리는 인류의 마지막 인간이 된 것처럼 비장하게 저녁시간을 보냈다. 모모가 나왔다. 다행히 맛있다. 그러나 여전히 가슴 한켠이 불안하다. 모모를 다 먹고 또다시 좀비가 되어 난로 앞을 지켰다. 야크똥의 화력이 줄어들기 시작했다. 이제는 방으로 가야 할 시간이다.

8시에 방으로 올라왔다. 여전히 춥다. 그래도 마낭에서 보다는 덜 춥다. 대신 화장실이 밖에 있었다. 용변을 보기 위해서는 눈 쌓인 계단을 밟고 내려가서 얼어붙은 길을 건너 나무 사이로 바람이 숭숭 들어오는 화장실에 들어가야 했다. 헤드랜턴은 필수고 미끄러지지 않기 위해 균형을 잘 잡아야 한다. 화장실은 무지하게 추워서 팬티를 내리기 위해서는 마음의 준비 + 심호흡 + 결심이 필요했다. **세계 최**

강의 바바리맨조차 절로 옷을 여미게 되는 추위다. 손 씻을 곳은 당연히 없다. 화장실 옆에 쌓인 눈으로 손을 닦는다. 방에 들어오면 손가락 10개가 제대로 붙어있는지 확인해봐야 한다. 화장실 한번 가기가 이렇게 번거롭고 무섭다.

눈이 계속 내렸다. 이렇게 끝없이 내리는 눈을 뚫고 하이캠프까지 갈 수 있을까. 걱정이 된다. 차메에서 2일, 마낭에서 2일을 지낸 터라 또 마냥 기다리기가 싫다.

오늘도 나는 방귀대장 뿡뿡이. 얼렁뚱땅 지은 건물이기에 방음이 안 된다. 층간소음보다 벽간소음이 신경 쓰였다. 내 바로 옆방은 미국인 트레커가 사용했다. 변은 안 나오고 가스는 가득 차고. 잠 못 드는 밤 나는 슬리핑백 속에서 쉬지 않고 가스를 배출했다. 다행히 미국인 트레커는 엄청난 굉음으로 코를 골며 잠이 들었다. 어쩌면 저렇게 잘 자는지 복이다 싶다. 덕분에 나의 가스 배출은 완전범죄가 되었다. 부룩부룩. 미국인은 고장난 자동차를 타고 달리는 꿈을 꾸고 있으려나.

2월의 마지막날이 저물고 있다. 내가 없는 한국에는 봄이 오고 있을까.

GUIDE 9

히 말 라 야 타 알 , 블 루 쉽 , 야 크 , 소 / 버 팔 로

1. 히말라야 타알 (Himalayan Tahr / 학명 Hemitragus jemlahicus)

모리스 에르조그의 《최초의 8000미터 안나푸르나》를 보면 히말라야 타알을 사냥해 먹었다는 이야기가 나온다. 동물 마니아(mania)가 아닌 이상 히말라야 타알이라는 동물은 일반인에게 생소하다.

히말라야 타알은 동물계(Animalia) - 척삭동물문(Chordata) - 포유강(Mammalia) - 우제목(Artiodactyla) - 솟과(Bovidae) - 히말라야타르속(Hemitragus)에 속한 동물로, 현재 멸종 취약종으로 분류되어 있다. 중국 서남부, 히말라야, 카시밀, 네팔 등지의 산악지대에서 사는 초식성 동물이며 이른 아침과 늦은 오후에 활동하고 낮에는 고지대에서 쉰다. 서울대공원에 가면 이 동물을 직접 볼 수 있다.[1)]

네팔의 종이돈 뒷면에는 동물 그림이 그려져 있는데, 1,000루피에는 코끼리, 500루피에는 호랑이, 100루피에는 코뿔소, 50루피에는 히말라야 타알, 20루피에는 인디아 사슴(Swamp deer), 10루피에는 인디아 영양(Black buck), 5루피에는 야크가 그려져 있다.

2. 블루쉽 (Blue Sheep / 학명 Pseudois nayaur)

블루쉽은 바랄(Bharal) 또는 히말라야푸른양(Himalayan blue sheep), 티벳푸른양 등으로 불린다. 히말라야 타알처럼 동물계 - 척삭동물문 - 포유강 - 우제목 - 솟과에 속해 있으며 바위양속(Pseudois)에 속해 있다. 히말라야, 부탄, 파키스탄 등지의 고산지대에서 산다. 양(sheep)이라고 불리지만 생김새는 산양을 닮았다. 블루쉽은 눈표범의 주요 먹이이기도 하다.

이름에 파란색(blue)이 들어가 있지만 블루쉽은 우리가 상상하는 파란색 털을 가지고 있지 않다. 그런데도 블루쉽이라고 불리는 것은 몸통 대부분을 덮은 회색 또는 갈색의 털빛이 희미하게나마 푸른색을 띠기 때문이다.

닐가이영양(nilgai, 학명 Boselaphus tragocamelus) 역시 블루쉽과 비슷한 예인데, 이름에 '푸른색(Blue)' 이라는 뜻을 포함하고 있다. 닐가이라는 이름은 인도에서 푸른을 의미하는 nil과 소를 의미하는 gai의 합성에서 유래했다고 한다. 막상 닐가이영양 사진을 보면 도대체 어딜 봐서 푸른색이라는 것인지 알 수 없다.

언젠가부터 해를 상징하는 동물(띠) 앞에 색상을 붙이기 시작했다. 2013 계사년 흑뱀, 2014년 갑오년 청마 이런 식으로 말이다. 2015년 을미년乙未年은 청양, 즉 푸른 양의 해였다.

3. 야크 (Yak / 학명 Bos grunniens)

야크 역시 위의 두 동물처럼 솟과에 속하며, 반텡/인도들소/가얄/소/회색들소와 함께 소속(Bos)에 속한다. 긴 털을 가졌으며, 네팔에서는 화려한 장식물로 꾸미고 종을 매달아 놓아서 멀리서도 알아보기가 쉽다. 티벳, 히말라야, 몽골, 인도 북부, 중앙 아시아, 중국 등에서 사육되고 있다. 가축화된 가축종과 달리 야생종도 엄연히 존재하지만 그 수는 많지 않다.

힘이 좋아 짐을 나르는데 유용하고, 산을 잘 타며, 해발 4,000~6,000m에 이르는 고산지대에 완벽히 적응한 데다 젖, 고기, 가죽, 털 등을 제공하기에 고원지대에서는 없어서는 안 될 가축으로 여겨진다. 예전의 우리나라 농가에서 소가 자식 먹여 살리고 공부시키는 주요재산이었듯이 야크 역시 재산목록 1호로 대접받고 있다.

야크치즈는 카트만두나 트레킹 도중 게스트하우스(로지)에서도 살 수 있는데 가짜가 있을 수 있으니 구매를 원한다면 트레킹 전에 자료 조사 및 시세 파악을 하고 가는 것이 좋다.

험상궂은 생김새와 달리 순하다고 말하는 이도 있으나 괜히 야크 옆에서 알짱거리거나 자극해서 험한 꼴 당하지 말고 모르는 척 지나치도록 하자.

4. 소/버팔로

베이스캠프 트레킹을 하면서 있었던 일이다. 내가 동물을 가리키며 "Cow" 라고 외치면 샤일라는 "No, Buffalo" 라고 외쳤고, 내가 "Buffalo" 라고 외치면 샤일라는 "No, Cow" 라고 외쳤다. Cow와 Buffalo의 차이점은 도대체 무엇인가.

일단 계문강목과속종을 살펴보자. 동물계 - 척삭동물문 - 포유강 - 소목 - 소과에는 다양한 동물들이 포함되어 있고 여기서 또 여러 갈래로 나뉜다. 소과 중 하나인 소족(Bovini)은 사올라속(Pseudoryx), 아프리카물소속(Syncerus), 물소속(Bubalus), 소속(Bos), 들소속(Bison)으로 갈라진다.

버팔로(buffalo)라고 하면 흔히 미국 서부 영화에 나오는 거대한 아메리카 들소를 떠올린다. 아메리카들소는 바이슨(bison) 또는 버팔로라고 불리지만 정확하게는 바이슨이 맞다. 들소속에는 아메리카 들소(학명 Bison bison)와 유럽들소(학명 Bsion bonasus) 두 종이 있다. 버팔로는 물소를 지칭하기도 한다. 아프리카물소속에는 아프리카물소(학명 Syncerus caffer) 한 종이 있고, 물소속에는 물소(학명 Bubalus bubalis), 아시아물소(학명 Bubalus arnee) 등 5종이 있다.

영어에는 소를 가리키는 다양한 단어가 있다. cattle, cow, bull, ox가 그것이다. 이 단어들의 정확한 뜻은 조금씩 다르지만 일단 소속(Bos) - 소종(Bos taurus)에 속하는 가축으로서의 소를 지칭한다. 일을 부리는데 쓰는 역용종, 고기를 생산하기 위한 육용종, 젖을 생산하기 위한 유용종, 젖과 고기를 동시에 생산하기 위한 겸용종 등이 소의 다양한 품종을 이룬다. 동남아시아에서는 물소를 이용해서 농사를 짓기도 한다.

힌두교도들은 소를 성스러운 존재로 여겨 먹지 않으며, 소를 도살하면 법의 처벌을 받는다.[2] 이는 네팔에서도 마찬가지다. 하지만 인구의 80%가 힌두교도인 인도는 소고기 수출 세계 1위 국가이기도 하다.[3] 인도가 수출하는 소고기는 바로 물소고기다. 인도에서는 소도 등급이 있는데 암소 - 수소 - 송아지 - 물소 순이며, 물소는 신성한 소가 아닌 열등한 종류로 여겨진다고 한다. 당신이 네팔에서 먹은 야크 고기가 실은 물소, 즉 버팔로 고기이거나 야크치즈가 아닌 버팔로 치즈, 버팔로 우유일 가능성이 큰 이유도 여기에 있다.

1) 서울대공원은 2007년 요르단으로 히말라야 타알 10마리(암컷 5마리, 수컷 5마리)를 수출(?)한 적이 있다. 1984년 처음 도입된 히말라야 타알은 한국 생활이 마음에 들었는지 23년 만에 6마리가 33마리로 불어났다. 공원이 낸 보도자료에 따르면, 타알 1마리당 740만원이라고 한다.

2) 소 도살 금지는 각 주의 소관사항인데, 29개 주 중 21개 주에서 법제화돼 있다. 암소에 대해서만 도살을 금지할지, 수소도 포함할지, 송아지는 어떻게 할지, 모든 연령의 소를 도살 금지 대상으로 할지 등 세부적인 내용은 주별로 다 다르다. - 출처: KBS 뉴스 - 국제 - 이재강의 7국기 - 소고기를 즐겨먹는 인도인들은 누구?

3) 2014년 기준. 미국 농무부(USDA)에 따르면, 인도가 1위, 브라질이 2위, 호주가 3위, 미국은 4위였다.

여북하여 눈이 머나

010

3월 1일(토) ▸ **08:00** 레다르 Ledar (4,200m) 출발 ▸ **11:00** 토롱 페디 Thorung Phedi (4,450m) 도착 / 11:20 출발 ▸ **13:00** 하이캠프 High Camp (4,925m) 도착

오늘은 3월 1일. 한국이라면 태극기가 휘날리고 만세삼창이 울려퍼질 텐데 내가 있는 레다르는 그저 조용하다. 한국인도 달랑 나 혼자. 사실 오늘이 삼일절이라는 사실을 전혀 몰랐다. 내 정신은 완전히 딴 데 팔려 있었다. 예정대로라면 내일 오전에 토롱 라를 넘는다. 그말인 즉슨, 4,925m에 자리잡은 하이캠프는 내가 잠을 잔 가장 높은 곳이 될 것이다. 인생의 첫 경험이 그렇듯이 '그 날'이 다가오자 홍분이 전신을 타고 흐른다. 나사가 살짝 풀린 상태였으니 다른 것들은 깡그리 무시될 수밖에. 에베레스트가 인간의 한계를 시험하듯, 토롱 라는 나의 한계를 시험하는 장소가 될 것이다.

네팔에 온 지 어느덧 한 달이 지났다. 한 달 동안 베이스캠프 트레킹을 다녀왔고, 포카라에서는 똥개 마냥 거리를 어슬렁거리며 쌉싸름한 외로움을 맛보았다. 그리고 오늘, 대망의 토롱 라를 넘기 위해 하이캠프로 전진한다. 우리를 기다리는 건 베테랑 림부도 고개를 절

레절레 흔드는 고난도의 구간. 바로 토롱 페디에서 하이캠프 구간이다. 고된 하루가 될 것이다.

불면증은 여전해서 어제도 뒤척이다가 겨우 잠들었다. 몇 시간이나 잤는지 모르겠다. 방귀는 쉬지 않고 나와서 나도 모르는 심각한 내상이 진행되고 있는 것은 아닌가 하는 의심이 생겼다. 당사자도 당황스러울 정도의 잦은 방귀는 과연 정상인가? 내 걱정을 덜어줄 전문가, 게다가 한국어를 할 줄 아는 사람은 내 주위에 없었다. 다음 생에는 의대를 가자. 인간으로 태어난다면 말이다. 고산병의 증상으로 잦은 방귀를 설명한 글은 보지 못했다. 하지만 불안했다. 불치병은 아니겠지. 설마 밤사이 메탄중독으로 죽는 것은 아니겠지. 쓸데없는 생각이라는 것을 알면서도 자그마한 것 하나하나까지 신경 쓰인다. 고도 4,000m는 인간을, 특히 소심한 인간을 극도로 세심하게 만든다는 사실을 알게 되었다.

푹 자지 못했지만 피곤하지는 않다. 산은 내 안의 에너지를 아낌없이 쏟아내도록 만들고 있었다. 머릿속은 말끔해지고, 몸은 점점 날씬해지고 있다. 정말 미인으로 변신하고 있는 건 아닐까. 거울을 보니 아닌 것 같긴 하다만.

'벽'이라는 호칭이 민망스러울 정도로 얇은 합판은 밤의 추위를 막아주지 못했다. 밤 사이 내린 눈이 창문 앞에 수북하게 쌓였고, 창가에 둔 물병은 꽝꽝 얼었다. 물병은 오늘 안에 녹지 않을 것 같다. 분명 방안에 있는데도 손이 너무 시려워서 등산화 끈을 매는 아주 간단한 일도 버거웠다. 앞으로는 추워 죽겠다는 말을 함부로 하지 않으리. 추위는 그 자체로 고통이다.

배가 아팠다. 대변의 신은 이 추위에도 아랑곳없이 강림하셨다.

하지만 길 건너에 있는 화장실에 가기는 죽어도 싫었다. 그 어떤 형용사를 '춥다' 라는 말 앞에 두어도 아픈 배를 참고 마는 정도의 추위를 온전히 표현할 수 없다. 쌀 것이냐 말 것이냐. 햄릿도 해결 못할 고민. 그것이 문제로다. 마낭에서는 추위 때문에 대변을 포기할 정도는 아니었는데, 레다르에서는 기본적인 생리활동에 화가 날 지경이다. 왜 하필 오늘인가! 지금 싸지 않으면 똥이 돌로 변해서 급기야는 에이리언이 숙주의 배를 찢고 나오듯이 나올지도 모른다. 결단을 내렸다. 화장실로 달려갔다. 그러나 대변의 신은 이미 총애를 거둔 뒤였다. 혹한에 노출된 엉덩이는 고드름에 찔린 듯이 쓰라리고, 거리에 쌓인 눈으로 비벼댄 손가락은 곰이 한바탕 씹어댄 듯 아프다. 똥 싸는 행위에 목숨을 걸어야 한다는 사실이 슬프다. 사슴은 모가지가 길어 슬프고, 인간은 추운데도 용변을 봐야 해서 슬프다.

커피와 오믈렛을 아침으로 시켰다. 고도가 높아질수록 음식 값은 비싸지고 포만감은 반비례해서 줄어들고 있다. 배가 꺼지기 전에 하이캠프로 올라가야 한다.

준비를 끝낸 림부와 나는 눈 내리는 길에 섰다. 둘 다 아무 말이 없었다. 오전에는 대개 맑은데 오늘은 일식이 진행되는 것처럼 어둡다. 길 건너에서는 육중한 야크가 눈을 고스란히 맞으며 꿈쩍도 하지 않고 서 있었다. 검은 털, 땅에 닿을 듯 불룩한 배, 새하얀 눈의 조화가 원초적인 아름다움을 발산하고 있었다.

"안녕!"

한국어로 작별인사를 건네는 나를 야크는 본 척도 하지 않았다.

아무도 밟지 않은 눈을 밟으며 앞으로 전진. 간밤에 푹 자서 얼굴에 윤기가 흐르는 미국인은 우리 뒤를 졸졸 따라왔다. 아이젠도 없이, 면바지를 입은 그의 차림이 딱하다. 다행히 등산화는 신고 있었다. 산허리를 굽이굽이 도는 길은 그나마 사람들의 발에 다져져 모양새를 유지하고 있었지만 비탈은 눈이 얼마나 쌓였는지 분간하기 어려울 정도였다.

블루쉽 한 무리가 비탈에서 먹이를 찾고 있었다. 덩치가 펑만한 새가 후다닥 길을 가로질러갔다. 눈 위에는 새 발자국이 선명하게 찍혀 있었다. 새카만 까마귀가 하늘을 날며 그림자를 남겼다. 가이아의 자손들은 인간의 하찮은 불평 따위는 관심 없다는 듯이 충실히 자신의 할 일을 하고 있었다. 자연의 일상이 신선하고 청초하게 가슴속에 박혔다. 살뜰한 오전이다.

평지는 수월하다. 대신 조금만 경사가 져도 숨이 차올라 4,000m답다. 림부는 설치한 지 얼마 되지 않아 보이는 출렁다리를 그냥 지나쳤다. 불안했다. 분명 저 다리는 건너라고 만든 다리일 텐데 왜 지나치는 걸까. 게다가 이 높은 곳에 비싼 비용을 들여서까지 새 다리를 만들었다는 것은 그만큼 꼭 필요하다는 증거인데 왜 지나치는 걸까. 언제나처럼 일단 그를 믿어보기로 한다. 한참을 지나니 위태로워 보이는 오래된 나무다리가 나타났다. 림부는 나를 돌아보고 싱긋 웃더니 비탈을 내려갔다. 계곡을 건너야 하는 게 틀림없었다. 그의 미소는 어떤 의미였을까. 림부의 두 다리는 눈에 파묻혀 보이지 않았다. 나는 새것이나 다름없는 아이젠을 신고 있어 수월하게 내려갔지만 한순간도 방심할 수 없었다. 반쯤 얼어붙은 마르상디 강에 빠졌다가는 저체온증이 오기도 전에 심장이 먼저 멈춰버릴 테다. 다리는 보이는 만큼 상태도 부실했다. 발을 옮길 때마다 삐걱대는 소리가 들렸고 그때마다 머리카락이 빳빳해졌다. 다리를 건너고 나니 머리 가

죽이 얼얼했다. 모근이 건강하지 않은 사람은 건널 수 없는 공포의 다리다. 강을 건넜으니 이제는 다시 비탈을 올라가야 한다. 눈이 허벅지까지 쌓여서 발 옮기기도 쉽지 않다. 그래서 수영을 했다. 평영하듯이 눈을 양쪽으로 가르며 올라갔다. 경사가 심해서 올라가기 힘들었다. 마라톤 풀코스를 뛴 것 같은 피곤함에 몸이 땅속으로 쑥 가라앉으려는 찰나, 갑자기 커다란 바위가 나타났다. 그리고 림부가 나타나 친절하게 손을 내밀었다. 알프레드 히치콕의 영화 〈북북서로 진로를 돌려라 North by Northwest(1959)〉의 한 장면처럼. 그의 손을 잡고 올라서니 생뚱맞게 작은 오두막이 나타났다.

'Tea house(찻집)'

절묘한 위치, 뛰어난 비즈니스. 빈사상태에 빠진 폐를 위해 공기를 미친 듯이 들이켰다. 내 주위가 잠시 진공상태로 변했을지도 모르겠다. 찻집 벤치에 앉아서 내가 지나온 길을 내려다보았다. 감탄이 나올 정도로 경사가 무시무시했다. 나와 림부 뒤를 따라오던 미국인은 안쓰러운 모습으로 오르막길을 올라오고 있었다. 두 팔은 허공에 있지 않았다. 두 발보다 앞에, 바닥에 붙어 있었다. 위에서 내려다보니 네발짐승에 가까웠다. 그는 엉금엉금 기어서 올라오고 있었다. 속도는 나무늘보가 혀를 찰 정도로 느렸다. 미국인이 사투를 벌이고 있는 동안 나는 밀크티를 마셨다. 긴급 주유가 필요했다. 레다르에서 출발한 지 두 시간이 지났다.

겨우 찻집에 도착한 미국인의 표정이 좋지 않았다. 눈에는 살기가 어려 있었다. 그는 불만에 가득 차 있었는데 이유를 알 수 없었다. 심호흡을 하며 숨을 고른 그는 우리를 한번 째려본 후 아무 말 없이 다시 휘적휘적 길을 나섰다. 포터도 없고, 아이젠 같은 겨울장비도 없이 트레킹에 나선 그가 은근히 다른 트레커들에게 무임승차하려는 낌새는 진작 눈치채고 있었다. 우리 둘을 빠짝 뒤따라온 이유도 길을 찾을 수 없는 위험에 대처하기 위해서였다. 그는 다음 목적지인 토롱 페디를 향해 걸어갔다. 쭉 이어진 길을 따라가기만 하면 되니 이제 그를 위험에 빠뜨릴 장애물은 없다. 그렇게 미국인은 씩씩거리는 숨소리를 내면서 내 시야에서 사라졌다.

나는 밀크티가 주는 안식에 영혼을 내맡기고 있었다. 파우스트 박사에게 젊음과 영혼을 바꾸자고 했던 악마가 안나푸르나에 온다면 밀크티와 영혼을 바꾸자고 해야 할 것이다. 밀크티는 위대하다. 무한한 긍정과 만족이 밀크티 안에 있다.

충분히 휴식을 취했으니 가야 한다. 차 값이 얼마냐고 물었다가 나 역시 표정이 어두워졌다.

"170루피."

한 번도 들어보지 못한 가격이다. 아무리 비싸봐야 80루피를 넘지 않는 밀크티를 170루피나 받으니 화가 났다. 믿을 수가 없어서 다시 물어봤다.

"170루피."

내가 잘못 들은 게 아니다. 내 곁에 누군가 있었다면 지갑에서 돈을 꺼내는 내 손이 떨렸다고 증언했을 텐데 이것 참. 미리 메뉴판을 봤으면 절대 시키지도 않았을 것이다. 밀크티 예찬도 시세에서 벗어날 수 없었다. 이미 먹었으니 돈을 안 낼 수도 없다. 안나푸르나는 찻값이 비싸다고 따지고 들기에 적당한 곳이 아니다. 하지만 돈을 낸 내 눈에는 독기가 돌았다. 하루 종일 나는 터무니없는 170루피 생각에서 벗어나지 못했다. 비이성적일 정도로 화가 났다. 해도해도 너무하다. 바가지도 작작 씌워야지. 내 이성을 흔들어놓기에 충분한 170루피. 나는 그만큼 저렴한 여자였다. 제길.

나의 분노는 림부에게 미쳤다. 하필 비싼 찻집에 올게 뭐람.

"밀크티를 어떻게 170루피나 받을 수 있지?"

잔뜩 삐쳐서 두 번이나 말했지만 림부는 별 말이 없다. 내 기분을 달래줄 의향조차 없어보였다. 비싸다고 맞장구라도 쳐주면 좋았을 텐데. 기분이 확 상한 나는 입 꾹 다물고 걸었다. 나의 작은 마음은 더 작아졌다.

우리가 만난 첫날, 차메에서 어퍼피상까지 가면서 림부는 진지하게 내게 질문을 던졌다. 왜 한국 여자들은 화가 나면 말을 안 하냐는 물음이었다. 최근 3년간 한국인들과 트레킹을 한 경험이 많은 림부에게는 그것이 이해할 수 없는 특성이었나 보다. 서양인, 한국인이 아닌 동양인들과 트레킹을 한 경험이 많은데도 불구하고 콕 찝어 한국인 여자라고 했으니 분명 독특한 특징으로 림부의 머릿속에 각인된 것이 틀림없었다. 다른 나라 여자들이 화날 때 어떤 행동을 보이는지 전혀 모르는 나로서는 설명이 궁했다.

그리고 오늘 특유의 '화날 때 입 꾹 다물기'를 보여주었다. 아마 림부도 나의 불편한 심기를 눈치챘을 것이다. 한국 여자에 대한 그의 고정관념이 강해졌을 테지만 난 몰라. 난 화가 많이 났다고.

내 기분에 아랑곳없이 림부는 노래도 부르고 동물 소리도 흉내내는 등의 장난을 치면서 길을 갔다. 내 기분을 풀어주려고 일부러 그랬는지는 모르겠지만 오히려 그 모습이 더 얄미웠다. 꾹 다문 내 입이 열리지 않았음은 물론이다. 어찌되었건 림부 때문에 그 찻집에 들어갔고 밀크티를 시켰을 테니까.

찻집에서 출발한 지 한 시간이 지나 토롱 페디에 도착했다. 림부는 차라도 한잔 마시겠다며 쏜살같이 게스트하우스 다이닝홀로 들어갔다. 나를 피해 도망갔나 보다. 나는 여전히 화가 난 채 건물 밖의

벤치에 앉았다. 어찌나 화가 나던지 추운지도 모를 지경이었다. 이게 다 170루피 때문이라니! 우리 돈 1,700원에 꼭지가 돌아버렸다.

우리보다 먼저 출발했으나 결국 우리보다 훨씬 뒤처진 미국인이 백석의 시 구절인 불경처럼 서러워진 얼굴로 도착했다. 그는 나를 보더니 울화통을 터트렸다. 요지는 림부가 나쁜놈이라는 것.

첫째, 새로 만든 출렁다리를 건너면 훨씬 안전했을 텐데 오래된 다리를 건너는 바람에 위험했다.

둘째, 새로 만든 출렁다리 주변의 비탈은 경사가 심하지 않은데, 오래된 다리는 계곡 밑에 있어 비탈 경사가 심하다.

즉, 림부 때문에 위험했다는 것이다. 솔직히 그의 말에 동의하지 않았다. 림부가 은근히 겁이 많다는 것은 그동안 다리를 여러 번 건너면서 확인했다. 특히 나무로 된 다리를 건널 때면 그의 얼굴은 예외 없이 굳어졌다. 처음에는 장난을 치는 줄 알았다. 그런데 부릅뜬 눈과 바들바들 떨리는 다리는 장난이라고 하기에는 너무 진지했다. 그런 그가 일부러 위험한 길을 건넜다고는 생각하지 않는다. 어차피 눈 쌓인 계곡을 건너야 하니 비탈길을 가야 한다는 사실도 변함이 없었다. 트레킹 베테랑의 행동에는 이유가 있을 것이다. 물어보지 않아서 이유를 알지 못한다는 게 문제지만. 그러나 미국인에게 내 의견을 설명하기에는 영어가 짧아 반론을 펴지 않았다. 무엇보다도 그는 왜 우리 뒤를 졸졸 따라와 놓고서는 불평이란 말인가. 누가 오라고 했나, 흥. 우리 아니었으면 길도 못 찾았을 거면서. 쳇.

하지만 잔뜩 성질이 난 나는 오늘 겪은 부조리한 일을 추가하며 맞장구를 쳤다.

셋째, 너무나 비싼 찻집으로 나를 인도했다.

그는 내 말에 한마디 덧붙였다.

"맞아! 너는 비싼 밀크티를 먹게 만들고는 본인은 공짜 차를 마셨을 거야!"

그건 사실이었다. 포터들은 어느 게스트하우스에서나 뜨거운 물이 공짜다. 때로는 밀크티 같은 차도 공짜로 마시기도 한다. 그러나 포터들이 찻값이 얼마라고 알려줄 의무는 없다. 화가 났지만 무조건 림부를 비난하고 싶지는 않았다. 그 정도 이성과 정은 남아 있었다.

한바탕 울분을 토해낸 미국인은 온기와 휴식을 찾아 게스트하우스로 들어갔다. 시간이 꽤 흘렀건만 림부는 나타나지 않고… 슬슬 추워지기 시작했다. 화가 덜 풀려 혼자라도 하이캠프로 올라가야겠다는 생각에 주변을 둘러보았다. 가이드북에 따르면, 산 하나를 타야 하이캠프가 나타난다는데 토롱 페디 근처의 모든 산은 온통 눈으로 덮인 상태였다. 내 눈으로 식별할 수 있는 길은 어디에도 없었다. 혼자 쌩하니 갈 수 있는 상태가 아니었다. 그러니 선택의 여지가 없다. 기다려야 한다. 에라이, 오늘 일진이 개떡같네 그려.

드디어 림부가 나왔다. 그는 소식을 잔뜩 물어왔다. 오늘 하이캠프로 올라간 사람이 없다고 했다. 그러니 우리가 첫 타자가 될 것이다. 게스트하우스는 트레커들로 꽉 차 있다고 했다. 날씨가 좋아지길 기다리며 이틀 이상 머문 트레커들도 꽤 된다고 했다. 그 말을 들으니 화 대신 투지가 불타오른다. 오늘 꼭 하이캠프로 올라가리라.

"림부, 길이 하나도 안 보이는데 올라갈 수 있을까?"

"찌아, 걱정마. 갈 수 있어. 나는 길을 알거든."

앞장서서 걷는 림부 뒤를 따라 산을 타기 시작했다. 림부는 아무리 늦게 걷는 사람도 한 시간 반이면 하이캠프에 도착한다고 했다.

좋아, 가는 거야.

림부의 발자국이 곧 길이다. 지그재그로 산을 올라가는 림부는 어느새 저만치 앞서 가기 시작했다. 가류로 올라가는 길과 비슷한 경사였지만 그때보다 열배, 천배 아니 만배 정도 더 힘들었다. 금세 지치고 숨이 찼다. 무엇보다도 발목까지 쌓인 눈이 아이젠에 무겁게 달라붙어 양 발에 덤벨을 매단 것 같았다. 중력이 이토록 무거운 힘이었는지 몰랐다. 아이젠 덕분에 미끄러지지 않아 그나마 다행. 장비의 도움 없이 이 길을 올라오는 건 불가능하다!

아인슈타인이 옳았다. 시공간은 관측자에 따라 상대적이다. 내가 느끼는 한 시간 반은 림부가 느끼는 한 시간 반과 같지 않았다. 한 시간 반은 자꾸 늘어져서 영원처럼 길어지고 있었다.

조디 포스터 주연의 1997년도 영화 〈콘택트 Contact〉가 생각났다. 이 영화는《코스모스》로 유명한 과학자 칼 세이건의 동명소설을 영화화한 작품이다. 외계에서 보내온 신호대로 정체불명의 기계가 만들어지자 조디 포스터는 우여곡절 끝에 그 기계에 탑승하게 된다. 외부에서 보기에 조디 포스터가 기계 안에 있었던 시간은 겨우 몇 초에 불과했다. 그러나 그녀는 다른 시공간에 갔었다고 주장한다. 상상이라고 하기에는 너무나 생생한 체험 앞에 지구적 시간과 공간은 모두 무너졌다. 아무도 믿어주지 않지만 그녀에게 이 체험은 절대 부인할 수 없는 100% 진실이다. 흥미로운 사실은 탑승기 안의 비디오에는 18시간의 정적이 기록되어 있다는 것. 지금 이 순간만큼은 나 역시 조디 포스터와 같았다. 시간은 자가증식하듯 무한히 확장되었다.

산꼭대기가 손에 닿을 듯 가깝고, 죽어도 못 간다며 포기할 만큼 경사가 험하지도 않다. 하지만 한참을 가도 거리가 좁혀지지 않았다. 흔적 없이 사라진다는 버뮤다삼각지대가 여기로 옮겨왔나 보다.

오른발, 왼발, 오른발, 헉헉헉 크게 심호흡 10번, 욕하기. 왼발, 오른발, 왼발, 헉헉헉, 크게 심호흡 10번, 욕하기. 오른발, 왼발, 오른발, 헉헉헉 크게 심호흡 10번. 1분간 휴식.

이 패턴으로 산을 올랐다. 내 돈 내고 여기까지 와서 고생하는 이유가 무엇일까. 나 자신이 사무치게 미울 정도로 고통스럽다. 금방이라도 숨이 넘어갈 듯 헥헥거리며 뒤돌아보면 겨우 3m 지났다는 사실을 알게 된다. 그러면서도 매번 뒤돌아보며 내가 얼마나 높이 왔는지 확인한다. 바보같다는 걸 잘 알면서도 이런 의미 없는 확인 작업을 멈출 수 없었다. 희박한 공기는 IQ를 떨어뜨리나 보다. 오늘 안에 하이캠프에 도착할 수 있을까. 시지프스처럼 영원한 고통에 갇혀버린 것은 아닐까. 질문만 계속 이어진다.

'숨이 차다'가 아니다. 내가 느끼는 공기 부족은 전력질주 후에 폐가 터질 듯이 숨이 찬 것과는 다르다. 급성과 만성의 차이라고 할까, 아니면 빨대로 쭉 빨아먹는 것과 혀로 핥아먹는 것의 차이라고 할까. 옅은 공기 속에서 충분한 산소를 얻기 위해 폐는 평지에서보다 더 부지런해져야 한다. 덕분에 사소한 움직임도 호흡하는데 큰 지장을 초래했다. 가만히 서 있으면 아무렇지 않았다. 산소가 부족하다는 느낌도 불편함도 전혀 없었다. 하지만 일단 몸을 움직이기 시작하면 필사적으로 숨을 들이쉬게 된다. 숨이 턱턱 막힌다는 느낌보다 숨을 쉬고 내쉬는 일련의 행동 자체가 부자연스럽다. 평온한 나의 의식과 달리 신체는 폭주하고 있었다. 산소를 내 놓으라고 세포들이 아우성인데 정작 나는 그 긴박함을 느낄 수 없었다.

산소공급장비의 도움 없이 에베레스트 등정이 가능하냐 마냐는 전문등반이 시작된 이래 오랫동안 논란이 되어왔다. 1922년 영국의 제2차 에베레스트 원정대원들 역시 산소장비 사용을 두고 대립했다. 당시 의학계의 공식적인 의견은 '무산소로 등정하게 되면 산소 부족으로 뇌 손상이 일어나 불구나 되거나, 하산 중 목숨을 잃을 가능성이 크다' 였다. 그러나 조지 맬로리, 에드워드 노턴, 소머벨은 산소호흡기 없이 8,225m까지 진출하였으며, 핀치와 브루스는 산소호흡기를 사용하여 8,326m까지 올랐다. 1924년 노턴이 산소통 없이 8,572m까지 올랐을 때 사람들은 그것이 인류의 한계라고 생각했다.

1978년, 라인홀트 메스너와 페터 하벨러는 무산소 에베레스트 등정에 성공하였다. 그 이후 무산소 등반은 점차 일반화가 되었고 '공정한 방법'으로 인식되기에 이르렀다. 1999년 네팔의 셰르파 바부치리는 산소통 없이 에베레스트 정상에서 21시간 30분을 체류하는 기록을 세웠다. 필수였던 산소가 선택이 된 것이다.

하지만 나는 전문산악인이 아니다. 내 생애 처음으로 경험하는 4,000m는 산소가 없으면 사람이 죽는다는 당연한 사실을 직접 겪게 해주었다. 최선의 행동지침은 무조건 천천히 움직이는 것. 케이블카나 에스컬레이터가 있지 않은 이상 한걸음 한걸음 내딛는 수밖에 없었다. 누구한테 업혀 갈 수도 없잖은가.

이미 두 시간 이상 걸은 것 같은데 하이캠프는 보이지 않는다. 때리고 끌어도 도저히 갈 수 없다는 생각이 들었을 때 거대한 바위가 나타났다. 바위는 내게 휴식을 취할 좋은 구실이 되었다. 바위 밑에 앉아 다시 내려갈 것인지 아니면 올라갈 것인지 진지하게 고민했다. 여기까지 고생해서 온 것이 아깝지만 이 상태로 더 걸어야 한다면 심장이나 뇌 둘 중 하나는 터질 것 같았다. 아, 나도 살고 싶다. 그리고 이 고통을 끝내고 싶다. 마냥 앉아서 생각만 할 수도 없고. 조금만 더 가볼까 하는 생각에 일어나서 바위를 돌았더니 하이캠프가 나타났다. 짜잔, 정말 다 왔다. 10분만 더 가면 고생 끝 행복 시작.

나중에 하이캠프에 도착한 모든 사람들이 입을 모아 말했다. 하이캠프가 보이는 순간부터 4차원으로 빨려들어갔다고. 그랬다. 그것은 흡사 러닝머신 위를 걷는 것과 같았다. 신기루처럼 하이캠프는 계속 같은 거리에서 아른거렸다. 내가 아무리 악을 쓰고 걸어도 결코 가까워지지 않았다. 신기루가 나를 속이는 건가. 그렇지 않고서야 이 말도 안 되는 상황이 눈앞에서 벌어질 리 없다. 내 정신은 분명 말짱한데 나는 물리법칙이 통하지 않는 체험을 하고 있었다. 어마어마한 시간이 지나고 하이캠프를 5m 정도 앞두고서 나는 결심했다.

끝장내리라. 뛰어서 저기 도착하리라.

너무 힘들어서 뛰지는 못하고 경보를 했다. 지구 핵까지 찔러버릴 듯이 폭력적으로 스틱을 내리꽂으며 올라갔다. 내 모습에 놀란 림부가 달려왔다.

"NO NO NO! 위험해! 그러지 마!"

그는 휘청거리는 나를 붙잡아주었다. 빈사상태에 빠진 나는 눈쌓인 바닥에 털썩 쓰러졌다. 일단 괜찮다는 신호로 림부를 보낸 후에 10분 넘게 주저앉아 숨을 골랐다. 더 무리했다가는 정말 폐가 작동을 멈추었을지도 모르겠다. 내 몸이 죽음을 감지한 게 틀림없었다. 온몸 구석구석에서 DNA가 비명을 내지르고 있었다. 정말 어리석은 결정이었다. 나는 고산족이 아닌데 왜 순간의 오기로 위험한 짓을 했을까. 단지 몇 미터여서 다행이지 바위에서부터 무리했으면 큰일이 났을지도 모른다. 생사가 한순간에 달려 있었다. 바보 멍청이. 죽을 뻔했다고!!! 어쨌든 나는 4,925m에 섰다. 오늘의 시련은 끝났다.

방에 짐을 던져놓았다. 더 이상 홀가분할 수 없다. 오늘의 할 일을 다 끝낸 당당함과 뿌듯함에 고개가 빳빳해졌다. 다이닝홀에 가서 시계를 보니 페디에서 출발한 지 1시간 40분이 지나 있었다. 예상시간보다 10분 더 걸렸다. 체감시간은 3~4시간이었는데! 정말 이성적으로도 감성적으로도 이해가 되지 않는다.

하이캠프의 유일한 게스트하우스는 규모가 리조트만했다. 다이닝홀과 숙소동이 따로 있었다. 다이닝홀은 주방 외에 트레커들이 쉴 수 있도록 넓은 방이 2개 있었고 창고나 잡다한 용도로 사용할 수 있는 작은 방도 하나 있었다. 성수기에는 최대 100여 명이 넘는 트레커들이 몰려든다고 했다. 도떼기시장이 따로 없을 터.

다이닝홀에서 나는 반가운 사람을 만났다. 마낭에서 만났던 한국인이 와 있었다. 그리고 건장한 독일인 2명도 있었다. 다이닝홀은 조용했다. 누구 하나 떠드는 사람이 없었다. 한국인 트레커는 오늘 새벽에 토롱 라를 넘으려고 시도했으나 눈을 뚫을 수 없어서 포기했다고 했다. 그의 말대로 눈은 아주 깊게 쌓여 있었다. 걱정이 되었다. 내일 토롱 라를 넘을 수 있을까. 친절한 림부씨는 일단 상황을 보자고 했다. 따스한 햇살이 가득 찬 다이닝홀에서 차분한 한국인 트레커와 신나게 떠들었다. 내 목소리가 다이닝홀의 무료함과 나른함을 깨뜨리고 파동처럼 퍼져나갔다. 시끄럽다고 하는 사람은 없다.

우리 뒤를 이어 림부를 비난하던 미국인도 올라왔고, 놀랍게도 야크카르카에서 헤어졌던 한국인 남자도 올라왔다. 그의 상태는 그때보다 좋아 보였다. 갑자기 복작복작해졌다. 이제야 사람 사는 곳 같다. 한국인 비율도 늘어났다. 세 명이 같이 떠들 수 있어서 더 화기애애해졌다. 마음이 편안하니 몸도 편안하다. 셋이서 페디 - 하이캠프 구간이 가이드북에서 설명한 대로 '초죽음'의 구간은 아닌 것 같다는데 의견을 모았다. 물론 고도 때문에 힘들기는 하지만(나는 무척 힘들었지만) 거리도 짧고, 길도 험하지 않아 할 만하다는 것. 겪고 나니 별것 아니었다는 듯이 우리는 오만하고 편하게 오늘의 트레킹을 정리했다.

트레커들의 주 화제는 토롱 라 패스. 이 중 포터를 고용한 사람은 나뿐이었다. 페디의 게스트하우스를 거쳐온 사람들에 따르면, 가이드와 포터까지 고용한 대규모 트레커 그룹이 있다고 했다. 이들이 길을 내주면 가장 좋은데 그들이 언제 움직일지는 알 수 없다. 다들 숟가락 얹기만 기다리고 있다. 나 역시 예외는 아니다. 일단은 내일 아침에 출발하기로 했다. 시도는 해봐야지. 코앞에서 돌아서기에는 너무 아쉽다.

한낮에도 방이 추워서 모두 다이닝홀에 죽치고 앉아 시간을 때웠다. 오후가 되자 직원이 난로를 켜주었다. 난로에 나무와 야크똥을 넣는 대신 그는 가스통과 알 수 없는 용도의 틀을 가져왔다. 브루스타를 여러 개 연결한 모양새다. 불은 붙었는데 보기와 달리 별로 따뜻하지도 않고, 소음도 엄청나고, 가스냄새도 많이 났다. 아무래도 인원이 적어 나무를 사용하기는 아깝다고 판단한 것 같았다. 어찌 되었든 없는 것보다는 낫지. 그런데 너무 안 따뜻해서 당혹스럽다. 인테리어용인가.

하이캠프에서는 화장실과 다이닝홀의 거리가 멀었다. 거짓말 조금 보태서 한 50m 정도 되었다. 레다르에서 화장실이 멀다며 징징댔던 나는 이 엄청난 거리를 앞에 두고 좌절했다. 용변을 보려면 추위와 눈을 뚫고 가야 하니 화장실에 가기 위해서는 심사숙고 끝에 용단을 내려야 한다. 방광과 대장에 쌓인 오줌과 변의 양 그리고 화장실에 가기 위한 갖은 수고를 치밀하게 계산해서 저울질을 해야 한다.

이 정도로 화장실 가기가 고역이었다. 고산에서는 물을 자주 마셔야 하지만 화장실에 가기 싫어 물도 마시지 않았다. 나뿐만 아니라 모든 트레커들이 고개를 절레절레 저었다. 어찌하여 화장실을 저리 멀리 만들었나. 설계자의 멱살이라도 잡고 싶은 심정이다.

이런 추위와 불편함에도 불구하고 한국어로 떠들 수 있어 신났다. 나 혼자였다면 얼마나 우울했을까. 림부는 어디로 사라졌는지 어느 순간부터 얼굴을 볼 수 없었다. 밤이 깊어지고 트레커들이 하나둘씩 방으로 돌아가자 나도 어쩔 수 없이 자리를 떴다.

내일 토롱 라를 넘을 수 있기를. 이제 고산병 걱정에서 해방되고 샤워도 할 수 있기를 바란다. 내 바람에 대한 안나푸르나의 답은 내일 확인할 수 있을 게다. 제발 내 편이 되어주소서. 어두운 방 안에서 하얀 입김을 토하며 오지 않는 잠을 기다렸다.

GUIDE 10

트레킹의 지루함을 날려버릴 책

걷는 동안에는 더할 나위 없이 즐겁고 신난다. 물론 지치고 힘들기도 하다. 하지만 숙소에 도착하고 한 시간도 되지 않아 이 징글징글한 지루함과 싸우느니 차라리 손발이 닳노록 움직이고 싶다는 욕망에 시달리게 된다. 안나푸르나 베이스캠프 트레킹은 기간이 짧아(푼힐까지 일정에 넣어도 길어야 7일 이내이며, 많은 한국인들이 자기는 3~4일만에 찍고 내려왔다는 식의 아무짝에 쓸모없는 무용담을 자랑할 것이다) 며칠만 참으면 되지만 보름 이상 걸리는 일주 트레킹에서는 지루함을 없애줄 무엇인가가 필요하다. 오후 3~4시면 숙소에 도착하므로 잠자기 전까지 시간이 많이 남는다. 영어가 능통하거나 동행인이 있다면 모르지만 나홀로 트레킹이라면, 비록 포터가 있다 하더라도 대비책이 필요하다. 게임도 좋고 영화감상도 좋고 음악도 좋고 글쓰기도 좋고 그림도 좋지만 나는 독서를 추천한다. 특히 평소에 책 안 읽는 사람이라면 이 기회를 활용해보자. 다른 무엇보다 책만큼 폼 나고 스스로도 뿌듯해지는 소품이 없다. 우수에 찬 표정으로 책 읽는 모습을 SNS에 올린다면 외간남녀의 이목을 끌지도 모른다.

전자책 단말기나 태블릿 PC 아니면 스마트폰으로도 다양한 책을 볼 수 있지만 문제는 전기다. 네팔은 전력사정이 좋지 않아 전기가 24시간 내내 들어오는 게 아니다. 게다가 끊겼던 전기가 갑자기 들어오면서 전자제품에 고장을 일으킬 수도 있고, 산속에서는 돈을 내고 충전해야 한다. 전자제품에 들어가는 리튬 이온 전지는 온도가 낮을 경우 액체 전해질의 움직임이 느려져 배터리가 빨리 방전된다. 산 속에선 당신만큼이나 배터리도 춥다. 도난사고도 무시할 수 없다.

그렇다면 종이에 인쇄된 책을 가져가야 하는데, 문제는 책이 거짓말 조금 보태서 투포환 공만큼이나 무겁다는 거다. 양장본은 표지를 뜯어 버리지 않는 한 꿈도 꾸지 마시라. 안 그래도 무거운 가방에 책 한 권만 더 얹었을 뿐인데 허공을 향해 성은이 망극하다며 무릎을 꿇게 된다. 작고 가벼운, 속된 말로 똥종이로 된 책이 있으면 2~3권도 거뜬하겠지만 그건 전 국민이 스마트폰 대신 책을 끼고 다니는 상상의 세계에서나 기대하도록 하자.

나는 이번에 트레킹을 하는 동안 깊은 사색에 잠겨보겠다며(어쩌면 득도하여 로또 번호를 점지받을지도 모르겠다며) 불교 경전과 논어를 가져왔다가 무척 후회했다. 책만 펼치면 지루함의 인터스텔라가 시작되었다. 고상한 책보다는 심장에 불이 확확 나게 하는 그런 책을 가져가기를 권한다.

산악 모험이나 트레킹을 다룬 책이 감정이입하기에 가장 좋다. 존 크라카우어의 《희박한 공기 속으로》나 빌 브라이슨의 《나를 부르는 숲》을 추천한다. 박학다식하고 글 솜씨 좋고 무엇보다 재미있는 빌 브라이슨이나 말콤 글래드웰, 스테판 츠바이크 같은 이의 책은 어느 것이라도 좋다. 고요한 숲속에서 소싯적의 순수한 나를 찾고 싶다면 연애소설을, 시간을 32배속 빨리감기 하고 싶다면 범죄소설을 챙기자. 2015년 소설 《야경》으로 일본 미스터리 소설 3대 랭킹(미스터리가 읽고 싶다 / 주간 문춘 미스터리 베스트 10 / 이 미스터리가 대단해)을 휩쓴 요네자와 호노부의 신작 《왕과 서커스》는 네팔 카트만두에서 왕족 살인 사건을 취재하는 저널리스트의 이야기를 다루고 있다. 네팔을 배경으로 한 책이니 더 생생하게 다가올 것이다. 무슨 책을 선택하든 기왕이면 쪽수는 많고 가벼운 책을 선택하고 두 권 이상은 넣지 말자. 트레킹하는 동안 읽는 책은 심심풀이용이지 학문탐구용이 아니다.

섣달이 둘이라도 시원치 않다

0 1 1

3월 2일(일) ▸ 하이캠프 High Camp (4,925m)

역시나 잠이 안 온다. 그간 숱하게 들었던 '하이캠프에서는 숨을 쉴 수 없어서 잠을 잘 수 없다'는 말은 적어도 내게는 해당되지 않았다. 숨 쉬는 데는 아무런 지장이 없었다. 심지어 가스난로 때문에 실내 공기가 탁했던 어제 저녁 다이닝홀에서도 호흡에 문제가 없었다. 산소보다는 추위가 문제. 바리바리 싸온 핫팩 덕분에 마낭에서만큼 치떨리게 춥지는 않았다. 그러나 핫팩이 없는 부위는 지독하게 추웠다. 있는 옷을 죄다 껴입었지만 역시나 춥다. 이불은 무척 두꺼웠지만 온기를 느낄 수가 없었다. 얇은 침낭이 원망스럽다. 전기(온수) 매트 대여 사업을 하면 부자되는 건 시간 문제일 듯. 500루피라도 분명 대여하는 사람이 있을 것이다.

머리와 몸에서 풍기는 냄새가 타고난 살결, 타고난 마음씨까지 다 가릴 지경이다. 얼굴은 꾀죄죄하고 손톱에는 까만 때가 껴서 더럽다. 애인이 곁에 있다면 이런 내 모습에 사랑이 식어도 이해할 만했다. 세계 최고의 미녀라도 나처럼 열흘 가까이 못 씻으면 못 생겼다는 말을 들을 것이다. 나는 날씬해지는 대신 못 생겨지고 있었다.

림부의 노크소리에 화들짝 일어났다. 살짝 잠들었나 보다. 후다닥 짐을 싸서 뛰쳐나왔지만 벌써 사위가 환하다. 늦었다. 어제 저녁, 림부는 늦어도 6시에는 출발해야 한다고 했다. 다이닝홀의 시계는 이미 6시 반을 가리키고 있었다. 핫초콜릿으로 아침을 대신한다. 손이 곱아 깁스한 것처럼 뻣뻣하다. 오늘까지의 모든 불편이 묵티나트에서는 몽땅 사라질 것이다. 지금의 나에게 묵티나트는 천국이요 극락이다. 어떠한 근심 걱정도 없는 완벽한 곳.

독일인 2명과 미국인 1명 그리고 나를 포함한 한국인 3명이 림부를 따라 길을 나섰다. 길을 표시해놨다는 폴더도 눈에 파묻혀 보이지 않았다. 그저 눈 덮인 허허벌판일 뿐이다. 야크조차 눈에 띄지 않았다. 눈은 거의 허리만큼 쌓였다. 체력이 약한 나는 맨 마지막 타자로 밀려났다. 만만치 않다. 푹푹 빠지는 눈에 중심을 잡기가 힘들다. 밀레르파 동굴로 올라가던 때보다 훨씬 더 힘들다. 13kg 정도 되는 내 배낭까지 들쳐 멘 림부는 선두에서 묵묵히 길을 뚫으며 갔다. 새삼 어찌나 미안해지던지. 한화로 하루 일당 12,000원. 위험하고 고된 일을 하면서도 겨우 그 돈을 벌어들인다는 것이 얼마나 불공평한가! 한없이 미안해진다. 그 앞에서는 힘들다는 불평조차 인격모독이다. **안나푸르나는 나같은 사람이 겸손을 배우기에 최적의 환경이다.**

속노가 나지 않는다. 다행히 날씨는 맑다. 바람도 없고, 눈도 내리지 않는다. 마낭에서 감기가 다 나았지만 추위로 인해 콧물이 줄줄 나오는 건 어떻게 할 수가 없다. 스틱을 짚느라 콧물을 닦지 못하자 금세 가슴까지 늘어졌다. 영구가 따로 없다. 그냥 두었다가는 무릎까지 늘어날 것 같아 얼굴을 감싼 수건으로 코를 훔쳤다. 수건은 얼어붙은 콧물로 딱딱하고 반들반들해졌다. 더럽다는 생각보다 불편하다는 생각이 먼저 들었다. 지금은 콧물닦는 것조차 일이다. 콧물은 흐르지, 걷기는 힘들지 아주 죽을 지경이다. 무조건 오늘 토롱 라를 넘겠다고 큰소리 빵빵 쳤는데 시간이 갈수록 불안함이 커졌다.

그렇게 두 시간 정도 올라갔더니 두 칸으로 된 찻집이 나타났다. 사람은 없고 왼쪽 칸은 문이 열려 있었다. 다들 추위와 피로에 지쳐서 안으로 들어서자마자 쓰러졌다. 물을 마시고 간식으로 에너지 보충을 하는 사람들의 얼굴이 죄다 얼어서 루돌프 사슴코처럼 빨갛게 달아올랐다. 나는 아무것도 먹기 싫었다. 너무 피곤해서 먹고 싶다는 생각조차 나지 않았다. 림부는 그래도 먹어야 한다며 내게 스니커즈를 주었다. 단맛이 강한 과자는 질색이지만 림부를 봐서 꾸역꾸역 먹었다. 다 먹고 나니 토할 것 같아 밖으로 나가 찬바람을 쐬었다. 조금 나아졌다.

"정말 토롱 라까지 갈 거예요?"

독일인들의 물음에 무조건 갈 거라고, 가다가 쓰러지는 한이 있더라도 가겠다고 답했다. 이럴 때야 말로 쓸데없이 고집을 부리는 의지의 한국인 아니던가. 그러나 림부의 얼굴에는 걱정과 불안이 가득했다. 잠시 생각에 잠겨있던 그가 일행에게 선언했다.

"여러분~ 도저히 저 혼자서는 토롱 라까지 길을 뚫을 수 없습니다. 거기다 하늘을 보세요. 구름이 몰려들고 있죠? 날씨가 안 좋아지고 있습니다."

"…."

"이 상태로 가다가 고립되면 죽을 수도 있어요. 아무래도 하이캠프로 내려가야 할 것 같아요."

생각보다 심각한 상황이라는 것을 그제서야 눈치챘다. 어제 하이 캠프에서 들은 이야기가 떠올랐다. 며칠 전, 네팔인 2명이 안나푸르나에서 등산을 하다가 조난을 당해 죽었다고 했다. 갑자기 무서워졌다. 그간 숱하게 읽었던 조난 이야기의 주인공이 내가 될 수도 있다는 게 현실적으로 다가왔다.

조난에 대한 이야기라면 '아이거 북벽'을 빼놓을 수 없다. 아이거 산은 3,970m. 그리 높은 산은 아니다. 하지만 북벽은 깎아지른 듯 계곡 밑에서 1,800m로 솟아올라, 오늘날에도 등반이 어려운 벽으로 정평이 나있다. 아이거 북벽은 마터호른, 그랑드조라스와 함께 알프스 3대 북벽 중 하나로 불린다. 1938년 독일과 오스트리아 합동대에 의해 초등되기 전까지 10여 명의 산악인이 희생되었다.

1935년, 막스 세들마이어와 카를 메링거가 아이거 북벽에 도전했다. 악천후 속에서 무리하게 등반하던 그들은 결국 사망했다. 세들마이어의 시체는 이듬해 여름, 동생과 그의 파트너에 의해 발견되었다. 그들은 시체의 팔과 다리를 잘라 큰 자루 안에 담아 하강했다. 메링거의 시체는 1962년 여름, 완전히 건조된 채 발견되었다.

1936년, 4명의 야심찬 젊은이가 아이거 북벽에 도전했다. 등반 도중 낙석으로 부상자가 생기자 그들은 올라온 길을 그대로 따라 내려가려고 했으나 실패했다. 그들은 200m 아래 직벽으로 하강을 시도하였다. 하지만 3명이 사고로 죽고 토니 쿠르츠 혼자 살아 남았다. 그는 허공에서 로프에 매달린 채 밤을 보냈다. 다음날 아침 구조대가 쿠르츠를 찾았다. 동상에 걸린 쿠르츠는 온 힘을 다해 자신이 가진 로프와 구조대가 전해준 로프를 연결해서 서서히 내려왔다. 하지만 5m를 남겨두고 줄을 연결한 매듭이 카라비너에 끼여 올라가지도 내려오지도 못하는 상황에 처했다. 사방이 눈과 얼음으로 가득해 누구도 손을 쓸 수 없었다. 쿠르츠는 결국 구조대가 지켜보는 가운데 서서히 죽어갔다. 이 이야기는 영화 〈노스페이스(한국개봉명: 내 사랑 아이거)〉로 제작되었고, 다큐멘터리로도 제작되었다.

1957년, 이탈리아인 스테파노 롱기가 아이거 북벽 등반 도중 추락했다. 로프에 매달린 그는 테라스에 내려선 뒤 구조를 기다렸다. 그러나 갑작스러운 악천후로 구조가 연기되었고, 폭설까지 내려 구조대는 롱기가 얼어 죽었을 거라고 판단하고 철수했다. 롱기는 강풍에 날려 떨어지면서 다리에 골절상을 입고 줄에 매달린 채 추위와 기아에 시달리다가 결국 사망했다. 롱기의 시체는 허공에 매달린 채 방치되었다. 산 아래 위치한 클라이네샤이데크 마을에서는 망원경으로 그의 시체를 볼 수 있었다. 2년이 지난 1959년에서야 스위스 구조대가 그의 시체를 회수하였다.

찻집에 옹기종기 모여 앉은 트레커들은 서로 얼굴을 살펴보다가 민주적으로 한 명씩 돌아가며 의견을 말하기 시작했다. 다들 림부의 말이 절대적으로 맞으며 지금 강행하는 것은 너무 위험하다는 결론을 내렸다. 설사 남자들이 번갈아가며 길을 뚫는다 해도 길을 모르니 시간이 얼마나 걸릴지 모를 일이었다. 토롱 라를 넘고 또 묵티나트까지 가야 하는데 밤이 되어서도 도착을 못하면 정말 큰일난다. 이미 꽤 많은 시간이 흘렀다.

여기서 목숨을 걸 필요가 없다. 이깟 토롱 라가 뭐라고. 살아서 고국에 돌아가야 무용담이라도 늘어놓지. 날씨가 급격하게 변했다. 구름 한 점 없던 하늘이 닫혀버렸다. **산악도서에서 숱하게 등장하는 '하늘창이 닫혔다'는 말을 이제야 알겠다.** 우리는 미련을 접고 신속하게 하산했다. 두 시간이 넘게 올라간 길을 내려가는데 30분도 채 걸리지 않았다. 하산하다가 10여 명의 트레커들을 만났다. 오늘 오전 토롱 페디에서 출발한 사람들로, 토롱 라로 올라간 트레커가 있다는 소식에 고무되어 올라왔다고 했다. 우리가 되돌아가는 모습을 본 그들도 결국 하이캠프로 하산했다. 하이캠프는 이제 많은 트레커들로 자갈치 시장처럼 북적이기 시작했다.

림부는 무척 지쳐 보였다.

"림부… 안색이 안 좋은데 어때?"

"찌아, 두통 때문에 어제부터 계속 힘들어."

그는 이상하게시리 하이캠프에 올 때마다 고생한다고 했다. 예전에 왔을 때는 더러운 식수 때문에 관계자들과 옥신각신하기도 했고, 음식을 먹고 배탈이 나기도 했단다. 이번에는 두통에 시달리게 되었다고 울상이었다. 늘 장난스럽던 그의 얼굴이 우울함으로 한층 어두워졌다. 어제 하이캠프에 도착한 이후 보이지 않았던 이유를 이제 알겠다. 미안했다. 내 동행인데 이렇게 신경을 쓰지 못했다니. 컨디션도 안 좋은데 아침부터 추위에 떨며 길까지 뚫느라 기진맥진했을 터. 한국에서 챙겨온 아스피린을 주었다. 내가 해줄 수 있는 게 이것밖에 없었다.

도착하자마자 점심을 시켰다. 무척 배가 고팠다. 아침에 먹은 핫초콜릿은 진짜 먹긴 했는지 그 맛이 기억나지 않는다. 오늘 오전까지만 해도 조용했던 다이닝홀이 사람들로 미어터졌다. 한국인 트레커 2인은 도저히 토롱 라를 넘을 수 없다며 마낭으로 되돌아간다고 했다. 나도 고민이 되었다. 당분간 눈은 녹지 않을 것이다. 나처럼 포터를 고용한 트레커도 거의 없으니 길을 뚫어줄 사람도 없다. 토롱 페디에 있다는 프랑스인 그룹은 언제 올라올지 모른다. 며칠 더 하이캠프에 머문다면 미쳐버릴지도 모르겠다. 이 추위! 이 지루함! 이 더러움! 아, 싫다 싫어.

"하이캠프에 계속 있기 싫어. 나도 마낭으로 돌아갈까? 포카라로 갔다가 다른 트레킹 코스를 알아볼까?"

진절머리를 내며 호들갑을 떠는 내게 림부는 조용히 말했다.

"찌아, 진정해. 하루만 더 있어보자. 상황이 바뀔 수도 있으니까."

딱 하루. 림부 말을 따르기로 한다. 더도 말고 덜도 말고 딱 하루. 내일도 실패하면 모레 아침에 미련 없이 마낭으로 내려갈 테다. 하산하는 한국인들을 배웅했다. 쓸쓸했다. 또 다시 외톨이가 되었다.

할 일이 없다. 하이캠프는 진지한 책을 읽기에 적당한 곳이 아니었다. 무료함을 달래줄 신나는 볼거리나 소일거리가 필요했다. 또는 말초신경을 잔뜩 흥분하게 하는 사건사고가 필요했다. 그러나 아무것도 없었다. 그냥 멍하게 시간이 가기를 기다리는 수밖에. 나만의 세계에 빠진 정신병자처럼 넋을 빼놓고 앉아 있었다. 재미있는 추리소설이나 흥미진진한 역사책 한 권만 있어도 견딜 만했을 것이다. 누군가가 한국어로 된 레이몬드 챈들러 소설이나 셜록홈즈 시리즈 중 한 권을 판다면 1,000루피를 주고라도 샀을 것이다. 아니면… 볼에 뽀뽀 정도는 해줄 수 있을 텐데. 그만큼 나는 절실하고 간절하게 재미를 원했지만, 맹렬하게 파고드는 지루함에 점차 마비되어 갔다.

애인 생각이 났다. 가족들 얼굴도 떠오르고, 친구들은 어떻게 지내고 있는지 궁금해졌다. 그들도 내 생각을 할까. 단 한 명이라도 지금 내 곁에 있다면 힘이 날 텐데. 2010년 동남아로 떠난 생애 첫 배낭여행은 절친한 친구와 동행했다. 간혹 감정이 상할 때도 있었지만 대부분의 기간 동안 즐거웠으며, 주변의 우려와 달리 우리의 우정은 절교로 끝나지 않았다. **이번에 혼자 여행을 하면서 마음 맞는 사람과 함께하는 여행이 더 즐겁다는 것을 느꼈다.** 익숙한 소통, 편안한 교감이 그리웠다. 비용문제로 로밍을 하지 않은 데다 스마트폰도 아니어서 산에 들어오는 날부터 연락두절. 지금 내 걱정에 가슴이 쪼그라들고 있을 사람을 꼽으라면 단연코 아버지다.

내 나이 33살. 약 2년간 근무한 회사를 그만둔다고 했을 때 아버지는 말리지 않았다. 두 달간 네팔로 여행을 갔다오겠다고 했을 때 역시 아버지는 말리지 않았다. 평소처럼 꼬치꼬치 캐묻기는 했지만 하지 말라는 말만은 하지 않으셨다. 아버지는 항상 내편이었다. 어릴 때부터 지금까지 나의 영원한 서포터즈인 아버지는 내가 무엇을 해도 반대하지 않으셨다. 하루가 멀다하고 전화해서 안부를 묻던 아버지는 지금 얼마나 애타게 내 소식을 기다리고 계실까.

산악계에도 아버지와 딸의 애틋한 이야기가 있다. 가장 대표적인 것은 윌리 언솔드 부녀 이야기다.

1949년, 미국의 젊은 산악인 윌리 언솔드는 인도 가르왈 히말라야에 7,816m로 솟아오른 난다 데비를 본 순간 매료되었다. 그는 결심했다. 훗날 딸을 낳으면 이름을 난다 데비로 짓겠다고. 얼마 후 그는 결혼을 했고 바라던 대로 딸이 태어났다. 아버지는 딸의 이름을 '난다 데비 언솔드'로 지었다. 난다 데비는 아버지의 바람대로 아름답고 건강하게 자랐다.

1976년 난다 데비 초등 40주년을 기념하여 미국 - 인도 원정대가 결성되었다. (1976년 난다 데비 원정대에 참가했던 산악인 존 로스켈리 John Roskelley는 등정 이야기를 책으로 써서 1987년 《난다 데비: 눈물의 원정 Nanda Devi: The Tragic Expedition》을 출간했다) 윌리 언솔드가 원정대장으로, 난다 데비 언솔드가 대원으로 참가하였다. 난다 데비는 자신과 이름이 같은 산을 대면하자 흥분을 감출 수 없었다. 예전의 아버지처럼 그녀 역시 난다 데비에 매혹되었다. 원정 내내 유쾌하고 행복한 모습을 보여주었던 난다 데비는 정상을 목전에 두고 급성 고산병으로 캠프 4에서 사망했다. 곁에서 딸의 죽음을 지켜봤던 윌리 언솔드는 사랑하는 딸의 차가운 시신을 산 속으로 밀어 넣어 장례를 치렀다.

우리가 함께했던 그 모든 세상에 대해 감사하구나.
이러한 위험과 극렬하게 대비되는 너의 아름다움 또한 고맙구나…. 정말 고맙다.

윌리 언솔드가 딸의 시신을 떠나보내기 전 마지막으로 한 말이다. 그는 눈물을 보이지 않았다. 딸이 죽고 2년 뒤, 그는 레이니어산을 등반하던 도중 눈사태로 죽었다. 밀려오는 눈사태에 파묻히며 죽음을 감지한 그가 마지막으로 떠올린 사람은 아마도 먼저 세상을 떠난 딸이 아니었을까 생각해본다.

내 아버지가 가장 좋아하는 것은 영화다. 특히 헐리우드 액션영화를 좋아하신다. 그래서 우리 가족은 자주 영화관을 갔다. 아버지가 퇴근하면 온 가족이 버스를 타고 남포동으로 가서 마지막 영화를 보곤 했다. 그때는 부모님과 함께라면 19금 영화도 볼 수 있었다. 초등학생이었던 나는 극장에서 〈에이리언3(1992)〉도 보았고, 〈로보캅2(1990)〉도 보았다. TV에서 해주는 〈주말의 명화〉를 놓치는 일이 없었고, 동네 비디오가게에서는 VIP고객으로 대접받았다. **내가 대학에서 영화를 전공한 것은 어쩌면 필연적인 일인지도 모르겠다. 내가 영화**

를 공부하겠다고 했을 때 엄마는 이게 다 아버지 때문이라고 원망을 했고 아버지는 멋쩍은 듯 웃기만 하셨다.

아버지와 둘이서 본 영화는 딱 한 편. 스티븐 스필버그 감독의 〈쥬라기 공원(1993)〉이다. 그때 나는 기말시험을 앞두고 있었다. 엄마의 극렬한 반대를 무릅쓰고 아버지와 나는 신나게 극장으로 달려갔다. 보려고 했던 오전시간대는 물론이고 저녁시간대까지 매진이어서 일단 그날의 마지막 상영표를 끊었다. 당시에는 당일 표만 있으면 언제든지 극장 출입이 가능했다. 자리가 없으니 나는 계단 구석에 앉았고, 아버지는 극장 맨 뒤에서 서서 영화를 보았다. 시간이 어떻게 가는지도 모를 정도로 영화는 흥미진진했다. 집으로 오는 내내 부녀는 잔뜩 흥분해서 어쩔 줄 몰라했다. 물론 집에 와서는 둘 다 엄마의 한바탕 화풀이를 받고, 며칠간 구박으로 얼룩진 서러운 날들을 보냈지만 말이다. 하지만 〈쥬라기 공원〉은 그럴 만한 가치가 있었다. 가족들과 마지막으로 극장에서 본 영화는 〈반지의 제왕: 왕의 귀환(2003)〉. 언제 다시 네 식구가 영화를 볼 수 있을까. 일단 트레킹을 무사히 끝내고 포카라에 가자마자 집에 전화를 해야겠다는 생각이 들었다. 오늘도 아버지는 노심초사 내 걱정을 하고 있을 것이다. 30살이 넘은 과년한 딸을 말이다.

오후 내내 간헐적으로 트레커들이 올라왔다. 익숙한 녹색 점퍼가 보였다. 트레이시였다. 그녀는 어제 페디에서 머물렀다고 했다. 무척 반가웠다. 잠시 헤어졌던 쌍둥이처럼 우리는 반갑게 이야기를 나누었다. 그러나 우리의 이야기는 오래 지속되지 못하고 날씨, 트레킹 같은 화제만 재탕 삼탕한 채 곧 끊어졌다.

'화제의 빈곤은 지식의 빈곤, 경험의 빈곤, 감정의 빈곤을 의미하

는 것이요, 말솜씨가 없다는 것은 그 원인이 불투명한 사고방식에 있다.'

피천득 선생님은 변수를 고려하지 못했다. 그것은 영어. 둘 다 영어가 유창하지 못해서 대화 소재가 제한적일 수밖에 없었다. 트레이시는 대학에서 영어를 전공했다고 하는데 그렇게 잘 하지는 못했다. 아니면 할 말이 별로 없어서 그랬나… 결국 둘 다 침묵의 블랙홀에 빨려 들었다. 그래도 아는 사람이 있다는 사실이 든든했다.

다이닝홀을 점령한 트레커들 대부분은 창가에 누워서 단잠에 빠져들었고 몇몇은 가져온 책을 읽으며 지루한 시간을 때웠다. 너무 조용해서 발걸음 소리를 내는 것도 조심스러웠다.

한낮의 강렬한 햇빛을 받아 녹기 시작한 고드름은 날이 어두워지자 다시 얼어붙었고, 밤이 되자 눈이 내리기 시작했다. 결국 마낭으로 돌아갈 수밖에 없을까.

해가 지자 난로가 가동되었다. 드라큘라처럼 깨어난 트레커들이 피 대신 재미를 찾으며 다이닝홀을 가득 메웠다. 사람이 많아서 그런지 오늘은 나무 난로도 켜 주었다. 식탁 밑에서는 가스 난로가 맹렬히 타오르며 트레커들의 하반신을 데웠고, 다이닝홀 중간에서는 야크똥과 장작으로 배를 채운 나무 난로가 공기를 데웠다. 공기가 탁했지만 아무도 불평하지 않았다. 신선한 공기를 쐬고 싶다며 밖으로 나가는 사람이나 방안에 처박혀 있는 사람이 한 명도 없었다. 추위에 떠는 것보다는 다 같이 모여 있는 것이 훨씬 나으니까.

난로 주위에 옹기종기 모여 앉은 트레커들이 내일에 대해 논의하기 시작했다. 먼저 오늘 실패로 끝난 첫 번째 시도에 대한 평가가 있었다. 길을 뚫은 림부가 영웅으로 대접받았고, 우리들이 가져온 정보(눈의 깊이, 길의 상태 등)가 분석되었다. 결론은 트레커들만의 힘으로 길을 뚫기 힘들다는 것. 하이캠프에 있는 30명이 넘는 사람 중 포터를 고용한 사람은 2명에 불과했다.

토롱 라를 넘기 위해서는 무엇보다도 눈으로 쌓인 길을 뚫어야 한다. 머리를 맞댔다.

♥ **방법 1.** 길을 뚫어줄 트레일 메이커를 고용한다. 돈은 트레커들이 각출한다.

♥ **방법 2.** 페디에 있다는 대규모 프렌치 그룹을 기다린다. 그들은 최소 5명의 포터와 3명의 가이드를 고용한 것으로 보인다. 그들이 길을 뚫을 때까지 기다린다.

이것 말고는 답이 없었다. 아니면 하산하거나 눈이 녹아 길이 나타날 때까지 무작정 기다려야 한다.

결국 20명 정도 되는 무리들이 트레일 메이커를 고용하기로 했다. 동유럽에서 온 남자 트레커 한 명이 협상가로 나섰다. 하이캠프에서 일하는 현지인 한 명이 제안에 흥미를 보였다. 그는 토롱 라까지 길을 뚫는데 3만 루피를 요구했다. 그것도 선불로. 한참 동안의 논의 끝에 2번 나눠서 지불하는 것으로 협상을 마무리지었다.

트레일 메이커 고용에 찬성하는 사람들은 명단을 작성하고 서명을 했다. 종이가 한 바퀴 돌았다. 오늘 오전에 토롱 라로 향했던 무리는 단 한 명도 이름을 올리지 않았다. 나는 3만 루피가 터무니없다는 생각을 했고, 트레일 메이커에게 줄 돈을 차라리 림부에게 주고 싶어서 이름을 올리지 않았다.

혹시나 내일 토롱 라를 넘지 못할 경우 어떻게 해야 하나 싶어 갈팡질팡하는 내게 림부는 다시 한번 단호하게 말했다.

"찌아, 일단 내일 상황을 보자고. 괜히 앞서서 생각하지 마."

그의 말이 맞다. 아직 오지도 않은 미래를 걱정할 필요가 없다. 내일의 일은 내일 하는 것이 옳다. 어떤 일이 벌어질지 모르니까.

새벽에 같이 길을 떠났던 무리는 내일 새벽에도 같이 행동하기로 했다. 마지막 시도. 림부는 최소 6시에는 출발해야 한다고 했다. 6시에 다이닝홀에서 만나 상황을 보고, 함께 출발하기로 했다. 말만으로도 든든했다.

9시가 되었지만 아무도 자리를 뜨지 않았다. 다이닝홀의 온기와 대화는 뿌리치기 힘든 유혹이다. 방안이 얼마나 추운지 모두들 잘 알고 있었다. 그래도 가야 했다. 난로가 꺼져가고 있다.

이를 악물고 방으로 돌아온 나를 맞이하는 건 딱 하나. 지랄맞은 추위. 며칠 동안 계속된 추위건만 익숙해지지 않는다. 한여름에도 여기는 이렇게 추울까. 핫팩을 껴안고 누웠다. 내일은 묵티나트에서 따뜻하게 잠들고 싶다. 그리고 씻고 싶다. 인간의 몰골을 회복하고 싶다. 잠이 쉬 오지 않았다. 뜬눈으로 밤을 지새우게 생겼다. 온갖 잡념이 생기고 사라지기를 반복했다.

GUIDE 11

예티와 신비동물학

우리나라를 대표하는 동물은 무엇일까? 딱 하나 짚어서 이야기하기가 애매하다. 허나 네팔하면 떠오르는 동물이 하나 있다. 바로 예티(Yeti)다. 설인(雪人)이라고도 부르는 이 동물(?)은 《론리 플래닛 네팔》에서 설명하듯이 '네팔에서 가장 유명한 문화 수출품 중 하나로, 동물학과 토속신앙 사이의 어디쯤이라는 생물학적 지위를 누리는 뜨거운 감자'다. 예티의 실존 여부와 상관없이 네팔의 각종 게스트하우스와 레스토랑 그리고 각종 관광 상품은 예티라는 이름에서 풍겨나는 신비함으로 관광객들을 유혹한다.

예티에 대해 자세히 알고 싶다면 만프레트 라이츠의 《기이한 동물 추적기》과 로타르 프렌츠의 《그래도 그들은 살아 있다》를 보자. 제목만 봐서는 어린이용 공상과학도서로 착각하기 쉬우나 이 책들은 확인되지 않은 동물종을 연구하는 분야인 신비동물학(cryptozoology)을 다룬 책이다. 벨기에의 동물학자 베르나르 외벨망(Bernard Heuvelmans)이 신비동물학의 기초를 세운 이래, 많은 과학자들과 모험가들이 전설의 동물을 찾아 나섰다. 과학계의 하인리히 슐리만[1]이라고나 할까. 실제로 멸종되었다고 여겼던 실러캔스나 전설로 치부되던 자이언트 오징어 등은 현대에 들어서 발견 또는 재발견되었다. 그러니 《그래도 그들은 살아 있다》의 서문을 침팬지 연구의 대가이자 존경받는 과학자 제인 구달이 썼다는 것에 놀라지 말자.

예티로 돌아와서 위 두 책에 의거하여 간략하게 설명하자면 다음과 같다.

예티란 네팔어로 '거대한 생물'이라는 뜻이다. 예티를 서양에 처음 알린 사람은 영국 군인 B.H. 호지슨이다. 1820~1843년 네팔 왕의 궁정에 파견된 그는 덩치가 크고 꼬리가 없으며 털이 많은 직립동물에 대한 목격담을 수집하였다.[2] 원주민들은 그 동물을 락샤(산스크리트어로 '악마'라는 뜻)라고 불렀다. 외국인들의 유입이 늘면서 발자국 같은 흔적을 발견했다거나, 예티를 직접 보았다는 증언도 쏟아졌다. 게다가 히말라야 등반이 대중화되면서 유명한 등반가들, 에릭 십턴이나 에드먼드 힐러리, 라인홀트 메스너 등도 예티에 대한 목격&경험담을 발표하였다. 목격자들에 따르면, 예티는 고릴라보다 최소 두 배는 더 체격이 크며, 여러 가지 자료들을 분석해보건대, 몸무게는 약 0.5톤 정도 나갈 거라 추정한다. 문제는 아직까지 뼈나 분비물이 발견된 적이 없고, 증거라고 나온 것들은 죄다 위조여서 확실한 물증은 없다는 것이다.

예티와 같이 털이 많고 덩치가 크며 직립보행하는 덩치 큰 동물이 동남아시아에만 존재하는 것은 아니다. 미국의 빅풋, 캐나다의 새스콰치, 러시아의 알마스, 중국의 예렌 등도 예티와 비슷한 외형을 지닌 것으로 보인다. 예티와 마찬가지로 이들에 대한 목격담이나 영상자료 등의 증거물은 넘쳐나지만 역시나 과학적으로 입증된 자료는 없다.

이 동물들에 대한 가설은 이렇다. 한때 지구상에 존재했다가 멸종된 유인원(특히 기간토피테쿠스 Gigantopithecus가 유력하다)의 후손이라는 것이다. 인간의 사돈의 팔촌 정도 되는 이들이 지금까지 살아 남았다 하더라도 전혀 말이 안 된다고 할 수는 없다. 인간과 비슷한 모습의 존재(주로 괴물로 묘사되는)에 대해서는 역사상 숱한 기록이 남아 있기 때문이다. 하지만 이들의 존재를 입증할 확실한 증거가 왜 아직까지 나타나지 않는지 신비동물학자조차도 답을 할 수가 없다는 것이 최대의 아이러니다.

예티를 찾아 네팔까지 가기엔 시간과 비용이 부담되는 사람은 한국의 괴물, 장산범을 찾아보도록 하자. 온몸이 새하얀 털로 뒤덮여 있으며 물 흐르는 소리 등을 내어 인간을 홀려 잡아먹는다는 장산범의 실체는 아직 확인되지 않았다. 바닷가 마을에서는 인어에 대한 목격담도 많다.[3] 장산범이나 인어를 찾는다고 노벨상을 받지는 않겠지만 평생 먹고 살기에 충분한 부는 획득할 수 있을 것이다.

1) 전설로 치부되었던 고대 도시 트로이를 터키(당시의 오스만 투르크)에서 발굴한 독일인으로, 그는 진문고고학자가 아니라 사업가였다. 사업으로 쌓은 막대한 재산과 천부적인 언어능력(10여 개가 넘는 외국어에 통달했다고 알려졌다)으로 그는 잊혀진 도시들을 찾아냈다. 그리고 발굴한 보물들을 빼돌려 지금까지도 사기꾼이자 도굴꾼이라는 평가를 받고 있다.

2) 《론리 플래닛 네팔》에 따르면, 예티는 붉은 털, 원뿔형 머리, 새된 울음소리, 마늘 냄새 같은 희한한 체취를 지녔다고 한다.

3) 인어를 찾고자 하는 이는 한창훈의 단편소설집 《그 남자의 연애사》 중 〈뭐라 말 못할 사랑〉을 필독하자.

오 뉴 월
맹 꽁 이 도
울 다 가
그 친 다

012

3월 3일(월) ▶ **06:40** 하이캠프 High Camp (4,925m) 출발 ▶ **10:10** 토롱 라 Thorung La Pass (5,416m) 도착 / 10:40 출발 ▶ **14:20** 차바르부 Champarbuk (4,000m) 도착 / 15:00 출발 ▶ **16:30** 묵티나트 Muktinath (3,760m) 도착

잠을 잤는지 안 잤는지 애매모호하다. 몇 시간 동안 생각이 꼬리에 꼬리를 물고 이어졌다. 그 생각들이 선잠이 든 사이 의식의 수면으로 떠오른 무의식의 조각들인지 아니면 망상의 허깨비를 붙잡기 위해 쏟아졌던 기억의 찌꺼기인지 나조차 모르겠다. 밤새 끝나지 않는 술래잡기를 한 기분이다. 며칠째 잠을 제대로 못 잤지만 두통도 없고 피곤하지도 않다. 일찍 준비해서 나가야겠다는 생각에 자리를 박차고 일어났다. 커튼을 열었다.

사방이 깜깜하다. 그런데 멀리서 자그마한 불빛이 움직이고 있었다. 반딧불인가? 설마, 이렇게 높고 추운 곳에 반딧불이? 아니면 오로라 현상? 안나푸르나에 오로라 현상이 나타난다는 이야기는 한 번도 들은 적이 없는데! 그럼 UFO? 하나였던 불빛이 둘이 되고 셋이 되었다. 그제서야 알았다. 헤드랜턴이구나. 토롱 페디에서 새벽 일찍 출발한 트레커들이 연이어 하이캠프에 도착하고 있었다.

짐을 싸서 다이닝홀에 들어서니 예상치 못하게 시끌벅적했다. 울음소리가 나서 구석을 보니 나이가 지긋한 여성 트레커 한 명이 눈물을 뚝뚝 흘리며 울고 있었고, 네팔인 두 명이 양 옆에서 열심히 그녀의 손을 주무르고 있었다. 손이 얼어붙었나 보다. 여기저기서 고함이 오고가고, 거대한 짐과 배낭들이 사방에 널브러져 있었다. 그들은 우리가 눈알 빠지게 기다리던 프랑스인 그룹이었다. 유명 트레킹 회사 알리버트(Allibert)의 유니폼을 입은 포터와 가이드 들, 그리고 그들의 프랑스인 고객들이 다이닝홀을 점령했다. 포터만 5명이다. 오호라. 그들이 오늘 길을 뚫어줄 것이다. 일찌감치 다이닝홀에 앉아 관전하던 림부도 한시름 놨다는 듯이 편한 얼굴로 차를 마시고 있었다. 두통은 어떻냐고 물어보니 내가 준 아스피린을 먹자 거의 없어졌다고 했다. 우리는 느긋하게 차를 마셨다. 하이캠프에서 하룻밤을 보낸 트레커들도 하나둘 몰려들면서 다이닝홀은 강아지 한 마리 들어올 공간조차 없어졌다.

시간은 가는데 프랑스 그룹은 출발할 생각을 하지 않았다. 6시가 되면 출발하겠다던 림부는 프랑스 그룹의 포터들이 먼저 움직이기를 기다리고 있었다. 한쪽에서는 돈을 걷느라 분주했다. 트레일 메이커는 어제 합의한 것과 달리 3만 루피를 전부 달라고 요구했다. 실랑이가 벌어졌다. 협상을 담당했던 트레커는 곤혹스러운 표정을 짓고 있었다. 괜히 총대를 멨다는 뒤늦은 후회에 그의 얼굴은 잔뜩 일그러졌다.

그러다 보니 어느새 6시 30분. 어제 같이 토롱 라를 향해 올라갔던 독일인 2명이 기다리다 못해 출발했다. 10여 분쯤 뒤에는 알리버트 포터들과 트레일 메이커가 길을 뚫으러 출발했다. 그 모습을 본 나와 림부도 벌떡 일어섰다. 가자! 때가 왔다.

하늘은 더없이 맑고 파랬다. 구름 한 점 없었다. 어제와 달리 칼바람이 사정없이 몰아쳤다. 1분 동안 뺨을 연속 100대 맞은 것처럼 얼굴이 얼얼해졌다. 콧물도 강을 이룰 듯 줄줄줄 흘러내렸다. 모든 트레커를 통틀어 내가 멘 가방이 제일 작았지만 금세 피곤이 몰려왔다. 내 몸이 버거워 가누기가 힘들었다.

어제 우리가 회군을 결정했던 찻집에 도착했다. 어제는 꽤 멀리까지 왔다며 자축했었는데 오늘 보니 멀지도 않았다. 미리 길을 뚫어놔서 수월하게 도착했다. 이제부터는 더 이상 길이 없다. 이 시점부터 돈의 힘이 위력을 발휘하기 시작했다. 트레일 메이커와 알리버트 포터들이 길을 뚫기 시작했다. 그 뒤를 따라 트레커들이 한발 한발 무거운 발걸음을 옮겼다. 허리까지 쌓인 눈은 거대한 미로이자 족쇄였다. 중심을 잡고 그냥 서 있기조차 힘들었다. 그래도 가야 했다. 시간이 가고 있으니 속도를 내야 한다. 해가 떠 있는 동안에 묵티나트에 도착해야 한다. 무하마드 알리의 펀치만큼 매서웠던 바람도 슬슬 멎기 시작했다. 눈에 반사된 햇빛이 사방으로 튀어 올랐다. 급히 선글라스를 꺼냈다. 선글라스를 껴도 너무 밝아서 LED전구 수백 개가 동시에 빛을 발하고 있는 것 같다. 잠시라도 선글라스를 벗으면 눈을 뜰 수 없을 정도로 눈부셨다. 출발하기 전에 얼굴에 선크림을 두텁게 발랐다. 그러나 마스크로 가려지지 않은 부분은 반사광을 받아 점점 잘 익은 토마토 색깔로 변해갔다.

어디가 토롱 라인지 가늠할 수가 없었다. 비슷비슷한 높이의 산들이 줄지어 있어서 어디로 가야 하는지 초보자로서는 알 수가 없었다. 지금 이 언덕을 넘으면 끝이겠지 하는 마음에 올라서면 다른 언덕이 나타났다. 믿을 수 없었다. 방금 융기한 것이 아닐까. 산이 살아있든지 내가 미쳤든지 둘 중 하나가 진실일 것이다. 머릿속이 백지가 되었다. 실성할 정도로 힘들었다. 초반에는 헉헉댔을 뿐이었지만 차츰 비속어를 내뱉게 되었고, 나중에는 내뱉는 모든 말이 비속어였다. 다행히 한국인은 아무도 없었다.

나만 힘든 것이 아니라는 증거는 곳곳에 있었다. 길을 뚫는 이들도 힘에 겨운지 자주 쉬었고(덕분에 처지지 않고 따라갈 수 있었다) 기진맥진한 트레커들도 눈에 띄었다. 나보다 숨소리가 거친 사람들이 없다는 사실에 몹시 슬펐지만 어쨌든 나는 낙오하지 않고 잘 따라가고 있었다. 쓰러질 듯 말 듯 위태롭게 전진하고 있었다. 대자로 드러누워 포기를 선언할 정도까지는 아니었다. 그러나 더 이상 못 가겠다고 말할까 말까 하는 유혹에 자주 마음이 흔들렸다.

"림부, 이제 거의 다 온 거야?"

내 질문에 림부는 번번이 고개를 저었다.

"림부, 얼마나 더 가야 해?"

"조금만 더 가면 곧 도착해."

그놈의 '조금만'은 조금만이 아니었다. 서너 번 묻다가 림부에게 민폐를 끼치는 것 같아 더 이상 물어보지 않았다. 그 역시 내 배낭을 메고 힘겹게 오르고 있었다. 림부가 이제 다 왔다고 말하는 그 순간이 오기는 하는 걸까. 사실 이 모든 질문이 부질없다. 그냥 이를 악물고 걷는 수밖에.

출발한 지 네 시간 만에 토롱 라에 도착했다. 내 생애 가장 긴 네 시간이었다. 살다 보면 정신적으로 힘든 일이 종종 생긴다. 끝없이 이어지는 상사의 잔소리, 이대로 노처녀로 늙을 거냐는 친척들의 공격, 순진한 행인으로 위장한 채 불쑥 나타나 도를 아냐고 묻는 도인들, 내 얼굴을 샅샅이 훑고서는 얼굴 관리 좀 제대로 하라며 신제품을 권하는 화장품 가게 점원 등 스트레스를 유발하는 각종 인간들 때문에 욱하는 성질이 도진다. 그러나 육체적으로 힘든 일을 하는 경우는 많지 않다. 도시에 살면서, 사무직 업종에서 일을 하는 나같은 사람의 경우에는 특히나.

토롱 라를 향해 걸었던 네 시간은 내 육체의 나약함을 알 수 있었던 시간이었다. 산을 올랐다기 보다는 늪지에서 네 시간 동안 허우적댄 것 같았다. 폭풍우를 만난 배의 갑판에서 네 시간 동안 러닝머신을 뛴 것 같았다. 30초마다 나의 자신감은 하한가를 갱신했고, 인내심은 상한가를 갱신했다. 33년 통틀어 참을성의 임계점에 가장 가깝게 다가선 때였나. 이 경험으로 내 자신이 더 강해졌는지 어떤지는 모르겠다. 나는 그저 빨리 목적지에 도착하기만을 바라며 산을 올랐다. 다른 생각을 할 틈이 없었다.

마침내 토롱 라에 도착한 사람들은 서로 축하의 인사를 건네며 환호했다. 토롱 라를 알리는 표지판 주위는 인증사진을 찍으려는 사람들로 북적였다. 나 역시 사진을 찍으며 성공의 짜릿함을 만끽했다. 오전의 비참함은 금세 사라졌다. 나는 5,416m에 서서 주위를 둘러보았다. 행복했다. 누군가 코앞에 있는 6,000m급 산에 가자고 하면 선뜻 올라갈 것 같았다. "이까짓것 금방 가죠" 하면서 말이다. 세상의 중심에 서 있는 기분이었다.

안나푸르나의 허락 없이는 토롱 라를 넘을 수 없다. 완벽한 날씨와 많은 사람들. 이런 천재일우의 조건을 다시 만날 수 있을까. 게다가 지금은 트레킹 비수기 아닌가. 어제 마낭으로 떠난 한국인들이 생각났다. 딱 하루만 더 머물렀어도 셋이서 축배를 들었을 텐데. 아쉬웠다. 그리고 내 결정이 옳았다는 생각에 가슴이 뻐근했다.

30분이 흘러도 아무도 움직이지 않았다. 트레일 메이커는 토롱 라까지만 길을 내기로 했다며 주저앉았다. 알리버트의 포터들은 프랑스 그룹이 올 때까지 기다리기로 했다. 프랑스 그룹은 제일 뒤로 처져서 아예 보이지도 않았다. 언제까지 죽치고 앉아 있을 수 없었다. 묵티나트까지는 내리막길. 토롱 라에서 내려다보니 무척 쉬워 보였다. 일직선으로 쭉 가면 될 것 같았다. 유치원 봄소풍처럼 간단해 보인다. 나와 림부가 출발하자 오늘 아침 선봉에 섰던 독일인 2명도 합류했다. 그들은 곧 우리를 앞지르더니 눈을 헤치고 길을 만들면서 빠른 속도로 내려갔다.

토롱 라까지 올라오는 것보다 더 힘든 구간은 없을 거라 생각했다. 아니었다. 내려가는 길은 더 힘들었다. 눈이 훨씬 더 깊게 쌓여 있어서 잘못 길을 들었다가는 가슴까지 빠져서 옴짝달싹 못하기도 했다. 그리고 언덕을 올랐다가 내려오기를 반복하느라 힘이 더 들었다. 토롱 라에서 출발한 지 한 시간도 안 되어 온몸에 힘이 다 빠져나갔다. 그냥 데굴데굴 굴러서 내려가고 싶었다. 실제로 경사가 심한 내리막길이 나타나면 썰매타듯이 미끄러져 내려왔다. 엉덩이가 다 젖고 옷과 가방 안에 눈이 들어왔지만 신경쓰지 않았다. 조금이라도 덜 걸을 수 있다면 영혼도 팔 수 있을 것 같았다. 우리 뒤를 따라온 건강한 체격의 트레커들은 곧 우리를 제치고 멀리 나아갔다. 독일인들은 어찌나 빨리 갔는지 보이지도 않았다. 가끔씩 점으로만 보일 뿐. 그들에 비하면 내 체력은 신생아 수준이었다. 나는 사용기한이 다된 배터리처럼 쉽게 방전되고 쉽게 충전되었다. 그리고 오래가지 않았다. 5분을 쉬든지 10분을 쉬든지 다시 걷기 시작하면 다섯 걸음 만에 진이 빠졌다. 나라는 인간에 장착된 모터는 쓸모가 없었다. 관성의 힘에 의해 어쩔 수 없이, 죽지 못해 앞으로 나아갈 뿐이다.

게다가 온도가 올라가면서 눈이 녹기 시작했다. 아이젠에 젖은 눈이 달라붙어 10분마다 얼음덩어리를 털어냈다. 스패츠도 등산화도 흠뻑 젖었다. 슬슬 짜증이 나기 시작했다. 지하 동굴이 생길 정도로 한숨을 쉬었다.

토롱 라에서 출발한 지 네 시간 만에 차바르부에 도착. 차바르부는 토롱 라와 묵티나트 사이에 있는 유일한 마을이다. 마을이라고 해봤자 게스트하우스 3~4채 밖에 없지만. 부실한 아침을 먹고 출발한 지친 트레커들에게 차바르부는 오아시스나 다름없다. 대다수가 차바르부에서 점심을 먹었다. 림부와 나는 차를 마셨다. 우리와 함께 하산한 트레이시도 함께 자리를 잡았다. 나는 림부에게 조심스럽게 말을 건넸다.

"림부, 식사는 묵티나트 가서 하면 안 될까? 지금 여기서 쉬느니 빨리 도착해서 푹 쉬는게 낫지 않을까?"

림부는 포커페이스를 유지한 채 그러자고 했다. 하루종일 무거운 가방을 메고 고생한 그에게 너무나 미안했지만 그 편이 더 낫다고 판단했다. 음식 주문을 하면 한 시간이 넘게 걸릴 것이다. 차바르부에 죽치고 앉아서 시간을 허비하는 것보다 힘들더라도 빨리 묵티나트에 도착해서 씻고 퍼질러 쉬는 게 몸도 마음도 편할 것 같았다. 어중간하게 쉬었다가 오히려 더 힘이 빠질까봐 걱정도 되었고. 하나둘 차바르부에 도착한 트레커들이 점심을 주문하는 동안 나와 림부와 트레이시는 묵티나트로 향했다. 나도 참 지독하지.

묵티나트까지는 금방 갈 줄 알았다. 넓게 펼쳐진 평원은 장애물이 없어 쉽게 가로지를 수 있을 거라 생각했지만 오히려 지금까지의 길보다 더 힘들었다. 희망 때문이었다. 조금만 더 가면 오늘의 트레킹이 끝난다는 그 희망 때문에 잔뜩 달아올랐는데, 끝이 보이지 않았다. 온몸이 끈적이는 땀으로 흠뻑 젖었고, 반사광에 노출된 얼굴은 아릴 정도로 화끈거렸다. 손에는 흙이 덕지덕지 묻어 있었다. 머리카락이 흩날릴 때면 역한 쉰 냄새가 공중에 퍼졌다. 빨리 묵티나트에 가야 한다는 생각으로 있는 힘을 다 짜냈다. 내가 가진 모든 에너지를 소환했다. 더 이상 갈 수 없다는 생각과 조금만 더 힘내자는 생각이 씨줄 날줄처럼 나를 옭아맸다. 내 안에서 긍정과 부정의 화산 2개가 폭발하고 있는 게 틀림없었다. 분명 죽을 만큼 힘든데 계속 에너지가 솟아나서 겨우 걸을 수 있을 정도로만 힘을 유지할 수 있는 게 신기했다. 아드레날린이 나를 움직이고 있었다. 끝장내야 한다는 흥분과 각오로 바짝 달아올라 있었다. 지겹기 그지없는 평원이 끝나자 드디어 묵티나트가 보이기 시작했다. 묵티나트는 굉장히 큰 마을이었다. 마을 제일 위에 있는 사원을 지나고 한참을 가서야 숙소가 나타났다. 묵티나트가 보였을 때부터 나는 발을 절고 있었다. 얼음덩어리가 돌처럼 굳어 달라붙은 아이젠은 묵티나트에 들어서면서 벗어버렸다. 얼음길 대신 자갈길과 포장된 길이 나타났다. 드디어 문명으로 들어섰다.

오전 6시 반에 시작된 강행군이 오후 4시 반에 끝났다. 길게 늘어진 그림자가 거리를 점령했다. 해가 지고 있었다. 긴 하루였다. 패잔병처럼 지친 나는 림부를 따라 게스트하우스로 들어갔다. 다행히 감격에 찬 울음 대신 웃음을 내보이며 품위를 지킬 수 있었다.

결국 해냈다. 내 두 발로 5,416m에 섰으며, 안나푸르나 트레킹 중 가장 힘들다는 구간을 안전하게 지나왔으니 더 이상 바랄 게 없다. 내가 손꼽아 바라던 일을 완수했다.

2014년 3월 3일, 내가 토롱 라를 넘었다는 사실은 이제 바꿀 수 없는 역사가 되었다. 오직 나에게만 의미있는 일이지만 어느 누구도 이 사실을 부인할 수 없다. 나는 해냈다.

혹시 '프레더릭 쿡'이라는 이름을 들어본 적이 있는가?

1906년, 미국인 의사이자 탐험가인 프레더릭 쿡은 북미 대륙 최고봉인 매킨리를 초등했다고 발표한다. 그 증거로 정상에서 찍은 사진을 내놓았으며, 초등 기록을 책으로 펴내 자신의 주장에 신빙성을 더하였다. 쿡은 미국 전역을 돌며 대중 연설과 강연을 했다. 사람들은 열광했고, 명성과 부를 얻은 쿡은 더 큰 탐험을 계획했다. 그것은 바로 북극점 정복. 1908년, 그는 북극점 탐험에 나섰다.

대중적 인기와 쿡의 단호하고 일관적인 주장에도 불구하고 일각에서는 의혹을 제기하였다. 결국 그가 발표한 사진은 매킨리 산의 정상이 아니라 정상 부근에 있는 봉우리에서 찍었다는 사실이 밝혀졌다. 또한 그의 기록이 가짜라는 사실이 밝혀지면서 쿡의 매킨리 초등은 거짓일 가능성이 더 짙어졌다. 1913년 매킨리 최고봉이 초등되면서 쿡의 등정은 조작극으로 결론지어졌다. 여론은 급속도로 싸늘해졌다.

이후, 인류 최초로 북극점을 밟았다고 주장한 쿡은 '최초의 북극점 정복자'라는 타이틀을 두고 죽을 때까지 로버트 피어리와 싸웠지만 역시나 쿡의 주장은 거짓으로 판명났다. 현재 프레더릭 쿡은 희대의 사기꾼으로 회자되고 있다.

1909년 인류 최초로 북극점을 밟았다고 밝힌 로버트 피어리의 주장 역시 수십 년간에 걸친 조사 끝에 사실이 아닐 가능성이 거의 확실해지고 있다. 당시에도 피어리의 탐험 속도가 너무 빨라 현실적으로 불가능하다는 의견이 있었다. 그의 기록은 부실했으며 그마저도 일부만 공개하여 의심을 샀다. 하지만 하늘이 도왔는지 경쟁자 쿡이 자멸하면서 피어리는 어부지리로 최초로 북극점에 도달한 사람으로 확정되어 전 세계 역사책에 이름을 남겼다.

당시 피어리 북극 탐험의 주요 스폰서였던 내셔널 지오그래픽 소사이어티(National Geographic Society studies)는 1989년 피어리의 탐사일지에 적힌 바다와 기상 관측 기록을 조사한 결과, 그가 정확하게 북위 90도는 아니지만 '인간이 도달할 수 있는 가장 북쪽 지점인 89도 57분'까지 나아갔다고 결론을 내렸다. (동아일보 - 책갈피 속의 오늘, 2005년 4월 6일 / 피어리의 조수인 매튜 핸슨은 피어리보다 한 시간 앞서 북극점에 도달했지만 흑인이라는 이유로 철저히 무시되었다. 독일의 만화가 지몬 슈바르츠는 매튜 핸슨의 일생을 소재로 그래픽노블《빙벽》을 출판했다) 이런 논란과 함께 이누이트 학대 같은 충격적인 사실이 널리 퍼지면서 로버트 피어리를 주인공을 내세운 위인전은 차츰 자취를 감추었다. 지금은 많은 자료에서 쿡과 피어리 두 사람의 주장 모두 의심스럽다고 밝히고 있다. 기록상 논란의 여지없이 북극점을 밟은 최초의 사람으로 인정되는 이는 로알 아문센이다.

'진짜 진짜' 토롱 라를 밟은 나는 거지왕 김춘수 같은 몰골이었지만 몸속에는 엔돌핀이 마구 돌고 있었다. 행복하다고 해서 배고프지 않은 건 아니었다. 일단 밥부터 시켰다. 메뉴판에서 아주 흥미로운 음식을 발견했다. 야크 스테이크. 마낭에서부터 노래를 부른 야크 스테이크를 드디어 먹을 수 있는 기회가 나타났다. 가격은 호되게 비쌌지만 오늘이야말로 그 정도 사치를 부려도 마땅한 날로 여겨졌다. 게다가 이 기회를 놓치면 다시는 야크 스테이크를 먹지 못할 수도 있나.

"림부! 우리 야크 스테이크 먹자. 내가 살게."

림부는 아무 망설임 없이 오케이 사인을 내렸다. 그는 종교가 없어서 고기 먹는데 거리낌이 없었다.

비싼 음식 주문에 신난 주인이 주방에서 지지고 볶는 사이 나는 짐 정리를 했다. 핫 팩이 빠진 가방은 훨씬 가볍게 느껴졌다. 그동안 다 쓴 핫 팩을 버릴 때마다 죄책감이 들었다. 안나푸르나에 쓰레기를 더한 죄를 어떻게 보상해야 할까. 다음번에는 핫 팩 대신 고성능의 침낭을 가져와야겠다는 결심을 했다.

"난 핫샤워 할 거야."

트레이시는 한껏 들떠서 선언했다. 그녀는 나에게도 샤워를 권했지만 나는 3,000m 이하로 내려가면 샤워를 하겠다고 정중하게 거절했다. 묵티나트는 3,800m. 아직까지 위험한 높이다. 사소한 실수로 1주일이 넘게 남은 트레킹을 망치고 싶지 않았다.

"찌아, 샤워하지 마."

림부 역시 내 결정을 지지하였다. 그는 묵티나트에서 샤워하다가 쓰러진 트레커를 여러 번 봤다고 했다. 샤워하러 들어간 사람이 오랫동안 안 나와서 문을 두들기니 반응이 없어 억지로 문을 따고 들어가 보면 바닥에 쓰러져 있더라 하는 카더라 괴담을 소상히 들려주었다. 역시 방심은 금물이다. 트레이시는 날 보고 고지식하다며 웃었지만 나에게는 심각한 문제였다.

야크 스테이크가 준비되었다는 전갈이 왔다. 나와 림부는 마주보고 앉아 이 비싼 음식을 먹었다. 아주 천천히 씹었다. 맛은 없었다. 고기는 질기고, 소스는 조미료맛이 강했다. 림부 말로는 야크 고기가 아닐 가능성이 거의 100%라고 했다. 하지만 오랜만에 먹는 고기인 데다가 보람찬 하루를 마감하며 상으로 먹는 고기이기에 의미가 각별했다. 둘 다 그릇을 깨끗이 비웠다. 배가 든든하다.

스테이크를 다 먹은 나는 2개 남은 믹스 커피를 뜨거운 물에 타서 밖으로 나왔다. 도로변에 앉아 커피를 홀짝거리며 오가는 사람들을 구경했다. 다리가 여전히 찌릿찌릿했다. 하이캠프에서 얼굴을 익힌 트레커들이 하나둘씩 마을로 들어서고 있었다. 마음이 한없이 느긋해졌다. 내 주위는 평화로 가득 찼다. 테레사 수녀와 같은 마음으로 세상을 바라보았다. 말리려고 늘어놓은 양말, 스패츠, 등산화 위로 노을이 넘실거렸다.

이제 고생 끝, 행복 시작이 아닐까. 최대 고비였던 토롱 라를 넘었으니 앞으로는 손쉬운 걷기만 남았다며 혼자 즐거워했다.

오랜만에 수도꼭지에서 콸콸 나오는 물로 세수를 했다. 그동안 치덕치덕 발라댔던 선크림을 다 벗겨낼 기세로 얼굴을 박박 문질렀다. **거울을 보니 안경원숭이가 나를 보고 있었다.** 선글라스를 낀 눈을 제외하고는 얼굴이 죄다 빨간색이었다. 나보다 상태가 더 심각해서 외계인 몰골이 된 트레이시보다는 익은 정도가 약했지만 확실히 식별 가능할 정도로 얼굴이 요상하게 되어버렸다. 림부 말로는 양호한 편이라고 했다.

"찌아, 내일 아침에 얼굴 껍질이 벗겨지더라도 놀라지 마."

흔히 있는 일이라고 했다. 이 얼굴로 한국에 돌아갈 수 있을까. 그래도 헤르만 불보다는 낫다.

세계에서 9번째로 높은 산인 낭가파르바트에 오르기 위해 최종 캠프를 떠난 헤르만 불은 철수하라는 대장의 명령을 거부하고 혼자 정상을 향해 올라갔다. 그는 초인적인 정신력으로 정상에 올랐다. 문제는 하산. 식량도 물도 없는 데다가 산소 결핍으로 환각에 시달린 그는 영하 20도의 추위 속에서 선 채로 비박을 했다. 목숨만 건진 채 겨우 살아 돌아온 그의 얼굴은 80세 노인처럼 폭삭 늙어서 도저히 같은 사람이라고 믿을 수 없을 정도였다. 게다가 동상에 걸린 발가락 2개를 절단해야 했다. 그의 나이 29살이었다.

나는 한국에서 챙겨온 팩을 얼굴에 붙이고 누웠다. 샤워를 하고 뽀송해진 트레이시가 부러웠지만 단 하루만 버티면 된다. 팩을 붙이고 깜박 잠들었다. 단잠이었다. 한 시간 가량 누워 있었더니 얼굴의 화끈거림이 많이 나아졌다. 팩을 가져오길 잘했다. 팩이 필수품이라는 이야기는 어디에도 없던데… 선견지명이로다.

긴장이 풀려서인지 급하게 소식이 왔다. 심상치 않았다. 문제는 1층 공동화장실이 다이닝홀 바로 옆에 있어서 방음이 안 된다는 것. 평소 요란하게 변을 보는 나에게 이번 변은 특별히 더 요란할 것이라는 신탁이 내려졌다. 결국 포터들이 묵는 지하 1층으로 내려갔다. 예상대로 지축을 흔드는 요란한 소리와 함께 그간 뭉쳐 있었던 변들이 조각조각 밀려나왔다. 시원했다. 그리고 불안했다. 이 소리의 주인공이 나라는 사실이 알려지지 않아야 할 텐데. **야크 스테이크 주문한 여자가 아닌 야크 스테이크 먹고 똥싼 여자로 기억되기는 싫었다.** 빨리 현장을 뜨고자 레버를 내렸다. 아뿔싸. 물이 안 나온다. 세면대 꼭지를 틀어도 물이 안 나오고, 벽에 붙어 있는 수도꼭지를 돌려도 물이 안 나온다. 이런! 너무 당황해서 머릿속이 백지가 되었다. 그제서야 지하 1층은 물이 안 나온다고 했던 림부의 말이 생각났다. 중요한 말은 꼭 뒤늦게 생각나나 보다. 이대로 두고 나가기에는 이 화장실을 쓰는 포터들에게 너무 미안했다. 그렇다고 사람을 부르거나, 1층에서 물을 받아오는 것은 견딜 수 없이 쪽팔렸다. 혹시나 해서 샤워기를 틀어보니 물이 나온다. 그 물이 끊길까봐 얼른 양동이에 받아서 완벽하게 뒤처리를 할 수 있었다. 그러고는 쏜살같이 도망쳐 나와 바로 방으로 들어갔다. 범죄를 저지른 기분이었다. 똥냄새는 알아서 사라지겠지… 그저 내가 똥을 쌌다는 사실만 퍼지지 않기를 바랄 뿐이다.

어느새 어둠이 가라앉았다. 다이닝홀에서 가스 난로를 쬐며 엽서를 쓰고 일기를 썼다. 마낭에서부터 양치를 하지 못해서 숙소에 도착하자마자 양치를 한 번 하고, 커피를 마시고 나서 또 양치를 했다. 치과의사가 100m 밖에서 달려올 정도로 빡빡 문질렀지만 그래도 찝찝하다. 충치 하나 없음을 동네방네 자랑했던 내 치아가 세균의 침공에도 꿋꿋하게 견뎌주기를 바라는 수밖에 없다.

숙소 밖을 내다보니 마을로 들어오는 트레커들이 보였다. 이미 해가 져서 사방이 깜깜한데 이제서야 마을에 도착한 것이다. 토롱 라 방향을 보니 산중턱에서 불빛이 반짝인다. 프렌치 그룹이 차바르부를 지나 묵티나트를 향해 내려오고 있는 것 같았다. 얼마나 힘들까. 그들에게는 지금 이 순간이 무간지옥일 테지. 숙소에 편히 앉아 있는 내 모습이 비현실적으로 느껴진다.

기분 좋게 잠자리에 들었다. 밤이 깊어지자 뱃속에서 꾸룩꾸룩 난리가 났다. 긴장이 풀려서인지 대장과 괄약근이 이완되나 보다. 화장실을 가고 싶어도 직전의 불미스러운 일 때문에 망설여진다. 숙소를 쓰는 트레커 중 하필 나만 화장실이 고장난 방을 배정받아 공동화장실을 써야 했다. 숙박비를 깎아준다지만 오늘따라 개인 화장실이 절실하다. 공동화장실 위쪽에 난 창은 활짝 열려 있어서 방음이 안 되는 것이 확실하다. 이 상황에서도 체면을 걱정하는 나. 화장실을 가야하나 말아야하나 고민하다가 어느새 곯아떨어졌다.

GUIDE 12

배낭 꾸릴 때 유용한 팁

인터넷 검색을 귀찮아하는 나는 별다른 준비 없이 네팔에 갔다가 시행착오를 많이 겪었다. 다행히 시간도 많고 돈도 부족하지 않아서 큰 불편은 없었다. 카트만두나 포카라 같은 도시에서는 돈이나 시간을 조금 더 쓰면 불편함이 해소되지만 물자가 부족한 산에서는 그저 몸으로 고생을 감내해야 한다. 나와 같은 초보자를 위해 몇 가지 팁을 알려드린다.

1. 배낭

포터를 쓰든 안 쓰든 배낭은 무조건 가벼운 것이 좋다. 포터 역시 사람이며 한계가 있다. 포터에게 짐을 맡긴다고 해도 자주 쓰는 물건이나 귀중품은 자기가 멜 배낭에 넣고 다녀야 한다. 나는 큰 배낭과 옆으로 메는 크로스백을 가져갔는데 크로스백은 재앙 그 자체였다. 물건도 많이 안 들어가고 움직일 때마다 계속 배쪽으로 쏠려서 걷는 데 지장을 주었다. 당장이라도 갖다버린다고 짜증을 부렸던 적이 한두 번이 아니다. 고산병보다 가방 때문에 더 불편했으니 말 다 했지. 필히 등에 메는 백팩을 챙기도록 하자. 백팩 두 개가 부담스럽다면 접이식 배낭을 챙기면 된다. 차곡차곡 접으면 손수건 만해지는 배낭으로 트레킹할 때 본인이 메는 용으로 쓰면 된다. 물건 무게에 찢어지지 않도록 질긴 제품으로 고르자. 여건이 된다면 트레킹 필수용품을 제외한 물건들은 믿을 만한 곳에 맡기도록 하자. 물론 외국 땅에서 그런 곳을 찾기가 어렵다는 것을 안다. 숙소나 가게에 물어보고, 보관 서비스를 이용해본 사람들의 말을 경청한 후 결정하자. 잃어버려도 크게 아쉽지 않은 물건들만 남기는 건 필수. 애초에 가방을 가볍게 싸는 것이 가장 현명하다. 웬만한 것은 카트만두에서 구할 수 있다는 걸 염두에 두고 한국에서 모든 걸 완벽히 갖춘다는 욕심을 버리자.

2. 세면도구

한국에서 바리바리 세면도구를 챙겨온 나. 카트만두나 포카라의 대형 마트에서 작은 용량의 다양한 제품들을 훨씬 싼 값에 살 수 있다. 그러니 현지에서 구입하자. 일정 고도 이상이 되면 고산병 방지를 위해 샤워를 하지 않는다. 그러니 트레킹하는 동안에 쓸 세면도구로 1회용 샴푸(린스나 트리트먼트 역시) 2~3개만 챙기자. 비누 대신 클렌징 티슈를, 바디워시 대신 샴푸를 쓰면 된다. 샴푸와 바디워시 겸용인 유아용 제품을 사는 것도 좋은 방법이다. 물에 젖은 이태리타월이나 샤워도구를 말리는 것도 일이다. 그냥 손으로 쓱싹쓱싹 닦자. 며칠 안 씻는다고 안 죽는다. 하산해서 제대로 씻으면 되니 조바심을 버리자. 손톱에 낀 시커먼 때는 네팔식 네일아트라고 생각하자. 산속 숙소에서는 뜨거운 물 = 돈이다. 냉수마찰이 취미인 사람을 제외하고는 세수는 클렌징 티슈로, 양치는 가글제품으로 대신하자.(가글 제품이 0도 이하에서 어는지는 미처 확인해보지 못했다) 세수나 양치가 세상에서 가장 악랄한 고문이라고 느낄 날이 반드시 온다. 매일 선크림을 발라야 하니 먼저 클렌징 티슈로 닦고 물티슈로 닦아내면 된다. 한번 쓴 물티슈는 버리지 말고 모아놓았다가 더러워진 옷이나 물건을 닦는데 쓰면 좋다. 립밤은 필수품이니 반드시 챙겨야 하며, 산 속에서 사랑이 꽃필 가능성은 그리 높지 않으니 남 신경쓰지 말고 선크림은 두껍게 바르도록 하자. 산 속에서는 춥기 때문에 콧물이 많이 난다. 심을 뺀 두루마리 휴지를 넉넉하게 가져가자. 고도와 물가는 비례하기에 나도 모르게 욕

두문자를 내뱉지 않으려면 미리 준비해 가자. 당연히 속옷을 갈아입기도 쉽지 않다. 한국에서 팬티 라이너를 미리 챙겨가면 든든하다. 쓰레기 전용 비닐봉지를 가방에 매달아놓고 다니면 편리하다.

3. 등산용품

시공사에서 나온 이창운의《네팔 히말라야 트레킹》은 등산용품에 대해 자세하고 친절하게 설명해준다. 초보자라면 반드시 볼 것을 강력히 권한다. 아래 내용은 내가 경험한 것이니 참고사항으로 알면 좋을 것이다.

나는 전용 물통 대신 마트에서 파는 1리터짜리 생수용 물통을 2개 사용했는데 전혀 불편하지 않았다. 물론 세균과 석회질 침전 때문에 물통은 수시로 바꿔주었다. 뜨거운 물을 담은 물통을 안고 자면 보온에 좋다는 이야기를 많이 들었지만 핫팩으로도 충분했다. 등산 스틱은 현지의 한국인 숙소나 가게에서 공짜로 빌릴 수 있으니 참고할 것. 고도가 높아질수록 생수가 비싸기 때문에 물을 정수해주는 약이나 요오드를 준비하면 좋다. 발포형 정수제는 인터넷으로 구매할 수 있으며, 미처 준비하지 못했다 하더라도 현지에서 쉽게 구입할 수 있다. 한국인 숙소에 묵는다면 트레킹을 다녀온 사람에게 혹시 줄 수 있냐고 정중하게 물어보자. 어차피 남는 데다 한국에서는 별 쓸모가 없기에 흔쾌히 줄 가능성이 크다.

고산병 예방 및 완화를 위해 다이아목스라는 약을 사용하는데 손발저림 같은 부작용이 있으니 사전에 용법에 대해 정확히 숙지하도록 하자. 현지에서도 구입가능하나 가짜도 있다는 후문. 일회용 밴드, 소염진통제, 지사제, 두통약, 연고, 소화제 등의 비상약품은 반드시 챙겨가야 한다. 한국에서 미리 챙겨가면 현지에서 영어로 설명해야 하는 번거로움을 줄일 수 있다. 두통, 설사, 변비, 저체온증 같은 병이 영어로 무엇인지 미리 외워 가거나 메모해 가면 비상시에 영어울렁증을 극복하고 유용하게 쓸 수 있다.

4. 방한용품

회사를 그만둔 나는 돈도 없고 그나마 있는 돈도 아끼기 위해 싸구려 제품들을 준비해갔다. 침낭, 점퍼, 등산복은 성능에는 크게 문제가 없었으나 문제는 부피와 무게. 높은 산에서는 1g이 1kg처럼 느껴진다. 추울 때는 껴입으면 그만이지만 춥지 않을 때는 이것들이 가장 거추장스러운 짐이 되고 만다. 2,3월에도 2,000m 이하의 높이에서는 여름이나 초가을처럼 덥다. 그러면 두꺼운 겨울용 옷들을 다 짊어져야 한다. 여유가 있다면 돈을 더 지불하더라도 가벼운 제품을 준비해 가자. 두꺼운 두세 벌 보다는 얇은 옷을 여러 개 껴입고 두꺼운 점퍼를 입는 것이 훨씬 더 따뜻하다. 나는 쫄바지 같이 생긴 폴리에스테르 계열의 속건성 소재의 옷(쿨맥스, 쿨론, 파워드라이 등)을 입고, 그 위에 기모 등산복(상하의 모두)을 입은 후 플리스(fleece) 소재의 재킷을 입고 그 위에 또 두툼한 오리털점퍼를 입었다. 다음번에도 이렇게 입을 생각이다. 고어텍스 같은 고기능 소재로 된 제품은 있으면 좋겠지만 필수품이 아니다. 나는 대형마트에서 산 저렴한 등산화를 신고 방풍재킷도 없이 트레킹했지만 전혀 문제가 없었다. 비싸게 산 고기능 제품을 착용했는데도 물 샌다고 하소연하는 사람을 여럿 보았다. 신던 등산화, 손에 익은 용품들이 가장 좋다. 간혹 비나 눈이 오니 우비는 본인 것과 배낭을 멜 포터 것까지 2개를 준비하고(배낭에 방수천이 없다면 커다란 비닐 봉지, 재활용품 버릴 때 쓰는 비닐을 미리 챙겨가자), 방한용 덧신을 추가로 준비하면 잘 때 무척 유용하다. 나처럼 건망증이 심한 사람은 장갑을 두 개 준비하면 좋다. 내 경우에 버프는 목을 따뜻하게 하는 데는 유용했지만 숨 쉬기가 힘들어 불편했다. 다음번에는 콧구멍이 뚫려 있고 귀와 볼과 목을 감싸주는 스포츠용 방한마스크를 챙겨갈 계획이다. 핫팩은 많으면 좋으나 그만큼 무겁고 쓰레기양도 많아진다. 괜한 욕심 부리지 말고 쓸 만큼만 가져가고, 꼭 쓰레기통에만 버리도록 하자. 돈을 지불했으니 쓰레기를 마음껏 배출해도 된다는 생각은 제발 하지 말자. 네팔인, 한국인 이전에 우리는 다 지구인이다.

5. 기타

트레킹하는 동안에는 세탁을 할 수 없다. 버프나 손수건 정도만 간단히 빨 수 있으니 내 주위의 쉰내가 내 옷에서 나는 게 아니라는 자기부정을 하자. 트레킹이 끝난 후 조금이나마 인간의 모습을 갖추고 싶다면 미리 마스크팩을 챙겨가도록 하자.

스마트폰을 가져가더라도 손목시계는 챙기자. 시간에 구애받는 것도 아닌데 시계가 없으니 무척 갑갑했다. 늘 시간을 확인하는 도시인의 습성을 바꾸기가 어렵다. 시간만 확인할 용도라면 잃어버릴 것을 감안해서 저렴한 것을 준비하고, 고도나 온도도 확인하고 싶으면 기능성 시계를 준비하는데 남에게 있어 보이는 사람으로 대접받기 위해서 고가의 시계를 차봤자 알아주는 이 하나 없다는 사실을 명심하자. 혹시나 돈 부족으로 저당 잡힐 용도라면 나쁘지 않을 듯. 비싸든 싸든 잃어버리지 않게 항시 착용할 것.

방귀 자라 똥 된다

013

3월 4일(화) ▶**08:40** 묵티나트 Muktinath (3,760m) 출발 ▶**11:00** 카그베니 Kagbeni (2,800m) 도착 / 11:30 출발 ▶**15:00** 좀솜 Jomsom (2,720m) 도착

일찍 깼다. 푹 자고 개운하게 일어나고 싶었는데 예상과 달리 너무 일찍 일어났다. 꼭 일요일 아침 같다. 마음과 달리 눈이 번쩍 떠지는. 컨디션이 좋아서 피곤함을 느낄 수 없다. 오늘도 상큼하게 세수를 해야겠다 싶어 공동화장실에 갔더니 물이 안 나온다. 이런! 세수나 양치는 어쩔 수 없이 포기했다. 게스트하우스 문은 활짝 열려 있지만 얼씬대는 사람은 아무도 없었다. 결국 방으로 돌아와서 짐을 쌌다. 오늘은 기필코 샤워를 하겠다는 다짐을 하며 물티슈 세수를 했다.

아침을 주문해놓고 림부와 사원에 갔다. 어제 묵티나트로 오며 지나쳤던 사원이 108개의 소머리 모양을 한 수도꼭지가 있는 유명한 묵티나트 사원이라고 했다. 인도에서도 찾아올 만큼 유명한 사원이라는 말에 호기심이 동했다. 여기까지 와서 들르지도 않고 가려니 아쉬워서 이른 아침부터 사원으로 향했다. 멀지 않은 거리인데 힘이

들었다. 남의 다리로 걷는 것처럼 제어가 안 되고, 금세 숨이 찼다. 어제처럼 다리가 달달달 떨리는 건 아니지만 다리에 힘이 들어가지 않는다. 림부의 잽싼 발걸음을 쫓느라 황새 따라가는 뱁새 꼴이 되었다. 자존심 때문에 천천히 가자는 말을 하기 싫었다. 부지런히 따라가는 수밖에 없다.

사원 앞 안내문에는 7시 30분에 개방한다고 적혀 있었다. 시간이 지났는데도 육중하고 컬러풀한 문은 굳게 닫혀 있다. 림부가 사원 앞의 종을 울리고 문을 흔드는 등 오두방정을 떨며 요란스럽게 관계자를 불렀으나 아무도 나오지 않았다. 나는 걷느라 지쳐서 숙소로 돌아가고 싶었지만 문을 열고자 하는 림부의 갖은 노력을 무시할 수 없었다. 정신이 반쯤 나간 병자처럼 멍하게 앉아 제3자처럼 관망했다. 용을 쓰던 림부가 억지로 문을 비틀자 거짓말처럼 스르르 문이 열리며 힌두세계가 펼쳐졌다. 불자인 나와 무교인 림부는 엄숙하게 사원 안으로 들어갔다.

가이드북에 따르면, 사원은 시바를 주신으로 모시고 있다고 했다. 힌두교도가 아닌 사람은 신을 모신 곳에는 들어갈 수 없다고 했다. 담벼락에 서서 음흉하게 안을 보았지만 내부가 어두워서 아무것도 보이지 않았다. 파괴의 신이자 변형과 재건까지 책임지는 다재다능(?)한 시바신은 난다라는 황소를 타고 다닌다. 사원 뒤에는 108개의 수도꼭지가 반원모양으로 죽 늘어서서 메인 사원을 호위하고 있었다. 수도꼭지는 소머리 모양으로 생겼으며 입 부분에서 물이 콸콸 쏟아졌다. 왼쪽 첫 번째 수도는 용머리처럼 생겼다. 이들 중 가장 서열이 높은 시바신의 자가용 같았다. 소머리에 두른 흰색 천이 바람에 나풀거렸다. 바닥에는 살얼음이 얼어서 무척 미끄러웠다. 108개의 물을 다 마시면 이 생의 죄가 모두 사해진다고 했다. 나는 석회질 물 섭취로 결석 생기는 것이 더 무서워 속죄할 기회를 잡지 않았다. 찬찬히 둘러보기만 하였다. 사원 앞에는 수영장처럼 생긴 인공 연못이 두 개 있었다. 연못 안에는 부식되어가는 동전이 여러 개 흩어져 있었다. 힌두교도들은 사원을 참배하고 나서 연못 안으로 들어가 걷는다고 림부가 말해주었다. 그러면 소원이 이루어진다나. 이 추운 겨울에도 소원을 이루고자 차디찬 연못에 들어가는 참배객들이 끊이지 않는다고 하니 존경스러웠다. 그네들이 비는 소원은 무엇일까. 림부 말로는 주로 돈과 건강이라고 했다. 어딜 가나 인간의 소망은 똑같은가 보다. 그리고 그 소망을 들어주느라 신들 역시 바쁘겠지.

같은 부지 안에 티벳 불교사원인 돌라 메바르가 있다. 시바 사원에서 멀지 않은 곳에 위치한 이곳에는 절대 꺼지지 않는다는 불꽃이 있다. 사원 안에서는 아주머니 한 분이 오체투지를 하고 있었다. 온몸을 던지는 티벳식 오체투지는 볼 때마다 감동스럽다. 그리고 왠지 모르게 야성적인 느낌이 들었다. 림부가 불상 아래의 철조망을 떼내자 파르스름한 빛이 보였다. (모리스 에르조그 역시 그의 책 《최초의 8000미터 안나푸르나》에서 묵티나트 사원의 수도꼭지와 불꽃을 언급했다) 모닥불처럼 커다란 불이 활활 타오르는 것을 상상했는데 불꽃은 손가락만큼 작고, 바람에 마구 흔들리고 있었다. 약했지만 옹골차 보였다. 림부는 불꽃 옆으로 물이 흐르는데도 절대 꺼지지 않는다고 설명해주었다. 진지하게 고개를 끄덕였지만 큰 인상은 받지 못했다. 오히려 힌두 사원 한켠에 불교 사원이 있고, 부처님이 모셔져 있다는 사실이 더 신기했다. 힌두교에서는 부처님조차 비슈누의 화신이라고 하니 그 어마어마한 잡식성 포용력이 놀라울 따름이다. 나는 부처님께 삼배를 올리고 사원을 나섰다. 배고프다. 이제 인간의 영역으로 돌아갈 시간이다. 밥 먹으러 가자.

거의 9시가 다되어 숙소를 나섰다. 속이 좋지 않았지만 일단 가기로 했다. 아무리 따져봐도 전날 먹은 야크 스테이크가 문제였다. 그동안 식비 아낀다고 채소 음식을 주로 먹다가 열흘 만에 갑자기 고기를 먹으니 장이 놀란 것이다. 어쩌면 고기 상태가 좋지 않았을 수도 있다. 소화기관이 스테이크를 거부하며 시위에 나섰다. 간밤에도 배가 꾸룩거렸으나 화장실에 가지 않았다. 오전에도 상태가 좋지 않았지만 마음 편히 변을 볼 상황이 아니어서 그냥 참았다. 다음 목적지까지 괜찮을 줄 알았다. 이 잘못된 결정이 엄청난 참사를 일으켰다.

고도가 낮아지자 지긋지긋한 눈도 사라졌다. 땅은 건조했다. 거칠고 어두운 풍경이 눈을 압도했다. 메마른 나무와 샤페이의 주름처럼 쭈글쭈글한 바위들과 푸석거리는 산들이 묘한 정취를 일으켰다. 무스탕 지역도 이와 비슷하다고 림부가 알려주었다. 그러나 이 멋진 풍경을 감상할 여유가 없었다. 뱃속에서 한바탕 전쟁이 일어나고 있었다. 식은땀이 흐르고, 변을 참느라 입술을 세게 깨물어야 했다. 금방이라도 나올 것 같아 온몸을 수축시키면 참을 수 있을 만큼 가라앉았다. 그러다가 다시 꾸루룩대며 터질 것 같이 요동쳤다. 이 패턴이 계속 반복되면서 나는 신경쇠약에 걸린 것처럼 예민해졌다. 킹카의 마지막 게스트하우스를 지날 때는 배가 잠잠했다. 화장실을 들를까 말까 고민했지만 지금까지의 패턴이라면 참을 수 있을 것 같았다. 나는 왜 그런 어리석은 판단을 했을까.

킹카를 지나고 얼마 되지 않아 다시 배가 요동치기 시작했다.

"림부… 카그베니까지 얼마나 걸어야 해?"

"두 시간은 걸릴 거야."

"…."

"찌아, 배고파서 그러는 거야?"

내 뱃속에서 무슨 일이 벌어지는지 모르는 림부는 그간 경이로운 눈으로 쳐다보곤 했던 나의 왕성한 식욕이 원인이라고 생각한 것이 틀림없었다.

"아니, 화장실에 가고 싶어."

"… 카그베니까지 게스트하우스나 화장실은 없는데 어쩌지?"

그저 허허벌판이라고 했다. 주위를 둘러보니 내 몸 하나 가려줄 바위나 나무도 없이 휑뎅그렁하다. 나는 충격을 받아서 그대로 주저앉을 뻔했다. 사면초가에 몰린 막장 드라마의 주인공이 된 기분이었다. 사색이 된 내 얼굴에서 심각함을 읽었나 보다.

"찌아, 20분만 더 가면 폐가가 있는데 여기 사람들이 화장실로 이용하기도 해."

림부가 말을 다 끝내기도 전에 나는 얼른 가자며 출발을 재촉했다. 시간을 쟀어야 했다. 20분이 그렇게 길 수가 없다. 이건 사기다.

한참을 갔지만 림부가 말한 집은 보이지 않았다. 오히려 서양인 트레커 한 무리가 보였다. 그들과의 거리가 점차 좁혀지고 있었다. 혹시나 더 이상 견딜 수 없어 길에 실례를 할 경우 국제적인 망신거리가 될까봐 겁이 났다. 더 이상 이성의 끈을 잡을 수 없다고 생각했을 때 림부의 손가락이 길 왼편을 가리켰다. 드디어 폐가가 보였다. 뛰면 그대로 쏟아질 것 같아 고양이처럼 살금살금 걸었다. 어기적대는 내 모습을 본 림부는 근처에 있는 벤치에서 나를 기다리겠다고 하고선 잽싸게 사라졌다. 눈치도 빠른 림부 아저씨. 길에는 아무도 없었다. 서양인 트레커들은 저만치 앞에서 걸어가고, 우리가 걸어온 길은 텅 비어 있었다.

그곳은 림부가 말한 대로 폐가라고 할 수 있는 곳이 아니었다. 벽만 달랑 남아 있었다. 벽은 높지도 않았다. 거기다 길쪽으로 향해 난

벽(예전에 입구가 있었을 것으로 추정되는)은 반이 없어서 거의 뚫려 있는 것과 마찬가지였다. 혹시라도 누군가 지나간다면 안이 훤하게 보일 터였다. 고민이 되었다. 외부에 노출될 위험을 무릅쓰고 여기서 볼일을 봐야 할 것인가, 아니면 좀 더 참아볼까. 하지만 나는 알고 있었다. 더 이상 참을 수 없다는 것을. 아픈 배를 쥐어잡고 마지막 정탐에 나섰다. 확실히 길에는 개미 한 마리 얼씬거리지 않았다. 빨리 싸버리는 것만이 답이다.

안쪽 벽 가장자리에 바짝 기대 쪼그리고 앉아 바지와 속옷을 벗자마자 천둥의 신 토르가 망치 내려치는 소리가 났다. 그 소리와 함께 모든 근심걱정이 사라졌다. 누가 볼까 재빨리 뒤처리를 하고 일어났다. 김이 모락모락 나는 변을 덮을 만한 건 아무것도 없었다. 내가 옷을 입고 멀찌감치 멀어지자 주위를 배회하던 파리들이 하나둘씩 잽싸게 몰려들었다. 꼬리가 잡히기 전에 현장을 벗어나야 했다. 울고 싶었다. 머나먼 타국에서 이게 뭐하는 짓인가.

현장을 벗어나고 20초도 안 돼서 사람을 한가득 태운 버스가 지나갔다. 조금만 타이밍이 늦었으면 버스 안의 모든 사람들이 희멀건 내 하반신을 봤을 테고, 동네에는 똥 싸는 동양인 여자에 대한 괴담이 퍼져 훗날 다른 트레커들이 용변을 볼 용기를 잃게 만들었을 것이다. 그러나 그 순간만큼은 너무너무 시원했다. 내 마음은 위대한 성인보다 평화로웠고, 명품백 수천 개를 가진 상속녀보다 든든했다. 림부는 별 말이 없었다. 길을 걷다가 화장실을 찾은 트레커가 내가 처음이 아니었나 보다. 우리는 그렇게 다시 길을 나섰다.

오전 내내 눈으로 보면서도 보이지 않았던 광활한 풍경을 이제야 즐길 수 있었다. 급한 문제를 해결했더니 다른 문제가 생겼다. 너무 피곤하다. 무릎과 발목이 시큰거리고 온몸이 무겁다. 머리도 띵하다. 평생 경험해보지 못한 피곤함이 몰려들어서 대자로 뻗고 싶었다. 게다가 길에는 돌멩이가 많아 걷기가 힘들었다. 몇 번이나 돌부리에 걸려 넘어질 뻔했다. 정신을 빠짝 차려야 하니 신경이 날카로워졌다. 몸도 마음도 점점 망가지고 있었다.

아침에 출발할 때만 해도 오늘 좀솜까지 갈까 마르파까지 갈까 결정하지 못했다. 그때만 해도 호기로웠지. 우리는 일단 좀솜에 도착해서 결정하기로 했다. 카그베니로 가면서 나는 조심스럽게 림부에게 말했다.

"림부… 나 도저히 마르파까지 못가겠어."

베테랑 림부는 더 이상 자세하게 말하지 않아도 내가 힘에 겨워한다는 것을 눈치채고 있었다. 왜 그러냐고 묻지도 않고 흔쾌히 그러자고 했다.

"오케이 찌아, 오늘은 좀솜까지 가자고."

구불구불 이어진 길을 한참 걸어 드디어 카그베니에 도착했다. 칼리 간다키가 시꺼먼 위용을 드러냈다. 마을 주위로 선명한 초록색을 띤 밭이 보였다. 봄의 손길이 카그베니를 감싸고 있었다. 몇날 며칠 추위와 눈에 익숙해져 있던 내게 식물의 푸른빛은 난생 처음 보는 색깔처럼 놀라웠다. 그간 녹색이 얼마나 아름다운 색인지 잊고 있었다. 오래 항해 끝에 육지를 발견한 선원처럼 들떴다. 이제부터 정말 겨울과 이별이다. 추위에 시달릴 일은 없다. 더 이상의 고생은 없으리라.

잠시 쉬기로 했다. 카그베니는 무척 조용했다. 림부가 안내한 신식 게스트하우스는 규모가 무진장 컸다. 그러나 주인장 가족을 제외하고는 아무도 없었다. 림부 말로는 이곳 베란다가 카그베니 최고의 포인트뷰란다. 밀크 커피를 시켰다. 설사를 방지하려면 우유같이 자극적인 음식을 먹으면 안 된다는 것을 알고 있지만 커피가 마시고 싶었다. 더 이상 길에서 똥싸는 게 부끄럽지 않다. 뭐든지 처음이 어려운 법이다. 또 싸면 되지, 별 수 있나 하는 일종의 체념으로 무장한 채 커피를 마셨다. 더 이상 걷고 싶지 않았다. 여기서 방을 빌려 눕고 싶었다. 마음은 굴뚝같으나 일정에 차질이 생기니 가야만 한다. 단호하게 일어섰다. 처지지 말자. 앓는 소리 말자.

마을은 무척 을씨년스러웠다. 텅 빈 골목을 세찬 바람이 점령했다. 활기가 빠져나간 마을은 유령 도시처럼 침묵 속에 가라앉아 삭고 있었다. 아름다움과 무서움의 공존이 기괴하다.

카그베니에서부터는 칼리 간다키(Kali Gandaki)라는 이름의 강이 새로운 동행이 된다. 강물이 검다고 '칼리' 라는 이름이 붙은 칼리 간다키는 몬순시즌에는 거대한 유량으로 흐르지만 그 외의 시기에는 물이 확 줄어든다. 내 눈 앞에 보이는 강물은 개울처럼 쫄쫄쫄 흘러갔다. 드러난 강바닥에는 물과 바람에 깎여 동글동글한 돌들이 쌓여 있었다. 림부는 여기에서 화석이 많이 발견된다고 했다. 본인도 몇 년 전에 화석을 찾아서 집에 갖다놨다고. 그러고 보니 포카라나 묵티나트의 기념품가게에서 쉽게 화석을 볼 수 있었다. 한 개 사고 싶었지만 가짜가 많다는 말에 포기했었다. 그렇다면 내가 직접 찾은 화석은 믿을 수 있겠지. 화석을 찾겠다는 일념으로 바닥을 샅샅이 살피며 걷다 보니 눈까지 피곤해졌다. 몸은 축축 처지고, 눈은 충혈되어서 새빨개졌다. 하지만 좀솜까지 가는 내내 열심히 돌을 훑어보았다. 작아도 좋으니 딱 한 개만 발견하고 싶었다. **화석을 갖겠다는 나의 집념은 비실거리는 몸 상태와 달리 불타고 있었다.**

바람이 많이 불었다. 카그베니에서 좀솜까지는 맞바람이 심한 데다 자갈길이어서 걷기 힘든 구간이다. 바람이 심할 때는 밀려서 앞으로 나가지 못할 때도 있다. 오늘은 그 정도로 바람이 세차지는 않았지만 돌풍이 불어오면 둘 다 잠시 멈춰 서서 등을 돌려야 했다. 에클로바티를 지나자 바람은 한층 잦아들었다. 설사 때문에 배가 고프지 않았다. 림부도 밥 생각이 없다고 했다. 그래서 쉬지 않고 길을 걸었다.

고달프다. 과연 좀솜까지 갈 수 있을까 하는 의구심이 들었다. 말도 못할 정도로 힘들었다. 묵티나트에서 하루 더 묵거나 카그베니에서 오늘 일정을 마무리했으면 덜 피곤했을 텐데. 후회가 되었다. 차메에서 일정을 늘려 푼힐과 오스트레일리안 캠프까지 들르려다 보니 돈이 간당간당하다. 그래봤자 하루경비 3만원. 그 3만원을 아끼기 위해 이러고 있나 싶어 한심스러웠다. 고산병에 걸릴까봐 엄청 조심했는데 막상 토롱 라를 무사히 넘고 하산길에서 몸이 아프니 미치고 환장할 지경이다. 예상도 못한 기습공격을 당했다.

강 가장자리에 있는 언덕에는 지층이 고스란히 드러나 있었다. 켜켜이 쌓인 지층은 무지개떡같이 연약해 보였다. 각 층은 색깔, 암석, 입자 크기가 같은 게 하나도 없었다. 손으로 만지면 쉽게 부서졌다. 몇 천 년 전의 지구를 만지는 기분이었다. 동글게 휘어지고 짜부라진 지층은 자기가 겪은 오랜 역사를 그대로 보여주었다. 지각변동의 증거 사이를 우리 둘은 말없이 걸어갔다. 내 트레킹의 흔적, 그러니까 내 발자국이 지표면에 남아 훗날 생성될 새로운 지층 안에 들어갈 수 있을까. 성지영 발자국 화석이라. 근사하다.

자갈길을 걷느라 발목이 아프다. 오른쪽 발은 전체적으로 아프기 시작했다. 입에서 단내가 날 정도로 힘들 때 림부가 좀솜이 보인다고 말해주었다. 드디어 목적지에 가까워졌다. 좀솜은 해발 2,720m다. 묵티나트에서 1,000m 가까이 내려왔지만 평지를 걸어온 기분이다. 그만큼 경사가 완만하다. 게다가 칼리 간다키를 끼고 같은 풍경이 계속되다 보니 변화를 감지할 수 없다.

땅을 접는 법이라는 뜻의 축지법과 반대되는 말은 무엇일까. 아무리 걸어도 좀솜은 좀처럼 가까워지지 않았다. 같은 거리가 무한히 반복되는 것 같았다. 귀신에게 홀려 한 곳을 뱅뱅 돌았다거나, 똑같은 하루가 계속 반복되었다는 이야기처럼 나 역시 뭔가에 씌인 것 같았다. 겨우 좀솜을 코앞에 두었다고 말할 수 있는 거리까지 왔지만 역시나 쉽게 가까워지지 않았다. 트레킹 사상 가장 입성이 어려운 마을이라고 마음대로 정했다.

멀리서 보이는 좀솜은 평판(지역의 중심지로, 병원과 공항이 있는 아주 큰 마을)과 달리 작고 볼품없었다. 그래서 숙소에 빨리 들어가서 쉴 수 있겠다는 생각에 회심의 미소를 지었다. 잘못된 생각이었다. 좀솜에 들어서서도 거의 20분 가까이 걸었다. 좀솜은 뱀처럼 길게 늘어선 형상이었다. 외국인 트레커들이 묵는 게스트하우스가 몰린 곳에 다다르자 체크포스트가 있었다. 림부가 서류를 보여주러 간 사이 주위를 둘러보았다. 포장된 도로와 반듯한 건물들이 인상적이었다. 그러나 거리에는 사람이 없었다. 문을 닫은 레스토랑과 베이커리는 지금이 비수기라는 것을 확실하게 알려주었다. 외국인은 나 혼자였다. 이 텅 빈 거리가 성수기에는 꽉꽉 들어차고, 밤이 되면 늦게까지 술을 마시고 떠드는 트레커들로 시끌벅적하다고 하니 상상이 안 간다. 성수기 때는 숙소 쟁탈전이 장난이 아니라고 했다. 방을 못 잡아 다른 마을까지 가는 건 다반사라고 했다. 비수기의 한적함이 좋다. 궁색하고 음산하다는 단점이 있지만 고요하다. 트레킹에 온전히 집중할 수 있어서 좋다.

체크포스트 근방에 있는 숙소로 들어갔다. 습기가 많아 축축하고, 벽의 페인트가 벗겨져 있어서 쾌적하지는 않았지만 불평하지 않았다. 대신 음식 값이 무척 쌌다. 여기서는 실컷 먹어도 되리라. 일단 힘을 내고자 토스트와 누들수프를 시켰다. 한 입 깨물자 바삭거리는 소리에 온몸이 녹아내릴 것 같다. 이 얼마만인가! 빌 브라이슨은《나를 부르는 숲 A walk in the woods》에서 며칠간 고생스럽고 배고픈 등산을 하고서 흰 빵을 보자 오르가슴을 느낄 뻔했다고 했는데 이해가 된다. 어디 오르가슴 뿐이랴. 빵 한 쪼가리로 살인나겠다 정말.

좀솜에 오면 에코 박물관에 가겠다고 노래를 불렀었다. 에코 박물관은 무스탕 지역의 자연환경, 민족, 생활상에 관한 다양한 물건과 동식물표본 그리고 사진 등을 전시해놓았다. 박물관에 갈 기회는 오늘 밖에 없다. 트랜실바니아 같이 우중충한 좀솜에서는 절대로 하루 더 있고 싶지 않았다. 그래서 지금 바로 가기로 했다.

박물관은 숙소 근방에 있었다. 이름과 달리 생각보다 초라했다. 관리가 되지 않아 전시물은 색이 바래고 좀이 슬었다. 그래도 둘 다 전문가처럼 진지하게 관람했다. 화석 앞에 섰을 때는 하나 훔치고 싶은 충동이 들었다. 오늘의 화석 탐사가 실패로 끝나 적잖이 실망했기 때문이다. 절벽 속 동굴에 살았다는 부족이 가장 흥미로웠다. 영어가 익숙지 않으니 설명은 대충 읽었다. 도록을 팔았으면 좀 비싸도 샀을 텐데 없었다.

림부와 내가 가장 흥미롭게 본 전시물은 동충하초였다. 전시실에는 동충하초 표본을 전시해놓고 있었는데 시꺼멓게 변색된 동충하초는 전혀 먹고 싶다는 생각이 들지 않았다.

그간 림부는 동충하초에 대한 이야기를 많이 했다. 림부의 정식

직업은 3개였다. 포터, 꿀 사업가 그리고 동충하초 채취꾼. 동충하초는 아무나 채취할 수 없다고 했다. 정부에서 발행하는 허가권을 사야 하고, 채취할 수 있는 기간도 정해져 있다고 했다. 그는 신나게 동충하초 이야기를 하다가도 마지막에는 자기는 운이 없다며 우울한 표정을 지었다. 한 번도 동충하초로 대박이 난 적이 없다고 했다. 어떤 사람은 하루에도 수십 개를 찾아서 대박을 터트렸는데 자기한테는 그런 행운이 오지 않았단다. 매번 허가권 값을 메꿀 만한 수입만 겨우 올렸다고 했다. 산을 헤매며 동충하초를 찾는 림부의 모습이 그려졌다. 술 담배도 안하고 평생 돈을 허투루 쓴 적이 없다며 당당하게 말하던 림부에게 언젠가는 하늘이 기회를 주실 것이다. 진인사대천명이라 했으니.

전시실을 다 돌았을 때 까칠해 보이는 여직원은 문 닫는다고 나가라고 했다. 그날의 마지막 손님인 우리는 쫓겨나다시피 박물관을 나왔다. 이제 오늘의 일정은 진짜 끝이다.

초겨울처럼 쌀쌀했다. 민트티를 마시며 몸을 녹인 후 샤워를 하러 방으로 들어갔다. 오늘은 샤워하는 날이다. 포카라에서 머물던 숙소의 화장실에는 커튼이나 블라인드가 없었다. 그래서 자주 가던 찻집에서 신문지를 하나 훔쳐서 샤워할 때마다 창을 가렸다. 그 신문지를 언제 또 쓸지 몰라 금지옥엽처럼 보관하고 있었다. 나는 조심스레 신문지를 꺼내 역시나 커튼이 없는 창을 막았다. 뜨거운 물이 철철 넘치는데 도대체 온도 조절을 할 수 없었다. 그렇다고 다시 옷을 입고 나가서 이거 어떻게 하냐고 물어볼 수도 없다. 수압도 약해서 샤워는 의도치 않게 오래 걸렸다. 씻는 데 걸린 시간보다 물 온도 조절하는 데 시간이 더 걸렸다.

네팔 사람들은 물 많이 쓰는 것을 질색하던데 이러다 자는 도중 칼에 찔리는 건 아닌지 걱정이 되었다. 베이스캠프 트레킹을 할 때도 간드룩의 게스트하우스에서는 5분 내로 샤워를 끝내라고 했다. '물 쓰듯 쓰다'는 말이 일상적으로 사용되는 대한민국에서 온 여성에게 5분 만에 샤워를 끝내라는 건 하늘이 무너져도 불가능한 일이다. 게다가 열흘 가까이 씻지 못했는데 말이다. 머리카락이 어마어마하게 빠졌다. 대머리 되는 줄 알았다. 배수구가 머리카락 때문에 막힐 정도였다. 우여곡절 끝에 겨우 샤워를 끝냈다. 개운함을 말로 설명할 수가 없다. 지독했던 머리 냄새와 드디어 이별. 내 생에 열흘간 샤워를 못할 기회가 다시 올까. 이미 겪었으니 견딜 만할 것 같지만 막상 닥치면 또 엄살부리며 징징대겠지. 여기서 뽀송한 새 옷을 입으면 더 바랄 게 없겠지만 그건 희망사항일 뿐이다. 포카라까지 참기로 한다. 어차피 며칠 남지 않았다.

"찌아, 내가 여러 번 문을 두들겼는데 답이 없더라고."

림부는 저녁을 시키라고 방문을 두들겼는데 하도 안 나와서 무슨 일이 생긴 줄 알았단다. 그러고 보니 30분이 넘게 샤워를 했다. 오해 살 만하다. 보일러와 물을 펑펑 쓰는 나 때문에 주인장도 화가 나지 않았을까 하는 생각에 둘러보니 다행히 보이지 않았다. 눈 안 마주치게 피해 다녀야지.

샤워하러 들어가기 전까지만 해도 조용했던 숙소가 갑자기 시끄러워졌다. 굵직한 목소리가 나는 곳을 보니 10~20대 초반으로 보이는 젊은 네팔리 남자 10여 명이 보였다. 그들은 내가 등장하자 짜기라도 한 듯 일제히 나를 쳐다보았다. 잠깐 잊고 있었던, 내가 외국인이라는 사실이 떠올랐다. 진짜 외국인 대접을 받는 것 같아 기분이 묘했다. 한국에서 받지 못한 외간 남자의 호기심 어린 시선을 여기서 실컷 받는다. 부질없긴 하다만은.

저녁으로 라자냐와 레몬티를 시켰다. 늘 그렇듯 음식이 나오기까지 한참이 걸렸고, 나는 일기를 썼다. 네팔리 청년 한 명이 눈에 띄게 내 주위를 왔다갔다하더니 불쑥 내 앞으로 와서는 나와 이야기하고 싶다고 했다. 거절할 명분이 없어서 그러자고 했다.

친구 사이인 그네들은 전국 여행을 다니고 있다고 했다. 옷차림과 말씨가 단정해서 있는 집 자식들 같았다. 어디서 영어를 배웠는지 유창했다. 게다가 한류 팬이었다. 나보다 더 많은 한국영화를 보았다. 그는 어떤 영화의 한 장면을 언급했다.

"선생님과 학생이 말다툼을 하는데 선생님이 대드는 그 학생을 때리더군요. 그랬더니 학생이 고개를 푹 숙여 인사하고는 감사하다고 말하고는 자기 자리로 가서 앉는 거예요. 이 장면이 너무 인상적이었습니다."

"???"

할 말이 없었다. 이 친구 참 하드코어적인 취향을 가졌구나 싶었지만 뭐라 말하리. 그는 윗사람에 대한 깍듯한 예의가 충격적이었다고 했다. 네팔인은 그렇지 않다며, 네팔인은 한국인의 그런 점을 본받아야 한다고 했다. 말쑥한 얼굴과 달리 무서운 친구일세.

그는 한국에 가고 싶다고 했다. 한국에 대해 줄줄 늘어놓는 그를 보고 있자니 내가 한국인인지 그가 한국인인지 헷갈릴 정도였다. 같은 '대한민국'에 대해 이야기하는 게 맞나 싶을 정도로 두 사람의 관점은 너무나 달랐다. 우리가 네팔에 대해서 이야기했다면 역시나 서로의 관점에 대해서 놀랐을 게다.

혹시나 내가 지루해하거나, 싫은데 억지로 듣고 있는 게 아닌가 해서 자기와 대화하는 게 괜찮냐고 자주 물어보았다. 행동거지와 말투는 신사 그 자체였다. 그때마다 웃으며 괜찮다고 했지만(동방예의

지국에서 왔으니까) 슬슬 귀찮아지기 시작했다. 영어도 잘 못하는데 말이다. 마침 내 식사가 나왔고, 그 친구가 잠시 자리를 뜬 사이 림부가 내 맞은편에 앉아 방패가 되어주었다. 차라리 림부가 편하다. 그래서 림부와 실컷 떠들었다. 그 녀석은 호시탐탐 대화 기회를 노리다가 결국 포기했다. 이놈의 인기란!

라자냐는 한번도 먹어본 적이 없었다. 스파게티와 비슷한 모양이라 의구심이 들었지만 맛은 좋았다. 설사로 몸속 유해균이 다 빠져나갔는지 배도 더 이상 아프지 않다. 야크 스테이크로 고생한 건 나뿐만이 아니었다. 림부도 배탈이 나서 약국에 가서 약을 처방받았다고 했다. 약사는 고기 먹지 말고 음주 흡연을 하지 말라고 했단다. 야크의 역습에(림부 말로는 야크 스테이크가 아니라 버팔로 스테이크일 가능성이 확실하다고 했지만) 둘 다 호되게 당했다. 남은 트레킹 기간 동안 내 기필코 채식만 하리라.

날은 쌀쌀하고 방은 눅눅하고 머리는 축축하다. 하지만 샤워하길 잘했다. 양치도 하고 얼굴에는 보습크림도 듬뿍 달랐다. 토롱 라를 같이 넘었던 외국인들에 비하면 얼굴이 많이 타지 않았다. 한국에 갈 때쯤이면 완벽하게 원래 얼굴로 돌아올 것이다. 숙소로 들어올 때만 해도 너무 피곤해서 쓰러질 것 같더니 저녁이 되니 많이 괜찮아졌다. 발이 여전히 아프다는 사실이 마음에 걸리지만 이만하면 무탈한, 멋진 하루다.

자고 일어나면 모든 것이 완벽해져 있기를 기도했다. 트레킹의 여정이 이미 반을 넘어섰다.

GUIDE 13

동 충 하 초

동충하초 네 글자가 온갖 뉴스와 TV 등의 건강 프로그램에 등장하고, 사람들 입에 오르내리던 때가 있었다. 진귀해서 값 비싸고, 다른 약재보다 복용 효과가 광범위하지만 특히 정력에 좋다는 소문에 힘입어 동충하초에 대한 관심이 드높았던 시절은 이제 지나갔다. 하지만 그 이름 넉자와 독특한 생김새만큼은 대중의 인식에 단단히 각인되었다.

동충하초라는 이름을 네팔에서 듣게 될 줄은 꿈에도 몰랐다. 림부는 야사군부(Yartsa Gunbu)라고 했다가 내가 못 알아듣자 한국어로 '동충하초'라고 정확하게 발음해주었다.

동충하초(冬蟲夏草). 먼저 글자 뜻부터 풀어보자. 겨울에는 벌레, 여름에는 풀이라는 도저히 짐작도 할 수 없는 뜻이다. 허나 동충하초의 뜻을 이만큼 정확하게 말하기도 어렵다. 버섯 균이 곤충이나 유충을 숙주로 삼아 자란 뒤 땅 위로 피어난 것이 동충하초이기 때문이다. 동충하초가 버섯이냐 벌레냐 고민할 필요가 없다. 버섯이다.

많은 사람들이 동충하초 하면 하나의 종만 있다고 생각한다. 전 세계적으로 유명하고, 특히 중국에서 인기가 높아 가격이 비싸고, 의학적 효능이 검증된 동충하초는 코디셉스 시넨시스(Cordyceps sinensis, 영문 위키피디아에서는 2007년 연구결과에 따라 Ophiocordyceps sinensis 라고 표기) 종이다. 중국 동충하초 또는 박쥐나방 동충하초라고 불리기도 한다.

2012년에 방영한 KBS 〈세상의 모든 다큐〉 '히말라야의 황금, 동충하초'는 원래 프랑스에서 2011년에 제작한 다큐멘터리인데, 네팔의 동충하초 채취를 다루고 있다. 이들이 캐는 동충하초가 바로 코디셉스 시넨시스다. 흙을 털어내면 숙주가 된 샛노란 벌레와 벌레 머리에서 삐죽 솟아난 검붉은 버섯이 모습을 드러낸다. 다큐를 보는 내내 온 가족을 이끌고 해발 4,000m의 고산지대를 기어가며 동충하초를 채취하는 가난한 네팔 사람들과 그들이 캔 동충하초를 구매하는(면역 강화나 정력제로 이용하기 위해) 부유한 중국인들의 대비가 아이러니하게 다가온다. 2005년 1kg당 10,000~60,000위안이었던 가격은 2013년 124,000~500,000위안으로 뛰었다. 10년 전만 하더라도 한 사람이 하루에 100여 개를 캘 수 있었는데 이게 돈벌이가 된다는 소문이 퍼지면서 사람들이 몰리자 하루에 10여 개 캐기도 어렵다고 한다. 돈이 모이면 온갖 날파리가 꼬이기 마련이다. 채취꾼들이 모이는 곳에서는 절도, 사기 등의 범죄가 성행하고 다큐멘터리 주인공도 온 가족이 모은 동충하초를 노름으로 잃었다.

동충하초는 세계적으로 약 400여 종이 알려져 있다. 버섯 균의 종류만큼이나 기생하는 곤충도 다양하다. 나비목, 벌목, 매미목, 딱정벌레목, 메뚜기목, 거미목 등에서도 동충하초는 자란다. 최근에는 현미를 이용해 동충하초를 재배하기도 한다. 멀리 중국까지 갈 필요 없이 우리나라의 야산에서도 동충하초를 발견할 수 있으나 환경여건상 보기가 어려울 뿐이다.

한국에서 양식, 재배, 유통되는 대표적인 동충하초는 누에를 숙주로 삼는 눈꽃(누에) 동충하초(Paecilomyces japonica/ Paecilomyces tenuipes/ Isaria japonica)다. 학명에서 보듯이 코디셉스 속이 아니다. 눈꽃 동충하초는 1997년 농촌진흥청이 개발한 품종이다. 나비목 번데기에 기생하는 밀리타리스 동충하초(Cordyceps militaris) 역시 시중에서 쉽게 구할 수 있는데 면역기능을 강화하고 기억력을 증강하는 코디세핀(Cordycepin)이 많이 함유되어 있다고 알려져 있다. 눈꽃 동충하초나 밀리타리스 동충하초는 바짝 마른, 색깔 있는 팽이버섯처럼 생겨서 색도 생김새도 어딘가 벌레 같은 코디셉스 시넨시스와 달리 거부반응을 일으키지 않는다.

2017년 2월 현재 식품공전(식품의약품안전처 규정)에 식품원료로 인정된 동충하초는 눈꽃 동충하초와 밀리타리스 동충하초 두 종류뿐이다.

건강기능식품은 기능성원료를 사용하여 제조가공한 제품으로, 누구나 사용할 수 있는 고시된 원료와 심사를 거쳐 인정받은 영업자만이 사용할 수 있는 개별인정원료로 나눌 수 있다. 개별인정원료는 2017년 2월 현재 268개가 있는데 동충하초와 관련된 것은 동충하초발효추출물과 동충하초주정추출물 2개가 있다.

드문드문 걸어도 황소걸음

014

3월 5일(수) ▶ **07:40** 좀솜 Jomsom (2,720m) 출발 ▶ **09:00** 마르파 Marpha (2,670m) 도착 / 10:00 출발 ▶ **11:10** 툭체 Tukuche (2,590m) 도착 & 점심 ▶ **14:00** 코케단티 Kokhethanti (2,545m) 도착 ▶ **15:00** 레테 Lete (2,480m) 도착

안개가 낄 것 같은 습한 방에서 잘 수 있을까, 박쥐나 바퀴벌레 같이 동굴에 사는 생명체가 꿈에 나올까 걱정했는데 기우였다. 정말 잘 잤다. 어제의 피곤함이 싹 가셨다. 설사기운도 완전히 없어졌다. 컨디션 회복! 다시 힘차게 걸을 수 있다. 건강한 나로 돌아가 트레킹을 즐길 수 있다. 다행이다.

언제나 부지런한 림부는 일찌감치 차를 마시며 나를 기다리고 있었다. 오늘은 날씨가 포근하다. 게스트하우스를 점거했던 네팔 청년들은 숙소를 떠났다. 조용하고 상쾌한 아침이다.

네팔에 와서 처음으로 브렉퍼스트 세트(breakfast set)를 주문했다. 느글거리고 포만감도 없다. 어릴 때부터 나는 밥, 국, 고기를 좋아했다. 20살이 넘어서 술이 추가된 것 말고는 좋아하는 음식 목록은 거의 변하지 않았다. 특히 탕이나 국, 전골 같은 국물요리는 사족을 못 쓸 정도로 좋아한다. 뼈 해장국을 몹시 그리워하고 있는 내가

빵과 계란프라이를 먹고 있으니 당연히 성에 안 차지.

연애를 시작한 지 얼마 안 된 어느 날, 나는 남자친구와 동대문 뒷골목을 걷고 있었다. 마침 점심 무렵이었다. 배고프다고, 무엇보다 뼈 해장국이 먹고 싶다는 내 말에 남자친구는 돼지라도 잡을 기세로 식당을 찾아 나섰다. 우리 둘은 허름하고 작은 식당에 들어갔다. 연애를 갓 시작한 연인은 음식이 나오기 전까지 내내 손을 잡고서 서로에게서 눈을 떼지 못한 채 연신 하트 레이저를 발사하고 있었다.

뼈 해장국이 나오자 나는 평소대로 뼈를 잘게 분해해서 쪽쪽 빨아 먹었는데 남자친구는 그런 내 모습을 사랑스럽고도 놀랍게 쳐다보았다. 얌전빼지 않고 밥알 하나, 국물 한 모금까지 다 먹고 식당을 나오자 그이는 내 손을 꼭 잡았다.

"지영 씨처럼 해장국 잘 먹는 여자는 처음 봤어요."

그는 뼈 해장국을 좋아하는 여자와 사랑에 빠졌다는 사실을 드디어 알게 된 것이다. 한국에 돌아가면 남자친구와 뼈 해장국을 먹으리라. 국물을 튀기며 게걸스럽게 먹어대도 나를 예뻐해줄 남자가 지구 저편에서 나를 기다리고 있다.

닐기리의 배웅을 받으며 좀솜을 떠났다. 상단은 하얀색, 하단은 초록색인 닐기리는 선데이아이스크림처럼 발랄했다. 닐기리 정상에서 가늘고 연약한 구름들이 가래떡처럼 술술 뽑혀 나오고 있었다. 오후가 되면 저 구름들이 한층 두터워질 것이다.

오른쪽 발과 양쪽 발목이 계속 시큰거렸다. 물집이 생긴 것도 아닌데 발가락이 아프다. 절뚝거릴 정도는 아니라 묵묵히 길을 걷는다. 돌길이라 금세 지치기 시작했다. 가끔씩 부아가 났다. 이 많은 돌들에게 쓸데없이 화풀이해서 어쩌겠는가. 그냥 걸어야지.

묵티나트까지는 한겨울이었는데 좀솜을 지나니 완연한 봄이다. 토롱 라의 햇빛은 위협적으로 사람에게 달려들었는데 고도 3,000m 이하인 이곳의 햇살은 가디건처럼 포근하게 대지를 어루만진다. 싸구려 점퍼는 너무 덥고 너무 무거워서 확 갖다 버리고 싶다. 하지만 언제 또 추워질지 모르니 성질났다고 버릴 수가 없다. 특히, 푼힐의 새벽바람을 견디기 위해서는 두툼한 점퍼가 필요하다. 다음에는 꼭 얇고 가벼운 기능성 소재의 점퍼를 갖고 오리라!

나디에서 마지막으로 보았던 연하고 무른 초록 새싹들이 땅을 덮고 있었다. 병풍처럼 늘어선 산도 투피스를 걸쳤다. 산중턱까지는 나무들이 빽빽이 들어서 있고, 중턱을 벗어나면 눈이 쌓여 있었다. 한여름의 산은 또 어떤 모습일까. 벌써부터 또 다시 네팔에 오고 싶다는 생각이 들었다. 이것이 바로 그 유명한 네팔병인가 보다.

마르파까지 금방 갈 줄 알았다. 몸이 피곤하니 한 시간 반 거리도 길게 느껴진다. 마르파는 많은 사람들이 예쁘다고 칭찬하는 마을. 소문은 사실이었다. 아기자기하고 관리가 잘된 마을은 중세도시처럼 정갈하고 여문 사과처럼 빈틈이 없었다. 세월을 거치며 자연스레 마모된 보도블럭은 정감 있었고, 벽돌을 층층이 쌓아올린 건물들은 친근하고 깨끗했다. 펌프로 끌어올리는 공동 수돗가에서는 아낙이 빨래와 설거지를 하고 있었다. 사람들이 없는 거리에는 아침 산책을 나온 염소와 소가 느릿느릿 똥을 뿌리는 동시에 먹이를 먹고 있었다. 가장 인상적인 것은 건물의 강렬한 색깔이었다. 벽은 초현실적일 만큼 새하얀 색이었고, 문과 창틀은 고동색을 띠고 있었다. 마르파 주민들은 미니멀리즘을 사랑하는 것 같았다.

사과가 유명한 마르파에서 애플파이에 애플브랜디를 먹고 싶었지만 오전 9시에 문을 연 레스토랑은 거의 없었다. 대신 마을에 있는 곰파에 올라갔다. 빨간색 가사를 입은 스님들이 열심히 독경을 하고 있어 법당에는 들어가지 않았다. 곰파에서는 마을이 다 내려다보였다. 사진을 여러 장 찍었다. 마르파의 상징인 사과나무가 마을을 감싸고 있었다. 헐벗은 사과나무들은 안쓰러워 보였다. 언젠가 단단하고 달콤한 사과가 주렁주렁 매달린 나무를 보러 마르파에 다시 오고 싶다. 마을을 내려다보며 땀을 식히고 소탈한 아름다움에 취했다.

림부 말로는, 마르파가 규모도 크고 우기에 벌레도 많지 않아 타지에서 온 사람들이 많이 머무른다고 했다. 외국인들도 장기로 머물곤 한다는데 나도 그러고 싶다. 애플파이를 먹으며 사과나무꽃 향기를 맡으며 느긋하게 산을 볼 수 있다면 얼마나 좋을까. 낭만의 극치다. 실제로는 어떨지 모르겠지만 상상으로는 이곳이 무릉도원이다.

"다울라기리 트레킹이 여기에서 시작돼."

림부는 다울라기리로 향하는 길을 알려주는 표지판 앞에서 말했다. 표지판을 보니 가슴이 설레었다.

"림부, 나 같은 일반인도 갈 수 있을까?"

"그럼. 대신 게스트하우스가 없으니 캠핑장비를 갖추고 가야 해."

그러면 포터가 몇 명이나 필요한 걸까. W.E. 보우먼의《럼두들 등반기 The ascente of Rum Doodle》가 생각났다. 장비를 옮기는데 포터 다섯 명이 필요하고, 그 다섯 명이 먹을 식량을 나르는 데 두 명의 포터가 필요하고, 그 두 명을 먹을 식량을 나르는 데 한 명의 포터가 필요하고, 그 한 명이 먹을 식량을 나르는 데 소년 하나가 필요하다는 소설 속 우스개가 떠올랐다. 나 역시 그럴지 모르겠다. 다울라기리! 정녕 나는 그 발치에도 갈 수 없는 것이냐.

8,167m의 다울라기리는 세계에서 7번째로 높은 산이다. 이국적인

이름에서 풍기는 낭만과는 달리 다울라기리는 등정이 어려운 산으로 정평이 나 있다. 8,000m 급 14봉 중 13번째로 등정되었고, 초등 후 10년이 지나서야 2번째 등정에 성공했다.

다울라기리가 최초로 세상에 알려진 것은 1950년이다. 인류 최초로 8,000m 산에 오르고자 했던 프랑스 원정대는 애초 다울라기리를 목표로 했지만 정찰 결과 등정이 어렵다는 사실을 알고 안나푸르나로 목표를 변경했다. 1960년 스위스 원정대가 초등하기 전까지 10여 년간 프랑스, 스위스, 아르헨티나, 독일, 오스트리아 등 5개국이 8번이나 도전에 나섰지만 번번이 무릎을 꿇어야 했다. 3차 등정에 나선 스위스팀은 최초로 비행기를 사용해 물자를 운반했다. 예티호라 명명된 비행기는 5,800m 높이의 빙하에 착륙하여 세계 신기록을 세웠다. 예티호의 엔진이 고장나서 물자수송이 어려워졌지만, 이 사실을 모르고 있던 대원들은 비행기를 기다리다 결국 등반을 시작했다. 그들은 6,600m 지점에 1캠프를 세우고 차례차례 7,800m까지 캠프를 세웠다. 마침내 5월 13일, 2명의 셰르파를 포함한 6명이 산소통을 사용하지 않고 네 시간 동안 올라 정상에 도착했다. 열흘 뒤에는 다른 2명의 대원이 정상에 올라 총 8명이 정상을 밟았다. 우리나라는 1988년 부산합동원정대의 최태식이 최초 등정에 성공했다.

다울라기리에 가려면 나에겐 필히 수십 명의 포터와 예티호가 필요하다.

휴식 및 점심은 다음 마을인 툭체에서 해결하기로 했다. 마르파를 벗어나기 전에 마을 끝에 있는 상점에서 말린 사과를 샀다. 가격이 비쌌다. 흥정을 시도했지만 주인은 내 말에 콧방귀만 뀌었다. 귀찮다는 듯이 내 말에 단답형으로 대답하는 그는 100봉지를 사도 절대 깎아주지 않을 것 같았다. 마르파의 말린 사과는 꼭 사고 싶었기에 하는 수 없이 두 봉지를 샀다. 고객인 내가 을이었다.

다시 돌길의 시련이 시작되었다. 크기가 각양각색인 돌은 예측 불가. 잘못 밟았다가는 발목을 삐거나 넘어질 수 있어서 조심해서 걸었다. 발목이 아프다. 어떻게 하산길이 더 힘든 걸까.

대부분의 트레커들이 좀솜이나 마르파에서 버스를 타고 포카라로 가거나 타토파니까지 간다고 했다. 여행사에서도 내게 버스 타기를 권했다. 좀솜부터는 지프와 버스가 길을 점령해서 걷기 힘들 거라고 했는데, 버스와 지프가 운행을 자주 하지 않아 걷는데 방해되지 않았다. 문제는 오히려 돌이었다. 10년 정도 걸으면 돌길에 익숙해질까.

청명했던 하늘에 구름이 많아졌다. 산이 만들어낸 구름이 기하급수적으로 늘어나며 놀라운 속도로 하늘을 덮기 시작했다.

11시에 툭체에 도착했다. 마르파에서 못 먹은 애플파이와 애플브랜디를 주문했다. 평소 맥주를 즐겨 마시는 내게 브랜디는 엄청난 도수의 술이다. 다행히 컵 단위로 주문가능하다고 해서 한 컵 주문했다. 에스프레소 잔보다 더 작은 잔이 나왔다. 한 모금 마셨다. 사과향이 코를 찌른 후 식도를 뱅글뱅글 타고 내려가서 위를 적셨다. 환상적이었다. 그러나 도수가 높아 그 다음부터는 마시기 힘들었다. 마르파에서 사온 말린 사과와 애플파이를 안주삼아 홀짝거렸다. 낮술은 언제나 옳다. 점심으로는 볶음면을 시켰는데 양이 적어서 입맛을 쩍쩍 다셨다. 볶음면, 애플파이, 말린 사과, 애플브랜디까지 싹싹 먹어치운 나는 한마디했다.

"여전히 배고파~."

림부는 잇몸을 드러내며 웃었다. 이 여자는 도대체 뭐하는 여자인가 하는 생각을 할 것 같다. 비록 말은 안 하지만 말이다. 여전히 속이 안 좋은지 림부는 좀솜에서 산 요거트에 밥을 비벼 먹었다. 맛있다고 하는데 믿음이 안 간다. 이제 배탈도 거의 사라졌다고 했다. 둘 다 건강을 회복해서 정말 다행이다.

툭체를 지나고 꼬방을 거쳐 라르중에 도착했다. 어느 게스트하우스 앞을 지나는데 누군가 뛰쳐나왔다. 익숙한 얼굴이었다. 트레이시! 그녀는 어제 마르파에서 잤다고 했다. 얼굴이 빨갛게 익은 트레이시는 어떻게 나는 멀쩡하냐며 눈을 흘기며 웃었다.

강철 체력에 털털한 성격이 매력적인 그녀는 집이 홍콩 근처라고 했다. 차로 15분이면 홍콩에 도착한다고. 자주 등산을 한다고 했는데 그래서인지 70리터에 가까운 배낭을 메고 혼자 일주를 하고 있었다. 그녀를 보면 나의 저질 체력이 부끄럽기만 했다. 심지어 림부도 그녀가 대단한 여자라고 칭찬을 했다. 쳇. 언제는 나한테 strong girl이라더니 토롱 라를 넘고 나서부터는 그 말이 쏙 들어갔다. 트레이시는 키도 나만하고 근육질 몸도 아닌데 어디서 그런 힘이 솟는지 모르겠다. 포카라에서 같은 버스를 타고 베시사하르에 도착해서 오며 가며 얼굴을 익히다 보니 트레킹 버디처럼 느껴진다. 그녀 역시 나를 편하게 생각했다. 트레킹을 하면서 만난 트레커 중 아시아계 여자는 우리 둘뿐이었기에 자연스럽게 친해졌다.

"나, 어제 트럭 얻어 탔어!"

트레시이는 깔깔대며 말했다. 길을 잘못 들어 칼리 간다키를 건너야 했는데, 몸도 지치고 무서워서 도저히 강을 건널 수 없었다고. 발을 동동 구르며 실의에 빠져 있는 그녀 앞에 구세주처럼 트럭이 나타났단다. 그녀는 트럭을 히치하이킹해서 무사히 강을 건넜다며 호탕하게 웃었다. 어제 무척 힘들었다고 했다. 나만 힘든 게 아니었다.

라르중을 지날 무렵에는 이미 검은 구름이 무겁게 내려앉았다. 진 눈깨비가 날리기 시작했다. 오늘의 목표인 레테에 도착하기 위해서는 부지런히 걷는 수밖에 없었다.

오후 2시에 코케단티에 도착했다. 코케단티는 아주 작은 마을이다. 50m의 포장도로를 사이에 두고 20여 채의 건물이 마주보고 있었는데, 좀솜까지 길이 뚫려서 이제는 이곳을 지나는 사람이 거의 없다고 한다. 마르파처럼 잘 정돈된 보도블럭이 예전의 영화를 말해주었다. 길을 안내하는 표지판은 바닥에 떨어진 채 먼지를 뒤집어쓴 지 오래였다.

자동차길이 뚫리면서 트레커들도 이제는 지프나 버스가 달리는 길을 걷는다. 지도에는 기존의 트레킹 루트가 표시되어 있지만 이용하는 사람들이 급감하면서 서서히 무너지고 있었다. 그와 함께 옛 트레킹 루트에 있는 마을들도 활기를 잃어가고 있었다. 돈벌이가 안 되니 마을사람들도 경기가 좋은 다른 곳으로 옮겨가고 있다고 했다.

코케단티부터 옛 트레킹 루트로 걸었다. 먼지 풀풀 날리는 자동차도로 대신 나무가 있고 언덕이 있고 사람이 사는 집이 있는 생명친화적(사람과 짐승이 주로 이용하는) 길이라 걷기 좋았다. 군데군데 보도블럭도 깔려 있었다. 늪지처럼 질척이는 곳을 지날 때면 조심해야 했다. 트레킹은 때로는 산책이 되었고 때로는 모험이 되었다. 즐거웠다. 발목의 부담도 훨씬 덜했다. 트레이시를 만난 것을 제외하고는 오늘 단 한 명의 트레커도 만나지 못했다. **내 목표는 포카라까지 두 다리로 걷는 것.** 지프나 비행기를 이용했으면 몰랐을 트레킹의 본 모습을 대면하고 있다. 심장과 다리는 튼튼해지고, 머리는 맑아졌다. 내 몸이 진화의 목적에 가장 부합한 상태가 바로 지금이 아닐까 하는 생각이 들었다. 두 다리는 장애물을 피하며 민첩하게 걷고, 폐는 산소를 쥐어짜고, 손으로 음식물을 입에 털어 넣는다. 먹을거리는 내게 힘을 주었다. 생명 유지를 위해 살아가던 인류의 조상과 조금이나마 가까워지고 있다.

코케단티에서 한 시간을 걸어 드디어 레테에 도착했다. 날씨는 더욱 흐려져서 3시밖에 되지 않았는데도 초저녁처럼 어두웠다. 마을에 들어서자마자 사람들의 고함소리가 들려 깜짝 놀랐다. 알고 보니 동네 한가운데에 위치한 직업학교에서 학생들이 축구경기를 하고 있었다. 여학생들의 달뜬 응원소리가 멀리 산까지 울려퍼지고 있었다.

림부가 안내한 숙소로 들어갔다. 숙소는 마음에 들었다. 나와 같이 들어와 숙소를 휙 둘러본 트레이시는 맞은편에 있는 크고 화려한 게스트하우스로 갔다. 나는 트레이시의 이런 쿨함이 좋다. 자기가 원하는 것이 무엇인지 정확하게 알고, 망설임 없이 그것을 쟁취하면서도 남에게 피해를 주지 않는 그녀가 좋다. 자기 취향도 모르고, 싫어도 표현하지 못하고, 무리 속에 머물러야 편안함을 느끼는 사람들을 보다 보면 트레이시 같은 사람이 좋아진다.

2층의 첫 방에 짐을 풀었다. 다울라기리는 구름 때문에 보이지 않는다. 비가 내리기 시작했다.

좀솜에서 싸게 먹고 지냈는데 레테는 오히려 더 비싸다. 도시와 가까워질수록 싸야 하는데 거꾸로 돌아간다. 좀솜의 게스트하우스가 터무니없이 쌌다는 결론을 내렸다.

메뉴판을 살펴보니 무스탕커피가 있었다. 마낭에서 시도했다가 금세 꼬리를 내렸던 무스탕커피. 여기를 벗어나면 더 이상 먹을 기회가 없을 것 같아 무스탕커피를 시켰다. 락시에 버터, 커피를 넣어 만든 술인 무스탕커피는 예상보다 더 독했다. 한 모금 마시고 나자 다시는 먹고 싶지 않았다. 고역이었다. 무엇보다도 도수가 너무 높았다. 그러나 나를 빤히 쳐다보는 림부와 숙소 사람들 때문에 버릴 수도 없고 결국 아주 조금씩 조심스럽게 마셨다. 나를 둘러싼 사람들의 눈에는 내가 무스탕커피를 음미하고 즐기는 것처럼 보였나 보다. 다들 아주 흐뭇한 표정으로 나를 바라보는데, 사기를 치는 것 같아 부담스러웠다. 잔이라도 작았으면 좋았을 텐데. 다 마시고 나니 사약 한 사발을 들이킨 기분이다. 무스탕커피는 이제 두 번 다시 마시지 않으리. 어떤 체험은 딱 한번으로 족하다. 얼른 포카라에 가서 맥주나 실컷 마시고 싶다.

저녁으로 모모를 시켰는데 먹고 나도 배가 고팠다. 그 많던 모모는 누가 다 먹었을까. 고심 끝에 밀크티를 주전자 채로 시켜서 과자와 먹었다. 마낭에서 산 과자는 토롱 라를 넘고 나자 먹고 싶은 생각이 사라져서 가방속에 처박아 놓았었다. 그러나 오늘같이 배고픈 날에는 훌륭한 먹을거리가 되었다. 곧 물배와 과자배로 배가 빵빵해졌다. 배고픔이 사라졌다. 가격대비 훌륭한 선택이었다.

네팔의 물가는 한국보다 훨씬 싸지만 포카라나 카트만두에 비하여 터무니없이 비싼 가격이 매겨진 메뉴판을 보니 주문할 생각이 싹 사라졌다. 사람 심리가 그렇다. 아니, 나의 심리가 그런가 보다. 그깟 돈 몇 푼에 배가 고파도 참고 물배를 채우니 원.

이른 시간임에도 불구하고 림부는 피곤하다며 자러갔고 나는 다이닝홀에서 게스트하우스의 여인들과 함께 숯불을 쬐면서 밀린 일기와 엽서를 썼다. 게스트하우스에는 할머니, 어머니, 딸로 보이는 여인 셋이 앉아 있었다. 할머니와 어머니는 가만 앉아서 10대로 보이는 딸(나중에 알고 보니 식구가 아니라 일종의 직원 겸 식모였다)에게 이것저것 시키기만 했다. 동네 여인네들이 갑자기 들이닥쳐서 한동안 다이닝홀이 시끄러웠다. 나는 아랑곳없이 책을 읽었다. 네팔어를 알아들을 수 없으니 책 읽는데 전혀 지장이 없다.

물배가 차서 몸도 무겁고 피곤하고 다리도 아파서 방으로 올라갔다. 한숨 잤더니 어느새 밤이다. 내가 어디론가 사라진 줄 알고 림부가 방문을 두드렸다. 나는 대답을 하지 않았다. 한참을 비몽사몽 웅크려 있다가 다이닝홀로 갔다. 림부는 드디어 나타난 내 모습에 안도했는지 희미하게 웃어주었다. 나는 민트티를 시켜 책을 보면서 마셨다. 숯불은 식탁 아래서 지글지글 열을 발산했다. 열기가 다 없어질 무렵 책을 덮었다. 다시 자러 갈 시간이군.

건물 밖에 있는 세면대에서 찬물에 세수와 양치를 했다. 확실히 고도가 낮아질수록 따뜻하다. 이렇게 찬물로 세수할 만하니! 며칠 전만 해도 엄두도 못 냈던 일이다. 좀솜에서부터 느낀 봄기운이 이제 흐린 날씨에도 상관없이 확연하게 다가온다.

밤의 레테는 쥐 죽은 듯이 조용했다. 레테도 언젠가는 코케단티처럼 쇠락해갈까. 트레킹 코스의 변화가 마을을 바꾸고 사람들의 삶을 바꾸고 있다. 지금은 비수기라 조용하지만 성수기가 되면 이 작은 마을도 들썩일 것이고 사람들의 얼굴에도 미소가 퍼질 것이다. 먹고 사는 문제에서 자유로운 곳은 어디에도 없나 보다. 다음번에 올 때는 레테가 또 어떻게 변해 있을지 상상이 되지 않는다.

밤이 깊어간다. 가끔 동네 개가 짖어대는 소리 말고는 아무 소리도 들리지 않는다. 달빛도 없고 완벽하게 깜깜하다. 나를 둘러싼 고요함과 어둠이 무섭기도 하고 반갑기도 하다. 도시에서는 절대 경험할 수 없는 밤다운 밤이다. 밤아, 너 참 생경하구나.

GUIDE 14

네 팔 과 커 피 , 커 피 와 알 콜

네팔에서 커피를 재배하고 수출하기 시작한 건 그리 오래되지 않았다. 1938년 은둔자인 히라 기리(Hira Giri)가 미얀마의 신두 지역에서 커피 씨앗을 가져와 굴미 지역에 심은 것이 네팔 커피의 시작이었다. 1970년대까지도 농민이나 정부는 커피에 관심을 두지 않았다. 80년대 초반에서야 네팔커피회사(Nepal Coffee Company, NeCCo)가 설립되었고 2000년대 초반 커피가 주요 환금작물로 대두되면서 커피 재배가 본격적으로 활기를 띄기 시작했다. 커피의 중요성을 인식한 네팔 정부에서는 농민들에게 커피와 관련된 프로그램을 교육하기 시작했고, 현재는 네팔의 40여 지역에서 커피를 재배하고 있다.[1)]

커피에 락시 또는 다른 증류주를 섞어 만든 무스탕커피처럼 커피와 알콜을 섞어 만든 음료는 세계적으로 흔하다. 술과 커피의 연금술을 알아보자. 술에 과일이나 꽃의 일부인 잎, 뿌리 등을 첨가한 리큐르(liquer)라는 게 있다. 인삼주, 매실주, 오가피주 등도 이에 속한다. 커피 리큐르는 커피 원액을 섞은 술로, 깔루아가 대표적이다. 깔루아를 넣은 칵테일에는 깔루아 밀크(깔루아 + 우유), 카페 깔루아(깔루아 + 커피), 화이트 러시안(깔루아 + 크림 + 보드카) 등이 있다.

리큐르가 너무 간접적이다 싶은 이들은 커피와 알콜을 바로 섞어버리자. 아이리시 위스키에 커피를 부으면 아이리시 커피가, 브랜디에 커피를 부으면 로열 커피가 된다. 탁재형은《스피릿 로드》에서 베네수엘라에서 마신 깔렌

따디또(calentadito)를 소개했다. 농축된 설탕 덩어리인 빠넬라(panela)로 만든 술인 미체에 커피를 탄 것으로, 그는 잔을 받아들고 무심히 입에 흘려 넣은 뒤 자기도 모르게 동작을 멈추고 커피와 커피를 건넨 이의 얼굴을 쳐다보았다고 한다.

증류된 독주를 스피릿(spirit)이라고 하는데 스피릿 대신 맥주에 커피를 섞어먹는 게 몇 년 전부터 유행이다. 카페콘비라(에스프레소 콘비라)가 대표적인데, 콘비라는 영어로 'with beer'라는 말이란다. 임범의 《술꾼의 품격》에 따르면, 맥주는 에일보다 라거가 좋으며, 맥주 잔에 식힌(뜨거운 에스프레소를 바로 넣으면 거품이 넘쳐 맥주건 커피건 남아나지 않는단다) 에스프레소를 맥주의 1/5 정도 따르면 된다고 한다. 많이 마시면 심장이 쿵쿵 뛰니 조심하라는 말로 소개를 마무리하고 있다. 에스프레소 대신 더치커피를 넣은 더치맥주나, 맥주 대신 소주를 넣은 더치소주도 유행하고 있다.

커피나 알콜 모두 인류가 사랑해 마지않는 음료로, 그 종류가 너무나 다양하기에 무엇을 얼마나 섞느냐에 따라 다양한 조합이 생겨난다. 커피와 알콜의 무궁무진한 조합을 즐기되 적당히 마시도록 하자. 식품의약품안전처가 2014년 10~12월 고려대 박현진 교수팀에 의뢰한 '주류안전관리 종합대책 전략수립 연구보고서'에 따르면, 카페인에 알콜이 함유될 경우 알콜 중독이나 기억상실 증세 등이 나타난다고 한다. 실제로 미국에서는 인명 피해가 발생하여 미 의약식품국(FDA)에선 커피맥주에서 카페인을 제거하라고 명령조치했다고 하니 맛있다고 마구 들이키기보다는 에피타이저나 입가심 정도로 마시면 그 감질남이 더 홍취를 돋우지 않을까.

1) 출처: National Tea and Coffee Development Board (http://www.teacoffee.gov.np/), 네팔 커피 재배 현황에 대해 더 자세히 알고 싶은 이는 2010년에 방영된 EBS 다큐 프라임 〈히말라야 커피 로드〉를 보라. 방송 내용은 《히말라야의 선물》이란 제목의 책으로도 나왔다.

온양온천에 헌 다리 모이듯

C 15

3월 6일(목) ▶ **07:40** 레테 Lete (2,480m) 출발 ▶ **09:45** 가사 Ghasa (2,010m) 도착 **11:40** 룩체사하라 Rupse Chhahara (1,615m) 도착 ▶ **12:00** 티타르 Titar (1,627m) 도착 & 점심 / 12:40 출발 ▶ **14:15** 타토파니 Tatopani (1,190m) 도착

이제 추위에 떨면서 잠들지 않는다. 전혀 춥지 않은 건 아니지만 불편하지 않을 정도로 쌀쌀하다. 입에서 거친 단어가 나오지 않으니 문명인같이 행동할 수 있다. 불과 이틀 전만 해도 손이 얼어서 등산화 끈을 묶는 데 10분이 넘게 걸렸다. 아주 오래 전 일 같이 까마득하다. 추위에 적응할 새도 없었는데 어느덧 이별이다.

6시 반, 휴대폰 알람을 듣고 일어났다. 먹통이었던 휴대폰이 드디어 현지시간을 인식하기 시작했다. 출국을 앞두고 로밍을 하러 갔던 나는 상상을 초월하는 비용을 안내받았다. 기존의 기본요금에 기계값 할부비용, 로밍 기본요금에 휴대폰 임대료(내 휴대폰은 2G 휴대폰이라 새 휴대폰이 필요하다고 했다)까지 합하면 최소 월 10만원이 필요했다. 로밍을 해가면 딸 걱정으로 심장에 다크서클이 생긴 아버지는 매일 전화를 하실 게 틀림없었다. 호되게 비싼 전화요금을 감당할 자신이 없었다. 그 필요성도 느끼지 못했다. 한국 사람 하나 없는 오

지로 가는 것도 아닌데. 고민할 필요도 없었다. 로밍 포기. 끝.

시계 대용으로 사용하고 있던 2G 휴대폰은 고도가 높아지자 시간 감각을 잃어버렸다. 그래서 그냥 꺼두었다가 어제 혹시나 하고 켜보니 현지시간을 인식하는 것이다. 오랜만에 휴대폰 알람을 듣고 일어나니 청동기시대에서 플라스틱시대로 시간 이동을 한 것 같아 감회가 새롭다. 슬슬 도시에 가까워지고 있음을 휴대폰이 먼저 알아차렸나 보다. 나보다 문명을 더 좋아하는 휴대폰이여.

아침으로 달 밧을 시켰다. 림부도 이제는 달 밧을 시키지 않으면 왜 안 먹냐고 물을 정도가 되었다. 특이 식성을 가진 대식가 여자로 오랫동안 림부 기억에 남게 될 것 같다. 독특한 달 밧이 나왔다. 마요네즈에 버무린 야채가 나온 것이다. 늘 우중충한 색깔이어서 볼 때

마다 우울했던(그러나 먹기 시작하면 행복해지는) 달 밧이 처음으로 화사하게 느껴졌다. 네팔에 와서 먹는 마요네즈 야채 무침은 기가 막혔다. 평소 마요네즈를 거의 먹지 않는데도 더 달라고 했다. 네팔에 와서 마요네즈를 먹을 줄이야. 허, 참. 이상하게도 리필을 하니 밥을 제외하고는 모두 짜다. 남기기는 싫어서 다 먹어치웠다. **새끼 돼지처럼 잘 먹는 나를 보며 게스트하우스 직원은 흐뭇한 미소를 지었다.**

나는 소스류를 좋아하지 않아서 돈까스도 튀기기만 해서 먹고 스테이크도 구워서 바로 먹는다. 우리 집 냉장고에는 마요네즈와 케첩이 없다. 샤브샤브 해먹는다고 산 유자폰즈소스와 굴소스는 유통기한이 지난 지 1년이 넘었다. 물론 반도 못 먹었다. 그런 내가 마요네즈를 싹싹 먹고 아쉬움에 입맛까지 다셨다. 배가 고프면 뭐든 먹게 되나 보다. 싫어하는 햄버거도 2개 정도 먹을 수 있을 것 같다.

좀솜의 게스트하우스보다 비싸서 예상보다 돈이 많이 나갔지만

개의치 않았다. 어차피 돈 쓰러 온 것 아닌가. 안 먹어서 비실대느니 먹고 힘내는 게 이익이다. 부른 배를 두들기며 기분 좋게 트레킹에 나섰다. 건너편의 최신식 게스트하우스에서 하루를 묵은 트레이시가 일어났는지 궁금하다. 그렇다고 그녀를 기다리기에는 멋쩍다. 림부와 나는 오늘의 목적지를 향해 출발했다.

게스트하우스를 떠나자마자 바로 소나무 숲에 들어섰다. 돌길 행군에 지쳤던 내게 소나무 숲은 휴양지와 마찬가지였다. 하와이, 보라카이, 세부, 푸켓, 코사무이 따위 저리가 버려! 초호화 럭셔리 여행을 하는 듯한 느낌이다. 그 아늑함, 그 향기, 그 고요함. 소나무들은 키가 컸고, 잎이 많지 않았다. 바닥에 수북하게 쌓인 갈색 솔잎의 푹신함은 최고의 매트리스 회사도 재현할 수 없을 것이다. 레테의 숲에 감명받은 이는 나 혼자가 아니었다. 모리스 에르조그 역시 《최초의 8000미터 안나푸르나》에서 이렇게 말했다.

레테에서 알프스와 너무나도 닮은 소나무 숲을 가로지르게 되었을 때 우리는 고향생각에 갑자기 가슴이 뭉클했다. 나무를 비롯해서 산재해 있는 화강암 바위들과 싱싱한 이끼에 이르기까지 모두 너무 닮았었다. 이토록 아름답고 매력적인 장소가 두 달 후에 설마 내 임종의 고통을 지켜보리라는 것을 그 누가 상상이라도 했겠는가?

숲을 통과한 아침 햇살이 흙 위에, 가지 끝에, 그루터기 밑에서 일렁이며 반짝거렸다. 바람에 잎이 흔들릴 때면 햇살의 파도가 숲에 몰아쳤다. 새들과 벌레들은 햇살 서핑을 즐기다가 포르르 어디론가 사라졌다. 여기에 인공적인 것은 아무것도 없었다.

알래스카나 사막, 드넓은 초원의 사진을 보면 광활한 자연 앞에 인간이 얼마나 나약한 존재인지 새삼 느끼게 된다. 그러나 숲길을 걸으면 인간이 자연의 한 구성원이며, 모두가 함께 어울려 살아가야 한다는 사실을 가슴으로 느끼게 된다.

오래 전에 미국을 방문한 적이 있다. 그때 처음으로 본 찰스턴의 오크나무 숲에 매료되었다. 기괴한 모습으로 꼬인 오크나무들은 미국답게 거대한 스케일을 자랑했다. 둥치도 키도 나무답지 않게 엄청났다. 너무나 비현실적이어서 무섭다거나 이상하다는 생각조차 안 들었다. 내가 알던 '나무'의 개념에서 벗어난 나무들이어서 아예 나무 같지 않았으니까. 손바닥을 나무 몸통에 대보았다. 뺨도 맞대보았다. 몸과 몸을 마주하니 생명처럼 여겨졌다. 왠지 나무의 호의가 느껴졌다. 아낌없이 주는 '개' '닭' '소'가 아닌 '나무'인 데는 이유가 있나 보다. 그 순간부터 나무가 달리 보였다. 아무리 커도, 아무리 오래되어도 나무는 친밀하게 느껴졌다. 나무는 인간의 친구다. 이건 누구도 반박할 수 없는 사실이리라.

제제처럼 들떠서 숲길을 걸었다. **청량함이 발바닥을 적시기 시작해서 정수리까지 올라왔다.** 소나무가 나 대신, 내가 소나무 대신 숨을 쉬고 있었다. 이 숲이 오늘의 목적지까지 이어졌으면 좋겠다는 생각이 들었다.

소나무 숲길이 끝나고 전형적인 시골풍경이 펼쳐졌다. 모서리가 깎이고, 세월의 때가 묻어 군데군데 시커멓게 변한 돌들이 모여 나지막한 돌담을 이루었다. 제멋대로 자란 잡목이 부스스한 모습으로 흩어져 있었다. 다울라기리가 가깝게 서 있었다. 다울라기리는 동네 뒷산처럼 수수하게 서 있어서 위압적인 높이를 전혀 느낄 수 없었다. 논과 밭은 온통 초록색이었다. 작물이 예쁘게 영글어가고 있었다. 땅 주인처럼 기분이 좋았다. 평화롭고 아름다워서 사진을 연신 찍어댔으나 카메라 렌즈 안에 갇힌 풍경은 내 눈으로 본 것만큼 아름답지 않았다. 아쉬움에 계속 뒤를 돌아보며 걸었다. 아무래도 레테는 일주 동안 본 가장 아름다운 마을로 기억될 것 같다. 버스나 지프 대신 내 두 다리를 선택한 것은 정말 잘한 결정이었다. 마을을 벗어나자 돌길이 시작됐다. 소나무 숲도 정겨운 시골마을길도 마술처럼 사라졌다. 일장춘몽이다.

해가 정점을 향해 솟을수록 햇빛은 뜨거워졌다. 토롱 라에서 익은 얼굴이 더 익을까봐 버프와 선글라스로 꽁꽁 감쌌다. 선글라스에 계속 김이 서려 시야가 흐려졌다. 버프를 벗자니 자외선이 무섭다. 선글라스와 버프의 불편한 동거에 속이 터졌다. 분명 나를 위한 물건이건만 나는 소외당하고 있었다. 결국 선글라스를 벗었다. 눈(雪)이 없으니 실명할 위험은 없다. 처음에는 눈부셨지만 이내 적응했다.

길은 산허리를 맴돌며 뱀처럼 꼬불꼬불 이어졌다. 여기저기서 산사태가 나서 산은 흉한 모습이었다. 나무도 많지 않고, 흙먼지가 자주 날렸다. 지루했다. 마지못해 걷는 것처럼 터벅터벅 힘겹게 발을 옮겼다. 이건 고문이었다. 내가 선택한 피할 수 없는 고문.

길에서 독일인 커플 트레커를 만났다. 우리의 목적지는 같았다. 타토파니. 숫기 없는 남자와 달리 여자는 싹싹했다. 남자는 뾰족한 선이고, 여자는 풍성한 면이었다. 날카로운 이목구비가 장미칼처럼 뭐든지 싹둑 자를 것 같은 남자의 인상과 달리 여자는 부드럽고 따뜻한 인상을 주어서 둘이 어째서 커플인지 의구심이 들 정도였다.

둘은 대조적인 이미지였지만 둘 다 얌전하다는 교집합을 가지고 있었다. 여자는 친절하고 밝고 예뻤다. 질투가 났다. 나도 저렇게 매력적인 여자가 되었으면 좋겠는데 몸 속 호르몬이 나의 소망을 거들떠도 보지 않는 것을 어찌하랴. 다음 생이 있다면 천상 여자나 팜므 파탈이 되어보고 싶은데 내 마음대로 될까 모르겠다. 지금 생의 내 모습도 나쁘지 않으니 현재에 만족해야겠지.

림부는 독일인 커플의 포터와 이야기하며 걸었다. 내가 한국어에 목마른 것처럼 림부도 네팔어에 목말라 있는 상태였다. 게스트하우스 사람들보다는 포터 일을 하는 사람들과 이야기할 때가 더 신나 보였다. 나는 혼자 묵묵히 걸었다. 내가 심심해 보였는지 여자가 말을 걸었다. 내가 만난 유럽인들은 죄다 영어를 잘했다. 한 수다 하는 평소와 달리 간단하게 대답을 했다. 그들의 머릿속에 있을 '아시아인은 과묵하다' 는 고정관념이 나로 인해 강화되고 있었다. 어쩔 수 없다. **영어는 내가 신나게 떠들 수 있는 언어가 아니다.**

'유럽인은 튼튼하다' 는 내 고정관념대로 그들은 힘차게 걸었다. 반면 나는 지쳐서 갈수록 속도가 떨어졌다. 결국 내가 제일 뒤에서 걷게 되었다. 동양인은 약하다는 생각을 하지 못하도록 열심히 걸었다. 지금 생각하니 왜 그랬는지 모르겠다. 그냥 천천히 걸어도 됐을 텐데. 내가 무슨 아시아인 연합 대표도 아니고 말이다.

날은 덥고 발목은 시큰거리고 점점 힘들었다. 빨리 타토파니에 도착해서 유명하다는 온천에 몸을 푹 담그고 싶었다. 따뜻한 물 속에서 온몸이 쭈글쭈글해지도록 푹 퍼지고 싶었다. 비싸더라도 맥주 한 병을 사서 홀짝이고 싶었다. 맥주 탄산이 목구멍을 타 넘는 상상을 하자 위가 꿀렁거렸다. 내 육체는 아주 간절하게 맥주와 목욕을 바라고 있다. 땡볕에서 땀을 바가지로 흘리고 있으니 분명 꿀맛 아니니, 로얄젤리 맛일 테야.

가사의 체크포스트에서 서류를 보여주고 다시 길을 나섰다. 마지막 남은 생수를 다 마셨다. 룩체사하라에 다다르니 멋진 폭포가 있었다. 가이드북의 설명대로 폭포를 배경으로 하산 인증 사진을 찍었다. 폭포 밑에 있는 게스트하우스에서 점심을 먹을까 고민했다. 밥 먹으며 보기에 딱 좋은 풍경이기는 하다.

"찌아, 조금만 더 가면 티타르가 나오는데 거기서 점심을 먹자."

오케이. 림부 말을 들어서 손해본 적은 없다. 폭포 때문에 여긴 너무 관광지 같으니 비쌀 가능성도 있다. 우리 둘은 부지런히 걸었다.

티타르는 큰 버스정류장이 있는 마을이었다. 림부가 안내한 식당에는 손님이 딱 두 명이었다. 나와 림부. 갈증이 나서 먼저 밀크티를 시켰다. 어찌나 맛있는지 한 잔을 더 시켰다. 밀크티 앞에서 짠순이는 무너졌다. 나는 단 음식을 안 좋아한다. 과자, 아이스크림도 내 돈 주고 사 먹는 일이 거의 없다. 그런데 달달한 밀크티 한 잔에 이성이 멈춰버렸다. 두 잔을 마시고 나니 꼭 취한 것처럼 흥분되었다. 지친 몸에 포도당이 급히 들어오니 기분이 찢어지게 좋았다. 밀크티가 멀쩡한 사람 환장하게 만드는구나. 힘이 넘치는 나는 음식을 기다리며 로봇청소기 마냥 게스트하우스를 돌아다녔다. 밥을 먹고 나서야 안정을 찾았다. 휴, 위험했다.

점심을 먹고 휴식을 취하니 뽀빠이가 되었다. 타토파니까지 쉬지 않고 부지런히 걷자고 결의를 다진다. 모순같지만 힘들수록 더 힘을 내서 빨리 도착해야 덜 힘들다. 한 시간 반을 걸으니 타토파니가 나타났다. 티타르에서 출발할 때만 해도 구름 한 점 없었지만 지금은 하늘에 먹구름이 가득 찼다. 비가 올 것 같다.

림부가 안내한 숙소로 들어갔는데 보자마자 탄성이 나왔다. 좁고 특색 없는 입구와 달리 내부는 엄청 넓었다. 온데 오렌지나무가 있었다. 독특하게 생긴 오렌지가 주렁주렁 매달려 있고 바닥에는 미처 수확하지 못한 오렌지가 터지고 썩은 채 굴러다녔다. 게스트하우스 안에 오렌지나무가 여러 그루 있다기보다 과수원 안에 게스트하우스가 있는 형상이었다. 숙소도 여러 동으로 나눠져 있어서 사람이 많아도 시끄럽게 느껴지지 않았다. 나는 개인욕실이 딸린 방을 받았다. 짐을 풀자마자 변을 보았다. 양변기가 있어 볼일 보기가 편했다. 쪼그리고 앉아 변을 보느라 그간 힘들고 서러웠던 일들이 주마등처럼 스쳐지나갔다. 밀크티에 흥분하고, 양변기에 감개무량하니 도대체 얼마나 더 문명의 이기에 접촉해야 담담해질 수 있을까.

방문 앞에 앉았다. 오렌지나무, 잡초, 이름 모를 화사한 꽃들. 그리고 개미떼까지. 이곳에서 1주일 정도 머물고 싶다는 생각이 든다. 마음에 쏙 들었다.

타토파니 하면 온천. 마을 이름 자체가 '뜨거운 물'이다. 그러니 온천 가야지. 네팔에 온천이 있다는 사실은 여행준비를 하기 전에는 전혀 몰랐다. 네팔과 온천이라는 단어만큼 안 어울리는 조합이 있을까. 하긴 올해 초까지만 해도 8,000m가 넘는 산이 14개나 있다는 것도 몰랐다. 네팔은 알면 알수록 놀라운 나라다.

좀솜에서 샤워하고 레테에서는 샤워를 못했다. 오늘 땀에 흠뻑 젖었으니 샤워를 해야 한다. 정원에서 블랙커피를 마시는 사치를 부리며 림부를 기다렸다. 그이도 오늘 온천을 즐기려고 벼르고 있었다. 림부를 따라 게스트하우스를 가로질러 뒷문으로 나가니 바로 온천이 나타났다. 보는 순간 실망을 감출 수 없었다. 내가 생각했던 한국식 또는 일본식 온천과는 천지 차이였다. 시멘트로 만든 네모난 탕 두 개가 말 그대로 살풍경이었다. 비수기여서 한 개만 운영하고 있었다. 5명 정도의 외국인들이 옷을 입은 채 작은 탕 안에 좀스럽게 앉아 있었다. 두 개 있는 탈의실에는 문 대신 커튼이 달려 있었다. 마음 편히 옷을 갈아입을 환경이 아니었다. 알몸이 노출될 가능성이 농후했다. 벗어놓은 옷이나 물건을 보관할 장소도 없었다. 내 시야가 미치는 곳에 두는 것만이 도난을 막는 유일한 방법이었다. 지구상에서 타토파니 온천과 가장 비슷한 것은 가두리 양식장이 아닐까 싶다. 이건 뭐, 물고기 대신 사람이 들어가 있는 형상이다. 고대 로마의 목욕탕도 이보다는 더 낫다는데 내 돈 모두와 손모가지를 건다.

여행을 하다 보면 내 잣대만이 옳다는 생각이 얼마나 어리석은지 알게 된다. 이곳에는 수 년 혹은 수백 년 수천 년간 이어지고 다듬어져온 이곳만의 방식이 있다. 비교는 행복을 좀먹는 바이러스와 같다. 불평과 실망을 빨리 접고 현재를 즐기는 것만이 답이다. 충격과 회의를 날려버리고 재빨리 입수 준비를 했다.

남녀가 같이 탕에 들어간다는 사전정보가 있어서 미리 옷을 챙겨입고 갔다. 겉옷을 벗고 쫄쫄이(특수소재로 만들어서 흡수와 건조가 빠른 스포츠용 이너웨어)를 입은 채 물에 들어갔다. 물은 깨끗하지 않았다. 물속을 부유하는 정체모를 털과 때를 무시하면 쾌적했다. 바람은 차고, 회색 구름은 점점 무겁게 내려앉았다. 물은 따뜻했다. 온몸이 사르르 녹아내렸다. 물속이 더우면 밖으로 나와 몸을 식히고, 추우면 다시 물속으로 들어갔다. 몸이 오뎅처럼 불었다. **벗어놓은 옷가지를 나무꾼이 가져갈까봐 눈을 감을 수 없다.** 입에 모터를 단 말이 많은 외국인 한 명이 맥주를 마시고 떠들고 있었다. 걷는 내내 온천에서 맥주를 마시겠다는 생각을 했으나 막상 온천에 오니 돈이 아까웠다. 이곳은 맥주를 즐길 만한 곳은 아니라는 판단을 내렸다. 포카라에서 실컷 먹자며 아쉬워하는 나를 설득했다. 맥주 없이도 나른하고 기분이 좋다.

한 시간이 조금 넘도록 탕에 앉아 있었다. 점점 바람이 거세지고 있었다. 이러다가 한바탕 비가 쏟아질 것 같았다. 탕 바로 옆에 공동 샤워기가 있었다. 샤워실이 따로 있는 게 아니라 벽에 샤워기가 붙어 있어서 누구나 샤워하는 사람을 맘껏 볼 수 있었다. 사람들의 시선을 의식해서 배에 힘을 잔뜩 준채 머리를 감고 세수를 했다. 쫄쫄이 때문에 몸매가 고스란히 드러났다. 슈퍼모델과 거리가 먼 몸매여서 누구 하나 관심보이지 않겠지만 사람들 시선에 노출된다는 건 무척 부담스러운 일이었다. 재빨리 샤워를 끝내고 숙소로 돌아왔다. 숙소에 도착하자마자 비가 내렸다. 완벽한 타이밍이었다. 엄청난 기세로 쏟아지는 비에 잠시 멍해졌다. 옷을 갈아입고 젖은 옷을 탈탈 털어 방문 앞 빨래줄에 널었다. 빗소리가 나를 센티멘탈하게 만든다. 막걸리에 파전이 그립다. 지인들과의 애정어린 수다도 그립다.

포카라에서 사온 엽서를 다 썼다. 숙소 옆에 있는 상점에서 엽서 3장을 사서 다이닝홀에 들어오니 반가운 얼굴이 보였다. 트레이시였다. 막 게스트하우스에 들어온 것 같았다. 나보다 늘 속도가 빠른 그녀인데 오늘은 늦었다.

"왜 이렇게 늦게 도착했어?"

"오늘 좀 늦게 출발했어. 게다가 길을 못 찾아서 고생했지."

고생했다고 말은 하는데 얼굴에서는 미소가 떠나지 않는다. 온천했냐는 내 말에 그녀는 고개를 설레설레 저었다.

"타토파니 도착하자마자 먼저 온천부터 둘러봤는데 시설이 너무 별로여서 바로 돌아섰지."

자기 고향에는 온천이 많다고 했다. 고향의 최신식 온천시설에 익숙해서 이곳 온천은 성에 안 찬다고 했다. 나도 적당히 맞장구를 쳐주었다.

"내 기대와도 많이 달랐는데 오랜만에 목욕하니까 좋더라고."

털과 때가 둥둥 떠다닌다는 말은 하지 않았지만 그녀도 대충은 알고 있을 것 같았다.

애인에게 엽서를 쓰고 일기를 쓰는 사이 밤이 되었다. 마당 곳곳의 전구가 오렌지나무와 길을 밝혀주었다. 저녁으로 라자냐를 시켰다. 이곳은 음식은 호되게 비쌌지만 그만큼 잘나왔다. 좀솜의 라자냐는 스파게티에 가까웠는데 타토파니의 라자냐는 피자에 가깝다. 진짜 라자냐가 어떻게 생겼는지 한국에 돌아가서 알아보기로 했다. 맛있었다. 맥주가 간질했지만 참았다. 포카라에서 실컷 먹을 테다.

트레킹이 이제 정말 얼마 안 남았다. 묵티나트에서 오늘까지는 내리막길. 경사도 못 느낄 정도로 평지여서 돌길이라는 것을 제외하면 힘든 구간이 아니다. 내일은 고레파니까지 1,000m 이상 고도를 높여야 한다. 무한 오르막길. 림부는 별말 안 하지만 1,000m를 올라가야 한다는 게 당연히 쉽지 않을 것이다.

타토파니에 오니 일주를 다 끝낸 느낌이다. 일주 트레킹을 하는 사람들 대부분이 타토파니에서 트레킹을 끝내고 다음날이면 포카라로 돌아간다. 트레이시는 내일 푼힐에 갔다가 모레 포카라로 돌아간다고 했다. 그러나 나는 고레파니, 간드룩, 오스트레일리안 캠프까지 거치는 코스를 잡았다. 그러니 며칠은 더 고생을 해야 한다. 어퍼피상의 곰파에서 기도했던 대로 무사히 안전히 그리고 즐겁게 트레킹을 끝낼 수 있을 것 같다. 트레킹의 끝에 다다랐다.

GUIDE 15

비 타 민 나 무

기적이라는 명사를 달고 우리에게 소개된 식물을 떠올려보자. 마테차, 블루베리, 아로니아, 아사이베리, 그라비올라, 모링가 등등. 만병통치약처럼 모든 병을 치료해줄 것처럼 소개된 기적의 식물은 얼마 안 있어 등장한 또 다른 기적의 식물에게 자리를 내준다. 유행처럼 되풀이되는 '기적'이라는 말이 시시해질 만도 한데 그 생명력이 오히려 기적처럼 끈질기다. 애너 파보르드가 쓴 《2천년 식물 탐구의 역사 The Naming of Names》를 보면, 기적의 식물이란 역사 이래로 늘 존재했음을 알 수 있다. 서양 중세시대에는 베토니(betony, 학명 Stachys officinalis)가 일종의 만병통치약이었다. 아풀레이우스가 쓴 약초 의학서에서는 눈과 귀를 치료하고 치통을 다스리며, 숙취, 뱀에 물린 상처, 미친개에 물린 상처를 해독하는 데 베토니를 사용하라고 되어 있다. 독일에서는 노간주나무가 만병통치약으로 쓰였다.

비타민나무 역시 기적의 나무로 어느 날 갑자기 우리 앞에 나타났다. 트레킹 도중 접할 수 있는 Sea Buckthorn Juice는 바로 비타민나무의 열매로 만든 주스다. 비타민나무(Sea buckthorn, 학명 Hippophae rhamnoides L. subsp. turkestanica Roisi)는 보리수나무과(Elaeagnaceae)에 속하는 낙엽활엽 관목으로 우리말로 산자나무 또는 사극(沙棘)나무, 사자나무 라고 불리며 중국에서는 Saji(沙棘)로 불린다. 북아시아와 유럽이 원산지로, 현재 중국, 몽골, 북미, 유럽, 파키스탄, 인도의 고산 등에 분포하고 있다.

비타민나무라는 별칭은 비타민 C와 E 함량이 무척 높은 열매 때문에 붙여졌다. 열매에는 탄수화물, 단백질, 유기산 및 비타민 C가 풍부하며, 재배지역에 따라 차이가 있기는 하나 일반적으로 열매 100g당 최고 2,500mg 정도 함유되어 있는 비타민 C는 딸기, 키위, 오렌지, 토마토, 당근 등의 과채류보다 더 많다고 보고되었다. 또한 글로불린, 알부민 같은 단백질과 리놀레산, 리놀렌산 같은 지방산 함량이 매우 높고, 폴리페놀류, 토코페롤, 카로테노이드, 플라보노이드 등의 항산화성 생리활성물질이 풍부하게 함유되어 있다고 알려져 있다. 과피 및 종자에는 건강에 유익한 지방산 함량이 특이적으로 높은 것으로 학계에 보고되었고, 잎에는 평균 15%의 단백질이 풍부하게 함유되어 있다.

이렇게 열매가 몸에 좋다는 사실을 고대인들도 알고 있었는지 고대 티벳 의학, 중국의 전통 약초학, 인도의 아유르베다 의학에서도 비타민나무의 열매를 언급하고 있다. 프랜시스 케이스의 《죽기 전에 꼭 먹어야 할 세계 음식 1001》에 따르면, 비타민나무의 열매는 노벨상 수상자들을 위한 만찬에 전통 아이스크림의 원료로 사용되고, 디저트, 잼, 소스 뿐 아니라 알코올 도수 32도 안팎의 독한 증류수인 쉬납스 등을 만드는 데도 쓰인다고 한다. 1986년 소련의 체르노빌 발전소 피해자 대다수가 비타민나무 처방을 받았으며, 현재는 식품뿐만 아니라 의약, 화장품 등에도 널리 쓰이고 있다. 한국에는 2000년대 중반 열매와 나무가 도입되어 현재 강원도 등지에서 재배가 이루어지고 있다.

〈참고자료〉

1. 임상현 · 정햇님 · 박유화 · 김희연 · 김경희,
《원예과학기술지》 제27권 별호 I 〈비타민나무의 생육특성 및 산지간 생육비교〉, 2009.5.

2. 김경민 · 박민희 · 김경희 · 임상현 · 박유화 · 김영남, 《한국응용생명화학회》 v.52 no.2
〈비타민나무 추출물의 이화학적 성분 분석과 항산화 활성효과〉, 2009.

3. 김주성 · 유창연 · 김명조, 《식물생명공학회지》 v.37 no.1
〈비타민 나무의 약리 효과 및 구성 성분〉, 2010.

백 리만 걸으면 눈섭조차 무겁다

019

3월 7일(금) ▶**07:30** 타토파니 Tatopani (1,190m) 출발 ▶**09:00** 가라 Ghara (1,700m) 도착 ▶**10:10** 시카 Shikha (1,935m) 도착 ▶**11:30** 팔란테 Phalante (2,270m) 도착 & 점심 / 13:00 출발 ▶**14:30** 고레파니 Ghorepani (2,860m) 도착

밤새 비가 내렸다. 바람도 거세게 불었다. 천장이 높아 방이 휑하다. 어둠, 바람을 견디지 못해 덜컹거리는 창문 문고리, 내 옆에 있는 텅 빈 침대가 납량특집처럼 으스스하다. 불안에 떨며 빗소리를 듣다가 어느새 잠이 들었다.

아침에 일어나 문을 열어보니 아직 먹구름이 물러가지 않았다. 어제 빨랫줄에 넌 옷은 전혀 마르지 않았다. 벽에 붙어있는, 도둑을 조심하라는 공지사항을 다시 한번 읽었다. 밤손님이 내방한 흔적은 없다. 이제 곧 떠나니 초대하지 않은 손님을 만날 일은 없다.

볶음밥과 함께 비타민나무 열매 주스를 주문했다. 지금까지 단 한번도 들어본 적도 맛본 적도 없는 주스다. 레다르의 게스트하우스에서 비타민나무 열매의 사진을 보았지만 도대체 저 노란 열매가 무엇인지 알 수 없었다. 하긴 Sea buckthorn을 어떻게 발음해야 하는지도 몰랐으니까. 오늘 주스를 주문할 때도 손가락으로 슬쩍 가리키기

만 했다. 타토파니는 비타민나무 열매 주스를 마실 수 있는 마지막 기회일 가능성이 크다. 그래서 비싼 가격에도 불구하고 주문을 했다. 맛은 오렌지 주스와 비슷했지만 더 진하고 다채로웠다. 감귤류의 여러 열매를 섞은 듯한 맛이었다. 어제 게스트하우스에 들어서면서 오렌지나무라고 생각했던 나무들 일부가 비타민나무인가 보다. 어쩐지 열매가 너무 샛노랗다고 생각했다.

사실 이때는 내가 먹은 게 무엇인지 전혀 몰랐고 한국에 와서 검색한 후에야 알았다. 이것이 말로만 듣던 비타민나무 열매였구나. 이걸 네팔에서 마시다니 사람일은 모를 일이다.

아침 먹는 내내 트레이시는 보이지 않았다. 부지런한 그녀가 먼저 출발했는지 아니면 오늘만은 방에서 느긋하게 쉬고 있는지 알 수 없다. 살짝 아쉽다. 고레파니에서 만날 수 있으려나. 트레킹을 하며 얼굴을 익혔더니 그간 정이 많이 들었다. 안나푸르나 일주 트레킹을 떠올리면 늘 트레이시가 기억날 것 같다. 사진이라도 한 장 찍을 걸, 내가 너무 무심했다.

게스트하우스 마당을 가득 채운 오렌지나무(혹은 비타민나무)에게 이별을 고하고 숙소를 나섰다. 타토파니 게스트하우스는 가장 아름다운 숙소이자 가장 비싼 숙소로 기억에 남을 것이다. 숙박비와 음식값을 지불하고 나니 지갑이 얇아졌다. 잘 먹고 잘 쉬다 가니 됐다.

오늘은 처음부터 끝까지 전부 오르막길이다. 마음을 단단히 먹어야 한다. 타토파니를 벗어나고 얼마 되지 않아 다리가 나타났다. 다리를 건너면 고레파니로 향하게 되고, 다리를 건너지 않고 쭉 직진하면 티플랑이 나온다.

"티플랑에서 버스를 타면 점심을 포카라에서 먹을 수 있어."

림부가 말해주었다. 포카라! 핫 샤워, 깨끗한 옷, 시원한 맥주와 스테이크! 이 모든 것을 오늘 할 수 있다. 하지만 며칠 더 참아야겠다. 내 계획은 푼힐과 간드룩, 오스트레일리안 캠프를 거쳐 걸어서 포카라로 입성하는 것이니까. 마시멜로를 한 개 더 받기 위해 기다리는 어린아이처럼 조금만 더 참기로 했다.

다리를 건넌 순간부터 오르막길이 시작되었다. 어제 비가 내려서 그런지 공기가 깨끗하다. 하늘도 맑아지기 시작했다. 작은 가방을 멘 나도 힘들지만, 내 배낭을 짊어진 림부 역시 힘에 부치는 것 같았다. 림부는 자기 가방에서 끈을 꺼냈다. 뚬뻘린이라고 네팔 사람들이 물건을 짊어질 때 사용하는 끈이다.

지금껏 세 명의 포터를 만났다. 그중 림부는 장비 준비가 가장 완벽했다. 베이스캠프나 이번 일주 트레킹을 하며 마주친 10여 명 이상의 포터 중 아이젠(4발 아이젠이긴 하지만), 스패츠, 선글라스, 개인 물통, 우비를 소지한 포터는 림부를 제외하고는 단 한 명도 보지 못했다. 심지어 그는 자신이 먹을 꿀도 가지고 다녔다. 그렇다고 짐이 많지도 않았다. 오히려 일주 트레킹 초반을 함께했던 빔보다 가방이 작았다. 림부 집에는 고가의 등산스틱도 있다고 했다. 함께 트레킹했던 사람들이 하나둘씩 주는 바람에 전문 장비가 계속 늘고 있다고 했다. 가장 인상적인 건 그가 입고 있는 쫄쫄이였다. 나도 트레킹을 준비하며 가이드북의 조언에 따라 난생 처음 쫄쫄이를 구입했다. 그냥 쫄쫄이라 불리는 기능성 언더레이어는 통기성, 투습성(습기(땀)를 섬유 밖으로 배출하는 성질)이 좋아서 운동할 때 많이 입는 옷이다. 림부는 큰 돈 들여서 쫄쫄이를 샀다고 했다. 들인 돈에 비해 좋은 점을 전혀 모르겠다고 한 림부에게 한 가지 문제가 있었으니, 그것은 바로 쫄쫄이를 겉옷으로 입는다는 것. 그 옷은 속옷처럼 맨살에 닿게 입는 옷이라고 알려주고 싶었으나 그만두었다. 사람마다 개성이 다르니까 말이다.

림부의 만능 가방 안에는 커다란 비닐도 있었다. 토롱 라를 넘는 날, 그는 비닐로 내 가방을 감쌌다. 덕분에 사방에 눈이 가득했는데도 불구하고 가방은 단 한 군데도 젖지 않았다. 림부는 프로 포터였다. 날이 갈수록 그에 대한 신뢰가 강해졌다.

나와 죽도 잘 맞았다. 우리는 길을 걸으며 떼돈을 벌 수 있는 사업 아이템을 이야기하곤 했다. 새끼손가락 걸고 약속하진 않았지만 언젠가 동업을 할 수도 있겠다며 진지하게 눈빛을 주고받기도 했다. 비록 지금은 내가 땡전 한 푼 없지만 인생이란 모르는 것이니까. 어쩌면 수십 년 뒤 네팔갑부 TOP 5 안에 들지도 모를 일이다. 그때가 되면 림부는 자기가 포터 일을 하면서 겪었던 숱한 일화들을 무용담처럼 직원들에게 들려주고 있을지도 모르겠다.

다리를 건너 처음 만난 마을은 가라. 다랑이논과 무성한 나무 사이에 길이 나 있었다. 길 양 옆으로 집들이 흩어져 있었다. 아주 긴 마을이었다. 한참 비탈길을 올라도 마을 끝이 보이지 않았다. 파란 교복을 입고 빨간색 머리끈으로 머리를 묶은 아이들이 등교를 하고 있었다. 아이들은 짝지어서 웃고 장난치며 다람쥐처럼 가볍게 오르막길을 올랐다. 가끔 나를 힐끔거리긴 했지만 사탕이나 볼펜을 달라고 하지 않아서 마음이 놓였다. 이 아이들이 자라나서 어른이 되었을 땐 좀 더 살기 편할까. 그때는 한국에 산업연수 오는 것이 삶의 가장 큰 희망이자 목표가 되지 않았으면 좋겠다. 네팔에서 일자리를 구하고, 문화생활을 즐길 정도로 삶의 질이 높아지는 날이 언젠가는 오지 않겠는가.

'네팔병'이라는 게 있다고 했다. 한국에 돌아가면 다시 네팔에 오고 싶어 끙끙대다가 결국은 다시 돌아온다고 했다. 나는 안나푸르나를 사랑하게 되었지만 네팔을 사랑하지는 않았다. 하긴, 내가 겪은 네팔은 카트만두와 포카라가 전부니 내가 네팔을 제대로 겪었다고, 네팔 사람을 제대로 만났다고 할 수는 없다. 그러나 네팔에 대해 알고 싶다는 호기심은 날로 커지고 있었다. 나 같은 겁쟁이가 진짜 네팔과 대면하기 위해서는 얼마나 많은 노력이 필요할까. 일단 목표를 세워보았다. 내가 40살이 되기 전에 다시 네팔에 오겠다고. 그때는 좀 더 용기 있는 사람이 되어서 진짜 네팔을 대면할 수 있으면 얼마나 좋을까.

가라 마을을 지나자 시카 마을이 나왔다. 역시 길다. 걷고 또 걸어도 마을은 끝나지 않았다. 아침부터 강렬한 햇빛이 쏟아졌다. 어제의 비, 오늘 새벽의 회색 구름이 거짓말처럼 느껴질 정도로 하늘이 맑다. 아무런 장애물 없이 지상으로 내리꽂는 빛은 채찍처럼 피부를 때렸다. 림부와 나는 너무 힘들어서 대화조차 하지 못했다. 땀이 뚝뚝 떨어지고, 숨소리도 거칠어졌다. 림부가 힘들 정도면 저질 체력인 나는 더 힘들다. 내가 멘 크로스백은 작지만 자꾸 배 쪽으로 흘러내려서 무척 귀찮았다. 다음번 트레킹때는 더 완벽하게 준비해서 올 수 있을 것이다. 시행착오를 겪어서 다행이라는 생각을 했다.

봄기운이 완연하다. 며칠 전만 해도 눈이라면 지긋지긋하다고 생각했는데 이제 눈이라고는 구경도 할 수 없다. 땅에도 나무에도 연한 잎들이 불쑥불쑥 고개를 내밀어 봄을 느끼게 해주었다. 한국을 떠날 때만 해도 찬바람이 마구 몰아치는 겨울이었는데 아마 지금은 봄기운이 완연할 것이다. 어제가 경칩이었다. 경칩을 림부에게 설명하고 싶었지만 그가 잘 이해할 수 있도록 이야기할 자신이 없었다. 한국에는 24절기가 있으며, 경칩은 개구리가 잠에서 깨어나는 때라는 것을 어떻게 영어로 설명해야 하나 한참을 궁리했다. 개구리에 해당하는 frog란 단어만 입언저리에서 맴돌다가 쏙 들어가 버렸다. 결국 입을 다물었다. **무엇보다도 경칩이라는 단어가 주는 그 따스함을 온전히 전달할 수가 없다.** 한국인이라면 말하지 않아도 안다. 경칩이라는 단어만 들어도 봄에 대한 설레임과 안도감에 심장이 벌렁거린다는 사실을. 아! 영어를 잘했으면 좋았을 텐데. 여행을 하면서 절실히 느끼는 것은 돈보다 영어가 아쉽다는 사실이다. 돈으로는 커뮤니케이션을, 교감을 살 수 없다. 돈으로 살 수 없는 것이 있다는 사실에 위안을 느낀다. 가난한 자의 마지막 보루라고나 할까.

땡볕에 그대로 노출된 길을 걸으며 녹초가 되었다. 시카를 넘어서면서부터는 숲길이 이어졌지만 림부나 나나 숲을 즐길 여유가 없다. 나무 그늘이 있어 아주아주 조금 더 견딜 만했지만 그 뿐이었다. 우리에게는 고레파니까지 쭉 이어지는 케이블카나 에스컬레이터가 필요했다. 둘 다 말도 못할 정도로 힘들었지만 누구 하나 쉬었다 가자고 하지 않았다. 잠깐잠깐 쉬느니 천천히 가더라도 꾸준히 가는 것이 오히려 덜 힘들고 빠르다. 그 점에서는 둘 다 생각이 맞아떨어졌다. 지독할 정도로 우리는 자신을 몰아세웠다. 구르카 용병시험(돌덩어리 25kg을 매단 채 언덕길 5km를 달리는 등의 고된 체력시험)을 치르는 것처럼 우리는 이를 앙다물고 고레파니를 향해 진격했다.

두 시간 반 동안 오르막길을 올랐다. 숨을 돌리기 위해 잠시 멈추면 내 두 다리는 진동모터에 매달린 듯 덜덜덜 떨렸다. 다리를 떨지 말아야지 라고 생각해봤자 소용이 없었다. 다리는 뇌의 명령을 거부했다. 그래서 나는 똑바로 서지 못하고 배낭에 기대야 했다. 아주 천천히 걸었는데도 오르막길은 진을 다 빼놓았다. 흙길이라 다행이다. 돌길이었으면 포기를 외치고 온 길을 되돌아갔을지도 모르겠다.

림부와 나는 종종 '울음'에 대한 농담을 하곤 했다.

"난 베이스캠프 트레킹 첫날 길에서 엉엉 울었어."

어느 날 내 고백에 림부도 고해성사를 했다.

"나는 차디찬 칼리 간다키를 맨발로 건너야 했을 때 거의 울 뻔했지."

그 뒤로 우리는 조금만 힘들어도 '울 것 같다'는 엄살을 부리며 낄낄댔는데 지금은 둘 중 한 명이(아무래도 내가 될 가능성이 크지만) 울어도 다른 사람이 낄낄댈 수 없을 것 같았다. 낄낄댔다가는 바로 살인사건이라도 일어날 것 같이 힘들었다. 너무 힘들어 진짜 울고 싶은 심정이었다.

뇌가 부글부글 익어가는지 아무런 생각도 나지 않았다. 심장뛰는 소리가 귀에 들릴 정도로 혈관은 전속력으로 산소를 나르고 있었다. 어느 트레커한테 들었던 이야기가 생각났다. 걷는데 계속 북소리가 나서 의아했던 그는 한참 뒤에야 알았단다. 그 북소리가 본인의 심장 뛰는 소리라는 것을.

똥오줌을 지리기 직전에 팔란테 마을에 도착했다. 트레킹도 식후경. 벌써 11시 반이 되었다. 점심 먹으며 휴식을 취하기에 딱 좋은 시각이다. 림부의 안내로 산길 바로 옆에 있는 전망 좋은 레스토랑에 자리를 잡았다. 메뉴판을 들 힘조차 없어서 눈으로만 대충 훑어 보았다. 그리고 안 나오는 목소리를 쥐어짜며 달 밧을 주문했다.

힘들게 지나온 가라와 시카가 저 멀리 보였다. 드넓게 펼쳐진 울창한 숲이 발밑에 있었다. 등산화를 벗어놓고 바람에 몸을 맡겼다. 휴식이 피로회복제였다. 몸의 경련도 잦아들고 사고도 뚜렷해지고 심장도 안정을 찾았다. 더위가 식자 추워졌다. 5분 만에 온탕이 냉탕이 되었다. 속옷까지 땀으로 흠뻑 젖어서 저체온증이 올까봐 다시 점퍼를 입었다. 그리고 점심이 나올 때까지 주위를 살펴보았다.

레스토랑 정면에 걸린 현수막이 눈에 띄었다.

'야크치즈 판매'

현수막 바로 밑에는 야크치즈 덩어리가 있었다. 나는 치즈를 구경하러 갔다. 치즈케이크보다 연한 노란색을 띤 치즈는 먹음직스러웠다. 그동안 야크치즈를 사고 싶다고 노래를 불렀던 내게 림부는 고레파니 근처에 야크치즈 공장이 있다며 걱정말라고 했다. 림부의 확신에 나는 걱정 붙들어매고 트레킹에 전념할 수 있었다. 이제 약속의 시간이 다가왔다. 내가 야크치즈를 녹일 듯이 쳐다보자 림부가 내 옆으로 슬쩍 다가왔다. 그는 작은 목소리로 속삭였다.

"찌아, 야크치즈 공장이 이 근처에 있어. 그 공장 주인이 직접 운영하는 게스트하우스도 있지. 내일 그곳을 지나가니까 찌아가 원하면 직접 치즈를 살 수 있을 거야."

대신 눈앞에 있는 탄탄한 야크치즈와는 모양새가 다르다고 했다.

"이것과는 달리 압축이 잘 안 돼서 구멍이 좀 많이 뚫려 있어. 그래서 컴플레인도 많이 받는데, 대신 1kg에 500루피 밖에 안 받으니까 훨씬 싸지."

속삭이던 림부가 입을 다물었다. 내가 야크치즈에 관심보이는 걸 눈치챈 게스트하우스 주인이 영업을 하러 온 것이다. 림부는 잠자코 자리에서 벗어났다. 주인은 치즈에 대해 설명하기 시작했고, 나는 홈쇼핑 시청자처럼 다소곳이 서서 그의 현란한 멘트를 경청했다.

이 치즈가 100% 야크젖으로 만든 치즈라는데 의심의 여지가 없으며, 사람 손으로 직접 만든 치즈를 비싸게 사 왔다고 했다. 그는 맞은편 산을 가리켰다. 저 울창한 숲 사이에 마을이 있는데 치즈 잘 만들기로 유명한 집 치즈라고 강조했다. 차로 갈 수 없기 때문에 직접 걸어가서 사 왔다고. 그래서 결론은 조금 비싸다는 것. 1kg에 800루피라고 했다. 그러나 이 가격도 치즈의 질과 치즈에 들어간 여러 사람의 수고에 비하면 싼 가격이라고 했다. 그는 그렇게 가격을 후려치려는 나의 의도를 초장부터 막았다.

제조날짜도 없고 유통기한도 없고, 얼마 동안 상온에 방치되어 있었는지 차마 물어볼 수 없었다. 그런 것을 물어보았자 어차피 신뢰도 가지 않을 터. 네팔에서 가장 어리석은 사람이 부르는 대로 물건을 사는 여행객이다. 하지만 주인은 단 한 푼도 깎아줄 수 없다고 했다. 비싸다는 비난과 가난하다는 애원에 주인은 푸념으로 철벽 방어했다. 깎아달라고 한 마디 했다가 왜 안 되는지에 대해 열 마디를 들어야 했다. 전혀 이빨이 들어갈 틈이 없었다. 나는 원래 흥정에 젬병이다. 그래서 고민모드에 들어갔다. 림부에게 조언을 구했지만 그는 현명하게도 선택권을 나에게 밀었다. 알아서 하란다.

달 밧이 나왔다. 밥풀이 입으로 들어가는지 귀로 들어가는지도 모를 정도로 고민을 했다. 살까 말까. 한국돈 8,000원. 한국돈으로 치면 비싼 건 아니다. 하지만 네팔 물가로 치면 터무니없이 비싼 게 확실하다. 이 치즈를 산다면 바가지를 옴팡 쓰는 것이다. 리필한 달 밧을 다 먹을 즈음 결정을 내렸다. 호구가 되자. 까짓것 뭐 어때. 8,000원만큼 만족스러우면 되는 거 아닌가. 그래서 호기롭게 1kg을 달라고 했다. 주인은 칼을 빼들었다. 칼질 한 번이 1kg이었다. 저울도 없었다. 그가 눈대중으로 썬 게 1kg이란다. 어이가 없었다. 가격과 양 이

중으로 사기를 당하는 것 같아 찝찝해졌다. 나는 우유부단하다. 그래서 항의는커녕 정당한 요구나 질문도 제대로 안 하고 넘어가는 경우가 많았는데 이 날도 역시 그랬다. 뭔가 불만스러운데 표현은 하지 않고 셈을 치렀다. 어쨌든 야크치즈를 구했다. 1kg이 얼마 만큼인지 감이 오지 않았다. 손으로 저울질을 해봤지만 내가 생각하는 1kg보다 가벼운 것만은 확실했다. 뭐, 이미 샀으니 되돌릴 수 없다. 정신건강을 위해서 만족하기로 한다. 진짜 부자인 것처럼 쿨해지자. 비록 한국에서는 가난한 백수지만 네팔에서는 호구 대접받는 부자가 아닌가. 주인은 키친타월로 치즈를 둘둘 감더니 봉지에 넣어주었다. 이제 갈 시간이다. 림부와 나는 고레파니를 향해 몸을 움직였다. 림부는 나의 이 요상한 구매에 대해 아무런 말도 하지 않았다.

달 밧으로 재충전을 했건만 오르막길을 걸으며 금세 지쳤다. 몸이 지치기보다 마음이 지쳤다. 800루피 지출의 타격은 생각보다 컸다. 역시 나는 대범한 인간이 아니었다. 괜히 샀다 싶은 후회와 쪼잔하게 굴지 말자는 대범함이 교대로 뇌를 점령했다. 그러나 몸이 지치니 아무런 생각도 떠오르지 않았다. 뇌세포는 오로지 생명유지기능에만 집중하기로 결정한 듯 '사고'를 멈추었다. 오르막길을 걷는 동안에는 아메바와 나 사이에 아무런 차이가 없었다.

점심도 거하게 먹었건만 오전보다 더 빨리 지쳤다. 도대체 얼마를 더 가야 하나 하는 생각에 욕지기가 일었지만 앞에서 묵묵히 걸어가는 림부를 보면서 마음을 다스렸다. 징징대면서 진상처럼 굴고 싶지 않았다. 마음을 가다듬고 '오르막을 대하는 노하우'를 떠올렸다. 언제 도착하는지 계산하지 말고 무념무상의 상태로 걸어라. 그래야 덜 지치고 빨리 도착한다. 기대가 없으면 실망도 없는 법. 가라 지영아!

그러나 세뇌는 오래가지 않았다. 이제 끝이겠거니 하고 산마루에 오르면 또 위로 향하는 길이 보였다. 그렇게 얼마를 갔을까. 끝도 없이 이어지는 오르막길에 어느 순간 나도 모르게 화가 났다. 제어할 수 없는 분노에 등산 스틱을 집어 던지려는 찰나 고레파니 입성을 환영한다는 문구가 써있는 촌스러운 노란색 문이 나타났다. 드디어 고레파니에 도착한 것이다! 환호성을 질렀다.

그 문을 지나고도 한참을 걸은 후에야(역시 오르막길이다) 마을이 나타났다. 옹기종기 모여 있는 게스트하우스를 보니 눈물이 날 만큼 반가웠다. 그만큼 오늘 힘들었다. 림부도 나도 마을에 들어서서야 얼굴 근육이 풀어졌다. 지금 힘드니까 사소한 것 하나라도 걸리면 가만 두지 않겠다는 살인자의 얼굴을 하고 내내 걸었기 때문이다.

내일 아침 푼힐에 좀 더 편히 오르기 위해서는 높은 곳에 있는 게스트하우스에 묵는 것이 편하다. 그래서 마을 꼭대기에 있는 힐탑 게스트하우스로 향했다. 지금껏 게스트하우스 선택은 림부 몫이었다. 처음으로 내가 묵고 싶은 게스트하우스를 말하자 림부는 무슨 말을 하려다가 말았다. 그리고는 바로 고개를 끄덕였다. 림부가 주저한 이유는 다음날 밝혀졌다.

이번이 두 번째 고레파니 방문이다. 베이스캠프 트레킹을 할 때 하산길에 고레파니와 푼힐에 왔었다. 그러나 그때는 구름이 잔뜩 끼어 전설적인 푼힐의 일출을 보지 못했다. 언제 올지 모를 네팔. 그래서 다시 오기로 한 것이다. 이번에는 안나푸르나가 그 속살을 보여주기를 기대하고 있었다.

쭉 늘어선 게스트하우스를 지나는데 베이커리가 눈에 띄었다. 진열대에 놓여 있는 빵들을 보니 먹고 싶다는 생각이 간절했다. 평소 빵을 거의 먹지 않는데도 불구하고 진열대에 놓인 크로와상을 보니 따끈한 커피가 함께 먹고 싶어서 미칠 지경이었다. 진열대를 부수고 빵을 훔치고 싶을 만큼 내 안에서는 이상한 욕구가 솟구쳤다. 나는 숙소에 도착하자마자 가방을 내던지고 달려 나갔다. 동네 구경하고 오겠다는 말 한마디 남기고서 미친 듯이 뛰쳐나가는 내 모습에 냉철한 림부마저 놀란 것 같았다. 그는 이미 내가 이상한 여자라는 사실을 눈치챘다. 하지만 불행하게도 나의 돌발행동에는 아직 익숙해지지 못했다.

베이커리에 도착했다. 5개 숫자가 맞아 떨어지는 로또를 들고 6번째 숫자가 발표되기를 기다리는 심정으로 진열장 앞에 섰다. 아주 신중하게 빵을 훑어본 후 초코 크로와상을 주문했다. 이어서 블랙커피를 주문하고 창가에 앉았다. 뉴욕 맨해튼의 고급 레스토랑에 앉아 있는 트렌드세터라도 된 기분이다. 지금 이 순간만큼은 지구상에 나보다 더 행복한 사람은 없다. 드디어 내 앞에 크로와상과 커피가 놓였다. 두근대는 가슴을 진정시키고 손을 뻗었다.

크로와상은 어찌나 딱딱한지 장발장도 안 먹는다며 갖다버릴 정도였고, 블랙커피는 한약과 사약의 중간 정도 되는 오묘한 맛이었다. 그래도 좋았다. 잃어버린 일상을 찾은 기분이었다. 한국에서 너무나 쉽게 행하던 것을 이렇게 어렵게 해야 한다니… 커피를 홀짝이고 빵을 먹는 게 도대체 얼마만인가. 이것은 지친 나에게 줄 수 있는 최고의 선물이었다. 내가 가질 수 있는 최고의 휴식이자 위안이었다. 다 먹고 베이커리를 나서며 하늘을 쳐다보았다. 로또라도 당첨된 기분이다. **토롱 라를 넘은 이후 최고로 기분이 좋았다.**

숙소로 돌아와서 짐을 풀었다. 카메라를 보고서 내가 오늘 얼마나 힘들었는지 알게 되었다. 사진을 한 장도 안 찍은 것이다. 심지어 토롱 라를 오르면서도 사진을 찍었는데 오늘은 출발해서 도착할 때까지 단 한 장도 찍지 않았다. 점심 먹을 때도 카메라를 꺼내지 않았다. 푼힐에서 좋은 사진 찍자고 다짐했다. 어찌나 땀을 많이 흘렸는지 머리카락과 겨드랑이에서 고약한 냄새가 났다. 온몸에서 풍기는 땀 냄새는 백년간 여자구경을 못한 남자라도 가까이 오지 않을 정도로 고약했다. 샤워하고 싶지만 불편하게 씻고 싶지 않다. 포카라에서 편히 샤워할 때까지 참기로 한다.

1층 다이닝홀로 내려갔다. 게스트하우스 직원들이 나를 알아보았다. 지난달에도 오지 않았냐며 아는 척을 하길래 함박웃음으로 답해주었다. 테이블에 앉아 엽서를 쓰고 일기를 썼다.

지난번에 왔을 때는 5명 정도 되는 중국인 트레커들 때문에 무척 시끄러워서 이번에는 제발 조용하게 하루밤을 보냈으면 좋겠다는 바람이 있었다. 젠장, 오늘은 30명에 가까운 대규모 중국인 그룹이 온단다. 형광색 등산복을 빼입은 중국인들이 하나둘씩 숙소에 들어왔다. 그들은 마치 전세를 낸 것처럼 굴었다. 바로 옆에 있는 사람에게 이야기를 할 때도 큰소리를 내는 바람에 귀가 먹먹했다. 죄다 기차통이라도 삶아먹었는지 목청을 한껏 높였다. 3명이 동시에 이야기를 하자 바로 옆에 앉은 림부 목소리는 아예 들리지도 않았다. 시간이 갈수록 소음의 데시벨이 높아졌다.

한 명은 금연 표시 밑에서 담배를 피다가 걸렸고, 한 명은 난로의 화력이 떨어진다며 주인 몰래 나무를 가져오다가 걸렸다. 중국인들의 목소리가 커질수록 주인장의 목소리도 커졌다. 그들의 요구사항대로 저녁을 만들다가 실랑이가 벌어졌다. 부엌에 들어오지 말라는 주인장과 요리법이 틀렸다는 몇몇 사람들이 언성을 높이자 다이닝 홀은 전쟁통이 되었다. 네팔리들도 고개를 저었다. 중국인과 네팔리를 제외한 외국인은 나를 포함해서 딱 3명이었다. 제대로 재수 옴 붙은 날이다.

나는 더 이상 참을 수가 없었다. 저녁을 먹고 재빨리 굿바이 인사를 한 후 방으로 올라왔다. 방으로 왔지만 전혀 조용하지 않았다. 겉에서 보기에는 분명 멀쩡한 건물이건만 전혀 방음이 되지 않았다. 도대체 어떻게, 무엇으로 건물을 지었길래 이런 상태인지 전문가 감정을 받고 싶었다. 보기엔 게스트하우스인데 실상은 감옥이랄까. 건물에서 일어나는 모든 일이 바로 내 앞에서 벌어지는 것처럼 생생했다. 복도 끝에 있는 화장실에서 물 내리는 소리, 아래층 다이닝홀에서 그릇 부딪치는 소리, 위층에서 걸어 다니는 소리가 여과 없이 내 방을 뚫고 지나갔다. 심지어 귓가에서 숨소리가 나는 바람에 기겁한 나는 변태가 들어온 줄 알고 무서움도 잊고 벌떡 일어났다. 아무도 없었다. 옆 방에서 묵는 트레커가 내는 숨소리였다. 빅브라더가 필요 없을 정도로 사생활 제로.

지난번에 왔을 때는 창문으로 들어오는 달빛이 얼마나 부드럽고 밝은지 동화 속 주인공이 된 것처럼 황홀했다. 이번에는 그런 행운조차 없었다. 밤 10시가 넘도록 1층 다이닝홀에서 들려오는 노래소리와 박수소리, 고함소리에 잠을 이룰 수 없었다. 불을 지르고 싶을 정도로 화가 났지만 30명을 상대로 이길 자신이 없었다. 침낭을 뒤집어쓰고 잠을 재촉하는 수밖에 없다.

8,90년대 악명 높았던 어글리 코리안이 저랬을까. 여행을 다녀보니 어느 나라에서 왔건 머리수가 많으면, 즉 그룹이 형성되면 전세낸 것처럼 굴었다. 선진국에서 왔다고 다르지 않았다. 거기에 술까지 들이키면 온 세상의 주인인 마냥 안하무인이 되었다. 떼로 몰려서 진상을 부리는 것을 보면 저 놈들이 인간인지 짐승인지 분간이 가

지 않았다. 흩어지면 조용하고 뭉치면 시끄러운 게 인간의 본능인가 보다.

베이스캠프 트레킹 지역에서는 한국인의 백숙 사랑이 가십거리이자 돈벌이가 된 지 오래다(라면 역시 마찬가지). 베이스캠프 트레킹을 할 때였다. 내가 한국인인지 미처 몰랐던 한 가이드는 자기가 안내하는 서양인 앞에서 한국인의 특별 닭요리에 대해 설명하며 마음껏 비웃었다. 그가 낄낄대는 동안 내가 한국인인 것을 알고 있던 외국인들이 오히려 좌불안석이었다. 나는 끝까지 아무 말도 하지 않았다. 사실, 타국의 외진 산까지 와서 굳이 백숙을 찾는 동포들이 부끄러웠으니까. 그리고 바리바리 싸온 소주병을 꺼내 백숙과 함께 먹고 마시며 떠들어댔을 모습이 안 봐도 훤히 그려졌으니까.

림부 말로는 이스라엘 사람들 역시 지나친 요구사항으로 블랙리스트에 오른 지 오래라고 했다. 성수기에는 국적에 따라 방을 내주지 않는 일도 종종 생긴다고 했다. 이스라엘인이라고 하면 방이 없다고 돌려보내는 일이 부지기수라고 했다. 최근 들어 진상 트레커로 중국인 그룹이 대두되고 있었다. 나는 동남아 배낭여행을 할 때 라오스에서 만났던 밝고 순진했던 중국인 여행객들과 트레이시를 떠올렸다. 역시 무리지어 몰려다니는 것이 문제다.

다행히 누운 지 얼마 되지 않아 금세 잠이 들었다. 피곤에 절어서 다행이었다. 아니었으면 밤새 쌍욕을 하며 뜬 눈으로 지샐 뻔했다.

GUIDE 16

버 터 와 치 즈

유제품, 즉 가축의 젖을 가공하여 만든 제품에는 다양한 종류가 있다. 지금이야 유제품이 흔해졌지만(가격은 싸지 않다는 게 함정) 1980년대만 해도 버터나 치즈는 매우 이국적인 음식이었다. 처음 먹어보았던 치즈의 비릿한 맛은 아직도 기억에 남아 있다.

원유를 원심분리하면 지방 함량이 높은 크림과 지방 함량 0.5% 이하의 탈지유를 분리할 수 있다. 이 크림을 세게 휘젓는 등의 충격을 가하면 유지방끼리 결합하여 버터입자가 형성된다. 이 버터입자를 모아 압력을 가해 조직을 치밀하게 만든 것이 버터다. 유지방분이 80% 이상이면 (천연)버터, 유지방분 50% 이상이면 가공버터로 구분한다. 가공버터는 오래 보관할 수 있으며 가격이 저렴하다는 장점이 있으나 트랜스 지방 함량이 높다. 가공버터는 포장지에 크게 가공버터라고 써놓지 않는다. 두 눈 부릅뜨고 깨알같은 성분표를 잘 살펴서 목적에 맞게 구입하도록 하자.

버터에는 젖산균을 넣어 발효시킨 발효버터(sour butter)와 젖산균을 넣지 않고 숙성시킨 감성버터(sweet butter)가 있으며, 가공 과정에서 염분을 첨가하면 가염버터, 넣지 않으면 무염버터가 된다. 최근에는 다양한 종류의 버터가 출시되고 있고, 해외에서 수입한 버터도 쉽게 구할 수 있어 선택의 폭이 넓어졌다. 버터는 서양식 요리의 기본 재료이기도 하다. 메릴 스트립, 에이미 아담스 주연의 영화 〈줄리&줄리아 Julie&Julia(2009)〉를 보면 버터의 중요성을 확실히 알 수 있다. 아베 지로의 만화 《심야식당》을 보면 버터라이스와 버터가 들어가는 모시조개술찜이 나오는데, 갑자기 책을 덮고 버터를 구하러 나갈 수도 있다.

마가린은 버터를 대체하기 위해 만든 것으로, 식물성 기름에 소금, 색소, 비타민 A, D 등을 첨가한다. 버터보다 저렴하나 식물성 기름을 수소화하는 과정에서 트랜스 지방이 생길 수 있다는 단점이 있다.

우유에 레닛(rennet)이라는 우유를 응고시키는 효소를 넣어 커드(curd)가 형성되면 압착하여 치밀한 조직을 만든 게 치즈다. 레닛으로 처리하기 전에 젖산균을 첨가하기도 한다. 치즈를 특정한 온도와 습도에서 숙성하기도 하는데 숙성 여부에 따라 숙성치즈(ripened cheese)와 비숙성치즈로 분류한다. 이 둘을 자연치즈(natural cheese)라고 하며, 자연치즈를 분쇄하고 유화제를 첨가하여 가열 · 융용시킨 후 냉각한 것을 가공치즈(processed cheese)라고 한다. 자연치즈는 보관이 불편하다. 시중에 판매되는 대부분의 치즈는 가공치즈다.(주로 연성가공치즈라고 표시되어 있다) 요즘은 블로그나 요리책을 통해 직접 치즈 만드는 법을 배울 수도 있고 생협 등을 통해 자연치즈를 구매할 수도 있다.

치즈는 현재 1,000여 종 이상이 있다. '치즈 = 체다치즈' 였던 8~90년대와 달리 다양한 치즈가 제조 · 수입되고 있으니 생으로도 먹어보고, 음식에 넣어도 보고 구워도 보는 등 다양하게 접해보자.

한국산 치즈라고 할 수 있는 임실치즈는 벨기에 출신의 지정환(본명 디디에 세스테벤스) 신부가 지역 농민의 소득 증대를 위해 산양유를 이용해서 1967년부터 생산한 치즈다. 1981년에는 치즈 가공 농민이 신용협동조합을 결성하고, 산양유 대신 우유로 치즈를 만들기 시작했다. 하나의 브랜드가 된 임실치즈는 피자체인 사업도 하고 있다. 지정환 신부는 한국에 온 지 57년만인 2016년 2월 4일, 법무부에서 국적 증서를 받아 법적 한국인이 되었다.

사람이 궁할 때는 대 끝에서도 3년을 산다

017

3월 8일(토) ▶ 08:05 고레파니 Ghorepani (2,860m) 출발 ▶ 11:10 반단티 Ban Thanti (3,180m) 도착 & 점심 ▶ 12:50 타다파니 Tadapani (2,630m) 도착 ▶ 16:00 간드룩 Ghandruk (1,940m) 도착

푼힐의 일출을 제대로 보기 위해서는 부지런해야 한다. 사방이 툭 트인 곳이라 해가 뜨기 훨씬 이전부터 동녘이 밝아지기 때문이다. 어둠 속에 잠겨 있던 안나푸르나가 새벽을 쪼개며 모습을 드러내는 광경은 그야말로 장관이다. 많은 사람들이 새벽 5시면 푼힐에 오르기 시작한다.

밤새 어수선했던 숙소가 다시 시끄러워졌다. 바지런한 중국인 몇 명은 이미 준비를 다 마치고서 동료를 기다리느라 발을 동동거리고 있었다. 림부와 내가 숙소를 나선 시각은 5시 20분. 헤드랜턴 빛이 닿지 않은 곳은 아무것도 보이지 않을 만큼 어둠이 짙다. 하늘을 올려다보았다. 구름 한 점 없는 깨끗한 하늘이 멋진 일출을 약속하고 있었다. 지난번의 아쉬움을 보상받는 것 같아 기분이 좋아졌다. 마음이 가볍다.

푼힐은 두 번째 방문이라 그런지 지난번보다 수월하게 느껴졌다.

고레파니에서 푼힐 전망대까지 약 40~50분 가량 계단을 올라야 한다. 지난번에는 멋모르고 성큼성큼 오르다가 30분도 안 되어 풀숲에 드러누울 뻔했다. 게다가 얼음과 눈이 가득해서 실족사 당하지 않으려면 두 눈을 크게 뜨고 발가락과 괄약근에 힘을 잔뜩 주어야 했다. 이런 힘든 과정을 거쳐 도착한 푼힐에서는 감동적인 일출 대신 먹구름이 나를 맞이했다. 입장료가 아까웠지만 환불은 안 되었다. 일출 시각이 다가오면 입장료 징수원들이 퇴근하기 때문이다.

까불다가 큰 코 다친 경험이 있는 재도전자 답게 나는 뒷짐을 지고 느릿느릿 계단을 올라갔다. 한 달 사이에 눈이 다 녹았는지 계단이 깨끗해서 오르기가 훨씬 수월했다. 내공이 느껴지는 내 모습이 인상 깊었는지 어느 외국인이 내게 다가왔다.

"얼마나 더 가야 정상에 다다를까요?"

그는 사부를 대하는 제자처럼 공손하게 물었다. 나는 현지인 같은 아우라를 내뿜으며 친절하게 답을 해주었다.

"10여 분만 더 가면 됩니다. 거의 다 왔으니 힘 내세요!"

이때 내 모습이 스타워즈의 요다와 비슷했다고 하면 과대망상일까. 지난번에는 50분 걸렸다. 이번에는 10분 단축하여 40분 만에 푼힐에 도착했다. 나는 곧장 푼힐 타워로 올라갔다. 아직 6시도 되지 않아서 사람들이 많지 않았다. 3,193m 고지의 얼어붙은 새벽 공기는 사정없이 뺨과 손을 공격했다. 추위로 몸이 얼어서 가만히 서 있을 수가 없었다. 사람들은 발을 동동 구르거나 일행과 수다를 떨며 추위와 싸웠다. 나는 혼자서 시간을 보냈다. 림부는 타워 밑에서 어슬렁거리며 다른 포터나 가이드들과 어울렸다.

동쪽 하늘에 길게 드리운 주홍빛 띠와 빛이 잦아드는 별을 조용히 바라보았다. 하늘과 산이 잠에서 깨어나는 모습은 경건하고 숭고했다. **숨을 내쉴 때마다 하얀 입김이 흰 비둘기가 되어 안나푸르나를 향해 날아갔다.**

사위가 밝아오자 타워도 붐비기 시작했다. 수십 개의 카메라가 안나푸르나의 아침을 메모리카드에 담았다. 안나푸르나 사우스와 히운출리, 마차푸차레, 멀리 다울라기리까지 안나푸르나의 능선과 봉우리가 밤을 제압하며 모습을 드러냈다. 제트기류는 안나푸르나 1봉에서 솜사탕 같은 구름을 만들어내는 것으로 자신의 존재를 알렸다. 아주 서서히 빛이 어둠을 몰아내고 있었다. 계곡과 산 아래 마을은 아직 암흑 속에 잠겨 있었지만 산 정상은 이미 환한 빛 아래 모습을 완전히 드러냈다.

오금이 저릴 정도로 추웠다. 해가 뜨는 7시 반까지 약 두 시간 가량을 오들오들 떨었더니 발가락에 감각이 없다. 타워에서 트레이시를 만났다. 오늘 포카라로 간다는 그녀는 진정 즐거워보였다. 무사히 일주를 끝냈으니 그녀는 목표를 달성한 것이다. 의기양양한 승자의 미소를 띤 그녀는 건강하고 긍정적인 에너지를 마구 발산하고 있었다. 나는 부럽다며 차후에 포카라에서 만날 수 있기를 바란다고 말했다.

애간장을 태우던 해가 드디어 모습을 드러냈다. 기대했던 것만큼의 극적인 일출은 아니었지만 황금빛 햇살이 산을 감싸는 풍경은 넋을 빼놓을 만큼 멋있었다. 베이스캠프 트레킹 이후 다시 보게 된 안나푸르나 사우스와 마차푸차레는 오래된 친구 같았으며 다울라기리는 만남을 갓 시작한 연인같이 느껴졌다. **안나푸르나와 인연을 맺게 된 나는 아주 특별하고 행복한 사람이다.**

잔뜩 들떠서 사진을 찍고 방방 뛰는 외국인과 달리 그들을 안내한 네팔리 포터들과 가이드들은 자기들끼리 모여 잡담을 하면서 기나긴 시간을 보냈다. 이미 숱하게 보았을 일출은 그네들에게 특별한 감명을 주지 못했다. 그들에게 안나푸르나는 삶의 터전이요 생계수단이니 환상 따위는 없을 것이다. 해가 온전히 모습을 드러내자 사람들도 슬슬 자리를 정리하기 시작했다. 쇼는 이제 끝났다. 하산길이 붐비기 전에 림부와 나 역시 재빨리 푼힐을 떠났다.

다이닝홀은 어제 저녁과 같은 혼란과 소음에 빠져 있었다. 벌써 일출을 보고 왔는지 아니면 일출을 포기하고 여유로운 아침을 만끽하기로 한 것인지 알 수 없는 중국인들이 야단스럽게 아침식사를 하고 있었다. 림부와 나는 후다닥 아침을 먹고 치타도 따돌릴 만큼 빠른 속도로 숙소를 떠났다. 이 게스트하우스는 다시 오고 싶지 않다.

숙소를 잘못 정했다고 툴툴대는 내게 림부가 말했다.

"우리가 묵은 숙소는 중국인들 아지트야."

"엥?"

"한국인들이 주로 묵는 숙소는 바로 밑에 있어."

"림부~ 그럼 미리 말하지 그랬어. 너무 시끄러워서 괴로웠다고."

"원래 거기로 안내하려고 했는데 찌아가 그곳에 묵고 싶다니까 아무 말 안했지."

"…."

평소 때는 본인 의견을 잘만 말하더니 왜 하필 어제만 입을 꾹 다문 것인지 의아하기 짝이 없다. 고객님의 의견을 너무 중시여긴 그를 깊이 원망했다. 내가 묵었던 숙소는 가장 높은 곳에 있는 숙소라 푼힐에 오르기는 조금 더 수월했지만 카오스조차 집어삼킬 만한 중국인들의 시끄러움은 다시는 겪고 싶지 않다. 앞으로는 민족구성이 다양하거나 한국인이 자주 사용하는 게스트하우스를 이용하자고 하고 싶었으나 이제 이틀만 지나면 포카라에 도착한다!

오늘의 목적지는 간드룩이다. 구룽족 마을인 간드룩은 내게 특별한 추억이 있는 곳이다. 베이스캠프 트레킹을 함께한 포터 샤일라를 만났기 때문이다. 그를 소개해준 게스트하우스에서 묵기로 림부와 합의를 보았다. 그는 이번에도 별말 없었다. 잘하면 샤일라를 다시 만나 살가운 안부 인사를 나눌 수 있을 것이다. 지난번 트레킹은 샤일라 덕분에 정말 재미있었다. 지노를 꺼내 보았다. 고레파니에서 간드룩까지는 멀지 않았다.

"이렇게 가까운데 금방 도착하지 않을까?"

림부는 단호하게 고개를 저었다.

"아냐, 지도상으로 가까워 보일지 몰라도 막상 걸으면 시간이 많이 걸려."

그의 말이 귀에 들어오지 않은 나는 점심시간 전에 도착하면 란드룩까지 가자며 너스레를 떨었다. 림부는 나의 오두방정에 별 대꾸를 하지 않았다. 그는 이미 '찌아의 푼수짓'을 파악하고 있었다. 그럴 때 침묵이 답이라는 것도 알고 있었고.

고레파니를 벗어나자 또 다시 지긋지긋한 오르막길이 나타났다. 눈은 거의 녹았지만 곳곳에 더럽고 묵은 얼음덩어리가 쌓여 있었다. 지난번 베이스캠프 트레킹할 때 신나게 내려왔던 길을 오늘은 올라가야 한다. 신나게 올라가는 개고생을 거쳐야 간드룩에 도착할 수 있다. 이 고생도 이제 막바지다. 3일만 고생하면 트레킹은 끝난다. 빙판에서 미끄러지지 않으려고 용을 썼던 지난번과 달리 이번에는 줄줄이 이어진 계단에 발을 올려놓기 위해 용을 써야 한다. 트레킹이 끝나면 계단 따위는 쳐다도 보지 않으리라.

오르막길이 끝나자 숲길이 나타났다. 이제부터는 내리막길이다. 외할머니와 엄마를 닮아 어렸을 때부터 무릎이 부실했던 나는 오르막길보다 내리막길이 훨씬 더 힘들다. 시간이 지날수록 무릎 연골이 비명을 지를 준비를 했다. 거기다 아침부터 배가 살살 아팠다. 어제 밤부터 가스배출 횟수가 많아지더니 배가 아프기 시작한 것이다. 묵티나트에서 카그베니로 오는 구간에서 느꼈던 그 당혹스러운 불편함(폐가에서 똥을 싸게 만들었던, 멈추지 않는 그 꾸루룩거림)에 복통까지 추가되었다. 오늘 만큼은 실수하지 말고 제때제때 해결을 하자며 비장한 결심을 했다. 지난달에 고레파니에서 묵었을 때는 아무런 문제가 없었다. 그런데 이번에는 갑작스럽게 복통이 생겼다. 곰곰이 생각해보니 아무래도 물이 문제인 것 같았다. 숙소에서 정수한 물을 싸게 팔기에 어제 저녁에 비싼 생수 대신 한 통을 사서 마셨다. 이외에는 아무리 생각해도 지난번과 다른 점을 찾을 수 없었다. 먹는 것은 늘 거기서 거기니까. 복통이 견딜 만했기에 나는 멈추지 않고 계속 걸었다. 간드룩에 금방 도착할 거라 철석같이 믿고 있었다.

데우랄리에 도착했다. 림부가 말한 야크치즈공장 주인이 운영하는 게스트하우스가 있었다. 림부는 야크치즈를 산다며 게스트하우스로 들어갔다. 그가 흥정을 하는 동안 나는 햇볕을 쬐며 복통을 다스렸다. 림부가 산 야크치즈는 구멍이 숭숭 뚫려 있어 보기에 영 별로였다. 〈톰과 제리〉에 나오는 제리가 좋아하는 에멘탈 치즈처럼 멋진 구멍이 아니라 종유석이 자라는 지하동굴처럼 음산하고 커다란 구멍이었다. 크기는 컸지만 확실히 색깔이나 모양새 등 여러면에서 내 치즈만 못해 보였다. 300루피를 더 쓸 만한 가치가 있었다는 생각이 들자 마음이 편안해졌다. 어제 저녁까지만 해도 800루피라는 바가지를 썼다고 씩씩댔던 내게 드디어 평화가 찾아온 것이다. 이런 사소한 일로 기분이 오락가락하니 나라는 인간은 얼마나 옹졸한가. 이제야 즐겁게 치즈를 먹을 수 있게 되었다. 어제는 쳐다보기도 싫었는데 말이다.

반단티 마을의 마지막 게스트하우스에서 점심을 먹기로 했다. 인류의 영원한 고민, 뭘 먹어야 잘 먹었다고 소문이 날까. 메뉴판을 들고 한참을 고민하다가 스파게티를 시켰다. 맛있는 음식이 먹고 싶었다. 새콤한 토마토소스라면 망매지갈(望梅止渴)의 매실처럼 갈증과 피로를 잊게 해줄 것 같았다. 그러나 주문한 지 30분 뒤에 내 앞에 놓인 것은 황색의 볶음면. 처음에는 내가 주문한 음식이 아닌 줄 알았다. 볶음면의 면이 좀 더 야들하다면 내 앞에 놓인 스파게티의 면은 좀 더 굵다는 것이 유일한 차이였다.

베이스캠프 트레킹을 할 때도 반단티에서(고레파니에서 울레리 가는 길에 있는 마을로, 위의 반단티와 다른 마을이다, 네팔에는 이름이 같은 마을이 많다) 점심을 먹었다. 그때도 스파게티를 시켰는데 볶음면이 나왔다. 다른 곳에서는 스파게티를 시키면 토마토 스파게티가 나왔는데 유독 반단티라는 이름의 마을에서는 볶음면이 나오니 참으로 희한한 일이다. 볶음면과 스파게티의 가격 차이는 꽤 난다. 평소의 우유부단함으로 항의는 하지 않았다. 다시 여기에 올 것도 아니고, 새로 만들어 달라고 해도 내가 바라는 토마토 스파게티가 나올 것 같지 않아서였다. 볶음면 보다 맛있기를 바랐지만 나의 희망은 첫 젓가락질에 무너졌다. 맛이 없었다. 없어도 너무 없었다. 배가 고파 군말 없이 먹었다.

다 먹고 나니 배가 아파서 화장실로 달려갔다. 변을 보았으나 시원하지 않았다. 그래도 급한 것은 처리했으니 오늘의 목적지인 간드룩까지 배가 잠잠할 줄 알았다. 나중에야 알았다. 오늘은 똥이 풍년이라는 것을.

림부와 나는 다시 길을 나섰다. 위장 안에 작은 압정이 이리저리 굴러다니는 것처럼 콕콕 찌르듯 배가 아프다가 또 금세 괜찮아졌다. 도대체 왜 이러는 걸까. 정말 물이 이상했을까, 아니면 새벽부터 두 시간 동안 추위에 벌벌 떨어서일까. 확실한 건 지난번보다 더 상태가 심각하다는 사실이었다. 그때는 변을 한 번 보고 나니 완전히 괜찮아졌다. 그런데 이번에는 변을 누었는데도 계속 배가 아프다. 뭔가 손해보는 기분이었다. 1더하기 1을 묻기에 2라고 했는데 2는 틀린 답이라는 말을 들었을 때와 같은 당혹감과 찝찝함이 들었다. 일단은 계속 걷는 수밖에 없다. 산속에는 화장실이 없으니까.

고레파니 - 타다파니 구간은 아름다운 숲길이다. 지난번에는 베이스캠프 트레킹을 끝낸 후 푼힐로 가느라 타다파니에서 하루를 묵었다. 이른 아침, 안개가 자욱한 숲길은 팀 버튼 감독의 영화 〈슬리피 할로우 Sleepy Hollow(1999)〉의 한 장면 같았다. 가까이 있는 나무와 바위의 실루엣만 얼핏 보일 정도로 안개가 짙었다. 여기저기 늘어진 기생식물들이 유난히 더 기괴하게 느껴졌고, 어디선가 괴물이 나타날 것처럼 목덜미가 서늘했다. 미지의 세계에 들어선 것 같은 흥분과 금지된 세계에 들어선 것 같은 불안이 뒤섞여서 공포심을 만들어냈다. 샤일라 뒤만 쫓다가 한순간 그의 모습을 놓치면 숨이 목구멍에 딱 막혀버렸다. 잔뜩 졸아들었다가 멀리 샤일라의 모습이 보이면 그제서야 숨을 토해냈다. 안개가 걷히기 전까지 아슬아슬하게 걸었던 기억이 난다. 습기를 잔뜩 머금은 숲은 미끄러워 위험했다.

공기가 따뜻해지자 안개가 걷히고 숲이 모습을 드러냈는데 어찌나 아름다운지 내내 탄성을 질렀다. 그 길을 지금 걷고 있는 것이다. 그러나 숲길에 감탄할 여유가 없었다. 타다파니에서 과연 싸야 하는가 말아야 하는가 라는 질문이 내 머리를 지배하고 있었다. 금세 타다파니에 도착했다. 림부는 점심 먹은 지 얼마 되지 않았으니(즉, 그만큼 시간을 지체했으니) 바로 간드룩으로 가자고 했다. 타다파니에 도착할 즈음 배는 안정을 찾았다. 나는 복통이 사라지고 있다고 생각했다. 그래서 한시라도 빨리 간드룩에 도착해야겠다는 생각에 림부에게 오케이 사인을 보냈다. 이 결정이 나를 굴욕으로 이끌었다.

타다파니에서 간드룩까지는 숲길이며 내리막길이다. 분명 지난번에 왔었지만 기억이 나지 않았다. 림부는 약 세 시간 정도 걸리며 중간에는 게스트하우스나 찻집이 없다고 했다. 울창한 숲길에는 나와 림부 밖에 없었다. 나무를 옭아매는 기생식물과 이끼에 점령당한 커다란 바위, 세월아 네월아 썩어가는 낙엽들이 독특한 풍경을 만들었다. 야생의 무심함에서 감히 인간 따위가 어찌할 수 없는 강렬한 기운을 느꼈다.

타다파니를 지나자 언제 조용했냐는 듯이 다시 시작된 복통으로 패닉상태에 빠진 나는 내가 서 있는 곳이 어디인지 제대로 인식할 수 없었다. 내 눈앞에 화장실만 나타난다면 이곳이 사막 한가운데라도, 지옥 한가운데라도 좋았다. 내 눈앞에 폐가라도 나타난다면 이곳이 시베리아 한가운데라 해도 좋았다.

참고 참고 또 참고. 항문의 한계를 넘어서기 직전에 림부를 불렀다.

"림부… 나 화장실이 너무 급한데…."

그는 침착했다. 그의 포커페이스 뒤에 무슨 생각들이 오고가는지는 알 수 없었지만 나를 배려하는 그의 마음은 충분히 느낄 수 있었다. 그는 고개를 끄덕이고서 재빨리 앞을 향해 나아갔다. 그의 모습이 완전히 사라진 후에 주위를 둘러보았다. 숲속이라 엄폐물이 많았다. 만약 우기였다면 거머리 때문에 숲속에서 일을 보는 것은 엄두도 내지 못했을 것이다. 신체의 민감한 부위에 거머리가 붙게 하느니 차라리 바지에 싸고 말았으리라.

아주 커다란 바위가 보여 그곳으로 갔다. 바위 뒤로 간 나는 쪼그리고 앉았다. 수천 억짜리 보물을 옮기는 것과 같은 세심함과 주의가 필요했다. 왈칵 쏟아지지 않도록 마지막 힘을 쥐어짜 항문을 닫은 채 고개를 돌려 주위를 살펴보았다. 주위에 아무도 없고 지금이 기회라는 사실을 인지하자마자 온몸에 힘이 풀렸다. 금도끼인지 은도끼인지 금속 감별을 하던 산신령도 도끼를 내던지고 뛰어올 만한 굉음이 났다.

아름다운 숲속 한가운데에 나의 대변이 다소곳이 자리를 잡았다. 장을 탈탈 털어낸 것 같은데도 시원하지 않았다. 쌌는데도 계속 배가 아팠다. 울고 싶었다. 가진 돈을 다 내놓아도 좋으니 헬기를 부르고 싶었다. 제발 날 여기에서 데려가주오. 조심스럽게 나뭇잎으로 분비물을 덮었다. 벌써 두 번이나 길가에서 변을 보았다. 이런 체험은 할 필요가 없는데. 무엇이 나로 하여금 노상방분을 하게 만드는 것인가.

뒤처리를 하고 길을 재촉했다. 멀리서 나를 기다리고 있던 림부를 만났다.

"찌아, 왜 타다파니에서 화장실을 안 간 거야?"

"…."

잔인한 림부.

"그때는 배가 안 아팠어."

오전 내내 배가 아팠고, 점심 먹고 똥을 쌌기에 괜찮을 거라 생각했다고 말하지 않았다. 너무 구구절절해서 내가 더 비참하게 느껴지기에.

우리는 다시 길을 나섰다. 10분도 안 되어 또 배가 아프기 시작했다. 미치고 팔짝 뛸 노릇이었다. 간드룩까지는 한참 더 가야 한다는데 도대체 얼마나 더 길에 똥을 뿌려야 하는가. 배도 아픈데 경사가 심한 계단을 계속 내려가느라 무릎 연골이 살을 뚫고 나올 것 같았다. 배꼽 위로는 장이, 배꼽 아래로는 무릎이 내 자신을 공격하고 있었다. 내가 나를 해치고 있는 꼴이었다.

너무 지쳐서 동공이 풀려버린 내 앞에 게스트하우스가 나타났다. 림부는 간드룩에 들어섰다고 했다. 20분이면 마을 중심에 도착한다고. 배가 다시 안정을 찾았기에 20분 후에 오늘 묵을 숙소에서 변을 보자고 생각했다. 20분은 참을 수 있을 거라 생각했다.

젠장. 오늘 예감은 하나도 맞는 게 없다. 게스트하우스를 지나고 5분 만에 백기를 들었다. 도저히 참을 수 없다는 내 말에 림부 얼굴에는 의아함과 짜증이 나타났다.

"그럼, 아까 게스트하우스에서 말을 하지 그랬어."

그의 매몰찬 말에 내가 할 수 있는 말은 하나밖에 없었다.

"그때는 괜찮았지…."

내가 일부러 그러는 건 아닌가 하는 의심이 느껴져서 서러웠다. 림부는 자리를 피해주었지만 내가 마음 놓고 변을 볼 만한 곳은 눈에 띄지 않았다. 다시 오르막길을 걸어 5분 전 지나친 게스트하우스로 가기에는 너무 급했다. 어디선가 부스럭대는 소리가 계속 들렸다. 근방에 동물이나 사람이 있는 것 같았다. 간드룩 마을 초입이라 동네

주민의 눈에 띌 위험도 컸다. 그러나 빨리 변을 눌 장소를 정하지 않으면 더 큰 재앙이 닥칠 것이 분명했다. 팬티를, 바지를 사수하라! 길 바로 옆의 비탈로 내려갔다. 나를 가려줄 만한 것은 하나도 없었다. 분명 이곳은 숲속인데 탁 트인 개방된 공간이나 매한가지였다. 선택의 여지가 없다. 주위를 휙휙 둘러보고 재빨리 바지를 내렸다. 우렁찬 소리와 함께 변이 나오자 뒤처리를 하고 재빨리 일어섰다. 앉았다 일어서는데 5초도 걸리지 않았다. 10초도 사치다. 다시 배가 아플까 봐 겁이 나서 숙소까지 뛰어가고 싶었다.

림부와 나는 간드룩을 향해 걸어갔다. 림부 얼굴을 쳐다볼 담력이 없었다. 나는 너무나 부끄러웠고 목 놓아 울고 싶었다. 그리고 몸 상태는 최악이었다. 다행히 두 번의 노상방분은 장 속의 세균을 얼추 다 배출했는지 숙소에 도착할 즈음에는 복통이 거의 사라졌다. 하지만 그렇다고 내 기분이 나아지지는 않았다. **나의 자존심은 아주 깊게 상처받았다.**

드디어 오늘 묵을 게스트하우스에 도착했다. 지난번에 포터를 소개해주었던 직원은 없었다. 림부는 옥상에 있는 방으로 나를 안내했다. 옥상에서는 간드룩 마을 전체가 내려다보였다. 복통도 잊을 만큼 평화로운 마을 모습에 차차 기분이 나아졌다. 마을 잔치가 있는지 운동장 같은 공터에 마을사람들이 모여 있었다. 그들이 함성을 지를 때마다 스피커를 통해 증폭된 메아리가 계곡을 휩쓸고 갔다.

배가 안정을 찾자 좀전까지 우울하고 비참했던 내 기분이 좀 나아졌다. 그리고 여행자 본연의 마인드를 회복했다. 내일 지구가 멸망해도 구경거리는 놓치지 말아야 한다. 림부에게 마을잔치 구경하러 가자고 했다.

"찌아, 정말 괜찮겠어?"

림부는 두 눈을 가늘게 뜨고 나를 보았다. 의심을 거두지 못한 표정이다.

"그럼, 정말 괜찮아."

속으로 생각했다. 다시 배가 아프면 아무 집이나 들어가서 싸면 되는데, 널린 게 화장실인데 무엇이 걱정이오.

행사장은 지척에 있었다. 그곳은 마을 발전과 환경 보전을 위한 센터였다. 센터 앞마당에는 랄리구란스가 예쁘게 피어 있었다. 3월이면 랄리구란스가 만개한다더니 3월 초인 요 며칠간 거의 보지 못했다. 그래서 사진을 찍었다. 넓은 공터에는 온 마을 사람들이 다 모여 있는 듯했고, 간간이 외국인도 눈에 띄었다.

"여성의 날 행사야."

림부가 말했다. 어쩐지 천막 속에서 심사위원 포스를 풍기는 사람들도 모두 여자고, 마이크를 들고 행사를 진행하는 이도 여자였다. 젊은이들은 전통복장을 하고 있었다. 바람에 나부끼는 강렬한 빨간색 옷과 가무잡잡한 얼굴이 잘 어울렸다. 몰래 카메라를 들이댔더니 이내 알아채고 쑥스러운 웃음을 터트리는 그들의 순박함이 싱그러웠다. 나에게도 저런 시절이 있었나 싶을 정도로 싱싱한 아름다움과 산뜻함이 빛나고 있었다.

게임이 진행되고 있어서 사방에서 웃음꽃이 터졌다. 한마디도 알아들을 수는 없지만 그들의 즐거움은 이미 나에게 전염되어서 괴로웠던 변 사건을 잊을 수 있었다. 동네 개들이 어슬렁거리며 행사장을 왔다갔다 하고, 동네 꼬꼬마들은 행사장 한켠에서 자기들끼리 야구를 하고 있었다.

전 포터이자 간드룩 주민인 샤일라를 만날 수 있을까 한참을 두리 번거렸다. 입구에서 오가는 사람들을 살펴보고, 행사장을 한 바퀴 돌면서 얼굴을 꼼꼼히 보았지만 샤일라는 찾을 수 없었다. 인연이 닿지 않는다는 생각에 포기하려는 찰나, 입구에서 걸어오는 샤일라가 보였다. 샤일라 역시 나를 발견하고는 그 자리에서 멈춰 섰다. 이내 성큼성큼 내게로 와 손을 덥석 잡은 그는 자기가 꿈을 꾸고 있는 줄 알았다고 했다. 너무너무 반가워서 나 역시 큼지막한 미소를 띤 채 그를 쳐다보았다.

내가 왜 여기 있는지 궁금해하는 그에게 지금 안나푸르나 일주 트레킹 중이라고 했다. 둘 다 영어에 서툴어 몇 마디 하고 나니 딱히 할 말도 없고 이야기 나눌 주제도 마땅치 않았지만 사실 말이 필요 없었다. 보고만 있어도 마음이 따뜻해졌다. 열흘이 넘게 함께 트레킹을 하며 쌓은 신뢰는 공고했다. 네팔에 도착하고 며칠 지나지 않아 무작정 나섰던 트레킹은 무척 버거웠었다. 예상보다 더 위험했고 힘들었다. 그는 수시로 나를 격려하고 보살펴주었다. 길을 걸을 때나 앉아서 잠시 땀을 닦을 때도 그와 나 사이에는 즐거운 대화가 끊이지 않았다. 별 것 아닌 말들이 마음을 편하게 해주었다. 참 즐거운 트레킹이었다. 앞으로 안나푸르나 베이스캠프를 떠올리면 가장 먼저 샤일라의 선한 얼굴이 기억날 것이다. 이신전심. 행사장을 기웃거리며 사진을 찍다가 눈이 마주칠 때면 환하게 웃었다. 그 역시 환한 웃음으로 답해주었다.

게임이 끝나고 공연이 시작되었다. 전통복장을 한 이들이 나와서 악기를 연주하고 노래를 부르고 춤을 추었는데 신기하게도 노래와 춤은 30~60초를 주기로 같은 패턴이 무한반복되었다. 30분 정도 봤더니 지루해져서 숙소로 돌아왔다. 샤일라와 인사할 때만 하더라도 내 곁에 있었던 림부는 어느새 사라지고 없었다. 내 항문만큼이나 지친 그도 휴식이 간절했을 것이다.

방이 옥상에 있어서 전망이 좋았다. 밤이 코앞까지 다가섰다. 행사가 끝나자 사람들은 집으로 돌아가고 마을은 조용해졌다. 마을을 둘러싼 안나푸르나 사우스, 히운출리, 마차푸차레에 석양이 걸렸다. 홍조를 띤 산들이 이별을 고했다. 안녕, 내일 다시 보자. 안나푸르나의 석양을 보면서도 무덤덤한 사람이 있을까. 가능하지 않을 성싶다. 김유정은 단편소설 《가을》에서 '하늘이 불콰하다'고 했다. 하늘의 취기에 붉게 물든 안나푸르나가 검은 어둠의 장막 뒤로 모습을 감추었다.

입맛이 없다. 굶으면 약을 먹을 수 없다. 한국에서 친구가 챙겨준 지사제가 구원투수로 활약하기만을 간절히 바랐다. 저녁으로 뚝빠(우리네 국수와 비슷한 티벳 음식)를 먹었다. 짜다. 먹는 둥 마는 둥. 숟가락을 놓자마자 화장실로 달려갔다. 입으로 들어갔다가 항문으로 나오는데 10분도 걸리지 않았으니 제대로 소화됐을 리 만무하다. 어쨌든 약을 먹기로 했다. 묵티나트에서 몇 알 먹었더니 얼마 남지 않았다. 세어보니 내일 오전에 먹을 분량밖에 없다. 내일은 제발 괜찮아지기를. 하산길이 이리 고통스러울 거라고 상상도 못했다. 내일도 오늘처럼 설사에 시달려야 한다면 그냥 포카라로 가버리는 게 나을 듯싶었다. 탁월한 현지적응능력이 있다고 큰소리 빵빵 쳤는데 이제 자신이 없다. 완주가 코앞인데 설사에 무너질 수는 없다! 그러니 얼른 낫자. 내 맘대로 안 되겠지만.

GUIDE 17

천 리 향

네팔을 대표하는 꽃은 랄리구란스 Lali Gurans(영문명 Rhododendron)[1]다. 우리나라의 만병초(학명 Rhododendron brachycarpum)[2]와 비슷하며, 진달래목(Ericales) 진달래과(Ericaceae) 진달래속(Rhododendron)의 식물이다. 네팔에서는 핑크빛 보다는 붉은빛이 강한 랄리구란스를 여기저기서 볼 수 있다. 나는 흐드러짐을 넘어서서 널브러진 랄리구란스가 마뜩잖아서 좋아하지 않았다. 오히려 천리향에 푹 빠졌다.

베이스캠프 트레킹때 간드룩에서 푼힐로 넘어가고 있는데 갑자기 너무나 좋은 향기가 나는 것이다. 주위를 둘러봐도 딱히 향기가 날 만한 나무나 꽃은 보이지 않았다. 샤일라에게 물어보니 시슈[3]라고 했다. 그가 가리키는 곳에 연한 분홍색의 꽃이 몇 개 보였다. 저 작은 꽃들이 이렇게 좋고 강한 향을 낸다니 믿을 수가 없었다. 하산한 뒤에 사람들에게 시슈가 뭐냐고 물어봐도 죄다 모른다고 했다. 그러다가 포카라의 기념품가게에서 그 꽃 사진을 보게 되었고, 이름을 적어놨다가 한국에 와서 찾으니 그 유명한 천리향이었다. 천리향을 네팔에서 만날 줄이야. 천리향 향기는 일주 트레킹을 하면서 한번 더 맡을 수 있었다.

우리나라에서 '향기가 천리를 간다' 고 천리향이라고도 불리는 서향(학명 다프네 오도라 Daphne odora)은 팥꽃나무목(Thymelaeales) - 팥꽃나무과(Thymelaeaceae) - 팥꽃나무속(Daphne)에 속하는 나무다. 원산지는 중국이다. 학명에 있는 오도라 odora는 향기로움을 뜻한다.[4]

네팔에서 볼 수 있는 천리향은 종이 다르다. 학명은 다프네 볼루아 Daphne Bholua[5]이며, 네팔에서는 전통종이인 록타(lokta paper)를 만드는 데 쓰인다. 다프네 볼루아('볼루아서향' 이라고도 한다)는 네팔, 부탄, 방글라데시, 미얀마, 베트남, 중국의 윈난성까지 분포한다. 록타로 만든 용품은 카트만두나 포카라의 기념품가게에서 쉽게 구할 수 있다. 나는 가지고 간 일기장을 다 써서 록타로 만든 노트를 샀는데 종이결이 거칠어서 볼펜으로 쓰기 불편했다. 최근에는 록타를 이용하여 종이옷을 비롯한 다양한 수공예 상품을 만들고, 공정무역으로 수출도 한다. 특히 공장에서는 네팔 여성들을 고용하여 일자리 창출의 효과도 내고 있다고 한다.

트레킹을 하며 천리향의 향을 즐기고, 트레킹이 끝나면 록타로 만든 작은 기념품으로 네팔여행을 추억해보자.

나는 여행에서 돌아온 지 1년이 지난 뒤 모란시장에서 겨우 꽃을 피운 작고 연약한 서향 한 그루를 3,000원에 샀다. 살 때부터 애초로울 정도로 약해보였던 천리향은 무더운 여름을 이기지 못하고 시들거리더니 결국 겨울에 동사하고 말았다. 비록 다프네 오도라는 갔지만, 다프네 볼루아로 만든 노트는 여전히 내 곁에 남아 네팔을 떠올리게 한다.

1) 요시다 도시오의 《히말라야 식물대도감 Himalayan Plants Illustrated》에서는 히말라야 지역에 분포하는 진달래속 식물에만 26페이지를 할애하고 있다.(312~337p) 그렇기에 트레킹 도중 본 랄리구란스가 어떤 종인지 정확하게 말하기가 어렵다.

2) 만병초는 지리산, 울릉도, 강원도와 북부지방에 분포하며 주로 고산지대에 서식한다. 흰색 꽃이 피며, 진홍색 꽃이 피는 것은 홍만병초(var. roseum)라고 한다.

3) 영문 위키피디아에 따르면, 티벳에서는 이 나무를 'chu chu'라고 한다. 내가 사일라의 발음을 잘못 들었거나 간드룩 지방에서는 슈슈 대신 시슈로 바뀌었을 수도 있다.

4) 라틴어 ŏdor는 냄새, 향료, 악취를 뜻한다. odoratissimus: 매우 좋은 냄새가 나는 / odoratus, odorus, odorifer, odorifera, odoriferum : 향기 나는 - 출처: 강병화 외, 《한국인과 외국인을 위한 한국과 세계의 자원식물명 1》, 한국학술정보

5) bholua : 네팔에 서식하는 다프네 종의 민속명 - 출처: 강병화 외, 《한국인과 외국인을 위한 한국과 세계의 자원식물명 1》, 한국학술정보

취객이 외나무 다리 잘 건넌다

018

2014년 3월 9일(일) ▶ **07:30** 간드룩 Ghandruk (1,940m) 출발 ▶ **09:10** 란드룩 Landruk (1,565m) 도착 ▶ **10:20** 톨카 Tolka (1,700m) 도착 & 점심 / 12:00 출발 ▶ **13:00** 비촉 데우랄리 Bhichok Deurali (2,100m) 도착 ▶ **13:40** 포타나 Pothana (1,890m) 도착 ▶ **14:10** 오스트레일리안 캠프 Australian Camp (2,000m) 도착

밤새 잘 잤다. 고도 1,940m인 간드룩의 밤은 확실히 따뜻하다. 더워서 침낭을 걷어차기까지 했다. 기지개를 펴니 개운함이 몰려온다. 쭉쭉 늘린 몸 구석구석으로 상쾌한 공기가 뻗어나간다. 시원하다. 2일간 샤워를 하지 못했지만 내일이면 포카라에서 뜨거운 물로 씻을 수 있다. 다행히 배도 잠잠하다. 아침을 먹고 설사를 하지 않으면 완쾌했다고 봐도 무방할 것이다. 그러니 아침 메뉴를 신중하게 고르자.

다리가 뻣뻣했다. 돌길을 걷느라 아팠던 발목과 발은 고레파니에 도착한 이후 완전히 괜찮아졌다. 대신 종아리가 땅기고 무릎이 아팠다. 어제 몇 시간 동안 내리막길을 걷느라 무리한 것이다. 종아리와 무릎의 통증 때문에 악 소리가 절로 나왔다. 이제 고생도 며칠 안 남았다. 힘을 내야지. 커튼을 걷고 내다보니 하늘은 청명했다. 뒤숭숭한 꿈을 꿨는데 기억이 나지 않는다. 기분 나쁜 꿈을 몰아내기 위해

부산하게 움직였다. 세수하고 양치하며 잠을 완전히 몰아내고, 카메라로 산과 마을을 찍었다. 내일이면 그렇게 고대하던 포카라로 돌아간다. 오늘이 산에서 자는 마지막 날이다. 이제 정말로 끝에 다다른 기분이다. 트레킹을 성공적으로 마무리하기 위해 오늘 내일 긴장을 늦추지 않기로 마음을 다졌다. 막판에 사고라도 나면 그간의 고생이 다 무너지는 것이나 마찬가지니까.

무엇을 먹을까. 어제처럼 길 가는 도중 쏟지 않기 위해서는 위에 부담이 적은 음식을 먹어야 할 것 같아 블랙 티와 양파수프를 시켰다. 이 녀석들이 나를 배반하지 않아야 할 텐데….

샤일라는 나를 배웅한다고 이른 아침부터 다이닝홀에 앉아 있었다. 우리 둘은 미소를 주고받았다. 간드룩의 인연, 네팔 할배 샤일라. 샤일라를 제외하고는 다이닝홀의 분위기가 영 마음에 들지 않았다. 어제 저녁, 게스트하우스 직원들과 림부는 멀찍이 앉아서는 나를 자꾸 흘끔흘끔 쳐다보며 자기들끼리 이야기를 나누었다. 나를 쳐다보는 것도 거슬리는데 기분 나쁜 웃음소리를 낼 때마다 내 이야기를 하는 것 같아 심기가 불편했다. 대놓고 모욕을 당하는 것처럼 기분이 찝찝했으나 그들이 무슨 이야기를 하는지 알 수 없으니 대거리를 할 수도 없다. 눈치상 긍정적인 이야기는 아닌 것 같다는 짐작만 할 뿐.

사실 샤일라와의 만남도 반가웠지만 은근한 거리감에 서먹함을 느끼고 있었다. 우리는 당최 할 말이 없었다. 예전에 우리를 끈끈하게 묶어주었던 공통점, 그러니까 안나푸르나 베이스캠프 트레킹은 이미 끝났다. 우리는 이제 공유할 것이 없다. 과거의 영광을 되새기는 왕년의 챔피언처럼 우리 둘의 친밀한 관계도 이미 과거가 되어버린 것이다. 더 이상 실망하지 않으려면 빨리 떠나는 수밖에 없었다. 어제 숙소로 들어올 때만 해도 반가움이 한가득이었는데 이제는 불편함만이 남았다. 유난히 이방인 같은 느낌이 들어서 서글펐다.

마지막 지사제를 먹었다. 다행히 설사가 나오지 않았다. 재빨리 정산을 하고 숙소를 떠났다. 게스트하우스가 멀어지자 림부가 말했다. 한국에서 오랫동안 일해서 번 돈으로 게스트하우스를 차린 진짜 사장은 없고 대신 사장 대리를 하는 사람이 자리를 지키고 있었다고 했다. 그는 한국인을 무척 싫어한다고 했다. 림부는 그 사람이 한국인을 싫어하게 된 계기를 이야기해주었다.

예전에 한국인 트레킹 그룹이 왔었다고 했다. 그들은 이른 저녁부터 홍청망청 술을 마셔서 금방 취했다고 한다. 마침 부엌에서는 포터들이 먹을 달 밧을 준비중이었는데 한국인 여자가 비틀거리며 나타나더니 자기네 포터에게 먼저 저녁을 주라고 우기더란다. 급기야 자기 마음대로 음식이 든 냄비를 들고 나가서 자기네 포터들한테만 음식을 다 나눠주는 바람에 그룹 소속이 아닌 다른 포터들에게 줄 음식을 다시 만들어야 했다고. 그때 네팔인 직원들과 한국인들이 서로 싸우느라 난장판도 그런 난장판이 없었다고 한다.

아마도 어제 저녁, 대리 사장은 나를 보면서 한국인에 대한 불쾌한 감정을 떠올렸나 보다. 무례한 한국인, 웃기는 한국인 이야기를 하느라 다이닝홀에 그 활기가 찼다고 생각하니 어이도 없고 기분도 좋지 않다. 휴, 게스트하우스의 식비가 너무 비싸다고 림부한테 말했더니 한국인을 주로 상대하는 곳은 어디든 비싸다고 했다. 익히 알고 있는 사실이기에 반박할 수가 없다. 내가 우겨서 간 곳이니 어쩔 수 없지. 샤일라를 만나기 위해서 갔고 그를 만났으니 충분하다. 나쁜 기억은 꽁꽁 뭉쳐서 봉인시켜버렸다. 좋은 기억만 갖고 살기에도 인생은 짧으니까. 간드룩 안녕, 안녕, 안녕.

오늘의 트레킹은 간드룩을 출발해서 란드룩, 톨카, 비촉 데우랄리를 거쳐 오스트레일리안 캠프에서 끝난다. 란드룩은 간드룩 맞은편 산중턱에 자리잡고 있다. 즉, 계곡을 완전히 내려가서 강을 건넌 후 다시 산을 올라가야 한다. 골짜기를 내려다보았다. 그리 깊어 보이지 않았다. 금세 내려갔다가 올라오겠구나 싶었다. 이 정도쯤이야!

웬걸. 계곡 아래까지 내려가는 데 한 시간이 넘게 걸렸다. 내리막길에 취약한 나이기에 속도가 느리기도 했지만 위에서 내려다본 것과 달리 계곡이 꽤 깊었다. 닳아빠진 슬리퍼를 신은 꼬마들이 가볍게 나를 제치고 구르듯이 내려가다가 갑자기 멈춰섰다. 그리고는 뒤돌아서서 나를 올려다보는데 연약한 외국인을 바라보는 그 매서운 눈초리에 내 가슴은 폭삭 무너졌다.

얼마 걷지 않아 무릎이 불타는 듯한 고통에 휩싸였다. 연골이 가루가 되었는지 한발 한발 내딛을 때마다 눈물이 날것처럼 아팠다. 이러다가 다리를 못 쓰게 되는 건 아닌가 하는 무서운 생각마저 들었다. 차라리 데굴데굴 굴러서 내려가고 싶었다. 까마득하게 이어진 계단은 내 무릎이 견딜 수 있는 범위를 벗어난 지 오래였다. 이제 막 걸음마를 배운 아기처럼 뒤뚱뒤뚱 걷느라 꼴사나운 모습으로 계곡을 향해 내려갔다. 입에서는 가느다란 한숨이 쉬지 않고 흘러나왔다. 아무리 낙천적인 사람이라도 이 고통을 견딜 수 있을까.

정신과 몸이 분리되기 일보직전에 드디어 강을 건너는 다리에 다다랐다. 우리는 잠시 쉬기로 했다. 나는 털썩 주저앉을 힘조차 없었다. 경련을 일으키는 것처럼 다리가 떨렸다. 림부가 내 모습에 충격을 받을까봐 떨림을 막기 위해 힘을 주었지만 소용없었다. 오히려 다리가 흔들리니 상체도 흔들리기 시작했다. 결국 팔도 부들부들 떨렸다. 이건 뭐, 재갈을 물고 싶었다. 언제라도 터져나올 것 같은 단

말마의 비명을 막기 위해 입을 꽉 다물어야 했다. 이건 트레킹이 아니야. 다시는 이곳에 오지 않겠다고 다짐했다. 다시는, 다시는 오지 않겠다. 이 고통을 어찌 또 겪으리오. 한번만 더 이 내리막길을 걸었다가는 다리가 아작날 것이다. 10분 가량 쉬었더니 몸의 떨림은 사라졌지만 치 떨리는 아픔은 계속 잔상이 남아서 나를 괴롭게 만들었다. 고통은 익숙해질 수가 없다. 절대로.

다리를 건넜다. 이제 란드룩까지는 오르막길이다. 해가 이글이글 타고 있었다. **연골의 투쟁시대는 막을 내리고 더위와의 전쟁이 시작되었다.** 오르막길은 훨씬 수월하다. 지그재그로 천천히 올라갔다. 배낭을 짊어 멘 림부는 힘들어 보였다. 그는 나보다 더 느리게 비탈을 올랐다. 우리는 아무 말도 하지 않은 채 란드룩을 향해 올라갔다. 계곡을 내려오는 대만인 그룹을 만났다. 어르신 한 분은 나처럼 무릎이 안 좋은지 두 사람의 부축을 받으며 계단을 내려오고 있었다. 두 계단 내려오고 쉬고 다시 두 계단 내려오는 식으로 내려가고 있었다. 열심히 응원을 해주고 싶었으나 더위가 그럴 의욕을 빼앗아갔다. 일단 나부터 추슬러야 했다. 오지랖은 다음 기회에.

30분 만에 란드룩에 도착했다. 몸에서는 증기가 뿜어져 나올 것 같다. 두 볼은 터질 듯이 빨갛게 달아오르고 화형대 한가운데 서 있는 듯한 격렬한 열기가 몸을 집어삼켰다. 우리 둘은 그늘에 앉아 계곡에서 불어오는 바람에 온몸을 내맡겼다. 발바닥부터 정수리까지 시원해졌다. 탄산음료가 주는 단발적인 청량감과는 차원이 다르다. 바람은 신속하고 은근하게 지상 최고의 시원함을 선사했다.

란드룩을 지나니 평지가 이어졌다. 길가에는 잎이 무성한 나무가 거의 없고 흙으로 된 비포장도로가 지글지글 타고 있었다. 눈이 부서서 눈을 제대로 뜰 수가 없었다. 한국에서 사온 모자는 겨울용. 햇빛을 가리는 건 물론 열기를 가두는 데도 탁월한 효과를 발휘했다. 괜히 모자에 분풀이를 했다. 너 때문에 내가 이 고생이라고. 에잇.

톨카에 도착하자 림부는 배가 고프냐고 물었다. 실은 무척 배가 고팠다. 어제 저녁부터 제대로 먹은 것이 없으니 당연히 배가 고프다. 설사는 완전히 멈추었다. 완쾌했다는 진단서를 받아도 될 정도다. 이제는 배고픔의 고통이 복통을 대신했다. 림부는 널찍한 정원이 아름다운 나마스떼라는 게스트하우스에 나를 데리고 갔다. 보자마자 탄성을 질렀다.

햇빛이 잔디위에서 뛰어놀고, 바람이 살랑살랑 애교를 부리듯 얼굴에 와서 녹아내렸다. 예쁜 게스트하우스였다. 볶음면을 시켰다. 역시 가장 만만한 건 볶음면이다. 일주 트레킹을 하며 가장 많은 먹은 음식은 단연코 볶음면(차우멘). 볶음면과 달 밧의 힘으로 일주를 끝낸 것이나 다름없다. 오랜 조리시간을 거쳐 내 앞에 나온 볶음면을 다 먹고 나니 아쉬웠다. 한 접시 더 시킬까 망설였지만 그러지 않기로 했다. 뭐든지 과하면 탈이 난다. 진열대에 놓여있는 과자를 보니 나도 모르게 침이 흘러나왔다. 사고 싶었지만 포카라보다 비싼 가격에 손이 가지 않았다. 평소에는 거들떠도 보지 않았던 과자가 사람 애간장을 녹이다니! 토롱 라를 넘은 이후부터 '포카라에 도착하면' 이라는 문장이 머릿속을 가득 채웠다. 포카라에 도착하면 맥주와 과자를 잔뜩 사서 토할 때까지 먹으리라. 포카라에 도착하면 말이다. 그놈의 포카라가 멀지 않았다.

다시 길을 나섰다. 얼마 지나지 않아 표지판이 나타났다. 표지판 옆으로 난 길은 산속으로 쭉 뻗어 있었다. 림부는 그 길이 오스트레일리안 캠프로 가는 지름길이라고 했다. 산을 타기 때문에 힘들기는 해도 훨씬 빨리 도착한다고 했다. 아니면 평지길을 빵 둘러 가야 하는데 꽤 오래 걸린다고 했다. 림부는 지름길로 가자는 듯이 지름길 방향을 본 뒤 나를 쳐다보았다. 그의 간절한 눈빛을 거부할 수 없었다. 나 역시 내리막길만 아니라면 뭐든지 환영이다. 빨리 도착해야 많이 쉴 수 있으니 장기적으로는 오히려 이득. 땡볕에서 걷는 것이나 오르막길을 오르는 것이나 힘듦의 총량은 엇비슷할 것이다. 심호흡을 하고 산길을 향해 몸을 돌렸다.

헉헉대며 산을 탔다. 오르막길이 끝나자 평탄한 길이 이어졌다. 숲속은 시원했다. 짙은 녹음이 지친 내 눈에 휴식을 제공했다. 오가는 사람도 없고 숲은 온전히 나만의 것이었다. 절로 신이 났다. 오전의 고통은 숲이 주는 위안으로 희석되었다.

고도를 느낄 틈도 없이 경사가 완만한 일주 트레킹과 달리 베이스캠프 트레킹은 롤러코스터 구간이라고 불린다. 경사가 심한 오르막과 내리막이 이어져 트레커를 혹사시키기 때문이다. 놀이공원의 롤러코스터가 기계힘으로 돌아가는데 반해 베이스캠프의 롤러코스터는 100% 본인 다리를 사용해야 하므로 짜릿한 스릴 대신 세상을 삼킬 듯한 분노를 느낄 수 있는 점이 차이라고나 할까.

나는 이미 마음을 먹었다. 네팔에 오더라도 다시는 베이스캠프 트레킹은 하지 않겠다고. 한번만 더 오르막길과 내리막길의 이중창을 겪었다가는 다리가 남아날 것 같지 않았다. 내 무릎은 로보캅처럼 합금이 아니라 사용연한이 정해져 있는 천연 연골과 인대로 이루어져 있다. 당분간은 무릎보호를 위해 등산을 하지 않을 것이다. 잘 살기 위해서는 건강이 최고다. 노세노세 젊어서 노세는 모르겠지만 건강은 젊어서 챙겨야 한다는 걸 너무나 잘 알고 있다.

산으로 들어온 지 한 시간 만에 비촉 데우랄리에 도착했고, 또 한 시간이 지나서 오늘의 목적지인 오스트레일리안 캠프에 도착했다. 오스트레일리안 캠프는 오스트레일리아 트레커들 사이에서 전망이 뛰어나다고 입소문이 나서 유명세를 얻었다. 그들은 그곳에 캠프를 세우고 환상적인 풍경을 독점했는데 어느새 지명으로 굳어지더니 이제는 5대 뷰포인트인 담푸스를 몰아내기에 이르렀다. 걷는 내내 칭찬이 자자한 오스트레일리안 캠프가 궁금해 미칠 지경이었지만 숲 속에서는 전혀 보이지 않았다. 코너를 돌자 오스트레일리안 캠프가 느닷없이 모습을 드러냈다. 캠프가 자리를 잡고 있는 산중턱은 그리 넓지 않았다. 게스트하우스도 손에 꼽을 정도였다. 하지만 각 게스트하우스마다 넓은 마당을 가지고 있어 시원해 보였다. 나른한 여유가 묻어났다. 오스트레일리안 캠프는 호황을 맞고 있었다. 성수기를 대비해서 숙소를 증축하느라 건축자재가 여기저기 흩어져 있어 어수선했다. 사람이 많지 않아 조용했다. 소문대로 멋진 곳이었다. 나는 홀딱 반했다.

림부가 안내한 게스트하우스로 갔다. 다이닝홀과 떨어진 숙소는 2층으로 되어 있었다. 비탈에 지어서 1층은 한쪽 벽이 땅과 접하고 있어 반지하처럼 퀴퀴하고 어둡고 습했다. 반면 2층은 햇빛과 바람이 그대로 들어와 밝고 깨끗했다. 문제는 가격. 2층 방은 400루피고 1층 방은 200루피였다. 혹시나 하고 가격을 물었는데 2배가 차이나자 망설임 없이 1층 방을 택했다. 한 푼이라도 아끼고 싶었다. 배탈이 날까봐 어제부터 생수를 사먹고 있어서 계획보다 지출이 늘어난 것도 무시할 수 없었다. **티끌모아 안나푸르나.**

1층 방은 정말 음침했다. 뱀파이어도 차라리 햇빛을 받겠다고 할 정도랄까. 돈 때문에 선뜻 결정했지만 막상 방을 보니 다시 가서 2층으로 옮기겠다고 할까 잠시 망설였다. 하지만 딱 하룻밤만 버티자는 생각으로 독하게 마음을 먹었다. 저녁에는 다이닝홀에서 죽치고 있으면 되고, 방에 오자마자 잠들면 되니까 견딜 수 있을 것이다.

방에 짐을 풀자마자 다이닝홀로 달려갔다. 이날 다양한 국적의 트레커들이 숙소에서 묵었는데 1층에서 잔 트레커는 내가 유일했다. 오직 포터와 가이드만이 1층 방을 사용했다. 그들 역시 1층에 머무르는 나를 신기하게 쳐다보았다.

차를 마시며 엽서와 일기를 쓴 후 동네 탐방에 나섰다. 오후가 되니 햇빛이 부드러워졌다. **마을은 작아서 어슬렁거리기 좋았다.** 숙소 앞에 있는 캠핑장의 끝은 절벽이었다. 덕분에 전망이 끝내줬다. 아직 비수기라 캠핑하는 사람은 없었지만 성수기가 되면 캠핑장이 텐트로 가득 찬다고 했다. 다행히 누구나 드나들 수 있었다. 잔디에 앉아 산 아래 마을과 도로를 보았다. 림부는 저 멀리 보이는 곳이 포카라라고 했다. 마음으로는 아주 가깝게 느껴졌다. 머리위로 독수리가 활공하며 그림자를 드리우고 왼편으로는 안나푸르나 사우스, 히운출리, 마차푸차레가 나를 내려다보고 있었다. 구름이 끼고 공기가 탁해서 시야가 맑지는 않았지만 가만히 앉아 시간을 보내기에는 더없이 좋았다. 한참을 그렇게 앉아 있었다. 룽다와 타르쵸가 바람에 펄럭였다. 나는 고독하지 않았다. 평화가 내 친구가 되어주었다.

자연이 주는 평화는 그 밀도가 다르다. 낮에 한국의 집에 앉아 있으면 무척 조용하다. 가끔 아이들의 웃음소리와 채소트럭에서 흘러나오는 스피커소리가 적막을 깨지만 그마저도 주택가의 무거운 적적함을 깨트리지는 못한다. 그러나 자연 속에서 느끼는 고요함은 훨씬 편안하다. 엉덩이를 땅에 바짝 붙이고 눈으로 산과 하늘을 쳐다보고 손으로 바람을 느끼다 보면 평온함이 나를 채운다. 두 눈을 감으면 내 몸이 깃털처럼 날아가 버릴까봐 걱정이 되었다. 나는 기분 좋게 시간을 유영했다.

아침에 수프를 먹고 점심때 면을 먹어서 그런지 허기가 몰려왔다. 캠핑장을 뒤로하고 숙소로 돌아와 달 밧을 시켰다. 저녁 먹기에는 이른 시간이지만 배가 고파 쓰러질 지경이었다. 달 밧을 기다리는 동안 내일 포카라에 도착하면 해야 할 일을 써내려갔다. 은근히 할 일이 많았다. 무릎이 달그락거릴 정도로 실컷 걸었으니 당분간은 포카라에서 퍼질러 있고 싶다. 내일은 바쁜 하루가 될 것이다.

달 밧은 맛있었다. 엄청난 속도로 먹어댔다. 외국인 트레커가 내가 밥 먹는 모습을 경이로운 눈빛으로 쳐다보았다. 그릇을 다시 채워줄 게스트하우스 주인과 관계자는 다이닝홀에 없었다. 나는 너무 배가 고파서 체면을 차릴 수 없었다. 염치불구하고 빈 접시를 들고 주방으로 들어갔다. 접시를 내밀었더니 주인과 그 식구들은 깜짝 놀랐다. 그들이 너무 놀라워해서 나 역시 놀랐다. 살짝 겸연쩍었지만 배고픔 앞에서 장사 없다는 진리대로 나는 내 권리를 주장했다.

"아직도 배가 고프니 밥을 더 주세요."

주인은 키득대면서 밥과 반찬을 듬뿍 덜어주었다. 나는 음식이 수북하게 쌓인 접시를 본 후 주인을 향해 씩 웃어주었다.

"땡큐!"

빨리 배부르고 싶다. 자리로 돌아와서 또 열심히 먹었다. 반찬이 모자라서 다시 주방으로 가 조금 더 달라고 했다. 다 먹고 나니 든든했다. **허겁지겁 먹었는데도 전혀 부대끼지 않았고 그렇게 먹었는데도 배가 많이 나오지 않았다.** 동네 한 바퀴 돌고 오면 배가 꺼질 것 같아 격렬한 움직임은 자제하기로 했다. 배가 부르니 노곤해졌다.

다리는 계속 욱신거렸지만 참을 만하다.

오스트레일리안 캠프에 도착한 2시까지만 해도 날이 맑았다. 전형적인 안나푸르나의 날씨대로 점차 구름이 많아지긴 했지만 별다른 징조는 없었다. 5시 즈음 억수같은 비가 내렸다. 소나기인줄 알았는데 비는 그치지 않았다. 천둥번개가 치고 선선한 바람은 돌풍으로 변해서 깨부술 듯 유리창을 두드려댔다. 금세 어둠이 내려앉았다.

2층 숙소가 꽉 찼다. 덕분에 다이닝홀도 북적댔다. 타토파니 가는 길에 만났던 독일인 커플이 숙소로 들어오는 모습을 보았을 때 도플갱어인줄 알았다. 그들과 타토파니에서 같은 숙소에서 묵었었다. 싹싹한 여자는 나를 보고 반가워했다. 타토파니에서 바로 포카라로 가서 휴식을 취했던 그들은 오스트레일리안 캠프가 보고 싶어 오늘 이곳으로 왔다고 했다. 트레이시의 빈자리를 커플이 채워주었다. 언어의 장벽으로 긴 대화는 하지 않았으나 얼굴을 익힌 사람이 있다는 사실에 마음이 든든했다.

작은 다이닝홀은 트레커들과 포터와 가이드들로 말 그대로 발 디딜 틈도 없었다. 나는 혼자 방을 썼지만 림부 말로는 1층의 다른 방은 포터 여러 명이 같이 쓴다고 했다.

사람들이 저녁식사와 차를 즐길 무렵에는 우박까지 떨어졌다. 폭풍이 오스트레일리안 캠프를 접수했다. 덩달아 온도가 확 떨어졌다. 추워서 닭살이 돋았다. 음산한 날씨에 전구마저 약한 빛을 발하니 제3차 세계대전을 목전에 눈 듯 불안하고 우울한 기운이 감돌았다. 일행이 없는 사람은 딱 한 명, 나였다. 림부는 주문을 받고 음식을 나르느라 종업원처럼 뛰어다녔다. 어느 순간 자연스럽게 그렇게 되었다. 포터가 다이닝홀 일을 도와주면 숙박비나 음식값을 깎아준다는 말을 들은 적이 있었다. 트레킹 막판이라 림부 지갑사정도 좋지 않은 듯했다. 아니면 알뜰한 이 아저씨가 돈 벌 기회를 놓치지 않는 것일 수도 있고.

밥도 일찌감치 먹었고, 더 이상 주문할 것도 없고, 전구는 어두워서 책을 읽을 수도 없고, 버티고 있자니 자리가 부족해서 서 있는 사람도 보이고 해서 방으로 돌아가기로 했다. 습하고 어두운 방으로 가기는 정말 싫었지만 가야만 했다. 얼추 8시가 되었으니 취침시간이 되었다. 헤드랜턴이 없어서 조심스럽게 걸었다. 여기서 미끄러졌다가는 산 아래까지 논스탑으로 굴러가 시궁창에 처박혀서 내일 오전에나 구조될 것이다.

방에 들어서자 큰 거미가 침낭 위에 살포시 자리를 잡고 있는 모습이 보였다. 사람 환장하겠네 정말. 순간 2층 대신 1층을 선택한 내 결정이 미치도록 후회가 되었지만 이미 2층은 다 차버려서 옮기려고 해도 옮길 수가 없었다. 나는 덩치에 맞지 않게 벌레를 무서워한다. 크기에 상관없이. 침낭 끄트머리를 흔들자 거미는 샤샤삭 바닥으로 내려가더니 모습을 감추었다. 독거미가 아니기만을 간절하게 기도했다. 트레킹 마지막날에 독거미에게 물려서 죽고 싶지 않았다. 시커멓고 털이 없는 걸로 봐서는 독거미는 아닌 것 같지만 거미 전문가가 아니니 전혀 위안이 되지 않는다. 내가 자는 동안 내 가까이 오지 않기만을 바라는 수밖에 없다.

화장실 세면대에서는 물이 뚝뚝 떨어져 바닥에 웅덩이를 만들었다. 물 떨어지는 소리조차 소름끼쳤다. 양치질도 망설이다가 겨우 30초 만에 끝냈다. 너무 무서웠다. 방 가득 퀴퀴한 곰팡내가 코를 찔렀다. 밖에는 비바람이 날뛰고 있었지만 창문을 열었다. 곰팡내에 질식하지 않으려면 그 방법밖에 없었다. 가위에 눌릴까봐 염주를 머리말에 두었다. 저를 보호해주소서.

베이스캠프 트레킹을 하며 만난 한국인이 들려준 이야기가 생각났다. 지누에서 온천을 즐긴 그가 다음날 아침에 기분 좋게 방문을 열었다. 그러자 방문 앞에 있던 개가 자리에서 벌떡 일어나더란다. 개는 그가 나오자 슬그머니 다른 곳으로 갔다고 했다. 아침을 먹으면서 전날 못봤던 개가 문 앞에 있었다고 하자 포터가 하는 말, 간혹 호랑이가 나와서 개가 지키고 있는 것이라고. 그는 거짓말이라고 생각하고 코웃음을 쳤는데 나중에 야생동물이 사람을 해치는 일이 종종 있다는 이야기를 여러 번 들었다고 했다.

나 역시 그 이야기를 듣고 샤일라한테 정말 호랑이가 있냐고 물어보았다. 샤일라는 진지하게 호랑이가 있다고 했다. 두 손을 가슴에 모은 채 기억을 더듬는 걸 봐서는 그의 말은 정녕 사실같았다. 트레킹을 하다가 까만색 털을 가진 짐승을 직접 본 적도 있다고 했다. 표범인지 호랑이인지 모르겠으나 고양이과의 날랜 육식동물인 것만은 틀림없다고 했다. 세상에.

이 이야기는 내 무의식속에 깊게 자리잡았다. 한번은 대낮에 길을 가다가 소 울음소리를 호랑이 울음소리로 생각해서 고래고래 비명을 지른 적도 있다. 도시 촌년이 그렇지 뭐. 그런 내 모습에 샤일라는 배꼽을 쥐고 웃었고 나는 어찌나 민망한지 얼굴을 들 수가 없었다.

이날 저녁의 으스스함이 나의 무의식을 휘저었는지 호랑이가 나오는 꿈을 꾸었다. 내가 맛있게 생기지도 않았는데 호랑이는 끈질기게 나를 쫓아다녔다. 떡 하나 달라고 쫓아오는 게 아니라는 건 꿈속에서도 확실히 알 수 있었다. 트레킹 마지막 날에 하필 호랑이 꿈이라니. 안나푸르나는 나를 순순히 놓아주기 싫은 것인가.

GUIDE 18

눈 표 범 (Snow leopard)

야생 호랑이가 네팔에 있는지는 모르겠지만 눈표범은 네팔에 서식한다. 눈표범은 설표(雪豹), 회색표범이라고도 한다. 네팔, 몽골, 중국, 아프가니스탄, 러시아 등 중앙아시아와 남아시아의 산악지역에 서식하고 있다. 현재 4,000~6,000여 마리가 남았다고 추정되며 멸종위기종으로 지정되었다. 눈표범은 보드라운 털이 복슬복슬한 큰 발과 몸에 비해 터무니없을 정도로 긴 꼬리가 인상적이다. 눈 위를 살금살금 걸어가는 모습이 기품 있다. 워낙 은밀하게 움직여서 실제 모습을 보기가 쉽지 않다고 한다. 희소성 때문인지 영상물에 은근히 많이 등장한다. 다큐멘터리로는 BBC에서 제작해서 2006년 방영한 〈Planet Earth〉 시리즈의 2편 산(Mountains)에서 눈표범을 볼 수 있는데 이는 비디오로 촬영한 최초의 눈표범 영상이라고 한다. 의외로 우리나라에서도 다큐가 만들어졌다. EBS 다큐프라임 〈백색의 은둔자 눈표범(2013)〉 〈히말라야: 제1부 눈표범의 땅(2013)〉이 그것이다. 눈표범은 영화와 애니메이션에도 등장한다. 영화 〈월터의 상상은 현실이 된다 The Secret Life of Walter Mitty(2013)〉에서 주인공인 월터가 사진작가인 션을 찾아 아프가니스탄으로 가는데 천신만고 끝에 만난 션은 마침 눈표범을 촬영하고 있었다. 션이 유령고양이(Ghost Cat)라고 할 정도로 희귀한 눈표범은 딱 한 컷 등장하는데, 무척 멋있다. 애니메이션 〈쿵푸팬더 Kung Fu Panda(2008)〉에서는 악당으로 등장한다. 타이렁이라는 이름 때문에 타이거(tiger)가 아닌가 하는 사람들이 있는데 눈표범이다. 호랑이는 안젤리나 졸리가 목소리를 맡은 타이그리스다.

쿵푸팬더 뿐만 아니라 눈표범에게 가축을 잃은 원주민들에게도 눈표범은 죽이고 싶은 악당 그 자체다. 온갖 방법으로 가축들을 보호해도 눈표범은 야밤에 몰래 들어와 가축을 죽이거나 물어가는데 피만 쏙 빼먹고 가기도 한단다. EBS 다큐를 보면, 눈표범은 수분섭취를 위해 동물을 죽이면 제일 먼저 피부터 마신다. 가축을 잃은 원주민은 피만 먹고 고기는 먹지도 않았다며 분통을 터트렸다. 멸종위기종이라 밀렵이 금지되어 있지만 값비싼 털과 가축 보호 때문에 눈표범은 암암리에 사냥되고 있다. 그래서 국가나 NGO 단체에서는 눈표범 인형을 제작하거나 관광자원으로 만드는 등의 방법으로 지역민들에게 경제적 보상을 하여 눈표범 보호에 나서고 있다.

영문 위키피디아에 따르면, 눈표범이 사람을 공격한 것은 딱 두 건만 기록되어 있다고 한다. 그러니 네팔에서 트레킹을 하다가 눈표범을 만난다 하더라도 물려죽을 가능성은 거의 없다고 할 수 있다. 물론 눈표범을 볼 가능성이 로또에 당첨될 확률보다 적겠지만 말이다.

영화 〈우리는 동물원을 샀다 We Bought a Zoo(2011)〉를 보면 사육사인 스칼렛 요한슨이 호랑이의 프루스텐(prusten)을 흉내내는 장면이 있다. 프루스텐은 얀 마텔의 소설 《파이이야기 Life of Pi》에도 언급되는데, 기분이 좋을 때 내는 소리로 Chuffing, Chuffle이라고도 한다. 오직 호랑이와 눈표범 두 동물만이 프루스텐을 한다. 두 동물은 고양잇과에 속한다. 눈표범의 프루스텐은 유튜브에서 볼 수 있다.

이 희귀한 눈표범을 우리나라에서 직접 볼 수 있었던 때가 있다. 과천에 있는 서울대공원에서 암수 한 쌍을 보유, 새끼도 낳고 이따금 언론에 노출되기도 했지만 모두 폐사하고 말았다. 눈표범은 멸종위기종으로 국제적 거래도 힘들어서 우리나라에 다시 들여오기는 거의 불가능할 것으로 예상된다.

씨를 뿌리면 거두기 마련이다

019

3월 10일(월) ▸ **07:30** 오스트레일리안 캠프 Australian Camp (2,000m) 출발 ▸ **08:20** 카레 Khare (1,770m) 도착 ▸ **10:00** 노우단다 Naudanda (1,430m) 도착 ▸ **12:20** 사랑코트 Sarangkot (1,592m) 도착 & 점심 / 13:00 출발 ▸ **15:00** 포카라 레이크사이드 Pokhara Lakeside (820m) 도착

새벽에 살짝 깼다. 계속 비가 내리고 있었다. 안개가 자욱하게 껴서 창문 밖으로 아무것도 보이지 않았다. 바람 때문에 창문이 덜컹덜컹 흔들렸다. 잠이 덜 깨 비몽사몽 밖을 보다가 갑자기 무서운 생각이 들었다. 창문을 닫아야 하는데 손을 뻗을 수 없었다. 무엇인가 갑자기 확 나타나 내 팔을 낚아챌 것 같았다. 두 눈을 감고 침낭 속으로 깊숙이 들어갔다. 그리고 다시 잠이 들었다.

환한 기운이 느껴져서 밖을 내다보았다. 희미하게 안개가 깔려 있으나 하늘은 맑았다. 더 이상 이 따위 방에 있고 싶지 않았다. 짐을 싸고 등산화를 신고 도망자처럼 밖으로 뛰쳐나왔다. 겁도 많은 내가 200루피 아끼자고 그런 무서운 방에서 잠을 잤다는 게 믿겨지지 않는다. 웃긴 해프닝으로 치기에는 께름칙하고 뒷맛이 영 좋지 않다.

일출을 감상하는데 최고의 장소인 캠핑장에는 이미 몇몇 사람들

이 자리를 잡고 있었다. 해가 모습을 드러내려면 한참 남았지만 일출을 제대로 보기 위해서는 이른 시각부터 버티고 있어야 한다. 어제는 푼힐의 일출, 오늘은 오스트레일리안 캠프의 일출. 일출 매니아도 아닌데 어쩌다 보니 이틀 연달아 일출을 보게 되었다. 해는 매일 아침, 지구가 탄생한 46억 년간 떠오르는데도 보고 싶어진다.

6시가 넘으니 사방이 훤했다. 대기는 완전히 깨끗하지 않았다. 림부 말로는 원래 그렇다고 했다. 그래도 산들이 선명하게 보였다. 푼힐에서보다 훨씬 멀게 느껴졌지만 멋있었다. 부드러운 능선과 산의 명암이 어우러져 트레커들의 눈을 호강시켜 주었다.

동녘하늘이 주홍색으로 물들더니 해가 두둥실 떠올랐다. 구름이 많아서 극적인 효과는 덜했지만 명불허전이다. 개인적으로 푼힐보다 훨씬 나았다. 사람이 많지 않아 호젓하게 일출을 볼 수 있었다. VIP 대접을 받는 것 같았다. 게다가 푼힐보다 따뜻했다. 푼힐은 다시 가고 싶은 생각이 없지만 오스트레일리안 캠프는 다시 오고 싶었다. 이곳에 반했다는 오스트레일리아 트레커들이 이해된다. 더 붐비기 전에 이곳에 올 수 있어서 다행이다. 평소 인복이 많다는 생각은 했으나 그 외 플러스 알파가 더 존재하나 보다.

아침을 먹고 숙소를 나섰다. 오늘은 포카라까지 걸어서 간다. 림부와 나는 의미심장한 눈빛을 주고받으며 걷기 시작했다.

오늘 나는 트레킹을 끝내고, 그는 노동을 끝낸다. 나는 핫 샤워와 맥주와 스테이크가 있는 포카라 레이크사이드로 가고, 그는 가정으로 돌아간다. 숙소를 떠난 지 얼마 안 되어 림부가 조심스럽게 말한다.

"찌아, 찌아는 담푸스를 거쳐서 포카라로 가자고 했잖아. 그러면 두 시간 정도 더 걸려. 그냥 포카라로 바로 가는 게 어때?"

담푸스를 가지 않았으면 좋겠다는 강력한 의사가 묻어나는 말투였다. 조금 아쉽기는 했다. 기회가 있을 때 부지런히 다녀야 하지만 나 역시 빨리 포카라로 가서 쉬고 싶은 데다가 멋진 일출을 두 번이나 보았기에 충분하다는 생각이 들었다. 다리가 아픈 것도 무시할 수 없었다. 만약, 내가 싫다고 담푸스에 무조건 가야겠다고 하면 그는 군말 없이 내 결정에 따를 것이다. 하지만 그럴 필요가 없다.

"오케이, 곧장 갑시다. 포카라로."

내리막길이다. 어제 간드룩에서 계곡을 내려가는 것에 비하면 거리가 짧긴 하지만 고통을 줄이기에는 역부족이다. 무릎 안에 고문기술자가 살고 있는 것 같다. 익명의 기술자는 쉬지 않고 무릎을 괴롭혔다. 계단 하나를 내려설 때마다 한숨과 비명이 터졌다. 무릎이 좋지 않다고 림부에게 말했지만 그가 도와줄 수 있는 일이 아니다.

산을 다 내려오자 만세삼창이라도 하고 싶었다. 산 밑에 있는 카레라는 이름의 마을을 지났다. 대부분의 트레커들이 이곳에서 버스를 타고 포카라로 돌아간다고 했다. 나에게 그런 사치는 필요 없다! 우리는 카레를 지나 노우단다 방향으로 향했다.

차도 옆이라 더 조심해서 걸었다. 차가 없는 도로 위를 한 떼의 말들이 점령했다. 일용근로자처럼 일터로 향하는 말들은 고개를 푹 숙인 채 터벅터벅 아스팔트 위를 걸었다. 밥벌이의 고단함은 동물도 피해 갈 수 없나 보다. 차들은 말을 피해 포장이 안 된 길을 달렸고 그럴 때면 흙먼지가 모래폭풍처럼 일어났다.

아침 햇살이 점차 뜨거워지기 시작하고, 땀이 흐르기 시작했다. 쉰내 나는 옷을 벗어던지고 싶다. 세제 냄새가 나는 뽀송한 옷을 입고 싶다. 갈아입을 옷이 없기에 레이크사이드에 도착하면 옷을 사야 했다. 돈을 써도 좋으니(그래봤자 제일 싸구려 옷을 사겠지만) 청결한 옷을 걸치고 싶다.

트레커들의 불평불만은 대다수 음식과 목욕에 관한 것이었다. 대규모 한국인 그룹은 요리사를 고용해서 한국음식을 만들어 먹기도 하지만 목욕만큼은 어찌할 도리가 없었다. 추위 앞에서는 누구나 평등해졌다. 며칠만 지나면 너 나 할 것 없이 손톱 밑에 때가 끼고 얼굴에는 선크림이 덕지덕지 눌어붙어 지저분해졌다. 목에도 금방 때가 끼었고 머리카락과 겨드랑이에서는 청국장도 저리 가라 싶을 독한 냄새를 풍기게 된다.

살림살이의 필수품으로 언제든지 가동할 수 있는 세탁기와 24시간 열려 있는 편의점에서 구매할 수 있는 새 속옷과 양말을 네팔 사람들에게 말하면 그들은 어떤 반응을 보일까. 네팔에 도착한 지 얼마 안 되었을 때, 이들은 왜 이렇게 더러운 옷을 입고 있을까 생각했었다. 카트만두에서 만난 네팔인들 역시 한국인인 내 기준에는 깨끗해 보이지 않았다. 시간이 지나면서 그 이유를 대충 짐작할 수 있었다. 나는 빨래가 얼마나 힘든 가사노동인지를 까먹고 있었다. 몇 년 전까지만 해도 겨울이면 니트 옷을 직접 손빨래했던 나인데. 물을 먹어 쌀 한 가마니만큼 무거운 니트를 몇 벌 빨고 나면 진이 빠졌었다. 회사생활에 지쳐 도저히 살림에 올인하기 힘들어졌을 때 나는 세탁기로 돌리거나 드라이크리닝을 맡겼다. 혹한으로 세탁기가 얼어버렸을 때는 아예 빨래를 포기했다. 손으로 빨래하는 건 너무 힘든 일었다. 나뿐만 아니라 대다수의 한국인들이 빨래를 세탁기에게 맡긴다. 그것이 G20에 어울리는 선진국 스타일이다. 그래서 빨래의 고단함은 할머니가 들려주는 옛날이야기를 통해서나 알 수 있는 흔치 않은 체험이 되었다. 네팔의 공동 수돗가나 강가를 지나게 되면 어김없이 빨래하는 여인네들이 보인다. 그녀들은 1년 내내 직접 빨래를 한다. 외국인들을 위해 세탁 서비스를 제공하는 네팔리들조차 자신들의 옷은 직접 손으로 빨아 입는 것 같았다. 그만큼 세탁기는 그들에게 사치다. 그러니 한국식 잣대로 청결함을 요구하는 것은 오만하고 무례한 일이다. 물론 행주와 걸레를 구분 없이 사용하는 것을 보면 진저리가 나지만 말이다.

도시에 가까워지고 있음을 몸으로 알 수 있었다. 공기는 더 탁해지고 소음은 더 심해졌다. 사람들은 땡볕 아래서 땀을 뻘뻘 흘리며 걷고 있는 림부와 나를 구경거리처럼 쳐다보았다. 노우단다에서 림부는 과일을 샀다. 그는 바나나와 오렌지를 내게도 나눠주었다. 노우단다에서 사랑코트까지는 8km. 평지지만 더워서 힘들었다. 토롱라를 넘은 후부터는 걷는 게 힘에 부친다. 토롱 라에서 기를 너무 뺐겼나 보다. 그래도 별탈 없이 일주를 끝냈으니 스스로가 대견하다.

두 시간을 꼬박 걸어서 사랑코트에 도착했다. 한 번도 쉬지 않고 말도 거의 하지 않은 채 우리 둘은 앞만 보면서 걸었다. 간간히 과일로 수분 보충을 하며 조금이라도 포카라에 빨리 도착하기 위해 기를 썼다. 목표의식이 뚜렷했기에 우리는 좋은 파트너가 될 수 있었다. 닥치고 걷기.

사랑코트에 도착하니 포카라와 페와 호수가 선명하게 보인다. 하늘에는 패러글라이딩을 하는 사람들로 형형색색의 점이 박혀 있다. 배가 고팠다. 점심으로 볶음면을 시켰는데 평소와 달리 반도 먹지 못했다. 오늘따라 왜 이렇게 맛이 없는지… 처음으로 음식을 남겼다. 내가 너무 많이 남겨서 림부는 당혹스러워 했다. 음식을 만든 사람에게 미안해서 억지로라도 먹으려고 했으나 도저히 먹을 수가 없었다. 그간 접시도 씹이 먹을 만큼 폭발했던 식욕은 다 어디로 갔나. 나는 바나나 때문에 배가 꽉 찬 것 같다며 구차하게 변명을 했다. 점심을 먹으며 충분히 쉬었지만 내 다리가 내 다리라는 확신이 들지 않는다. 거의 다 왔다. 이제 정말 끝이 보인다. 조금만 더 힘을 내자.

사랑코트에서 레이크사이드까지는 내리막길. 마지막이라 생각하고 스틱을 쥔 손에 힘을 잔뜩 주었다. 한 걸음만 잘못 내딛어도 추락할 만큼 위험한 구간이 자주 나타났다. 마지막 하산길이 더 위험한 법이다. 이럴 때일수록 정신을 집중해야 한다. 한걸음 한걸음 조심스럽게 계단을 밟으며 하산했다. 사랑코트를 출발한 지 두 시간만에 레이크사이드에 있는 숙소에 도착했다.

19일 만에 다시 포카라로 돌아왔다. 레이크사이드는 변함없이 부산하고 무심하고 포근했다. 꾀죄죄한 내가 지나갈 때마다 '나마스떼'를 외치는 호객꾼들도 여전했다.

림부와 나의 계약도 끝났다. 나는 제일 먼저 환전소를 찾았다. 14일치에 해당하는 일당과 두둑한 팁을 건넸다. 우리는 서로에게 고맙다며 두 손을 맞잡았다. 그는 최고의 파트너였다. 림부가 없었다면 나의 일주 트레킹은 성공하지 못했을 것이다.

림부와 헤어지고 나서 호숫가에 있는 허름한 식당에 들어갔다. 시원한 맥주를 천천히 음미했다. 식당을 나왔을 때 거리는 어둑어둑했고, 페와 호수 위로는 노을이 지고 있었다. 19일에 걸친 안나푸르나 일주 트레킹이 끝났음을 실감했다. 내 바람대로 안전하고 즐겁게 트레킹을 마쳤다. 이것으로 충분하다.

나는 숙소로 돌아와 샤워를 하고 잠을 청했다.

GUIDE 19

포 카 라 의 유 흥

트레킹을 하기 전에는 카트만두나 포카라 같은 도시가 성에 안 찰 수도 있다. 하지만 트레킹을 끝내고 오면 이 혼잡하고 지저분한 곳이야말로 별천지임을 새삼 느끼게 된다.

포카라로 돌아오면 일단 문명의 혜택을 즐겨보자. 여유가 있다면 숙소는 욕실이 딸린 1인실을 구해보자. 뜨거운 물로 목욕을 할 수 있는 것만으로도 감격적이다. 욕이 절로 나왔던 찬물 빨래도 이제 안녕. 세탁 서비스를 제공하는 곳의 가격을 조사해서 저렴한 데 세탁을 맡기자. 나는 가격조사 없이 숙소 앞 가게에 세탁을 맡겼다가 시세보다 3배나 비싼 돈을 냈다. 돈이 아까우면 마트에서 세제를 사다가 직접 빨아도 된다. 포카라의 따스한 햇살에 빨래는 금방 마를 것이다. 깨끗해진 얼굴에 수분 크림을 듬뿍 바르거나 마스크팩을 하면 예전의 미모도 되살아날 것이다.

그 밥에 그 나물인 트레킹 음식에 질렸으니 새로운 것을 먹어보자. 레이크사이드에서는 다양한 음식을 먹을 수 있다. 그간 마시지 못했던 술, 과자 같은 주전부리도 먹자. 관리가 소홀한 아이스크림류는 위생상 먹지 말자. 식당들은 오전 늦게 문을 여니 비상식량을 비축해 놓는 게 좋다.

배가 차면 이제 친목도모의 욕구가 생길 것이다. 포카라에는 한국인들이 모이는 아지트가 두세 군데 있으니 비록 혼자라도 부담 없이 찾아가자. 특히 저녁에 가면 좋다. 몇 시간 뒤에 모르는 사람과 합석해서 내가 시키지도 않은 음식을 먹으며 건배하고 신나게 떠들고 있는 자신을 발견하게 될 것이다. 술자리가 너무 즐겁더라도 9~10시면 단호하게 일어나 숙소로 와야 한다. 10시만 되어도 거리가 깜깜해지니 여성들은 특히 유의할 것.

가이드북에서 소개하는 관광지는 거의 대동소이하다. 입장료가 해마다 오른다는 사실을 알고 가야 책과의 괴리감에 당황하지 않는다. 멀리 가기 귀찮다면 레이크사이드를 천천히 돌아다녀도 볼 것이 많다. 싸다고 덜컥 사지 말고 의심에 의심을 하고 흥정에 흥정을 시도하자. 타국에서까지 호구가 되는 건 너무 슬프지 않은가.

패러글라이딩도 추천한다. 패러글라이딩 서비스를 제공하는 업소는 여러 군데 돌아다니며 비용을 물어보자. 영어가 부담스러워 한국어가 가능한 네팔인이 운영하는 업체에서 바로 계약을 하는 경우가 있는데 '한국어 서비스'는 공짜가 아니다. '한국어'라는 특별 서비스에는 당연히 프리미엄이 붙는다. 세상에 공짜란 없다. 나는 3개 업체에 견적을 냈고, 숙소와 가장 가까운 곳과 계약했다. 계약 당일 패러글라이딩을 하러 갔더니 매니저가 다른 한국인들에게 가격을 말하지 말아달라는 부탁을 했다. 나중에 알고 보니 한국인들은 한국인 숙소를 통해 계약을 했는데 1,500루피나 더 지불했던 것이다. 영어에 주눅들 필요 없다. 필수 단어 위주로 천천히 또박또박 말하면 그들이 오히려 경청을 한다. 돈 쓰러 온 손님에게 당연한 것 아닌가. 그러니 좀 더 당당해지자.

레이크사이드가 지겹다면 올드 포카라를 구경하기를 권한다. 구시가지인 올드 포카라는 현지인들이 어떻게 사는지 생생히 볼 수 있다. 시간이 많은 나는 걸어서 다녀오곤 했는데 왕복 3시간이 걸렸다. 올드 바자르나 뉴 바자르 같은 시장에서는 과일이나 현지식 간식도 구매할 수 있고 놀랍게도 극장도 두 군데나 있어서(2014년 3월 기준) 영화를 볼 수도 있다. 혼자 가기 무섭다면 일행을 만들어 택시를 타고 가보자.

에필로그

포카라는 샹그릴라였다. 하지만 며칠 지나니 지루해졌다. 지루함에 질식되어갈 때 허름한 커피숍에서 단 언니를 만났다. 김예정이라는 본명보다 '단' 이라는 이름을 즐겨 쓰는 언니는 세계여행 중이었고, 내게 좋은 말벗이 되어주었다.

나는 일주 트레킹이 끝나면 치트완 국립공원과 룸비니를 거쳐 카트만두로 가서 한국으로 돌아갈 예정이었다. 트레킹하는 동안 내 계획을 말했더니, 림부는 치트완에 사는 지인 아스람이 투어사업을 하고 있다며 소개해주었다. 그리고 치트완으로 가기 전날 자신의 집에서 하루 묵기를 권했다. 트레킹 내내 가족 이야기를 한번도 한 적이 없어 림부가 총각인줄 알았던 나는 무척 망설였다.

결국 단 언니를 꼬드겨 같이 림부네서 묵고 치트완으로 가기로 했다. 림부네 가기로 한 날은 마침 홀리 페스티발이 열리는 날이었다. 다양한 색소를 뒤집어쓰고 귀신꼴이 된 언니와 나 그리고 말끔한 얼굴의 림부는 레이크사이드에서 버스를 탔다. 어딘지 모를 도심 한복판에 내린 우리 셋. 림부는 잠시만 기다려달라고 하더니 한참 뒤에 커다란 요를 짊어지고 돌아왔다. 뜬금없이 요라니! 우리는 우리도 모르게 시집이라도 가는 거 아니냐며 한참을 쑥덕댔다. 다시 버스를 타고 몇 시간을 달려 어스름이 내려앉은 초저녁에야 림부네 마을에 도착했다. 림부가 직접 지은 집에서는 림부보다 덩치가 두 배는 되는 풍채 좋은 아내와 잘생긴 두 아들, 조카가 우리를 맞아주었다.

저녁을 얻어먹고, 엉망이 된 얼굴을 씻고, 밤새 모기에게 뜯기며 (우리가 잘 방은 돈이 부족해서 미처 창문을 달지 못했단다. 림부는 새로 산 요를 우리를 위해 깔아주었다) 자고 일어나 아침을 얻어먹고 림부의 배웅을 받으며 우리는 치트완으로 떠났다.

치트완 여행 또한 예상과 달리 돌아갔다. 그 유명한 코뿔소를 한 마리도 보지 못한 것이다. 아스람은 집 옆에 방갈로 두 채를 지어서 알음알음 관광객들을 받고 있었다. 말끝마다 이건 얼마 저건 얼마라고 해서 조금 성가시기는 했지만 그와 그의 가족들은 친절하고 순박했다. 아스람의 아내는 영어는 한마디도 못했지만 음식솜씨가 좋았고 잘 웃었다. 아스람의 아들로, 사업을 돕고 있는 수닐은 의욕은 없었지만 우리를 잘 배려해주었다. 가족들의 환대가 참 따스했다.

2박 3일간 110달러를 지불하기로 했는데 코뿔소를 못 봐서 추가 비용 없이 3박 4일을 있었다. 아스람은 코뿔소를 볼 수 있다고 계속 큰소리쳤지만 마지막 날에는 자신의 말이 잘못되었음을 인정했다.

치트완에 머물며 강가에서 일몰을 보고, 카누를 타고 강을 내려가 정글을 걷고, 코끼리 사파리를 하고, 타루 박물관을 구경하고, 땡볕에 소달구지를 타고 마을을 한 바퀴 돌기도 했다. 밤에는 타루족 전통의상을 입은 동네사람들의 공연도 보았다.

처음에는 코뿔소를 언제 보나 마음이 급했지만 결국에는 포기했다. 네팔에서는 꽤나 큰돈인 110달러를 지불했기에 아깝다는 생각도 했지만 나중에는 본전 생각이 나지 않았다. 이 느긋함과 생생하고 아름다운 원시적인 자연, 노크도 없이 불쑥불쑥 방갈로로 들어와 성가셨지만 순수한 아스람의 가족이 주는 유쾌함 만으로 충분했다. 제대로 된 투어는 아니었지만 이 상황 자체가 즐거웠다. 누가 이런 엉뚱발랄한 투어를 경험할 수 있겠는가. 코뿔소야 한국 가서 동물원에서 보지 뭐. 나는 치트완 여행이 너무나 마음에 들었다.

단 언니와 나는 룸비니로 갔다. 숙소이자 절인 대성석가사는 마침 벽화로 건물 장엄(불교에서는 장식하거나 좋은 향을 풍기는 등 꾸미는 일체 행위를 장엄한다고 한다. 물리적인 것뿐만 아니라 선행이나 바른 마음도 장엄의 도구가 된다) 중이어서 창틀에 그림도 그리고, 화가인 조우 언니와 요리사인 김중배 오빠도 만났다. 부처님이 탄생하신 마야데비 사원을 경건하게 걷고, 세계 각국에서 지은 절을 구경하며 대성석가사에서 삼시세끼를 배불리 먹었다. 단 언니는 룸비니에 남고 조우 언니, 김중배 오빠와 나는 카트만두로 갔다. 언니 오빠의 안내로 맛집에서 식사도 하고, 옷도 한 벌 맞췄다. 일행이 있어서 즐거웠다.

3월 26일, 나는 비행기에 탑승했다. 두 달 전 두고 온 척박한 현실이 기다리는 한국으로.

4월부터 8월까지 직장을 구하지 못했다. 얼마 안 되는 저축은 월세 내고 공과금 내고 생활비로 쓰느라 금방 바닥을 드러냈다. 언제 취직이 될지 몰라 아르바이트도 구하지 못했다. 9월에 인터넷 신문사에 수습기자로 취직했지만 정규직 전환이 못되고 3개월 뒤 퇴사했다. 12월에 나는 다시 백수가 되었고, 결혼해서 전업주부가 되었다.

인터넷 신문사 면접을 볼 때였다. 면접관은 내게 자신이 어떤 사람인지 설명하라고 했다. 나는 잘 모르겠다고 했다. 예전에 나와 지금의 내가 너무 달라져서 나조차 나를 잘 모르겠다고 말이다.

예전에는 해야 할 일이 있으면 재빨리 해치웠는데 이제는 최대한 미루고 미뤘다가 마감 직전에야 겨우 한다. 청소를 즐기던 내가 이제는 청소를 귀찮아한다. 악착같이 모으고 안 쓰던 내가 이제는 씀씀이가 커져서 지갑을 자주 열게 되었다. '모 아니면 도' 라며 칼 같이 선을 긋던 내가 이제는 섣불리 판단하지 않는다. '절대' 라는 말을 자주 썼던 내가 '상황에 따라' 라는 말을 자주 쓰게 되었다. 이런 변화는 33살을 기점으로 이뤄졌다. 내 자신이 정말 변했는지 아니면 나이가 드니 몸과 마음이 힘에 부쳐 자연스레 편한 것을 찾게 되어 그런 건지 잘 모르겠다. 확실한 건 30대의 나는 20대보다 게으르고 무관심해졌다는 것이다.

새로운 환경에서는 내 모습을 좀 더 명확하게 볼 수 있다. 네팔에서도 나는 우유부단하고 자주 귀찮아했다. 흥정이 싫어 물건은 정가로 파는 마트에서만 구입하고, 늘 가는 커피숍과 음식점만 드나들었다. 싸움이 두려워 요구사항이나 불만을 제대로 말하지 못했다. 언어도 자유롭지 못한 타국에 홀로 있다 보니 그간 마주하지 못했던 내 자신이 제3자처럼 보이기 시작했다.

나의 어떤 부분이 변하고 있는지 매일 반복되는 일상에서는 포착하기가 쉽지 않다. 혼자만의 여행은 나를 직시할 기회를 제공해준다. 물론 그 성찰을 실천하는 것은 별개의 문제지만.

사실 한없이 가벼워도 되는 것이 여행이다. 깨달음을 얻으려거나 감동을 받고 색다른 경험을 해야 한다는 강박관념은 싹 버리고 단지 즐기고만 와도 충분한 것이 여행이다.

네팔에서 나는 자주 신기해하고 즐거워했다. 나는 신기하다는 말을 자주 쓸 정도로 사소한 다름에 열광하는 성격이다. 며칠 전 심은 튤립 구근에서 싹이 난 것도, 서울에서는 방아잎을 먹지 않는다는 것도, 매일 보는 남편 얼굴이 오늘따라 귀여워 보이는 것도, 갑자기 눈이 펑펑 내리는 것도, 책을 읽다 모르는 사실을 알게 되는 것도 죄다 신기하고, 신기해서 즐겁다. 네팔에서는 신기해할 것들이 참 많았다. 물론 그 신기함이 때론 짜증으로 이어지기도 했지만 말이다.

네팔 트레킹 자체는 내 인생에 있어서 무수한 경험들 중 한 자리를 차지할 뿐이다. 인생을 바꿔놓은 획기적인 전환점도 아니고, 영원히 잊지 못할 감동적인 경험도 아니다. 하지만 산을 걷는 내내 느꼈던 행복함과 충만함은 기억뿐만 아니라 몸에도 남아 있다.

요즘은 등산을 질색하는 신랑은 포카라에 남겨두고 딸아이와 함께 안나푸르나 일주 트레킹을 할 날을 고대하고 있다. 이제 막 걸음마를 시작한 딸아이가 등산을 하려면 시간이 좀 걸리겠지만 말이다. 그때는 꼭 삽과 비닐봉지를 챙겨야겠다. 급작스러운 배탈 대비용으로….

2015년 네팔 대지진으로 인해 도시뿐만 아니라 트레킹 코스도 많이 변했을 것이다. 먼훗날에 만날 안나푸르나와 나는 얼마나 달라져 있을까.

from..
Annapurna

>> date. 2.20

↑ 불불레 버스정류장에 도착한 버스. 내 등산스틱을 찾으러 간 빔을 기다리며 닭들과 시간을 보냈다.
↓ 나디에서 묵은 Holiday Trekker's Lodge. 봄기운이 완연한 정원에 새빨간 랄리구란스가 피어 있다.

바훈단다를 벗어나 고갯마루에 서자 시야가 탁 트였다.
첫 번째 포터였던 빔의 뒷모습과 풍경을 카메라에 담았다.

↑ 바훈단다의 찻집. 빔이 체크포스트에 간 사이, 밀크티 한 잔의 여유를 부려보았다.

↓ 점심을 먹었던 게르무의 Fishtail Guest House. 맨 왼쪽 배낭이 내 배낭.
핑크색 끈으로 묶은 흰 봉투 안에 든 것이 슬리핑백이다. 엄청 크다.

↘ 자가트의 음산함을 상쇄시켜준 요염한 자태의 호박 패밀리

참체로 향하는 길에서 본 폭포.
크기는 작아도 힘은 변강쇠급인 폭포들이 죽 늘어서서 트레커들을 호위한다.

↑ 딸로 향하는 경사가 가파른 오르막길
→ 계곡 밑에 다소곳이 자리잡은 딸

↑ 딸에 있는 Safe Drinking Water Station
→ 딸의 어느 건물에 걸려 있던 고르카 비어 광고판.
나도 몰래 침이 줄줄.

← 다라파니에서 묵었던 Hotel Eco Himalaya.
모텔 아니라 호텔

↓ 다나큐의 룽다, 타르쵸 그리고 마니차.
티벳 문화권에 입성

← 티망으로 향하는 산길에서 본 람중히말

↓ 차메의 게스트하우스에서 보온용으로 내준 숯불.
두꺼운 덧신을 신은 나와 슬리퍼를 신은 빔의 발

>> date. 2.24

차메의 마을길에 있는 마니차
차메에 있는 수력발전용 거대 마니차
밥벌이의 고단함을 온몸으로 느끼고 있는 당나귀 두 마리
제발 아무데서나 용변을 보지 말라는 뜻으로 추정되는 안내 혹은 경고문

↑ 차메 마을 끄트머리에 있는 초르텐.
출입문에는 화려한 벽화와 마니차가 있다.

↓ 무너질 듯 말 듯 힘겹게 서 있는 석탑과
망중한을 즐기는 동네 어르신

>> date. 2.25

두꺼운 옷과 핑크색 모자로 무장하고서 초르텐을 향해 아장아장 걸어가는 아기

두구레 포카리에서 볼 수 있는 스와르가 다와르 산.
우락부락한 바위산이 청초한 눈옷을 입고서 정갈하게 서 있다.

>> date. 2.26

어퍼피상의 Hotel Annapurna 베란다에서 바라본 이른 아침의 안나푸르나 2봉.
바람이 너무나 거세서 날아갈 뻔했다. 믿거나 말거나.

↑ 가류로 올라가는 길. 보기엔 별 것 아니지만 일주 코스 중 가장 힘든 두 코스 중 하나다.
↑↑ 산중턱에 자리 잡은 마낭. 지구가 아닌 화성으로 착각할 만큼 주위 풍경이 황량하기 그지 없다.

↑ 브라킨 곰파에서 내려다본 풍경. 빙하시대의 마지막 생존자가 된 듯한 비장함이 절로 드는 압도적인 설경
↓ 브라킨 곰파에서 하산하는 도중 카메라를 향해 씩 웃고 있는 두 번째 포터 림부

>> date. 2.28

눈으로 뒤덮인 레다르. 게스트하우스 3채가 레다르의 전부다.

↑ 눈을 흠뻑 맞고도 아랑곳없이 서 있는 야크의 고고한 자태
↓ 도대체 어디가 블루인지 알 수 없는 블루쉽 무리

↑ 저 멀리 동이 터오는 하이캠프의 신비로운 새벽
↓ 토롱 라를 향해 하염없이 걷고 있는 트레커들. 맨 앞에서 길을 뚫으며 가는 이가 림부다.

>> date. 3.3

토롱 라에서 휴식을 취하고 있는 사람들. 녹색점퍼를 입은 이가 나의 트레킹 버디 트레이시다.

토롱 라에서 감격의 인증샷을 찍은 나와 림부 ╲ 묵티나트의 숙소에서 호기롭게 주문한 야크 스테이크

↑ 묵티나트의 사원 입구. 림부가 문이 열리기를 기다리고 있다.
↗ 묵티나트 사원의 소머리 모양 수도꼭지. 108개 중 제일 왼쪽 꼭지는 용을 닮았다.
↙ 계곡 아래 자리잡은 카그베니를 바라보는 림부
↓ 잔뜩 메마른 칼리 간다키와 바람 잘 날 없는 에클로바티

마르파 마을 꼭대기에 위치한 사원에서 내려다본 마을
좀솜에서 본 닐기리. 12시 전에는 대개 화창하다.

↓ 옛 트레킹 길에 위치한 코케단티. 쇠락해가는 마을의 스산함이 느껴진다.

↑ 레테의 소나무 숲에 막 들어서는 림부
↓ 돌담길 너머 다울라기리 아이스 폴이 보인다.

↑ 휴양림 안에 위치한 펜션같은 모습의 타토파니의 게스트하우스
↓ 큰마음 먹고 주문한 비타민나무 열매 주스. 색깔과 맛이 오렌지주스보다 다채롭다.

푼힐에서 본 일출. 왼쪽부터 다울라기리, 툭체피크, 닐기리, 안나푸르나 1봉, 안나푸르나 사우스, 히운출리, 마차푸차레

푼힐에서 인증샷 한 컷

중국인 아지트인 고레파니의 힐탑 게스트하우스

데우랄리로 향하는 산길에 있는 룽다

타다파니에서 간드룩으로 향하는 산길은 원시림같다

↑ 여러 가지 이유로 도저히 걸을 수 없는 이는 포니 서비스,
즉 조랑말을 타고 산을 넘을 수 있다.
물론 가격은 만만치 않겠지만 말이다.

↓ 간드룩 마을 센터에서 열린 여성의 날 행사.
남녀노소 모두가 모여 게임도 하고 공연도 보는 등 늦도록 즐거운 시간을 가졌다.

↑ 간드룩의 일출. 안나푸르나 사우스와 히운출리, 마차푸차레가 보인다.
↓ 전망이 끝내주는 오스트레일리안 캠프의 캠핑장

↑ 오스트레일리안 캠프에서 본 안나푸르나 사우스와 히운출리의 일출

↓ 노우단다로 향하는 길에서 만난 당나귀떼.
아스팔트를 점령한 당나귀떼를 피해 자동차가 자갈길을 달려야 한다.

네팔의 국화 랄리구란스. 선명한 붉은 색이 인상적인 꽃송이는 크기도 커서 꽃이 피었다는 말보다 꽃이 열렸다는 말이 더 어울린다.

베이스캠프 트레킹 중 촘롱에서 먹은 구룽빵 (Gurung Bread).

계단 지단이 올라간 차우멘(볶음면)

색깔은 좀 칙칙해도 맛있는 볶음밥

베이스캠프 트레킹 중 반단티에서 먹은 문제의(?) 스파게티. 심지어 맛도 없었는데 값은 비쌌다.